SAUERLÄNDER

SABINE SCHODER

IMMER IST EIN VERDAMMT LANGES WORT

ROMAN

SAUERLÄNDER

Aus Verantwortung für die Umwelt hat sich der Fischer Kinder- und Jugendbuch Verlag zu einer nachhaltigen Buchproduktion verpflichtet. Der bewusste Umgang mit unseren Ressourcen, der Schutz unseres Klimas und der Natur gehören zu unseren obersten Unternehmenszielen. Gemeinsam mit unseren Partnern und Lieferanten setzen wir uns für eine klimaneutrale Buchproduktion ein, die den Erwerb von Klimazertifikaten zur Kompensation des CO_2-Ausstoßes einschließt. Weitere Informationen finden Sie unter: www.klimaneutralerverlag.de

Außerdem von Sabine Schoder:

»Liebe ist was für Idioten. Wie mich.«
»So was passiert nur Idioten. Wie uns.«
»Liebe ist so scheißkompliziert«

MIX
Papier aus verantwortungsvollen Quellen
FSC® C083411

Originalausgabe
Erschienen bei FISCHER Kinder- und Jugendtaschenbuch
Frankfurt am Main, Oktober 2020

Satz: Dörlemann Satz, Lemförde
Druck und Bindung: CPI books GmbH, Leck
Printed in Germany
ISBN 978-3-7373-5743-2

Prolog

Es ist einer dieser Sommertage, an denen es so heiß ist, dass die Sonne vom Himmel schmilzt. Überall um mich herum sind Kinder. Sie graben mit Schaufeln nach unsichtbaren Schätzen, schleudern Sandfontänen nach allen Seiten und füllen die Luft mit schrillem Gelächter. An ihren leuchtenden Gesichtern erkenne ich, wie viel Spaß das machen muss, und spüre ein merkwürdiges Gefühl in meiner Brust. Als würden sich ihre hellen Stimmchen um mein Herz wickeln und rufen: *Mach mit! Komm her zu uns!*

Ich ziehe einen tiefen Graben um meine Sandburg.

Ein Mädchen in meinem Alter hat sich an den Rand des Spielplatzes verirrt und schleudert frischen Dreck auf mich. Ihr Vater nimmt ihre Hand und steckt die Schaufel zurück in das Loch, das sie gegraben hat. Keine Burgtürme ragen vor ihr auf, keine Gräben oder Brücken wurden gebaut, sie klopft ihr Werkzeug nur auf den Boden. Trotzdem strahlt sein Lachen voller Stolz über ihren strubbeligen Kopf hinweg.

Ich schaue nach Mama.

Sie sitzt nicht mehr auf der Bank, auf der sie warten sollte.

Erschrocken springe ich auf, trample meine Sandburg nieder und drehe mich in alle Richtungen. Mein Herz trommelt mir gegen die Brust. Musste sie zurück in ihr Zimmer gehen? Hat sie mich hier vergessen?

Plötzlich sehe ich sie. Mama mit ihrem Sonnenhaar, das an Tagen wie diesen aus feinem Licht gesponnen ist. Weißblond schimmert es zwischen den grünen Büschen hervor, in denen sie sich versteckt hat. Meine kurzen Beine laufen auf sie zu.

»Mama, ich habe eine Burg gebaut!«

Schweißperlen glänzen wie Tautropfen auf ihrer Stirn.

Meine Schritte werden langsamer, stolpern über die Schatten in ihrem Gesicht und versiegen schließlich völlig. Unsicher bleibe ich vor ihr stehen. »Ist dir heiß?«

»Rena, spiel noch ein bisschen weiter, ja?«, keucht sie.

Ich werfe einen Blick zurück zum Sandkasten, wo die Reste meiner Burg von einer Kinderschaufel niedergeschmettert werden und das Lachen eines stolzen Vaters durch die Luft flattert.

»Kommst du mit?«

Mama antwortet nicht. Sie wippt auf ihren Füßen vor und zurück, als würde sie sich in den Schlaf wiegen. Ich imitiere sie, schaukle hin und her, versuche, den Reiz darin zu finden, und höre mitten in der Bewegung auf. Dieses Spiel macht keinem von uns beiden Spaß.

Weiter hinten ruft eine andere Mutter: »Nicht da hoch!«

Die Frau läuft auf das Klettergerüst aus Seilen zu. Ein kleiner Junge hat sich an eines der verbotenen Taue gehängt und schreit vor Freude über sein Vergehen. Sie packt ihn unter den Armen – bestimmt um ihn nach Hause zu tragen und in sein Zimmer zu sperren –, macht dann aber etwas völlig anderes. Sie wirft den Jungen hoch in die Luft, immer und immer wieder, bis sie beide vor Glück quietschen.

Mama verbirgt ihr Gesicht hinter den Händen.

»Au ja! Wir spielen Verstecken! Du zählst bis zehn!« Mit einem Aufschrei renne ich davon. Es gibt unzählige Verstecke auf dem Spielplatz, unter der Riesenrutschbahn oder im Lebkuchenhäuschen aus Plastik, an dem sich die kleineren Kinder regelmäßig die Zähne ausbeißen. Heute verstecke ich mich auf dem Klettergerüst.

Die Seile biegen sich unter meinem Gewicht. In meiner Vorstellung schnappen Giftschlangen nach meinen Füßen und treiben mich mit kribbelnder Aufregung noch weiter hinauf. Meine Hände greifen nach dem nächsten Seil, ziehen mich höher, immer weiter, über meine Phantasie hinaus. Bis ich oben stehe, ganz oben, fast schon im Himmel. Ich recke mich zu den Wolken und kann sie beinahe berühren.

Ein fremder Mann ruft, ich solle vorsichtig sein, aber ich drehe mich weg und suche nach Mama. Sie steht nicht vor dem Klettergerüst, streckt ihre Arme nicht herauf, mahnt mich nicht zur Vorsicht. Ihr Sonnenhaar kauert nach wie vor unter den Büschen, obwohl sie ihre Augen nicht mehr verdeckt.

»Mama! Guck mal!«

Der Mann sagt, ich soll mich festhalten.

Ich winke meiner Mutter mit beiden Armen zu. »Mama! Ohne Hände!«

Plötzlich falle ich. Unglaublich schnell. Mein Kinn prallt auf den Boden. Ich habe keine Zeit, um nachzudenken, ob das weh tut. Jede Menge Eltern laufen zu mir, und mein Blick schießt hin und her, um Mama unter all den Leuten zu finden.

»Blut!«, schreit ein Kind und fängt an zu weinen.

Ich betaste mein Kinn und finde eine frische Wunde. Sie pocht und ist bestimmt voller Dreck, den man herauswaschen muss. Die anderen Mütter und Väter wollen mir helfen, aber ich krabble zwischen ihren Armen hindurch, bevor sie ihre Taschentücher hervorziehen können. Diese Gelegenheit werde ich mir nicht von ihnen stehlen lassen.

Meine Füße jagen über den Spielplatz.

»Ich bin vom Klettergerüst gefallen! Mama! Schau!« Ich strecke ihr meine Beweise hin. An meinen Fingern klebt echtes Blut, rot glitzernd in der Sonne, genug für mindestens drei Pflaster. Genug für … Ich weiß es nicht genau. Für etwas, was andere Eltern so machen.

»Mama?« Langsam sinken meine Hände herab. »Ist alles gut?«

Mama legt ihre Stirn auf die Knie und lacht zwischen ihren Beinen hindurch, ein glockenhelles Geräusch, das nur einen Moment andauert. Auf den staubigen Boden neben ihren Schuhen fallen ein paar Wassertropfen.

Ich lege meinen Kopf in den Nacken und schaue in den Himmel hoch.

Es ist keine Regenwolke zu sehen.

Bevor ich dich treffe

»Du willst doch nicht etwa da runterspringen, Knastschwester?«

Die Stimme einer Frau reißt mich aus meinen Gedanken. Ich öffne die Augen und blinzle ins makellose Blau des Himmels über mir. Der warme Sommerwind muss mir schon eine ganze Weile ins Gesicht wehen, aber erst jetzt wird mir das zarte Gefühl auf meiner Haut bewusst. Als ich den Kopf senke, höre ich das protestierende Knirschen meiner Wirbelsäule. Keine Ahnung, wie lange ich in die Luft gestarrt habe. Um genau zu sein, weiß ich nicht mal, seit wann ich hier draußen auf dem Balkon des Krankenhauses stehe.

Meine Hände klammern sich um das Geländer, doch meine nackten Füße balancieren lebensmüde auf der untersten Sprosse. So als hätte mich tatsächlich die Versuchung gestreift, dieses Gefängnis auf die schnellste Art und Weise zu verlassen, die es gibt. Was für unsinnige Gedanken. In letzter Zeit weiß ich nicht, woher die kommen.

»Nur zu deiner Information, es sind keine fünf Meter bis zum Boden.« Die Frau tritt aus dem Schatten der Tür und fummelt eine Packung Nikotinkaugummi aus ihrem weißen Arztkittel. »Die Ziersträucher fangen das Schlimmste ab. Außerdem landest du direkt vor den Fenstern der Notaufnahme. Die hätten dich da unten in Nullkommanix wieder zusammengeflickt.«

Ein schiefes Lächeln zieht an meinem Mund. »Und ich dachte, ich könnte dem Abendessen entkommen.«

Sie brummt verständnisvoll und beugt sich so weit übers Balkongeländer, als würde sie ihre eigene Empfehlung nochmals überdenken. »Ich arbeite seit fünfundzwanzig Jahren hier und habe den Fraß immer überlebt. Auch wenn ich die Hoffnung noch nicht aufgegeben habe, irgendwann an einer Rasierklinge im Kartoffelbrei zu ersticken. Verrat es keinem.«

Ich weiß nicht, ob sie mit ihrer letzten Bemerkung den mörderischen Kartoffelbrei meint – oder die Zigarette, die sie verstohlen aus der Kaugummiverpackung zieht. Ohne mit der Wimper zu zucken, steckt sie sich den Glimmstängel an und bläst den Rauch weit hinaus in den strahlend schönen Nachmittag. Für einige Sekunden gibt sie sich einem genüsslichen Lächeln auf ihrem Gesicht hin.

Ich hebe eine Augenbraue. »Versuchen Sie, sich das Kaugummikauen abzugewöhnen?«

Sie schnaubt amüsiert. »Noch so ein Kommentar und ich ziehe deine lang ersehnte Entlassung wieder zurück, klar? Du hast dich tapfer geschlagen in den letzten Monaten. Ich werde dich vermissen, Kleine.«

Ich betrachte meine Hände. Die weiße Haut, die zu lange in einem Zimmer eingesperrt war. Sie ist so blass, dass selbst die schwächer werdende Augustsonne einen roten Schimmer darauf hinterlassen hat. »Nehmen Sie es mir nicht übel, aber ich hoffe, dass ich Sie nie wiedersehe.«

Die Ärztin lacht und drückt ihre halbgerauchte Zigarette sorgfältig auf dem Metallgeländer aus, um sie wieder in der Packung verschwinden zu lassen. Als sie sich zur Tür dreht, streift ihr Blick meinen Körper auf eine Art und Weise, an die ich mich nie so richtig gewöhnen konnte. Etwas in ihrem Ausdruck ist immer auf der Suche nach Komplikationen. Nach einem Grund, mich noch weiter hier festzuhalten.

Ich wende das Gesicht ab, als hätte ich ein schlechtes Gewissen, als wüsste ich insgeheim, dass ich meine Zeit hier noch nicht abgesessen habe. Aber das ist völliger Unsinn. Das Flattern in meinem Magen stammt bloß von meinen Nerven. Nächste Woche fängt mein Leben noch einmal von neuem an. Wer wäre da nicht aufgeregt?

Sie zögert auf der Türschwelle. »Geht's dir gut?«

Ich hebe den Kopf und lasse mein Lächeln heller als die Sonne strahlen. »Es könnte nicht besser sein.«

Das hier muss ein Traum sein.

Mein weißes Krankenhausbett, in das ich mich gelegt habe, ist plötzlich verschwunden. Stattdessen bin ich umgeben von leuchtendem Grün überall um mich herum.

Ich stehe auf der Lichtung eines Waldes, der sich zu allen Seiten hin in die Unendlichkeit dehnt. Vor mir befindet sich eine schwarze Tür, ohne Rahmen oder Wand, die sie umgibt. Sie wird von nichts aufrecht gehalten, gibt ihr Geheimnis mit keinem Hinweis preis. Dennoch fühle ich genau, dass jemand auf der anderen Seite steht …

»Rena? Bist du wach?«

Die Worte meiner Mutter flattern an mein Ohr, zart und unsicher, als wären sie soeben frisch geschlüpft. Tageslicht flutet meine Augen und gießt meine Mutter in eine Form aus hellen Farben. Sie sieht wie eine Pusteblume aus, die über mir im Wind schwankt. Das blonde Haar spinnt eine leichte Wolke um ihren Kopf, und ihre dünnen Finger schweben in der Luft, als hätte sie mich eben noch berühren wollen.

»*Hmm.* Jetzt schon«, brumme ich schlaftrunken.

»Entschuldige, dass ich dich geweckt habe, aber du warst so … *erstarrt.*«

»Ich habe bloß geträumt.« Meine Stimme hört sich noch immer ungewohnt an. Als hätte sie jemand auf ein altes Tonband aufgenommen und würde sie an meinem Ohr abspielen. In den letzten Wochen habe ich sie einfach zu wenig benutzt. Um genau zu sein, habe ich vier Monate lang geschwiegen. Wenn auch unfreiwillig.

»Geträumt? Mit offenen Augen?«

Ich setze mich auf und streiche mir verschwitzte Haare aus dem Gesicht. Meine Bettdecke ist so zerwühlt, als hätte ich den Nachmittag damit verbracht, mich auf der Matratze hin und her zu wälzen. Jetzt schimmert die Abendsonne durch die Fensterscheiben und taucht das Krankenzimmer in ein orangerotes Licht.

Noch immer stecke ich im Nachhall dieses Traumes fest, der viel zu schnell durch meine Finger gleitet. Die leuchtendgrünen Bilder zerfließen vor meinem inneren Auge, bevor ich sie mir genauer ansehen kann, und hinterlassen ein vages Gefühl von Sehnsucht in meiner Brust.

»Ich habe vom Sommer geträumt«, murmle ich, »bevor er endgültig vorbei ist. Wenn ich nächste Woche entlassen werde, ist es schon September.«

Die Pusteblume schrumpft über mir zusammen. Meine Worte sinken auf ihre schmalen Schultern, zu all den anderen unsichtbaren Sorgen, die sich dort seit meinem Unfall auftürmen. Ehe ich fragen kann, was sie so bekümmert, erregt etwas anderes meine Aufmerksamkeit. In ihrer linken Hand, halb versteckt hinter dem Rücken, blitzt ein Stück weißes Papier hervor.

»Ist das für mich?« Ich strecke meine Hand aus, aber Mama weicht sofort zurück. Sie stolpert über meine Pantoffeln und stößt an das zweite Krankenbett im Zimmer, das seit gestern verlassen ist. Der Haltegriff schaukelt hinter ihrem Kopf, als würde er mir zuwinken und rufen: *Komm her. Du brauchst mich doch.*

Mama zerknittert unter meinem Blick.

Ich ziehe die Hand zurück.

Schuldgefühle pochen in meinem Magen. Mein Unfall ist der Grund, warum sie sich Tag für Tag aus ihrer vertrauten Umgebung wagt. Warum sie sich diesem Monster stellt, einem öffentlichen Krankenhaus, das an jeder Ecke mit einer unerwarteten Situation auf sie lauert. Ich habe ihr mehr als nur einmal angeboten, dass sie nicht so oft herkommen muss, trotzdem ließ sie sich nicht davon abbringen. Wir können uns vielleicht nicht gegenseitig in den Arm nehmen, wie es in anderen Familien üblich ist, aber wir haben über die Jahre hinweg unseren eigenen Code der Zuneigung entwickelt. Sie ist hier. Und das bedeutet mir eine Menge.

Ihre schmalen Hände beben, als sie die Papiere hinter dem Rücken hervorzieht und gegen ihre Brust drückt. »Daniel hat sie mir ausgedruckt.«

Daniel?!

Die bloße Erwähnung meines Onkels spritzt mir eine Dosis Wundstarrkrampf unter die Haut. Meine Muskeln versteinern an Ort und Stelle, ohne dass ich etwas dagegen unternehmen könnte. Nur mit Mühen stoße ich hervor: »Was will er von dir?«

»Du wirst doch bald entlassen …«

Ich schlucke einen harten Kloß im Hals. »Und was hat das mit ihm zu tun?«

Einen Moment lang betrachtet Mama die Ausdrucke. Dann streckt sie mir die Papiere entgegen, zögernd, als müsste sie einen Fleischkloß durch die Gitterstäbe eines Raubtierkäfigs halten.

Ich schlage die Bettdecke zur Seite und will aufstehen, so als wäre nie etwas geschehen. Doch kaum mache ich den ersten Schritt, stößt der Schmerz wie ein Eispickel in meinen Rücken. Keine Ahnung, wie lange ich geschlafen habe, jedenfalls hat die Zeit ausgereicht, um die Geschmeidigkeit der Physiotherapie von heute Morgen verpuffen zu lassen. Jetzt spüre ich jede Muskelfaser, die um meine neue künstliche Hüfte schleift.

Ein einziger Schritt, dann klatscht meine Hand auf den Nachttisch. Ich muss innehalten, um durchzuatmen.

»Brauchst du deine Krücken?«

»Nein! … Ich meine, nein, danke.« Ich beiße die Zähne aufeinander und zwinge meine Mundwinkel nach oben. »Es wird nur besser, wenn ich meine Muskeln trainiere. Darf ich mal sehen?«

Mama hält mir die Blätter entgegen, doch kaum schließen sich meine Finger darum, zieht sie sich wieder zurück. Für eine Millisekunde berührt ihr Hintern das andere Bett, dann streicht sie hastig die Decke glatt und setzt sich an den Tisch an der Wand.

Ich lehne mich gegen die Matratze und stelle mich den Ausdrucken.

Es gibt einige Dinge, die ich meinem Onkel zutrauen würde. Zum Beispiel, meine Zeit hier im Krankenhaus zu nutzen, um sich unser sämtliches Hab und Gut unter den Nagel zu reißen. Hiermit allerdings habe ich nicht gerechnet. Rasch überfliege ich die Zettel, die alle nach dem gleichen Schema aufgebaut sind: das Foto einer Wohnung und darunter die Eckdaten der Immobilie.

Ich blicke über den Papierrand und begegne den aufgerissenen Augen meiner Mutter. »Was sind das für Wohnungen?«

»Die wären günstig«, murmelt sie.

Einen Moment lang weiß ich nicht, was ich sagen soll. Die Worte türmen sich in meiner Kehle wie eine Riesenwelle. Nur mit Mühe schlucke ich den Tsunami an Fragen runter, der aus meinem Mund brechen will. Wenn ich Informationen von meiner Mutter möchte, darf ich sie nicht noch mehr verschrecken. Bisher hatte ich die Verschlimmerung ihres Zustandes allein auf ihre Angst vor dem Krankenhaus geschoben, doch jetzt nagt die Befürchtung in mir, dass da noch mehr ist. Dass sie sich während meiner Abwesenheit dem einzig anderen Menschen zugewandt hat, den sie auf dieser Welt kennt. Ihrem Bruder, der diese Bezeichnung nicht verdient.

»Mama …« Diesmal bin ich auf das Stechen in meiner Hüfte vorbereitet. Bewusst schiebe ich einen Fuß vor den anderen, Schritt für Schritt, bis ich mich am Tisch abstützen kann. Ich setze mich nicht zu ihr. Ein Gespräch auf Augenhöhe wäre vermutlich besser, doch eine dunkle Vorahnung hält mich auf den Beinen. »Wieso sehen wir uns neue Wohnungen an? Was stimmt mit unserer alten nicht?«

Sie biegt sich zur Wand, als wollte sie mit dem Hintergrund verschmelzen. »Du lagst so furchtbar lange im Koma. Ich konnte einfach nicht mehr arbeiten …«

Meine Fingernägel kratzen über die Papierseiten. »Arbeitest du denn jetzt wieder?«, frage ich so sanft wie möglich.

»Ich versuche es, seit du aufgewacht bist.« Sie knetet ihre Hände im Schoß. »Aber es ist nicht so leicht, was zu finden …«

Sie hat keine Arbeit mehr.

Der Gedanke spießt sich durch meine Brust, denn er bedeutet viel mehr als nur den Verlust ihrer Erwerbstätigkeit. Er bedeutet, dass unsere Vergangenheit wieder in unserem Nacken lauert.

Mein Puls pocht in der Kehle. »Ist das der Grund für die hier?« Ich lege die Inserate zwischen uns auf den Tisch, doch Mama wendet den Blick ab, als würde sie sich dafür schämen. »Sag mir bitte, was los ist. Haben wir unsere Wohnung verloren?«

»Ich wohne seit ein paar Monaten wieder bei Daniel«, wispert sie.

Ich schließe die Augen.

Ein paar Monate. Das ist lange. Vielleicht zu lange.

»Sind unsere Sachen noch da?«, flüstere ich.

»Daniel hat ein paar Kleinigkeiten verkauft, um die Kosten zu decken.«

Es gibt eine Million Dinge, die ich darauf erwidern möchte, und die meisten davon müssten mit einer Lautstärke ins Gesicht meines Onkels gebrüllt werden, die eine Pusteblume in Fetzen reißen würde. Meine Mutter hat das nicht verdient.

»Das kriegen wir hin, mach dir keine Gedanken«, antworte ich stattdessen. »Wir nehmen die erste Wohnung, die frei ist.«

Mein Blick wandert über die Inserate. Die Auswahl ist gering, was bei den aktuellen Mietpreisen keine Überraschung ist. Nacheinander betrachte ich düstere Kellerappartements und trostlose Hinterhöfe, die wie faustgroße Steine in meinen Magen sinken. Unsere alte

Wohnung in der Innenstadt war vielleicht kein Highlight, aber sie hatte zumindest den Luxus von Fenstern.

Mama kaut an ihren Fingernägeln. »Es tut mir so leid.«

»Du musst dich nicht entschuldigen. Es ist nicht …«

Es ist nicht deine Schuld, will ich sagen. *Es war nie deine Schuld.*

Aber etwas anderes lenkt mich davon ab.

Mein Blick streift ein grünes Foto in einem der Inserate.

Viel ist nicht zu erkennen, nur das hölzerne Geländer eines Balkons und ein Meer aus verwildertem Grünzeug dahinter. Trotzdem schimmern die Farben so lebendig, als würden sie über die Ränder hinaus leuchten, als müssten die Bäume und Sträucher jeden Moment ihre Wurzeln aus der Erde reißen und auf mich zumarschieren.

Mein Herz rast.

Das ist es! Genau da müssen wir hin!

Dieser Wunsch brennt so grell in mir, so unnachgiebig, dass ein Schauer über meinen Rücken jagt. Als würde dieses Foto eine Sehnsucht in mir hervorrufen, die von meinem Unfall verschüttet wurde. So sehr ich mich auch bemühe, ich finde keinen logischen Grund, warum es ausgerechnet diese Wohnung sein soll, wieso ich mir die anderen nicht mal mehr ansehen will. Vielleicht ist es meine Intuition. Oder ich habe einfach zu große Angst, wieder im Haus meines Onkels …

»Hallo? Wer ist dran?«

Die blecherne Stimme eines Mannes erschallt wie aus dem Nichts. Ich zucke zusammen, weil ich plötzlich mein Handy in der Hand halte. Das Display zeigt ein aktives Gespräch an, doch ich habe keine Erinnerung daran, wann ich das Gerät vom Nachttisch geholt, geschweige denn, wann ich diese Nummer gewählt habe. Noch immer stehe ich vor dem Tisch, an dem meine Mutter sitzt. Vor mir liegt das Wohnungsinserat mit dem grünen Foto.

Wortlos starre ich auf das Display.

Meine Ärzte haben mich vorgewarnt. Immer wieder haben sie mir versichert, dass Gedächtnisverlust nach einem Schädel-Hirn-Trauma völlig normal ist. Das verletzte Gewebe in meinem Kopf braucht Zeit, um sich zu regenerieren, und die verlorenen Erinnerungen können spontan wieder auftauchen.

Aber das hier ist etwas anderes, oder nicht?

Ein rascher Blick auf das Inserat bestätigt mir, dass ich die Nummer des Vermieters gewählt habe. Vielleicht war ich so sehr in Gedanken versunken, dass ich gar nicht gemerkt habe, wie ich die Ziffern eintippte.

»Hallo?!«, ruft die Männerstimme jetzt irritiert. »Ist da jemand?!«

Mit pochendem Herzen drücke ich das Handy an meine Wange, um den Mann nach einem Besichtigungstermin zu fragen. Doch meine Lippen spucken etwas völlig anderes aus. Bevor ich mir über ihre Bedeutung bewusst werde, klingen die Worte schon in meinen Ohren nach.

»Geben Sie die Wohnung keinem anderen«, begrüße ich ihn. »Wir nehmen sie.«

Mama starrt mich wortlos an, als ich auflege.

Ob sie mein Blackout bemerkt hat? Ich will sie nicht danach fragen, um sie nicht unnötig zu sorgen. Wenn man all die Medikamente und Operationen bedenkt, die mein Körper in den letzten Monaten verkraften musste, ist so etwas bestimmt nicht ungewöhnlich. Getoppt mit den Neuigkeiten, die meine Mutter heute mitgebracht hat, vielleicht sogar völlig normal. Ich muss mir einfach mehr Zeit geben, um zurück in mein altes Leben zu finden. Und ab nächster Woche habe ich endlich die Gelegenheit dazu.

Mein Blick gleitet zum Fenster, durch das die letzten Strahlen der untergehenden Sonne blitzen. Mit einem Mal packt mich das wilde Verlangen, hinauszuspringen, meine Arme auszubreiten und wie ein freier Vogel über die Stadt hinwegzufliegen, bis ich an jenem grünen Ort ankomme. Als würde dort etwas Bestimmtes auf mich warten, das alles besser macht. Als wäre dort jemand, den ich unbedingt wiedersehen will.

Mama lässt mir die Ausdrucke da.

Die halbe Nacht liege ich im Bett und starre auf das Inserat, bis ich müde genug bin, um wieder einzuschlafen. In meinem Kopf ist keine Erinnerung mehr an jenen Tag im Frühjahr, der mich beinahe von einer Sekunde zur anderen ausgelöscht hat. Ich bin seit sechs Monaten in diesem Krankenhaus und habe vier davon im Koma verschlafen. Doch in dieser Nacht, mit dem zerknitterten Ausdruck einer grünen Wildnis in den Händen, träume ich zum ersten Mal von meinem Unfall.

Wochenlang hing ein bleierner Teppich über der Stadt, über den salzigen Straßen und den gestreuten Gehwegen, selbst über den grauen Gesichtern der Menschen. Heute hat sich der Winter verzogen und seinen Schatten mitgenommen. Ein klares Milchblau spannt sich über den Himmel, so hell, als würde die Farbe noch ein paar Wochen brauchen, um richtig auszureifen.

Das ungewohnte Licht brennt in meinen Augen, trotzdem lache ich ihm Tränen entgegen. Ich werde eins mit meiner Umgebung, eins mit der Geschwindigkeit, die den Wind wie eine unsichtbare Wand gegen meinen Körper drückt. Der Motor vibriert das Gefühl aus meinen Fingern, bis sie nicht mehr zu mir gehören. Es fühlt sich an, als würde ich fliegen.

Mein erster Sommer mit achtzehn!

Dieser Gedanke erfüllt mich mit einem Rausch, in dem alles möglich erscheint. Ich bin frei hinzugehen, wo auch immer ich will. Zu tun, was auch immer ich will. Und heute ist es das

hier: die Jagd auf der Maschine, die eine Kurve nach der anderen frisst.
Plötzlich, inmitten dieses wunderbaren Gedankens, ist sie da.
Das Mädchen mit den blonden Haaren.
Sie tritt hinter einem Baum hervor, den Blick auf einen Pappbecher gerichtet, den sie mit beiden Händen fest umklammert. Einfach so geht sie über die Straße, ohne auf den Verkehr zu achten, ohne mich kommen zu hören. Mir bleibt nicht mal genug Zeit, um sie dafür zu verfluchen.
Zwischen ihr und dem Baum entsteht eine schmale Lücke, eine letzte Chance, sie nicht zu treffen. Doch sie drückt den Becher zu fest, und der kleine Plastikdeckel fliegt über ihre Schulter. Für eine unmögliche Sekunde glaube ich, die heiße Flüssigkeit auf meinem eigenen Handgelenk zu spüren.
Dann dreht sie sich nach dem Deckel um. Und tritt einen Schritt zurück.
Ich schreie gegen den Wind.

Du fällst vom Himmel

Es ist zu heiß für September und zu heiß für diesen Kleinbus. Der Schweiß meines Onkels vermischt sich mit seinem billigen Aftershave und klebt sich an die Innenseiten meiner Nasenflügel. Trotzdem stiehlt sich ein Lächeln auf mein Gesicht, denn heute bedeutet dieser Geruch etwas Wunderbares: *Ich bin frei! Endlich wieder frei!*

Ein Insekt klatscht gegen die staubige Windschutzscheibe, nur ein einziges auf dieser langen Fahrt, doch für Daniel ist es Grund genug, um seine Unzufriedenheit loszuwerden. »Wofür hält sich dieses Mistvieh eigentlich?!«

Das frage ich mich schon, seit ich in eingestiegen bin, denke ich mit einem verstohlenen Seitenblick auf meinen Onkel. Schlagartig packt mich heftiges Mitleid mit dem Käfer. So ein Ende hat er nicht verdient, wie er da auf der Scheibe klebt und in seinen letzten Sekunden die Fratze eines übellaunigen Mannes hinter einem speckigen Lenkrad ansehen muss. Ich biege mich so weit nach vorne, wie der Sicherheitsgurt es zulässt, und schenke dem Tierchen ein letztes Lächeln.

Mein Onkel will es mit Scheibenwischerflüssigkeit wegsprühen, doch im selben Moment erwacht der kleine Kerl wieder zum Leben. Seine Flügel schütteln die Wassertropfen ab und tragen ihn munter über das Dach hinweg, so als hätte er bloß eine anregende Dusche bekommen. Daniel ist also immer noch zu geizig, um richtigen Scheibenreiniger zu kaufen. Was offensichtlich wird, als er vergeblich versucht, das winzige braune Abschiedsgeschenk vom Glas zu wischen, das unser kleiner Freund ihm hinterlassen hat.

»Verdammte Scheiße ist das!«, schimpft Daniel.

Womit er absolut recht hat.

Mit zuckenden Mundwinkeln sinke ich zurück in die durchgesessenen Polster.

Es gibt nur einen Grund, warum ich mich in diesen Kleinbus gesetzt habe, und dieser kauert an meiner anderen Seite. Mama presst sich ans Beifahrerfenster und hat ihre Finger um den Türöffner geschlungen, als wollte sie jede Sekunde hinausspringen und ebenfalls gegen die Windschutzscheibe irgendeines Autos hüpfen. Ich höre schon das Geräusch brechender Knochen, so laut wie Steine in einer Kaffeemühle. Meine Arme schlingen sich wie von selbst um meine Hüfte.

»Sind wir bald da, Daniel?«, haucht Mama.

»Wir sind da, wenn ich diesen Bus anhalte, kapiert?!«

Ich beuge mich zu ihr. »Es müsste die nächste Abfahrt sein und dann noch ein bisschen.«

»Wenn du so schlau bist, warum fährst du dann nicht selber?!« Daniels Mundgeruch weht in meine Richtung, weshalb ich davon ausgehe, dass er mich ansieht. Ich drehe mich nicht zu ihm, um es zu überprüfen.

»Ich kann fahren«, sprudelt es aus meinem Mund. Keine Ahnung, woher dieser Anflug an Selbstüberschätzung kommt. Letzten Sommer habe ich mich auf der Rückbank eines Kombis festgekrallt und die wilden Fahrversuche meiner Freundin mit ihrem Handy dokumentiert. Denise hatte ihren Vater überredet, mit uns hinaus auf den Kiesplatz der Stadtwerke zu fahren und ein paar Runden zu drehen. Eine Übungsfahrt, die ihr Vater nur mit durchgeschwitztem Hemd und grauer Gesichtsfarbe überstanden hatte. Doch die einzigen Personen, die ich um Fahrstunden hätte bitten können, sitzen hier in diesem Bus. Und keine davon ist eine Option.

Ohne Vorwarnung schwenkt Daniel an den Straßenrand und knallt seinen Fuß so abrupt auf die Bremse, dass Mama und ich nach vorne geworfen werden. »Wenn das so ist, dann fahr doch!«

Ich starre mit offenem Mund auf sein verschwitztes Gesicht. In seinen Schweinsäuglein glitzert tiefe Selbstzufriedenheit.

Steig aus und ich zeig es dir! Für eine herrliche Sekunde geht mit mir die Phantasie durch, dass ich das wirklich sage und er es wirklich tut. Für eine Sekunde sehe ich ihn vorne am Bus vorbeilaufen und fühle gleichzeitig den Widerstand des Gaspedals unter meinem Fuß. Eine längst überfällige Abrechnung für all die Jahre, in denen ich zu klein war, um meine Mutter vor ihm zu beschützen. Doch dann spüre ich den Aufprall von Metall auf Fleisch, und jegliche Genugtuung löst sich in einem Schwall Magensäure auf, die in meinen Mund schießt.

Mein Onkel feixt. »Sieh an, jetzt hält sie die vorlaute Klappe!«

»Sie hat doch keinen Führerschein«, beschwichtigt meine Mutter.

Vor allem habe ich niemanden sonst, der unsere Sachen durch die halbe Stadt fahren kann. Auch wenn außer den paar Umzugskartons hinten auf der Ladefläche nichts mehr davon übrig ist. Unsere alten Möbel hat er längst verscherbelt.

Etwas Dunkles pulsiert in Daniels Blick. »Sie soll sich entschuldigen.«

Ich entschuldige mich an dem Tag, an dem dein Cholesterinwert unter 500 fällt.

Da ist ein Teil in mir, der über ihn lachen möchte. Ein Teil, der ihm zeigen will, dass er so nicht mehr mit uns umgehen kann. Doch im Augenwinkel sehe ich die dünnen Hände meiner Mutter, sehe, wie sie ihre Oberschenkel umklammert, sehe ihre Fingernägel, die völlig abgekaut sind.

Ich beiße meine Zähne aufeinander. »Entschuldige.«

Daniel grunzt und legt betont langsam den ersten Gang ein. Der Bus rollt vom Pannenstreifen.

Wir verlassen den zähen Stadtkern und nähern uns dem grünen Gürtel der Stadt. Im Norden ist dieser Teil schön, mit prächtigen

Brücken und alten Villen, deren Türmchen in den Himmel stechen. Hier im Süden verliert der Fluss sein Betonkorsett und verfranzt sich in einem weitläufigen Ufergebiet, das ebenfalls schön sein könnte, wenn die Autobahnfahrer es nicht als riesigen Mülleimer verwenden würden. Wir nehmen die nächste Abfahrt und kommen auf einen ruhigeren Weg, der durchs alte Industriegebiet führt.

»O nein«, stöhnt meine Mutter. Automatisch überprüfe ich im Seitenspiegel, ob wir in eine Radarfalle gefahren sind, entdecke aber nur eine leere Straße hinter uns.

Ich lehne mich zu ihr, als könnte ich so das Gespräch zwischen uns halten, doch die lauernde Aufmerksamkeit meines Onkels glüht in meinem Nacken. »Was ist los?«

»Wir haben vergessen, deine Tabletten in der Apotheke zu holen«, flüstert sie.

Verdammt. Daran habe ich nicht mehr gedacht.

»Ich fahre auf keinen Fall zurück«, stellt Daniel klar.

Ich rücke näher an meine Mutter, nah genug, um für eine Sekunde das feine Pusteblumenhaar auf meinen Lippen zu spüren. »Ich habe heute Morgen noch eine Infusion bekommen. Das reicht bestimmt erst mal.«

Zumindest reicht es für einen Tag im Krankenhausbett. Wie lange meine Hüfte durchhält, wenn ich Kisten herumschleppen muss, ist eine völlig andere Frage. Aber kein Schmerz der Welt könnte mich jetzt noch dazu bringen, meinen Onkel um einen weiteren Gefallen anzubetteln. Vorher nähe ich meine Zunge am Gaumen fest.

Wir lassen das Industriegebiet hinter uns und biegen auf eine schlecht geteerte Straße ab, die von schmutzigen Reihenhäusern gesäumt ist. Ein paar Kinder jagen einem Ball nach, der in hohen Bögen über die Fahrbahn hüpft, und ihre rauchenden Mütter werfen uns böse Blicke zu, als hätten wir es gewagt, mit einem Kleinbus mitten durch ihr Kinderzimmer zu brettern. Nichts in dieser Straße sieht sonderlich einladend aus, doch im selben Moment blitzt hinter den Häusern das erste Grün der angrenzenden Uferböschung durch, und mein Herz beginnt wild zu pochen.

»Da vorne ist es«, wispert meine Mutter.

Sie war vor drei Tagen mit dem Linienbus hier, um den Mietvertrag zu unterzeichnen. Eine Aufgabe, die ich ihr nur übertragen habe, weil wir die Wohnung sonst nicht rechtzeitig zu meiner Entlassung bekommen hätten. Ich hatte all meine Fingernägel abgekaut und wäre vielleicht noch weiter gegangen, bis sie endlich mit den Unterlagen zurück ins Krankenhaus kam. Unter ihren Armen klebten Schweißringe in der Größe von Pizzatellern.

Jetzt deutet sie auf eine Reihe von Garagentoren, die unter einen grünen Hügel gebaut sind. Auf dem Asphalt davor leuchtet eine unübersehbare Aufschrift: *Parken verboten.* Doch mein Onkel hat sich schon immer die Regeln zurechtgebogen, und der Kleinbus kommt mitten auf dem Schriftzug zum Stehen.

Zwei junge Kerle in Bomberjacken, die in einer Bushaltestelle auf der anderen Straßenseite warten, stoßen sich gegenseitig an und nicken zu uns herüber. Mama zieht ihren Kopf ein und kratzt über die Plastikverschalung der Tür, bis sie endlich den Hebel erwischt und lautlos hinausschlüpfen kann. Daniel wälzt sich ebenfalls aus dem Bus.

Ein erwartungsvolles Kribbeln breitet sich in meiner Brust aus. Ich löse den Gurt und rutsche zur Seite meiner Mutter, weil ich nichts von meinem Onkel berühren möchte, nicht mal die schwitzige Wärme, die er auf dem Fahrersitz hinterlassen hat. Früher wäre mir nicht aufgefallen, dass der Ausstieg höher ist als bei einem normalen Auto, doch jetzt sehe ich die Welt durch den Filter einer künstlichen Hüfte. Obwohl ich so weit wie möglich über das Polster nach unten rutsche, stößt mir der Aufprall wie ein Vorschlaghammer in den Rücken.

Für mehrere Sekunden tanzen bunte Flecken vor mir, die sich nur mühsam zur Seitenwand des Busses blinzeln lassen. Meine Finger krallen sich in die Gummidichtung des Fensters.

»Worauf wartest du noch?!«, bellt Daniel von der Heckseite des Wagens.

Worauf ich warte? Auf einen dieser unglücklichen Zwischenfälle, die eine gute Zeitungsheadline abgeben: Durchgeknallter Messermörder ersticht übergewichtigen Mann.

Hoffnungsvoll linse ich rüber zu den Bomberjacken, die uns noch immer im Blick haben und zwielichtig genug aussehen, um vielleicht eine illegale Waffe unter ihrem *Consdaple*-Schriftzug zu verstecken. Doch allem Anschein nach sondieren sie noch immer die Lage.

Ich hinke zur Rückseite des Autos. Nicht etwa, um bei meinem Onkel Mitleid zu schinden – was aussichtsloser wäre, als in der Sahara Staubsauer zu verkaufen –, sondern weil ich trotz Physiotherapie noch immer nicht richtig gehen kann. Auch Daniel scheint das zu bemerken, denn er packt die größte Kiste aus dem Kofferraum und stößt sie mir gegen die Brust. Ich stolpere gegen die Rücklichter.

»Pass auf den Lack auf«, zischt er.

Ich würde ihm gerne eine schlagfertige Antwort verpassen, doch im selben Moment fällt mein Blick auf etwas, mit dem ich nicht gerechnet habe. Eine lang gezogene Betontreppe mit rostigem Stahlgeländer streckt sich über den Hügel hinauf bis zum Wohnhaus. Eine Treppe mit mindestens fünfzig Stufen.

So viel zu unserer Wohnung *im Parterre.*

Daniel findet wie immer ein paar motivierende Worte. »Beeilt euch, in einer Stunde fahr ich wieder«, schnauft er. »Mit allem, was sich dann noch im Kofferraum befindet!«

Mama senkt den Kopf und eilt mit der ersten Ladung hoch.

Selbstverständlich habe ich im Krankenhaus die ein oder andere

Treppenübung gemacht, allerdings niemals mit einer Kiste, die fast halb so viel wiegt wie ich selbst. Ich stelle einen Fuß auf die erste Stufe und drücke mich vorsichtig nach oben, trotzdem protestiert meine Hüfte sofort. Es ist kein scharfer Schmerz wie bei einem Messerschnitt in den Finger, sondern eher ein dumpfes Ziehen wie bei einem Muskelkater.

Einen Moment lang halte ich inne, als könnten sich die Stufen durch Zauberhand in eine Rolltreppe verwandeln. Aber angesichts der Tatsache, dass wir gerade mal dreihundertfünfzig Mäuse pro Monat für dieses Etablissement berappen, vermute ich, dass keine magische Rolltreppe inbegriffen ist. Besser, wir beeilen uns. Nicht wegen der Drohung meines Onkels, sondern weil ich keine Ahnung habe, wie lange meine Schmerzinfusion durchhält, wenn ich Umzugskisten auf den verfluchten Mount Everest schleppen muss.

Ich habe die Hälfte der Stufen geschafft, als Mama an mir vorbeihuscht, um sich die nächste Kiste zu holen. Dicht gefolgt von einer schnaufenden Dampfwalze, die sich wohl nur deswegen einen weiteren Kommentar verkneift, weil sie sonst vor Atemnot zusammenbrechen würde. Oben angekommen stelle ich erleichtert fest, dass ich zumindest mit einer Sache unrecht hatte: Es sind nur vierzig Stufen. Vierzig Stufen mal einen Kleinbus voller Kisten, geteilt durch drei Personen, minus einer Plastikhüfte, die hoffentlich keinen billigen Made-in-China-Aufdruck trägt. Die Schweißperlen tropfen im Sekundentakt von meinem Kinn.

Im Hausflur werde ich von Hakenkreuzen begrüßt, die allesamt spiegelverkehrt auf die Wände geschmiert wurden. An dem leuchtenden Weiß im Hintergrund erkenne ich, dass die Kritzeleien noch relativ frisch sein müssen. *Dreihundertfünfzig Piepen*, denke ich ernüchtert. *Es muss ja einen Grund dafür geben.*

Gleich die erste Tür gehört zu unserer Wohnung.

Mit der Kiste voran trete ich über die Schwelle und bin erleichtert, als ich das Gewicht endlich abstellen kann. Vor mir erstreckt sich ein winziger Flur mit drei Türen. Hinter einer befindet sich eine kleine Toilette, die sich bei näherer Betrachtung als unser neues Badezimmer herausstellt. Der Flur geht nahtlos in eine Miniküche über, in der nur das Nötigste vorhanden ist: Kühlschrank, Herd und Spülbecken. Vor dem einzigen Fenster steht ein kleiner Tisch mit abgewetzter Eckbank und einem Stuhl.

Dahinter leuchtet etwas Grünes …

»Was lungerst du da draußen rum?!« Daniel hämmert ans Küchenfenster.

Ich zucke zusammen, denn plötzlich befinde ich mich an einem anderen Ort.

Tatsächlich stehe ich draußen. Zumindest fast. Ich muss ein weiteres Zimmer durchquert und den Balkon betreten haben – doch eine Erinnerung daran habe ich nicht. Viel mehr als eine Minute kann nicht vergangen sein, trotzdem mischt sich eine neue Note unter meine Gefühle: der bittere Geschmack von Adrenalin.

Hätte ich jemandem von meinem Blackout erzählen sollen?

Hätten sie mich dann jemals entlassen?

Daniels Stimme dringt aus der Küche, wo er meine Mutter zur Schnecke macht, weil ich den Karton mitten im Flur abgestellt habe. Sie verteidigt mich nicht, sondern entschuldigt sich leise. Nein, es war richtig, den Ärzten nichts zu sagen. Wenn ich früher gewusst hätte, dass Mama sich wieder diesem Mistkerl ausgeliefert hat, wäre ich sogar auf Krücken aus dem Krankenhaus gekrochen.

Der Gedanke an den nächsten Karton ist nicht sonderlich verlockend, also erlaube ich mir einen kurzen Rundumblick. Der Balkon spannt sich über die gesamte Breite der Wohnung, was nicht besonders viel ist, aber genug Platz für ein Sammelsurium aus den verrücktesten Möbeln bietet.

Meine Mundwinkel biegen sich langsam nach oben.

Jedes Jahrzehnt scheint hier draußen vertreten zu sein, ein filigraner Holzschrank mit dünnen Stelzenbeinen aus den Fünfzigern, ein orangefarbener runder Plastikhocker aus den Siebzigern und eine schlichte Glasvitrine aus den Neunzigern. Dazwischen hockt das hässlichste Sofa der Welt, dessen knallbunter Stoffbezug nur im Drogenrausch der späten Achtziger entstanden sein kann.

Grinsend schüttle ich den Kopf und trete ans Geländer.

Das Haus ist bis zur Wand hin mit Grünzeug überwuchert. Weiter hinten fällt der Hügel ab und führt wahrscheinlich hinunter zum Fluss. Zwischen wilden Haselnusssträuchern ragen ein paar Stauden empor, und eine lückenhafte Reihe alter Thujahecken erinnert an eine Zeit, in der dieser Hinterhof besser gepflegt worden ist.

Am anderen Ende des Gartens hängt eine Schaukel unter einer Eiche. Das hochgewachsene Gras streift ihre Sitzfläche, als hätte sie schon länger niemand mehr benutzt. In meiner Brust flammt der Wunsch auf, hinzugehen, mich an den Seilen festzuhalten und meinen Kopf weit in den Nacken zu werfen, während ich immer höher ins unendliche Blau des Himmels hinaufschaukle. Doch ein raues Gefühl unter meinen Händen holt mich aus dieser Vorstellung zurück.

Meine Finger ertasten eine abgewetzte Stelle auf dem Balkongeländer. Zwei Stellen, um genau zu sein, ungefähr dreißig Zentimeter auseinander. Ich streiche über die abgesplitterten Holzfasern und frage mich, wodurch sie wohl entstanden sind.

»Kommst du jetzt endlich, verdammt nochmal?!«

Mein Atem stößt aus beiden Nasenlöchern. Die Geheimnisse dieses Hauses werden noch warten müssen.

Ich gehe zurück ins Zimmer mit der Balkontür, durch das ich vorhin so gedankenverloren gekommen bin, dass es sich jetzt wie das erste Mal anfühlt. Ein Einzelbett mit nackter Matratze, ein Kleiderschrank an der Wand, Sonnenlicht, das schlecht abgewischte Putzspuren auf dem Fensterglas offenbart, und der Geruch nach frischer Farbe. Sonst ist nichts darin.

Meine Mutter hat die Umzugskisten in die kleine Abstellkammer gegenüber dem Badezimmerklo geschleppt. Die Kammer hat nur zwei schmale Milchglasfenster oben an der Wand, die zum Hausgang hin vergittert sind.

»Denkst du, hier passt eine Matratze rein?«, fragt sie mich im Vorbeigehen.

Ich bleibe stehen. »Wieso eine Matratze?«

Im selben Moment läuft es mir eiskalt über den Rücken. Wie konnte ich das übersehen? Die Wohnung hat nur zwei Räume, das Schlafzimmer und diese Kammer hier, die im Inserat sehr viel größer wirkte. *Du hast dir diese Wohnung doch vor ein paar Tagen angeschaut,* würde ich am liebsten sagen. *Warum hast du mir nicht gesagt, wie klein sie ist?*

Aber das wäre nicht fair. Meine Mutter hat auf meinen Wunsch hin ihre Unterschrift unter den Vertrag gesetzt. Ich hätte die Maße der Zimmer selbst überprüfen müssen. Es ist meine Schuld. Meine Verantwortung.

»Ich schlafe hier«, entscheide ich.

»Nein«, widerspricht meine Mutter. »Du brauchst ein richtiges Bett für deine Hüfte.«

Für einen Moment bin ich so verdattert über ihren Einspruch – etwas, das ungeheuer selten vorkommt –, dass sie mein Schweigen fehlinterpretiert. Sofort knetet sie ihre Hände. »Sobald ich wieder arbeite, bin ich tagsüber sowieso nicht daheim«, rechtfertigt sie sich. »Und abends lässt du mich vielleicht mal durch dein Zimmer hinaus auf den Balkon gehen?«

»Was ist das für eine Frage? Natürlich kannst du auf den Balkon gehen. So oft du willst.«

»Ach, Rena.« Sie lächelt, doch ihre Augen werden wässrig. »Ich weiß, ich bin keine ... Lass mich zumindest diese eine Sache für dich tun, ja?«

Ich nicke stumm, weil es keine Antwort über den Kloß in meinem Hals schafft.

Daniel ist wütend, als wir wieder vor dem Kleinbus ankommen. Seine Doppelkinne beben unter dem verschwitzten Gesicht, und die Schweißringe unter seinen Armen haben sich zu einem einzigen Fleck verschmolzen. Als wäre das nicht Ansporn genug, um schleunigst mit der nächsten Kiste im Haus zu verschwinden, zeichnen sich unter dem halbtransparenten Stoff auch noch seine haarigen Nippel ab.

Ich schüttle mich.

»Kannst du noch lahmarschiger eine Treppe herunterkommen?!«, zischt er zur Begrüßung. »Du bleibst jetzt hier und lädst den Bus aus, verstanden? Deine Mutter und ich tragen die Kisten hoch.«

Ich gebe mir größte Mühe, nicht erfreut über diesen Vorschlag zu wirken, damit er nicht merkt, was für einen riesigen Gefallen er mir tut. Leider dauert diese unerwartete Glückssträhne nur fünf Minuten. Daniel und meine Mutter sind gerade wieder im Haus verschwunden, als die Bomberjacken sich doch noch dazu entscheiden, etwas gegen den Kleinbus im Parkverbot zu unternehmen.

Ich stelle gerade eine Kiste vor der Treppe ab, als die zwei Kerle ihre Schatten über mich werfen. Beide haben unscheinbare, teigige Gesichter und so kurze Haare, dass ihre fettige Kopfhaut darunter hervorschimmert.

»Der Bus muss da jetzt weg«, beschließt der Erste. Seine dichte Monobraue verleiht ihm einen finsteren Ausdruck.

Der andere kann sich ein Grinsen kaum verkneifen.

Ich seufze innerlich. Natürlich kommen unsere selbst ernannten *Heimatschützer und Traditionsbewahrer* erst dann auf die Idee, ihren Parkplatz vor einem Umzugswagen zu verteidigen, als der Hundertfünfzigkilobesitzer im Haus verschwunden ist und nur eine humpelnde junge Frau zurückgelassen hat.

Ich möchte den Kerl beschwichtigend anlächeln, schaffe es jedoch nur, meine Lippen über die Zähne hochzuziehen. »In zwanzig Minuten sind wir fertig.«

Bomberjacke verschränkt seine Arme vor der Brust. »In zwanzig Minuten steht längst ein Abschleppwagen hier. Fahr *jetzt* weg.«

Nummer zwei grunzt amüsiert.

Bestimmt haben sie gesehen, dass nicht ich hinterm Steuer saß, als wir angekommen sind. Es geht ihnen überhaupt nicht um das Auto oder den Parkplatz. Es geht ihnen darum, mich klein zu machen. *Wollt ihr nicht doch lieber auf meinen Onkel warten? Eure faschistischen Ansichten würden sich glänzend verstehen.*

»Da hinten ist noch ein Parkplatz frei«, bietet Monobraue hilfsbereit an und deutet mit dem Kinn zur anderen Straßenseite. Neben der bunt besprühten Bushaltestelle befindet sich eine schmale Spur, auf die sich eng geparkte Autos quetschen. Nur eine Lücke ist frei, die mit sehr viel Glück genügend Platz für den ausladenden Hintern eines Kleinbusses bietet. Ein großes Auto und eine kleine Frau. Die Bomberjacken wittern bereits das Vergnügen.

Plötzlich spannt ein merkwürdiges Gefühl an meinem Mund. Ich benötige einen Moment, um es als ein breites Grinsen zu identifizieren. »Dann geht besser aus dem Weg, sonst passiert noch ein Unglück.«

Überraschung flackert über die Gesichter der beiden Kerle, als ich den Kofferraum vor ihren Nasen zuknalle und zur Fahrertür marschiere. Ich kann ihre Reaktion gut nachvollziehen, denn ich bin mir selbst nicht sicher, was genau ich eigentlich vorhabe. Ohne einen weiteren Gedanken daran zu verschwenden, rutsche ich hinters Lenkrad und höre kurz darauf das Aufheulen des Motors.

Meine Hand schließt sich um den Schalthebel, rührt ihn einmal im Kreis und legt den Rückwärtsgang ein. Kaum spüre ich das Gaspedal unter meinem Fuß, saust der Wagen schon auf die Straße. Vielleicht einen Hauch zu nah an den Bomberjacken vorbei, denn beide springen auf den Bürgersteig zurück und starren mir mit aufgerissenen Mäulern nach.

Der Rest ist einfacher, als ich dachte. Der Wagen gleitet rückwärts in die Parklücke hinein, und das Lenkrad unter meinen Fingern dreht die Reifen gerade. Mehrere Sekunden lang starre ich abwechselnd auf beide Seitenspiegel, weil ich es selbst nicht fassen kann, keine einzige Korrektur vornehmen zu müssen. Oder nicht mit Vollgas in die Bushaltestelle hinter mir gebrettert zu sein.

Ich will gerade die Tür aufschwingen, als ein lautes Hupen mich zurückhält, und ein Linienbus dicht an meiner Fensterscheibe vorbeibraust. Als ich aussteige, sind die Bomberjacken verschwunden.

»WAS ZUM TEUFEL FÄLLT DIR EIN?!«

Dafür ist Daniel wieder da.

Er wuchtet seinen Körper auf die andere Straßenseite, inspiziert im Vorbeigehen seine Stoßstange und versetzt mir mit der flachen Hand einen Stoß gegen die Brust. Ich falle gegen die Seitenwand des Busses und bin gerade dabei, die Plastikteile in meiner Hüfte zu einem Gegenschlag zu motivieren, als sich eine Pusteblume zwischen uns stellt.

»Daniel, bitte nicht!« Mama hält beide Hände beschwichtigend in die Höhe.

Er verpasst ihr eine so schallende Ohrfeige, dass ihre blonden Haare herumfliegen. »Du Luder! Dankst du mir so meine Hilfsbereitschaft?!«

Plötzlich klatscht etwas in sein speckiges Gesicht. Ich kann den

Abdruck des Schlüsselbunds noch immer in meiner Handfläche fühlen. Schützend stelle ich mich vor meine Mutter. »Wenn du sie noch einmal anfasst, rufe ich die Bullen.«

Er versetzt mir einen weiteren Stoß, doch diesmal halte ich seinem Angriff stand. Kurz ringen unsere Blicke miteinander, dann hebt er die Schlüssel vom Boden auf und steigt mit selbstgerechter Miene in den Bus, als könnte er uns nichts Schlimmeres antun. »Das habt ihr jetzt davon!«, keift er mit stolzgeblähter Brust. »Nun werden die Damen ihren Mist selbst die Treppe hochtragen müssen! Kommt bloß nicht wieder bettelnd bei mir angekrochen!«

»Daniel!«, ruft meine Mutter.

Ich bleibe vor ihr stehen, bis sich der Kleinbus aus der Parklücke manövriert hat und mit einer braunen Abgaswolke die Straße hinabdonnert.

»Hast du das gesehen?«, dringt eine amüsierte Stimme aus meinem Mund. »Der Penner brauchte drei Anläufe, um aus der Lücke zu kommen.«

Mama wirft mir einen entgeisterten Blick zu. »Da waren noch unsere Sachen drin.«

Ein überwältigendes Grinsen breitet sich auf meinem Gesicht aus. Vielleicht sollte ich mich schlecht fühlen, wegen des Streits mit meinem Onkel, wegen seiner Handgreiflichkeit oder wegen der letzten Kisten im Kofferraum. Doch alles, was ich spüre, ist die brennende Erleichterung, ihn los zu sein.

Mein Blick fällt auf das Wohnhaus auf dem Hügel. Trotz der Hakenkreuze und verwilderten Sträucher, ja trotz einer Außentreppe, die jede Stufe einzeln in meine Hüfte meißelt, habe ich zum ersten Mal seit langer Zeit wieder das Gefühl, endlich – *endlich!* – wieder zu Hause zu sein.

Ich kriege das hin, denke ich plötzlich. Ich habe einen Unfall überlebt, eine zerschmetterte Hüfte, ein Koma, selbst einen sadistischen Widerling, der andere Leute in den Boden stampft, um sich selbst groß zu fühlen. Jetzt gibt es nichts mehr, das sich meinem Neuanfang in die Quere stellen könnte.

Jedenfalls nichts mehr, woran du dich erinnerst, fügt eine leise Stimme in mir hinzu.

Ich schlucke.

Höchste Zeit, die restlichen Sachen reinzutragen.

Zum Glück stellt sich heraus, dass ich fast alle Kartons abgeladen hatte. Allerdings bedeutet das auch, dass wir fast alle Kartons vierzig Stufen hinauf schleppen müssen. Mama bietet an, dass sie den Treppenteil übernimmt, doch die Hakenkreuze an der Bushaltestelle spornen mich an, unsere spärlichen Besitztümer lieber rasch reinzubringen, bevor noch mehr Parkplatzwächter auftauchen können.

Bei der letzten Kiste zittern meine Beine so sehr, dass ich es unmöglich verbergen kann. Jeder einzelne Schritt bis zur Tür feuert von meinen Lenden hinauf in meine verkrampften Schultern und spießt sich durch meine Halsmuskeln.

Ich stolpere in die Wohnung und lasse die Kiste versehentlich auf den Boden fallen. Etwas zerbricht, aber ich habe keine Zeit mehr, um nachzusehen. Meine Hand stößt gegen die Badezimmertür, und meine Knie geben genau in dem Augenblick nach, als ich meine Hände ums Waschbecken kralle. So leise wie möglich würge ich über dem Abfluss.

»Rena?« Mama kommt nicht herein, was diesmal nicht an ihrer Unsicherheit liegt, sondern vielmehr daran, dass sie dafür zwischen meinen Beinen hindurchkriechen müsste.

»Alles gut, mach dir keine Sorgen.« Zitternd wische ich über meinen Mund. Ein Blick in den Spiegel zeigt mir, dass ich so weiß wie die frisch gestrichenen Wände hinter mir bin.

»Wenn wir nur deine Tabletten geholt hätten«, sagt sie besorgt.

Ich möchte sie beruhigen, doch im selben Augenblick dreht sich alles vor mir. Meine Mutter verwischt zu einem undeutlichen Fleck, als würde jemand an den Linsen in meinen Augen drehen. Nur mit Mühe stelle ich sie wieder scharf. »Es geht gleich wieder. Ich hau mich ein paar Minuten aufs Ohr.«

Leider ist das nicht so einfach, wie ich es mir vorgestellt habe. Ich muss mich an der Wand entlangtasten, um nicht der Länge nach in den Flur zu knallen, und dabei so tun, als würde ich die krampfhaft verknoteten Hände meiner Mutter nicht sehen. Als ich es endlich in mein neues Zimmer geschafft habe und meine unbeschwerte Maske wie trockener Gips von meinem Gesicht bröselt, stehe ich vor einem anderen Problem. Einem ziemlich voll beladenen. So wie es aussieht, hat Daniel doch das letzte Wort heute: Alle Kisten, die er getragen hat, stapeln sich auf meinem neuen Bett.

Am liebsten würde ich mich auf den nackten Boden werfen. Doch dann schießt ein Bild durch meinen Kopf, ein so wunderbares, dass ich vor Freude auflache. Ein hässliches Sofa aus den Achtzigern!

Ich humple auf den Balkon und lasse mich der Länge nach auf das Sofa fallen. Die Erleichterung in meiner Hüfte ist so überwältigend, dass ich in die Polster beiße und glückselig hineinstöhne. Der Geruch nach altem Stoff, grüner Luft und noch etwas anderen, etwas angenehm Vertrautem füllt meine Nase. Meine Finger graben sich tief in den bunten Bezug.

Langsam aber sicher lösen sich meine verkrampften Muskeln. Ein Windspiel klimpert in der Ecke, und das Rauschen der Bäume ringsum scheint zu flüstern: *Lass los, ruh dich aus, du hast es verdient.* Ehe ich einwenden kann, dass jemand die Kartons auspacken muss, reißt mich der Schlaf aus meinem Bewusstsein.

Diesmal träume ich nicht.

Es fühlt sich bloß nach Sekunden an, in denen ich weg war, doch als ich aufwache, brennt sich eine blutrote Sonne durch die Spalten im Geländer und fällt in orangefarbenen Streifen über meinen Körper. Die Übelkeit von vorhin ist verschwunden, und die stechenden Glassplitter in meinem Rücken sind wieder zu Muskelsträngen verschmolzen. Nur sehr langsam wird mir bewusst, dass mich etwas aufgeweckt hat.

Musik. Blecherne Radiomusik, die in den Boxen kracht. Offenbar kann sich jemand nicht für einen Sender entscheiden, denn Pophits werden von Schlagern und schließlich Operngesang abgewechselt. Noch etwas anderes dringt durch den Lärm. Zuerst halte ich es für eine merkwürdige Art von Backgroundgesang, dann schraubt sich der Ton höher und reißt abrupt wieder ab. Es ist die Stimme einer Frau.

Ich stütze mich auf die Unterarme, um zum nächsten Balkon hinüberzusehen. Er ist mit einer Sichtschutzwand von unserem abgetrennt, doch es hört sich nicht so an, als käme die Musik von dort. Mein Blick gleitet hinauf zur Decke, die eigentlich der Boden eines weiteren Balkons direkt über mir ist. Den Geräuschen nach reißt oben eine Tür auf.

»Hör auf! Sei endlich still!«, ruft die Frau.

Das Radio wird schlagartig abgedreht.

Ich höre ihre Schluchzer, dann ein Krachen der Tür. Mehrere Sekunden lang sitze ich mit pochendem Herzen da und lausche hinauf.

Plötzlich bewegt sich etwas über mir. Ein ausgelatschter Sneaker, dicht gefolgt von einem zweiten, erscheint an der Brüstung des oberen Balkons. Zwei lange Beine baumeln zu mir herab, die in so löchrigen Jeans stecken, dass die Knie praktisch nackt sind. Mit einem gezielten Satz landen die Füße auf meinem Geländer, genau auf den beiden abgewetzten Stellen, die mir am Nachmittag aufgefallen sind.

Ich folge den Hosenbeinen nach oben zu einem Streifen knallroter Boxershorts. Darüber entblößt sich ein flacher Bauch, der sofort von einem nachrutschenden T-Shirt bedeckt wird. Als Letztes bückt sich ein dunkler Haarschopf unter der Kante hindurch.

»Was soll das werden?«, frage ich überrascht.

Der Kerl ignoriert mich, obwohl ich direkt vor ihm sitze.

Wie ein überdimensionaler Frosch kauert er sich auf mein Balkongeländer, so als würde er sich jeden Moment mit den Füßen abstoßen und einfach auf mich draufhüpfen. Was bei seinem Gewicht ziemlich schmerzhaft enden könnte.

»Hey!« Erschrocken schießt mein Finger nach vorne und pikst in seine Brust. »Pass gefälligst auf!«

Sein Gesicht schnellt so plötzlich hoch, als hätte ich ihm einen Schlag in die Magengrube verpasst. Für eine Sekunde weiten sich seine Augen, gerade lange genug, um mir klarzumachen, dass etwas mit ihnen nicht stimmt. Mir bleibt keine Zeit, um herauszufinden, was es ist, denn im nächsten Moment verliert er das Gleichgewicht und fällt von meinem Balkon.

Ich vermiete dir mein Sofa

Einen Moment lang bin ich wie erstarrt, dann beuge ich mich so weit über die Balkonbrüstung, wie meine Plastikhüfte es zulässt. Der Kerl kann nicht sonderlich tief gefallen sein, immerhin befindet sich unsere Wohnung im Parterre, und nur ein paar Kellerfenster blitzen zwischen dem dichten Gestrüpp hervor. Trotzdem ist keine Spur von ihm zu sehen, da unten rührt sich nicht mal ein Blatt.

»Hey! Lebst du noch?!«

Keine Antwort.

O Gott, lass mich nicht schon am ersten Tag einen Nachbarn auf dem Gewissen haben!

»Hör zu, ich kann nicht zu dir runterkommen, also sag bitte was!«

Ein Windspiel klimpert in der Ecke. Es sind aufgefädelte Kronkorken, die in der roten Abendsonne blitzen. Ein paar der durchsichtigen Nylonschnüre wehen wie lose Spinnenfäden im Wind, als hätte man einen Teil davon abgerissen. Von dem Typ ist kein Ton zu hören.

Shit.

Verzweifelt blicke ich über meine Schulter und suche im staubigen Küchenfenster nach einer Lösung. Drinnen brennt nirgendwo eine Lampe, was bedeuten muss, dass meine Mutter bereits schläft. Obwohl das keinen Unterschied macht. Ich kann nicht zu ihr reingehen, an ihren schmalen Schultern rütteln und sie darum bitten, einen wildfremden Kerl in den Büschen vor unserem Haus zu suchen. Für sie ist es noch schwieriger, da runterzugehen als für mich, wenn auch aus völlig anderen Gründen.

Mein Kopf dreht sich zurück nach unten.

Ich versuche abzuschätzen, wie lange ich durch die Wohnung, rund um das Haus und durch all die Sträucher brauche, um ihn zu erreichen. Wenn das Buschwerk tatsächlich so tief ist, um jemanden in seiner Größe zu verschlucken, bleibe ich vermutlich auf halbem Weg stecken und muss selbst gerettet werden.

Aber habe ich eine andere Wahl?

Die Balkone des Hauses sind verlassen, selbst aus der Wohnung über mir ist jetzt nichts mehr zu hören. In unserem alten Wohnhaus hätte ich bei den Nachbarn geklingelt, doch die Hakenkreuze im Flur lassen diese Option nicht besonders attraktiv erscheinen. Gegen meinen Willen tauchen Worte wie *Schädelbasisfraktur* und *Gehirnerschütterung* in meinem Kopf auf. Mir bleibt nichts anderes übrig, als selbst nach dem Kerl zu sehen. Oder bei dem Versuch erbärmlich abzustürzen.

»Verdammt«, murmle ich.

Vor einem Jahr hätte ich mich einfach über den Balkon geschwungen, jetzt beiße ich auf meine Unterlippe und rutsche vorsichtig übers Geländer. Für einige Sekunden bleibe ich wie eine schlechte Planking-Imitation darauf liegen, dann gleitet mein Bein über die Kante hinweg und zieht meinen Körper langsam hinterher.

Das dichte Gebüsch streift meine Schuhsohlen.

Viel mehr als ein Meter kann es nicht zum Boden sein, aber wenn ich unglücklich lande, spielt das auch keine Rolle mehr. Ich sehe mich bereits fallen, während mein Knöchel von Ästen und Ranken umschlungen ist, spüre das Brechen meiner Knochen und habe augenblicklich den Geruch von Desinfektionsmittel in der Nase. Kalter Schweiß bricht mir aus.

»Wenn du dir nicht mindestens den Hals gebrochen hast, drehe ich ihn dir höchstpersönlich um!«, zische ich zu den Brennnesseln. Es ist mehr ein Kampfschrei als eine ernst gemeinte Drohung, ein Schlachtruf an all meine Körperteile, keinen Schmerz zu spüren und ihre Pflicht zu erfüllen.

Ich lasse das Geländer los.

Meine Schuhe gleiten durch die Blätter und landen einen Sekundenbruchteil später auf verwurzeltem Boden. Zu meinem absoluten Erstaunen stehe ich noch auf beiden Füßen und kann mein Glück kaum fassen. Dann, mit einem Herzschlag Verspätung, rollt eine Lawine an Schmerz über mich hinweg, reißt den Atem von meinen Lippen und zwingt mich in die Knie. Meine Hände schlagen sich in den Dreck.

Es würgt mich, doch es befindet sich nichts in meinem Magen, das ich noch loswerden könnte. Eine Weile kauere ich so im Gestrüpp, pumpe Sauerstoff in meine verkrampften Lungen und unterziehe meinen Körper einer inneren Untersuchung. Das Stechen in meiner Hüfte reicht aus, um mir Magensäure in den Hals zu treiben, aber es ebbt allmählich wieder ab.

»Wo steckst du?«, presse ich hervor. Mit zitternden Fingern taste ich mich durchs Blätterwerk und stoße gegen etwas Weiches. Ich drücke ein paar Zweige weg und entdecke den Kerl vor mir auf dem Boden.

Er liegt reglos auf dem Rücken, die langen Arme und Beine wie ein Seestern von sich gestreckt. Seine Haut schimmert so blass wie meine, als hätte auch er den Sommer eingesperrt in einem Zimmer verbracht, doch seine Haare glänzen wie dunkle Schokolade. Ein paar Strähnen reichen ihm bis zur Nasenspitze, weshalb ich seine Augen zuletzt bemerke.

Sie stehen offen. Und starren hinauf in die Blätter.

Ein grüngesprenkeltes Auge und ein hellblaues.

Heterochromie. Der Fachbegriff schießt durch meinen Kopf, als würden meine Gedanken mich von der Tatsache ablenken wollen, dass offene Augen und ein regloser Körper selten etwas Gutes bedeuten.

Zögernd sinkt meine Hand auf seine Brust. Ich stelle mir das schwarze Kreuz auf einer Schatzkarte vor, eine Markierung, unter der ich keine Goldmünzen zu finden hoffe, sondern nur einen

Herzschlag. Doch bevor ich ein Lebenszeichen ausgraben kann, passieren zwei Dinge gleichzeitig. Ein Stromschlag jagt durch mich hindurch, als hätte ich meine Hand in ein Wasserbecken voller Zitteraale getaucht. Im selben Moment dreht er sein Gesicht zu mir.

»Du bist wach?!« Meine Finger zucken zurück.

Sein ungleicher Blick durchbohrt mich. Ohne mich aus den Augen zu lassen, setzt er sich langsam auf. Ich widerstehe dem Impuls, meinen Hals nach einem zweiten Kopf abzutasten, oder was auch immer er an meinem Anblick so faszinierend findet. Erst als ich meine Augenbrauen hochziehe, scheint ihm sein Starren bewusst zu werden. Er wendet den Blick ab und betrachtet seine Hände, als wolle er sie auf Verletzungen überprüfen, aber außer ein paar zerquetschten Blättern und etwas krümeliger Erde klebt nichts daran.

Wieso sagt er nichts? Sicherheitshalber checke ich seinen strubbeligen Hinterkopf, doch auch da ist alles in Ordnung. Es klafft weder ein Loch in seinem Schädel, noch rinnt Blut über seinen Nacken. Und da er mir bisher nicht vor die Füße gekotzt hat, wage ich zu hoffen, dass er auch keine Gehirnerschütterung hat.

»Hat es dir die Sprache verschlagen?«, versuche ich es nochmals.

Plötzlich huscht ein Leuchten über sein Gesicht, als wäre ihm eine Sicherung durchgebrannt und er hätte nur eine Weile benötigt, um sie zu überbrücken. Ein merkwürdiges Grinsen wächst auf seinem Mund, das ich beim besten Willen nicht deuten kann. Einige Augenblicke lang halte ich jede Reaktion für möglich: Er könnte mir an die Gurgel springen oder mich genauso gut in eine leidenschaftliche Umarmung reißen. Doch er tut keines von beidem. Stattdessen atmet er sehr tief ein, als hätte er minutenlang die Luft angehalten.

»So wie es aussieht, lebe ich noch«, antwortet er mit einer unerwartet tiefen Stimme. Seine blasse, glatte Haut verleiht ihm etwas Jungenhaftes, doch er klingt wie ein erwachsener Mann. Er dürfte in meinem Alter sein.

Die Erleichterung, meinen neuen Nachbar doch nicht ermordet zu haben, ist leider nur von kurzer Dauer. Denn im selben Augenblick wird mir klar, dass der Penner auf meine allererste Frage geantwortet hat. Die ich ihm gestellt habe, bevor ich mich hier runterquälen musste.

Ich schnappe nach Luft. »Warst du etwa die ganze Zeit –«

Er hält seine Hände hoch und schneidet mir das Wort ab. »Willst du nicht zuerst wissen, wer ich bin, bevor du mir die Augen auskratzt?«

»Nein«, fauche ich.

Ein amüsiertes Lächeln zuckt um seinen Mund. »Ich heiße Kick.«

»Kick?«, wiederhole ich spöttisch. »Wie in: Es verschafft dir einen Kick, unerlaubt von fremden Balkonen herunterzufallen? Auf keine Rufe zu reagieren, mich in dieses Drecksloch zu locken und dann die Unverschämtheit zu besitzen, dir nicht mal den Schädel eingeschlagen zu haben?«

Sein Lächeln wird noch breiter. »Kick ist mein Nachname.«

Ich ziehe eine Augenbraue hoch. »Und wie heißt du davor? Oder soll ich dich vielleicht siezen, während ich dir die Leviten lese?«

»Wenn ich dir meinen Vornamen verrate, muss ich dich leider umbringen.«

»Mich umzubringen ist nicht so einfach, wie es aussieht«, erwidere ich zähneknirschend. Mir ist vollkommen klar, dass ich mit meiner hellen Haut und den dünnen Armen, die ich von meiner Mutter geerbt habe, in den Augen anderer Leute ebenfalls wie eine Pusteblume aussehe. Aber wenn man mich umtritt, weiß ich mich zu wehren. Ich habe Dornen.

»Verrätst du mir deinen Namen?« Sein ungleicher Blick springt in meinem Gesicht hin und her, als würde er es kartographieren. Milchiges Blau, wie der Himmel an einem sehr frühen Morgen, und gesprenkeltes Grün, wie eine Wiese kurz nach der Schneeschmelze.

Die Farben seiner Augen sind für sich genommen schön, doch nebeneinander verleihen sie ihm etwas Durchdringendes. Als könnte er in mich hineinsehen.

Ich rücke ein Stück von ihm ab. »Eigentlich will ich nur zurück auf mein Sofa.«

»*Renates* neues Sofa«, erwidert er amüsiert.

Mein Herz hüpft. »Woher weißt du, wie ich heiße?!«

Er zuckt mit den Schultern. »Deine Mutter hat dich so gerufen, als ihr die Kisten reingeschleppt habt.«

»Meine Mutter nennt mich höchstens Renate, wenn ich sie nicht hören kann«, stelle ich klar. »Und dir rate ich das auch, falls du lebend aus diesem Busch rauskommen willst. Ich bin Rena, okay?«

»Rena...«, wiederholt er andächtig, als würde er den Klang meines Namens ausprobieren.

Der Typ ist mir unheimlich. Mit seinem punkigen Haarschnitt, der vorne lang und im Nacken kurz ist, wirkt er zwar nicht wie jemand, der Hakenkreuze in den Flur schmiert, trotzdem ist mir sein Interesse eine Spur zu intensiv. Vielleicht liegt es an seinen komischen Augen, aber ich werde das Gefühl nicht los, seinen Blick an mir kleben zu haben. Besser, ich beende unser kleines Rendezvous.

»Ich würde gerne noch länger mit dir im Dreck hocken und mir ein paar Zecken einfangen«, erkläre ich ihm. »Aber die Sonne geht unter, und ich möchte es vor Anbruch der Nacht zurück auf den Balkon schaffen.« *Also verzieh dich, damit ich meinen steifen Hintern ungestört übers Geländer wuchten kann.*

Ohne seine Antwort abzuwarten, drücke ich meine Finger in die Erde und stoße mich vom Boden ab. Leider ist meine Hüfte mit der plötzlichen Bewegung nicht einverstanden und feuert einen Warnschuss in meinen Rücken ab. Ich werfe die Arme aus, um mich irgendwo festzuhalten, bevor meine Beine wegknicken können, und kralle mich ausgerechnet in schwarzem Stoff fest.

Einem schwarzen T-Shirt, um genau zu sein.

Dessen Träger in Lichtgeschwindigkeit aufgestanden sein muss, um jetzt über mir zu ragen und auf mich herabzugrinsen. So viel muss ich dem Kerl lassen, er hat ausgezeichnete Reflexe.

Er blickt mir tief in die Augen. »Du bist ...«

Ich schlucke.

»... viel kleiner als ich dachte«, beendet er den Satz. »Darf man mit deiner Größe überhaupt Auto fahren?«

Ich stoße ihn von mir. »Das nächste Mal lande ich auf deinem Kopf!«

Sein tiefes Lachen rollt über mich hinweg.

Mit geballten Fäusten drehe ich mich zum Balkon. Die untere Kante beginnt bei meinem Bauchnabel, was bedeutet, dass ich meinen Fuß irgendwie dort hinauf befördern muss. Noch einmal wäge ich den langen Weg ums Haus ab, doch von hier unten wirkt das Gestrüpp noch undurchdringlicher. Zurück übers Geländer zu klettern, bleibt meine einzige Option. Ich wünschte nur, ich hätte dabei keinen grinsenden Zuschauer.

Er bemerkt mein Zögern. »Alles okay?«

»Sportverletzung«, sprudelt es aus meinem Mund. Ich will nicht dem erstbesten Kerl, dem ich nach sechs Monaten Zwangszölibat begegne, von meiner künstlichen Hüfte erzählen. Leute, die Probleme mit rhythmischen Bewegungen haben, klingen nicht besonders sexy. Was nicht bedeutet, dass er mich sexy finden soll, verdammt nochmal!

»Soll ich dir helfen?«

»Das wäre echt super. Leg dich einfach hier auf den Boden«, schlage ich vor. »Falls was schiefgeht, falle ich wenigstens weich.«

Sein Grinsen fängt Feuer. »Du musst nicht extra auf einen Balkon klettern, um dich auf mich zu werfen. Wir könnten drüber verhandeln.«

Ich funkle ihn an. »Kannst du bitte einen Schritt zurückgehen? Dein Ego nimmt mir den Platz weg.«

Er weicht zurück und breitet seine Arme in einer Geste aus, die wohl heißen soll: *Das Gebüsch gehört ganz und gar dir.* Sein amüsierter Blick bleibt unnachgiebig auf mir haften.

Ich kralle mich an die Außenseite des Balkons. Auch wenn ich diesen Kerl überhaupt nicht kenne, glüht in mir das Verlangen auf, mich locker leicht über das Geländer hochzuschwingen und oben triumphierend meine Haare in den Nacken zu werfen. Leider klebt mir jetzt schon der Schweiß unter den Achseln.

Vergiss ihn endlich und bring es hinter dich!

Entschlossen quetsche ich meinen Fuß in eine Spalte des Geländers. Obwohl ich keine Kraft in mein Bein lege, ächzt meine Hüfte wie eine alte Holztür. Mir wird nur ein einziger Versuch bleiben, um mich nach oben zu ziehen, und wenn er misslingt, kann ich die Nacht auf einem Ameisenhügel verbringen. *Oder schlimmer noch,* denke ich mit einem verstohlenen Blick zurück.

Mit zusammengebissenen Zähnen stoße ich mich vom Boden ab. Der Schwung reicht aus, um die obere Kante der Brüstung zu packen, doch kaum halte ich mich fest, spießen sich zwei glühende Lanzen durch meine Pobacken und lähmen meine Beine. Kurz bevor ich abstürze, schafft es nur ein einziger Gedanke durch meinen Kopf: *Bloß nicht wieder ins Krankenhaus!*

Aber dann geschieht etwas, womit ich nicht gerechnet habe.

Plötzlich lässt der Schmerz in meinem Rücken nach, und das Gefühl strömt zurück in meine Beine. Bedauerlicherweise handelt es sich nicht um ein spontanes Heilungswunder, sondern um einen Kerl, der ungefragt hinter mich geklettert ist und mich mit seinem Körper abstützt.

Meine Gehirnhälften streiten miteinander, ob sie ihm dafür dankbar sein oder ihm einen Ellbogen in den Magen rammen sollen. Sie einigen sich darauf, dass der Ellbogen noch Zeit hat, bis ich sicher auf der anderen Seite des Balkons angekommen bin.

»Das wäre nicht nötig gewesen«, blaffe ich.

»Weiß ich«, haucht Kick in meine Haare. »Ich hatte Mitleid mit den Pflanzen, die du erschlagen hättest.«

Als wäre das nicht genug, hilft er mir auch noch über die Brüstung, indem er nacheinander meine Beine hochhebt und mir hinterherklettert. Zu seinem Glück fühlt es sich nicht so an, als würde er mich bloß betatschen wollen. Er kommentiert sein Vorgehen mit keinem Wort, nicht mal mit einem anzüglichen Grinsen, und in mir keimt die beklemmende Vorahnung auf, dass er vielleicht einfach nur nett ist.

Na toll. Jetzt fühle ich mich nicht nur hilfsbedürftig, sondern auch noch undankbar. Mit brennenden Wangen humple ich zum Sofa und falle vornüber auf die Polster. Eine Staubwolke wirbelt auf und kitzelt meine Nase, aber ich gebe mich nicht der Erniedrigung hin, wegen eines lächerlichen Staubkorns niesen zu müssen.

»Brauchst du ein Kissen?«, fragt Kick.

Ich murmle in den Stoff, ohne mein Gesicht zu heben. »Du bist immer noch da?«

Kick macht ein Geräusch, das ich nicht einordnen kann, also schiele ich heimlich zwischen meinen Haaren hindurch. Er kniet vor dem Sofa und zieht eine Schublade auf, die mir noch nicht aufgefallen ist. Darin liegen grässlich bunt bestickte Kissen, von denen keines zum anderen passt. Ein sonnengelbes mit Bommeln wird vor meine Nase gedrückt.

»Hier, das passt zu dir.«

Ich stopfe es unter meinen Nacken, um wieder freie Sicht zu haben. »Wieso?«

»Es leuchtet.« Er setzt sich einfach so zu mir, ohne vorher zu fragen. Sein Gewicht drückt eine Delle ins Polster, und meine Füße rutschen an seinen warmen Rücken, bevor ich sie aufhalten kann. Rasch ziehe ich sie zurück. »Ehrlich«, fügt er hinzu. »Deine Beine blenden mich. Wirst du jemals braun?«

»Du kennst dich hier verdammt gut aus«, knurre ich. »Ein bisschen zu gut für eine fremde Wohnung, findest du nicht?«

Er lächelt zu mir herab. »Ich kenne diesen Balkon besser als mein Schlafzimmer. Der gute alte Parzi ließ mich hier draußen pennen, wenn ich es drinnen nicht mehr ausgehalten habe.«

Ich verenge meine Augen. »Ist das unser Vormieter?«

Er nickt. »Das Sofa habe ich selber besorgt. Eigentlich habe ich alles besorgt, was hier so rumsteht.«

Mein Blick schweift über das Sammelsurium an Möbeln, die alle unmöglich zusammenpassen und dennoch ein reizvolles Bild aus Gegensätzen schaffen. *Wie seine ungleichen Augen.* Ich schüttle den Gedanken aus meinem Kopf.

»Ich wohne mit meiner Mutter hier«, antworte ich vorsichtig. Was auf eine nette Art heißen soll: *Du kannst das Herumlungern auf diesem Balkon in Zukunft vergessen.*

Sein Tonfall wird so gleichgültig, dass ich augenblicklich weiß, wie viel ihm der Plunder bedeutet. »Willst du das Zeug wegwerfen?«

Ich denke einen Moment darüber nach. »Wir haben keine Möbel mitgebracht. Wenn du sie nicht zurückhaben willst, können wir sie gebrauchen.«

Kick starrt auf die Unterseite seines Balkons. »Oben steht schon überall der Mist meiner Eltern rum.«

»Bist du hier im Haus aufgewachsen?«

Sein hellblaues Auge schielt zu mir. »Ich wurde sogar hier geboren. Meine Mutter rief schon das zweite Taxi, als ich mich entschloss, der Warterei ein Ende zu setzen und gleich zu kommen. Wenn du magst, gebe ich dir mal eine Hausführung.«

Phantastisch. Er ist wirklich nett. Jetzt fühle ich mich auch noch mies, weil ich so bissig war. Dabei konnte er ja nicht wissen, dass ich ein Ersatzteil in meinem Körper verbaut habe. Wer weiß, vor einem Jahr hätte ich unser Buschtreffen vielleicht sogar ganz lustig gefunden. Ich entschließe mich, ein bisschen freundlicher zu sein.

»War mein Vormieter lange hier?«, überlege ich laut. *Oder wurde er von ein paar zwielichtigen Gestalten im Keller abgestochen?*

Kick kratzt sich am Hals. »Wohl nicht so lange, wie er geplant hatte.«

Shit. Das mit dem Keller hatte ich nicht ernst gemeint.

»Was soll das heißen?«

»Na ja, die Augenzeugen haben die Geschichte etwas ausgeschmückt. Offenbar wollte er eines Tages einen Ausflug an der frischen Luft unternehmen. Dabei kam ihm wohl eine Katze in die Quere. Er versuchte, ihr auszuweichen, hat das Gleichgewicht verloren und sich das Genick gebrochen.«

»Im Ernst?«

»Es ging schnell«, erwidert Kick. »Er hat nicht gelitten.«

»Das macht es nicht besser«, erwidere ich mit einem mulmigen Ziehen im Magen. Nach mehreren Wochen auf Krücken weiß ich haargenau, was für ein scheußliches Gefühl es ist, plötzlich das Gleichgewicht zu verlieren und sich schon den Hals brechen zu sehen. Obwohl ich den alten Mann nicht kenne, habe ich Mitleid mit ihm.

Kick zuckt mit den Schultern. »Es gibt schlimmere Arten abzutreten, findest du nicht? Sich für eine Katze zu opfern zeigt doch, dass er ein gutes Herz hatte.«

»Du mochtest ihn«, stelle ich fest.

Ein schiefes Lächeln zieht an seinem Mund. »Der Alte war ein totaler Spinner. Hat mit seinen Topfpflanzen geredet und ihnen die Namen seiner Großtanten verpasst. Die da drüben hieß Juliane.« Er deutet auf die verschrumpelten Überreste eines Kaktus, der auf der Glasvitrine steht.

Ich will mich gerade nach dem Namen der vertrockneten Orchidee vor dem Küchenfenster erkundigen, als mich ein Geräusch von oben unterbricht. Jemand reißt die Balkontür auf und schimpft heraus. Es ist die weibliche Stimme von vorhin, doch diesmal mischt sich noch das Gebrüll eines Mannes hinzu.

Das müssen Kicks Eltern sein.

Kick springt vom Sofa, als hätte sich eine Stahlfeder in seinen Allerwertesten gebohrt. »Wir sehen uns.«

»Äh«, stoße ich hervor. Doch ehe ich Gelegenheit finde, diesen rhetorischen Höhepunkt weiter auszuformulieren, klettert Kick schon auf mein Geländer.

»D-das«, stottere ich überrumpelt, »ist keine öffentliche Leiter!«

Er muss sich unter den oberen Balkon ducken, um mich noch mal ansehen zu können. Hinter ihm verschmilzt die Sonne mit dem Horizont und färbt seine Züge orangerot. »Das sehe ich genauso. Lass keinen anderen hier hoch.«

Kaum verschwindet sein Kopf, wird das Radio aufgedreht, und die Sendersuche geht von vorne los. Beim besten Willen kann ich mir nicht vorstellen, dass sich jemand bei diesem Lärm entspannen kann, doch das ist vielleicht auch gar nicht die Absicht. Für mich hört es sich eher so an, als wollten Kicks Eltern ihren Streit vor den Nachbarn kaschieren.

Kicks Beine baumeln bereits in der Luft, als plötzlich Schritte über meinen Kopf hinwegtrampeln und ein Mann über den Innenhof brüllt: »JETZT REICHT ES!«

Plötzlich fliegt etwas von oben herab. Es ist ein kleines Radio, das in hohem Bogen über den verfilzten Hof saust und geräuschlos in den Büschen landet. Die Musik verstummt schlagartig.

Jemand knallt so heftig eine Tür zu, dass ich zusammenzucke.

Kick lässt seinen Halt oben los und landet wieder auf meinem Balkongeländer. Von meiner Position aus kann ich sein Gesicht nicht sehen, doch alles an seiner Haltung verrät mir, dass er vollkommen erstarrt ist.

Ich verstehe seine Reaktion nur zu gut. Zwar habe ich keinen Blick auf seine Eltern werfen können, trotzdem tragen beide in meiner Vorstellung dasselbe Gesicht. Nämlich das eines Onkels, der sich nur wohlfühlt, wenn andere in seiner Gegenwart leiden. Was hatte Kick eben gesagt? *Der gute alte Parzi ließ mich hier draußen pennen, wenn ich es drinnen nicht mehr ausgehalten habe.*

Mit einem Mal wird mir etwas klar.

Kick klettert hier herunter, wenn seine Mutter schreit. Und er klettert nicht zurück hinauf, wenn sein Vater Radios durch die Gegend schleudert. Ist das der Grund, warum er sich zu mir gesetzt hat, statt einfach die Fliege zu machen? Hatte er niemals vor, meinen Balkon als Leiter zu verwenden, um sich heimlich aus dem Staub zu machen? Meine Kopfhaut zieht sich zusammen. *Natürlich! Es gibt keinen Trampelpfad im Gebüsch. Er wollte hier übernachten!*

»Hey«, rufe ich.

Kick duckt sich unter die Balkonkante und sieht mich an. Die Sonne ist inzwischen untergegangen, und sein Gesicht schimmert blass und unglücklich im Schatten. Trotzdem versucht er, einen Witz zu machen. »Du hast keine Ahnung, wie viele Haushaltsgeräte unter den Sträuchern liegen. Du kannst von Glück reden, vorhin nicht in unsere alte Tiefkühltruhe gesprungen zu sein. Der Legende nach verrottet darin unser alter DHL-Fahrer.«

Ich lächle, weil ich weiß, dass er kein Mitleid will. So wie es aussieht, sind wir uns zumindest in dieser Sache ähnlich.

»Dieses Sofa ist mir sowieso zu hart«, behaupte ich und klopfe zum Beweis auf die staubigen Polster. »Wenn du willst, kannst du heute Nacht hier pennen.«

Ich kenne diese Bomberjacke

Eine fremde weiße Zimmerdecke. Das war das Erste, was ich gesehen habe, als ich aus dem Koma erwacht bin. Jetzt ist sie wieder da, hängt über mir wie ein Leichentuch, das jede Sekunde auf mein Gesicht herabsinken könnte. Meine Lunge zieht sich zusammen, mein Atem pfeift durch den Hals, mein Mund schnappt nach Luft. War alles nur ein Traum? Bin ich niemals entlassen worden?

Ich kratze nach dem Spannbettlaken, um etwas unter meinen Fingern zu spüren, und plötzlich wird mir klar, dass es keines gibt. Nur eine blanke Matratze. Mein Körper schnellt hoch, und mein Blick fällt auf meine nackten Arme. Keine Schläuche, keine Verbände, über der Einstichstelle der Infusionsnadel hat sich eine schützende Kruste gebildet. Ich streiche mit dem Zeigefinger darüber.

Das hier ist kein Krankenhaus.

Die Flecken an der Decke werden mir bewusst, ein seltsames Muster, das schlecht übermalt worden ist. Ich drehe den Kopf zur Seite und blicke in eine Wand aus Umzugskartons, die sich ordentlich neben meinem Bett stapeln. In mir wabert eine schwache Erinnerung, dass jemand mir geholfen hat, sie beiseitezustellen. Neben mir liegt ein zerknautschtes Kissen mit sonnengelben Bommeln.

Hier, das passt zu dir. Es leuchtet.

Jemand klopft an die Tür.

Ich zucke zusammen und checke mein Outfit, das aus dem Shirt und den Shorts von gestern Abend besteht. An meinen Knien klebt dunkelbraune Erde, und der Stoff unter meinen Armen riecht nach getrocknetem Schweiß. Wenigstens habe ich noch meine Sneaker abgestreift, bevor ich auf dem Bett kollabiert bin. Allerdings liegen die Schuhe nicht achtlos hingeworfen da, sondern stehen ordentlich neben der Tür. Meine Stirn runzelt sich.

»Rena?« Erneut das Pochen an der Tür.

»Ist was, Mama?« Ich schwinge meine Beine vom Bett, etwas zu schnell, denn mein Kreislauf hinkt nur mit Mühe hinterher. Der Raum dreht sich einmal um sich selbst, und ich muss mich an meine weißen Oberschenkel klammern, die mit der Wand um die Wette leuchten.

Ehrlich. Deine Beine blenden mich. Wirst du jemals braun?

Mein Gesicht schnellt zur Balkontür, als mir alles wieder einfällt. Ein Kerl mit seltsamen Augen, der von meinem Balkon gestürzt ist. Und der Streit seiner Eltern, der mich etwas voreilig dazu bewogen hat, ihm mein Sofa anzubieten.

»Möchtest du zuerst ins Bad?«, fragt meine Mutter durch die Tür.

»Nein, geh du ruhig vor!« Mein Herz trommelt in der Kehle, auch wenn ich mir nicht sicher bin, was mich mehr beunruhigt. Dass ich einen wildfremden Typen vor meinem Schlafzimmer pennen lasse? Oder dass Mama nur einen Blick aus dem Küchenfenster werfen müsste, um ihn zu entdecken?

Ich wage es kaum, mich zu rühren. Mein Blick haftet auf dem Balkon, bereit, jede Bewegung einzufangen und wenn nötig zu intervenieren. Von hier aus kann ich nur eine vertrocknete Großtante in einem brüchigen Blumentopf sehen, trotzdem kriecht mein Atem in die Lunge und weigert sich, wieder hervorzukommen, bis ich das Rauschen von Wasser vernehme und Mama für die nächsten zehn Minuten sicher unter der Dusche weiß. Die verbrauchte Luft strömt in einem erleichterten Seufzen aus meinem Mund.

Heute bezahle ich den Preis für meine kleine Dschungelakrobatik gestern Abend. Ich raffe mich vom Bett hoch und stakse mit Bretterbeinen zur Balkontür, als hätten meine Gelenke über Nacht vergessen, wie man sich biegt. Vorsichtig nähere ich mich der Balkontür und drücke meine Nase ans Glas.

Das Sofa ist verlassen.

Ein merkwürdiges Gefühl zieht durch meinen Bauch, das nicht zu der Erleichterung passen will, mit der ich eigentlich gerechnet hatte. Die alte Wolldecke, die ich für Kick aus einer der Umzugskisten gezogen habe, liegt noch unberührt auf der Lehne. Gestern hatte er mein Angebot ohne zu zögern angenommen, doch jetzt sieht es so aus, als wäre er nicht lange da geblieben. Haben wir noch miteinander geredet? Die Erinnerung in meinem Kopf franst zu dünnen Fäden aus.

Ich öffne die Tür und tappe auf den Balkon. Von oben ist kein Laut zu hören, weder Geschrei noch Musik, das Radio der Kicks liegt jetzt irgendwo im Gebüsch. Meine Finger streichen über die Polster des Sofas, aber sie sind nicht mehr warm. Falls er hier geschlafen hat, muss er sehr früh aufgewacht sein, denn die Sonne kratzt noch immer unter dem Horizont.

Ich nehme die Wolldecke und drücke sie an mein Gesicht.

Kein unbekannter Duft hängt in ihren Fasern. Sie riecht nach meinem alten Zimmer in der Innenstadt, nach einem Leben, das so unendlich weit von mir entfernt scheint. Sie riecht nach einem Abend im letzten Herbst …

»Warum darf ich nie mit rein?«, brummt Denise hinter mir.

»Weil ich sowieso gleich wieder rauskomme.« Ich versuche, die Wohnungstür zu blockieren, die ich gerade aufgeschlossen habe, doch meine Freundin schlüpft wie ein Wiesel an mir vorbei. »Denise! Warte hier!«

Sie springt in meinen Flur und schüttelt ihre blondierten Haare. Ihre Ohrringe klimpern wie Glöckchen. »Geht nicht, da draußen begafft mich dein alter Nachbar durch den Spion und betatscht sich dabei! Also, wo sind die Leichen, die du versteckst?«

Mein Puls rast im Takt einer Nähmaschine. »Willst du mein Zimmer sehen?«

Ihre perfekten Zähne blitzen auf. »In deinem Zimmer sind sie also nicht! Wie wär's denn –« Sie wirbelt herum und öffnet die erstbeste Tür. »– mit dieser hier!«

Das Lachen schmilzt von ihren rot bemalten Lippen.

Vor ihr im dunklen Zimmer kauert eine Figur auf dem Bett, eingewickelt in meine alte Wolldecke. Zwei feuchte Augen reflektieren das Licht aus dem Flur.

Ich schlage die Tür zurück ins Schloss.

Eine Weile starren wir uns wortlos an.

»Migräne«, behaupte ich. »Meine Mutter hat das manchmal.«

Denise blinzelt mit ihren getuschten Wimpern, dann zwingt sie ihr Lächeln zurück aufs Gesicht. »Hättest du mir auch gleich sagen können!«

Mir bleibt die Spucke weg. Seit wir zusammen den Schulhof verlassen haben, versuche ich, sie von unserer Wohnung fernzuhalten. Ich wollte nur schnell meine Tasche aus meinem Zimmer holen, damit wir den Nachmittag im Park verbringen können, wo wir immer hingehen, wenn es bei Denise nicht geht. Weil ich nie weiß, wann Mama einen ihrer schlechten Tage hat. Weil manchmal selbst etwas so Einfaches wie der Besuch einer Freundin aus einem guten Tag einen schlechten machen kann.

»Sind wir deshalb nie bei dir?«

Ich presse meinen Zeigefinger auf die Lippen und bedeute Denise, endlich die Klappe zu halten. Sie zieht einen Schmollmund und wartet mit verschränkten Armen in meinem Zimmer, während ich meine Sachen zusammensuche und bete, dass Mama sich rasch wieder erholt. Draußen vor dem Wohnhaus fühle ich mich um Jahrzehnte gealtert.

Denise mustert mich mit ungewohntem Interesse. Beinahe bettle ich um eine Nachricht auf ihrem Handy, die sie normalerweise schneller von mir ablenkt als ein Selfie von Lucky Blue Smith.

»Sag mal«, beginnt sie.

Jetzt kommt's.

»Ist das der Grund, warum du diesen Typen letztens in den Wind geschossen hast?«

»Dieser Typ hat einen Namen«, erwidere ich irritiert.

Sie rollt die Augen, als wäre meine Reaktion einer Hysterie nah. »Der hat bei seinen Kumpels rumgeheult, dass du ihn einfach nicht an dich ranlässt.« Sie reckt ihren lackierten Zeigefinger, wirbelt ihn im Kreis und deutet unverhohlen auf meinen Schritt. »Und da ich weiß, dass deine Höhle da unten längst erforscht ist, dürfte er damit nichts Körperliches gemeint haben.«

Ich dränge mich an ihr vorbei und laufe über die Straße, obwohl mir die Fußgängerampel rot entgegenbrüllt. Leider befindet sich kein betrunkener Autofahrer in der Nähe, der diese Gelegenheit nutzt.

Denise stöckelt mir hinterher. »Warum hast du noch mal Schluss gemacht?«

»Er rasiert sich die Achseln nicht«, presse ich hervor.

Sie hebt ihre kunstvoll nachgezogenen Brauen.

Ich fühle den Schweiß auf meinen Händen und stecke sie in meine Hosentaschen. »Und er hat ein gelbes Auto.«

»Du machst Schluss, weil er ein gelbes Auto hat?«, plappert sie nach.

Die zusammengekauerte Silhouette meiner Mutter erscheint vor meinem inneren Auge. Ich schlucke meine Gedanken runter und zucke die Schultern. »Mach du mal in einem gelben Auto rum, während die Leute versuchen, Briefe und Päckchen durch den Fensterschlitz zu werfen.«

Denise lacht.

Und dann kommt tatsächlich ein rettendes Piepsen von ihrem Handy, das sie diese Unterhaltung vergessen lässt …

»Rena?«

Ich zucke zusammen und schleudere die Wolldecke so schnell zurück Richtung Sofa, dass sie auf dem Boden landet. Meine Wangen brennen, als hätte man mich bei etwas Verbotenem erwischt.

»Ich bin fertig mit duschen«, erklärt meine Mutter.

War ich so lange in Gedanken? Tatsächlich laufen an ihren dünnen Beinen Wassertropfen hinab, ihre Bluse klebt feucht an ihren Brüsten und ein Pullover ist um ihre nassen Haare geschlungen. Sie kaut auf ihrer Unterlippe. »Tut mir leid, die Kiste mit den Handtüchern war wohl im Auto.«

»Das ist nicht so schlimm«, tröste ich sie.

»Die Tüte mit den Frühstücksbrötchen auch.«

O Gott, wir werden sterben.

Zum Glück finde ich in meinem Rucksack noch einen Energieriegel, den ich mir vom Kiosk besorgt hatte, um die Krankenhauspampe zu überleben. Ich teile ihn in zwei gleiche Stücke und lege sie in der Küche auf Untertassen, weil das nach mehr aussieht.

Während Mama an ihrem Riegel nagt, suche ich in meinem Handy nach offenen Stellen. Sie kann nicht viele Dinge machen. Bei ihrem letzten Job putzte sie in einer kleinen Firma, die sie nachts arbeiten ließ, wenn niemand sonst im Büro war. Leider gibt es in der Suchmaske keine Auswahlmöglichkeit für: *Überweisen Sie das Geld einfach auf mein Konto.* Trotzdem finde ich ein paar mögliche Treffer und schiebe ihr die Ergebnisse hin.

»Ich lasse dir mein Handy da«, erkläre ich sanft, darum bemüht, nicht drängend zu klingen. »Wenn dir eine Stelle zusagt, kannst du ja mal anrufen.«

Mama würgt ihren Bissen runter.

Ich lecke mir über die Lippen. »Oder ich rufe später für dich an. Lies dir doch einfach die Beschreibungen durch, okay?«

Sie kaut nicht mehr, aber sie nickt.

Für ein paar Sekunden lege ich meine Hand neben ihre auf den Küchentisch, ohne sie zu berühren. Es ist ein Zeichen meiner Solidarität, ein unausgesprochenes *Ich bin für dich da.* Ihre Mundwinkel zucken sachte nach oben.

Ich stehe auf und schiebe ihr meine Hälfte des Schokoriegels hin. »Bis später.«

Vor dem Haus blinzle ich in einen hellen Morgen. Über mir spannt sich eine klare Kuppel über den Himmel, die mich sofort an Kicks hellblaues Auge erinnert. Ich wende den Kopf ab und starre auf die zertretenen Grasbüschel zwischen den Treppenstufen. Grün gesprenkelt, wie Kicks anderes Auge.

Es ist kein gutes Omen, dass ich ihn überall sehe, denke ich missmutig. *Wenn ich nicht aufpasse, taucht er demnächst noch in den Müllcontainern am Straßenrand auf.*

Die Bushaltestelle ist leer.

Ich bin eine Stunde zu früh dran, weil ich einen Umweg zur Apotheke machen und mir die Tabletten holen will. Bisher war mir nicht klar gewesen, wie sehr mich die Infusionen im Krankenhaus auf den Beinen gehalten haben. Alles in mir sträubt sich gegen diese Abhängigkeit, doch dieser Tag wird auch ohne Schmerzen anstrengend genug. Wenn ich mir zumindest diese Erleichterung verschaffen kann, dann ist es mir einen Sechzig-Minuten-Umweg allemal wert.

Ich setze mich auf eine zerkratzte Metallbank und lasse meinen Blick über den besudelten Windfang gleiten. In orthographisch flexiblen Formulierungen wird darüber aufgeklärt, wer eine *Schlammpe* ist und wer gerne wen *fiken* möchte. Auch hier sind Hakenkreuze ans Plexiglas geschmiert, doch jemand hat rote Blüten an die Haken gemalt, so dass sie wie verdrehte Blumen aussehen.

Ich ziehe einen grünen Marker aus dem Rucksack, füge ein paar

Blätter hinzu und weigere mich, daran zu denken, an wen mich die verdammte Farbe schon wieder erinnert.

Keine Ahnung, wie ich es immer schaffe, mich von oben bis unten zu bemalen, wenn ich einen Stift bloß in der Hand halte, aber auf meinen Fingerspitzen leuchten schon bald die ersten grünen Punkte auf. Da ich nicht mit außerirdischen Masern in der Schule auftauchen will, taste ich nach dem Deckel auf meinem Schoß. Vergeblich. Wahrscheinlich ist er runtergefallen.

Unter dem Windfang kämpft sich Unkraut aus dem Asphalt, mehr als genug, um einen Deckel zu verschlucken. Ich bücke mich und streiche mit der Hand durch die Gräser, bis ich gegen etwas Hartes stoße. Meine Finger schließen sich darum und fördern ein silbernes Armband zutage.

Es sieht wie eine Fahrradkette aus, nur sind die Glieder größer, und das Metall glänzt besonders hell. Probehalber streife ich es über und stelle fest, dass es jemandem mit dickeren Armen gehört. Das Armband hängt locker an meinem Handgelenk und rutscht bis zu meinem Daumen nach vorne.

Ich möchte es wieder abstreifen und auf die Bank legen, damit sein Besitzer es hier findet. Doch als ich zehn Minuten später im Bus sitze und die Arme um den Rucksack auf meinem Schoß schlinge, glänzt es zu meiner Überraschung noch immer auf meiner Haut.

»Hey, da bist du ja endlich!«, ruft jemand hinter mir über den Schulhof.

Überrascht drehe ich mich um, die Ansätze eines Lächelns in den Mundwinkeln, doch das Mädchen läuft an mir vorbei und wirft sich jemand anderem um den Hals. Mein Blick fällt zurück auf das weiße Betongebäude vor mir.

Wochenlang habe ich auf diesen Tag hingefiebert, auf die Chance, mein Leben aufzuholen und mir endlich das Ticket für ein Studentenleben zu besorgen. Doch jetzt verpufft diese Euphorie und hinterlässt einen schalen Geschmack auf meiner Zunge. Acht Jahre lang bin ich auf dieses Gymnasium gegangen, acht Jahre habe ich mich über klemmende Schulspinds und leere Klopapierrollen auf den Mädchenklos geärgert, acht Jahre mit meinen Mitschülern über schrullige Lehrer gelacht.

Jetzt sind sie alle weg.

Ich denke an mein Handy zu Hause. Denise hätte sich eher die Fingernägel gezogen, als ihr Smartphone jemand anderem zu überlassen. Aber keine Nachricht, die meine Mutter darauf entdecken könnte, handelt von mir. Seit Wochen quillt mein WhatsApp mit Fotos von neuen Studentenwohnungen, neuen Mitbewohnern und neuen Universitäten über. Ich hielt es nicht für passend, dazwischen meine Krücken zu posten.

Im ersten Kursraum fühle ich mich fremd.

Die Schule hat bereits vor zwei Wochen angefangen, alle Plätze sind mit Rucksäcken und Taschen reserviert. Nur ein Stuhl ganz vorne bei der Tür wurde für mich freigehalten.

Hinter mir brüllen sich die anderen Schüler Grüße entgegen und tauschen Wangenküsschen aus. Sie sind nur ein Jahr jünger als ich, aber in ihrer Gegenwart komme ich mir plötzlich wie eine Greisin vor.

Als ich meinen Block aus dem Rucksack ziehe, fallen mir die Tabletten entgegen, die ich mir in der Apotheke besorgt habe. Der Blisterstreifen hängt halb aus der Packung, und zwei der kleinen Plastikkammern sind bereits leer. Ich fühle die allmählich einsetzende Wirkung des Schmerzmittels wie zwei angenehme Hände, die mir über den Rücken streicheln.

»Guten Morgen!« Der Deutschlehrer schreitet mit einer Energie in den Raum, in der noch die Ferien stecken. Trotz eines gewagt jugendlichen Haarschnitts erkenne ich ihn sofort wieder.

Michael Hartmann. Mein ehemaliger Deutschlehrer aus der neunten Klasse. So viel zu meinem Wunsch, ein bekanntes Gesicht zu sehen.

Eine Hausaufgabe, die ich natürlich nicht gemacht haben kann, will kontrolliert werden. Herr Hartmann beginnt beim Fenster und hakt sich Schüler um Schüler bis zu mir vor, wo ihn meine völlig leere Blockseite endlich aufschauen lässt. Die Runzeln auf seiner Stirn glätten sich, als er mich erkennt.

»Renate, oder?«

Die anderen Schüler glotzen zu mir rüber.

Ich räuspere mich. »Rena, ja.«

»Ich habe davon gehört«, fällt er mir ins Wort. Nicht um unhöflich zu sein, denn das wäre nicht seine Art. Sondern weil seine Augen diesen seltsam weggetretenen Zustand angenommen haben, wenn vor ihnen ein völlig anderer Film abläuft. »Du hattest unfassbares Glück.«

»So kann man es auch bezeichnen«, murmle ich.

Der Kurs ist mucksmäuschenstill, als hätte man den Ton weggedrückt. Oder gleich die Pausentaste betätigt, denn aus den Augenwinkeln heraus registriere ich nicht die kleinste Bewegung.

»Wer hätte das gedacht!« Sein Blick klärt sich wieder. »Wir haben doch noch ein Jahr zusammen. Diesmal aber wirklich dein letztes, ja?« Er lächelt aufmunternd.

Ich zwinge meine Mundwinkel nach oben.

Für den Rest der Stunde verschont er mich, wofür ich ihm wirklich dankbar bin. Zwar habe ich das alles letzten Herbst schon einmal durchgenommen, aber als wir unsere Bücher aufschlagen und über Interpretation diskutieren, kann ich der Einschätzung unserer Direktorin nur zustimmen: So einfach steckt man vier Monate Koma nicht weg. Statt irgendeinen Sinn zu ergeben, drehen die Buchstaben einschläfernde Kreise vor meinen Augen. Langsam, aber sicher verebbt das Stimmengemurmel im Hintergrund zu einem angenehmen Rauschen.

»Renate?«

Ich fahre hoch.

Herr Hartmann steht über mir, seine Hand sachte auf meine Schulter gelegt. Die anderen Schüler packen ihre Sachen zusammen und werfen mir neugierige Blicke zu, bevor sie den Kursraum verlassen.

Hitze schießt in meine Wangen. »Das tut mir so leid! Das muss an meinen neuen Tabletten liegen!«

»Schon gut.« Seine Augen legen sich in tausend Lachfältchen. »Du musst erst wieder in den Rhythmus finden.«

Ich drehe mich unter seiner Hand weg und stopfe den Block, der genauso leer ist wie mein Kopf, zurück in den Rucksack. Herr Hartmann blickt der letzten Schülerin nach, die den Raum verlässt, dann schließt er die Tür. Lächelnd wendet er sich zu mir um und schiebt die Hände in die Hosentaschen.

O nein, ich weiß, was er vorhat.

Hastig werfe ich mein Stiftetui in den Rucksack, zerre den Reißverschluss gerade weit genug zu, damit nicht alles vor meine Füße poltert, und schwinge ihn auf meinen Rücken. Dank meiner Tabletten springe ich leichter als erwartet vom Stuhl hoch.

»Ich würde gerne kurz mir dir reden.« Hartmanns Stimme schlüpft seidenweich in mein Ohr.

Ich schüttle mich. »Mein nächster Kurs …«

Er setzt sich auf die Kante meines Tisches und versperrt mir mit seinen Beinen den Fluchtweg. »Nach der neunten Klasse sind wir uns leider kaum noch über den Weg gelaufen.«

Was daran liegen könnte, dass ich schlagartig die Richtung gewechselt habe, sobald sein verständnisvolles Lächeln um die Ecke wehte.

»Sie waren ein guter Lehrer«, sage ich und meine es auch so.

Trotzdem lacht er, als würde er mir nicht glauben. »Und du warst eine gute Schülerin. Viel zu gut, um alles hinzuschmeißen.« Wenigstens redet er nicht lange um den heißen Brei. Stattdessen stopft er ihn mir direkt in den Hals. »Ist es jetzt besser? Zu Hause?«

Ich schenke ihm ein lückenloses Lächeln, damit er keinen Grund findet, mich daran zu hindern, über seine ausgestreckten Beine zu steigen. »Das war nur eine kindische Schnapsidee von mir damals.«

»Ich finde, es war eine sehr erwachsene Idee. Die Schule abzubrechen und dir einen Job zu suchen, um dir und deiner Mutter eine Wohnung zu besorgen.«

Ich presse meine Lippen aufeinander, damit er nicht sieht, dass sie plötzlich zittern. Meine Füße tasten sich rückwärts zur Tür, bis meine Hand hinter dem Rücken die Klinke ertastet.

»Was du mir damals erzählt hast –«, fängt er erneut an.

»Ist längst nicht mehr so.« Ich öffne die Tür und höre das Pausengeschrei hinter mir im Flur, wie das rettende Plätschern von Wasser in einer Wüste. »Dank meiner Mutter wohnen wir jetzt sogar im Grünen.«

Hartmann zieht seine Mundwinkel hoch, aber in seinen Augen schimmert etwas, das nicht zu diesem Lächeln passen will. »Das klingt richtig gut. Dann mach mal, dass du in den nächsten Kurs kommst. Wir sehen uns dieses Jahr noch oft genug.«

Ich schwinge meine Hand wie einen feuchten Waschlappen in seine Richtung und verschwinde durch die Tür.

Das Geschrei der Schüler im Bus wirbelt wie ein Orkan um mich herum. Keine Ahnung, warum Kinder in dem Alter jede Kleinigkeit wie ein Stadionsprecher herausbrüllen müssen. *Kinder,* denke ich belustigt. *Kaum bin ich volljährig, höre ich mich wie eine verkalkte*

Spießerin an. Wahrscheinlich waren wir letztes Jahr genauso laut. Es geht mir nur so auf die Nerven, weil ich sechs Monate lang in einem stillen Zimmer eingesperrt war. Oder vielleicht auch, weil ich selbst niemanden habe, dem ich den neuesten Tratsch ins Gesicht schreien könnte.

Die Rückfahrt bis zur Stadtgrenze dauert fast eine Stunde. Was seinen Vorteil hat, denn inzwischen bin ich von all dem Geschrei so taub geworden, dass ich in meiner eigenen Wattewelt abschalten kann. Vielleicht erklärt das auch, warum mir die Bomberjacken erst auffallen, als ich längst ausgestiegen und schon halb über der Straße bin.

Die Kerle haben was mit Bazillen gemeinsam: Sie können sich in unheimlich kurzer Zeit verdoppeln. Vier Typen stehen am Fuße der Außentreppe, lehnen ihre Hintern ans rostige Geländer und unterhalten sich. Zumindest tun sie das, bis ich vor ihnen auftauche.

Ihre Augen richten sich auf mich. Monobraue und der Grinser von gestern, ein kleiner Typ mit großer Schildkappe und noch ein Vierter. Einer, der sich zuletzt nach mir umdreht und mich fast über meine Füße stolpern lässt.

Wie erstarrt bleibe ich vor ihm stehen.

Er ist der Größte von allen, seine Schultern breit unter der Bomberjacke und seine Hüfte schmal in engen Jeans. Von seinen Haaren ist nicht mehr als ein dunkelbrauner Film übrig, der sich über seine Kopfhaut zieht und seine scharf geschnittenen Gesichtszüge betont. Unter beinahe schwarzen Augenbrauen blitzen zusammengekniffene, grüne Augen hervor. Nichts an seiner Mimik verrät auch nur die geringste Gefühlsregung bei meinem Anblick. Ich selbst dagegen kann kaum noch atmen.

»Autofahren kann die Kleine«, begrüßt mich der Grinser.

Monobraue fügt hinzu: »Mit großen Schaltknüppeln umgehen auch.«

»Womit du keine Erfahrung haben dürftest«, platzt es aus meinem Mund. Offenbar wurde meine Schlagfertigkeit noch nicht lahmgelegt, auch wenn sich die Worte so anfühlen, als hätte sie schon jemand vor mir durchgekaut.

Der Grinser und der Kleine lachen, nur der Große sagt nichts. Sein stechender Blick gleitet über meinen Körper hinweg, nicht etwa so, als würde er mich in seiner Phantasie ausziehen, sondern so, als würde er jede meiner Hautschichten einzeln abschälen.

Geh weiter, drängt mich mein Instinkt. *Setz einen Fuß vor den anderen!*

Mein Autopilot springt an und schiebt mich die Treppe hoch, während sich ihre Blicke wie Mikrowellen in meinen Hinterkopf brennen. Zum Glück habe ich im Bus eine weitere Tablette geschluckt, auch wenn ich damit meine Tagesdosis bereits am späten Nachmittag überschritten habe. Meine Hüfte nuckelt zufrieden an den Schmerzmitteln und lässt meine Beine in neuer Rekordzeit die Stufen erklimmen.

Schlüssel klappern.

Eine Tür geht auf.

Der Hauch meiner Mutter im Vorbeigehen.

Mehr registriere ich nicht von meiner Umgebung. Wie in Trance schwebe ich durch die Räume und betrachte teilnahmslos, wie meine Hand zwei weitere Türen öffnet, bis mein Gesicht endlich im knallbunten Stoff des Sofas landet. Erst als mein Körper still daliegt, bemerke ich das Beben meines Brustkorbs. Mein Herz pumpt zu viel Sauerstoff in meinen Kopf, füllt ihn wie einen Heißluftballon und trägt meine Gedanken in schwindelerregende Höhen.

Ich muss mich beruhigen. Die Ärzte haben es mir schließlich oft genug angekündigt, meine verlorenen Erinnerungen können spontan wieder auftauchen. Wieso aber ausgerechnet diese hier? Warum erinnere ich mich nicht daran, was am Tag meines Unfalls passiert ist? Weshalb ich dort war, in einem Teil der Stadt, in dem ich noch niemals zuvor gewesen war?

Sein Gesicht hat sich mir so detailreich eingeprägt, als hätte ich es jahrelang angesehen. Ich kenne diesen großen Kerl in der Bomberjacke, daran besteht kein Zweifel. Nur habe ich nicht die geringste Ahnung, *woher*.

In dieser Nacht, eingewickelt in meine Wolldecke, träume ich zum zweiten Mal von meinem Unfall. Doch diesmal ist etwas anders. Ich ahne, dass etwas Grundlegendes nicht stimmt. Es ist ein Fehler, der sich im Hintergrund durch die Schatten schleicht, ein Fehler, der mir wie die blendende Sonne ins Gesicht brüllt. Und doch kann ich ihn nicht festhalten. Er schlüpft durch mein Unterbewusstsein, ohne sich mir zu offenbaren, und verpufft am nächsten Morgen.

Ich fliege an Straßenschildern vorbei, schlängle mich um Autos herum, die sich gegenseitig behindern, jage bei gelben Ampeln über die Kreuzungen. Der Gegenwind sammelt sich vor meiner Brust wie ein dicker, unsichtbarer Ballon, der meinen Körper leichter macht.
Da hinten ist der kleine Asialaden, in dem wir uns billiges Dosenbier besorgt haben. Der warme Schaum spritzte in unsere lachenden Gesichter, und wir mussten gleichzeitig trinken und die Dosen von uns weghalten. Aber ich kann mich nicht mehr erinnern, wen ich mit *wir* meine.
Unsinnigerweise kommen mir die vier Typen in den Sinn. Vier kahl geschorene Schädel, vier Bomberjacken, vier Paar Springerstiefel. Sie sind nichts weiter als billige Abziehbildchen voneinander, tragen die Uniform ihres Sklaventreibers und eine Ideologie in den Köpfen, die ihre Gedanken in Ketten legt.

Aber da sind noch andere Dinge, kleine Details, die sie verraten. Der Zwiebelgeruch eines Halal-Kebabs im Mund. Ein feines Goldkettchen mit einem Kreuz um den Hals. Ein Tattoo mit dem Namen der eigenen Mutter. Diese Kerle sind keine brutalen Nachgeburten des Zweiten Weltkrieges. Sie sind ein importiertes Klischee aus der Generation des Konsums. Nichts weiter als billige Plastiknazis.
Ich lasse den Gedanken an sie hinter mir.
Vor mir steigt die Straße an, mein rechtes Handgelenk dreht sich nach vorne, der Motor brüllt angriffslustig auf. Dahinter liegt das Ziel dieses Ausfluges: Eine Gerade, die bis zur alten Färberei reicht, ohne Kreuzungen, Ampeln oder Zebrastreifen. Ich fliege über die Kuppe hinweg und spüre, wie sich die Stoßdämpfer unter mir strecken, wie die Karosserie leichter wird und die Reifen beinahe vom Boden abheben.
Dann taucht die Straße wieder auf und rollt sich wie ein Geschenkband vor mir ab. Kein Auto vor mir. Kein Zögern in mir. Der Motor riecht die Zielgerade, und die Maschine rast hinunter.
Zum Glück ist sie nicht da. Nicht heute. Nicht in diesem Traum. Noch weiß ich nicht genau, von wem ich da spreche, fühle nur die ungemeine Erleichterung darüber, alleine auf dieser Straße zu sein.
Doch das bin ich nicht. Ich bin es nie.
Das Mädchen mit dem blonden Haar tritt hinter dem Baum hervor, diesen verdammten Pappbecher in der Hand, dem sie all ihre Aufmerksamkeit schenkt.
Meine Hände würgen die Bremsen, als würde ich versuchen, den Saft aus ihnen herauszupressen. Eine Millisekunde verfluche ich mich dafür, dieses eine Mal keinen Helm zu tragen.

Aber dann erstarrt diese Sorge, und das Blut in meinen Adern gefriert zu Eis.
Die Bremsen funktionieren nicht.

Ein Geschenk von dir

Ich schrecke aus dem Traum hoch, als würde mein Körper noch immer versuchen, von dieser verfluchten Straße wegzukommen. Dieser Herbst ist warm, aber nicht heiß genug, um nachts auf einem Balkon zu schwitzen. Trotzdem glüht mein Körper, als wäre ich eben durch die Hölle gerast. Mehrere Atemzüge lang fühle ich mich wie gelähmt, schmecke beinahe noch das Blut in meinem Mund, bis mir klar wird, dass der metallische Geschmack von etwas anderem kommt.

Langsam setze ich mich auf und streiche mir die klebrigen Haarsträhnen vom Gesicht. Die feinen Linien meiner Haare haben sich über Nacht in meinen Unterarm eingedrückt, und dort, wo mein Mund gelegen haben muss, glänzt noch immer ein bisschen Sabber. Genau auf dem silbernen Armband, das ich gestern an der Bushaltestelle gefunden habe.

Wieso konnte ich es nicht einfach dort liegen lassen?

Mein Magen krampft sich plötzlich zusammen. So wie es sich anfühlt, organisieren meine Eingeweide einen Protestmarsch gegen meine Ernährungsgewohnheiten. Besser gesagt, deren erschreckenden Mangel in den letzten Tagen. Das Krankenhaus hat nicht nur regelmäßig Schmerzmittel an meine Rezeptoren gedealt, sondern auch meinen Bauch auf die saublöde Idee gebracht, dass ich regelmäßig essen sollte. Die Nachwirkungen der Tabletten von gestern Abend schmecken ihm gar nicht.

Ich schlinge meine Arme um die Taille und schleppe mich in die Küche.

Drinnen erkläre ich meinem Hunger, dass die Mittagspause gestern nicht ausgereicht hat, um viel einzukaufen. Unerwähnt lasse ich dabei, dass mein Portemonnaie schon lange vor dem Klingeln der Schulglocke gestreikt hat. Nur Instantkaffee, Toastbrot und Marmelade haben es durch mein Budget geschafft.

Da wir keinen Toaster mehr haben, hole ich eine Pfanne aus dem Schrank und brate ein paar ungesunde Röstaromen in die Brotscheiben. Der Instantkaffee verwandelt das Kochwasser in eine schwarze Suppe, die so bitter schmeckt, dass meine Augen schwören, jetzt und für immer wach zu sein. Zum Glück finde ich ein paar Tütchen Zucker in meinem Rucksack, die ich von längst vergangenen Cafébesuchen mit Denise übrig habe. Ich decke den Tisch für zwei und schraube das Marmeladenglas auf.

Mein Zeigefinger pocht an Mamas Tür.

Sie reagiert nicht, also werfe ich einen Blick in ihr Zimmer. Auf dem Boden liegen alle Jacken, die wir besitzen. Zwar sauber gewaschen und ordentlich hingelegt, trotzdem erinnert es mich an das Nest eines Obdachlosen. Mit einem heftigen Schlag meines Gewissens fällt mir ein, dass ich ihr heute Nacht mein Bett hätte anbieten können, da ich ja sowieso auf dem Sofa geschlafen habe. Sagen kann ich ihr das allerdings nicht, denn von meiner Mutter fehlt jede Spur.

Verwundert gehe ich ins Badezimmerklo und drehe mich einmal vor dem Spiegel im Kreis, als könnte Mama im Abfluss der Dusche oder hinter dem Spülkasten stecken. Sogar in den verdammten Kühlschrank schaue ich, obwohl das lächerlich ist. Erst nachdem ich die Wohnung zweimal durchkämmt habe, fällt mein Blick auf eine Option, die ich für sehr unwahrscheinlich halte: unsere Wohnungstür.

Der Flur draußen ist leer.

Wohin kann sie nur gegangen sein?

Ich nähere mich gerade dem Wellglas der Außentür, als eine aufgeregte Stimme an mein Ohr dringt. Sie kommt von der Treppe, die hinunter zu den Kellern führt.

»… von hier fernhalten!« Es klingt nach einer Frau. Ihre Worte triefen so vor Abscheu, dass ich sie mir mit der Fratze einer Hexe vorstelle. »Am besten verschwinden Sie gleich wieder!«

Ich biege mich übers Treppengeländer. Eine schwarz gekleidete Gestalt huscht die letzten Stufen hinunter, wo sie von der Dunkelheit verschluckt wird. In der Mitte der Treppe steht meine Mutter wie angewurzelt da und kaut ihre Fingernägel ab. Sie muss mich bemerkt haben, denn ihr Pusteblumenkopf hebt sich zu mir. Aus ihren aufgerissenen Augen leuchtet blankes Entsetzen.

»Mama«, das Wort verebbt kurz nach meinen Lippen. Ich humple zu ihr und ignoriere das Pochen, das jede Stufe in mein Becken schlägt. »Was ist los?«

»Ich dachte, so früh ist niemand bei den Waschmaschinen.« Ihre Hände zittern, obwohl sie versucht, es vor mir zu verbergen. Sie klammert ihre Finger um einen breiten Träger über ihrer Schulter. Erst jetzt fällt mir die Umhängetasche auf, aus der meine schmutzigen Krankenhausklamotten quellen. Sie wollte sie für mich waschen.

Die andere Frau muss sie überrascht haben.

Und so wie sich diese Stimme anhörte, auf keine sehr nette Art.

»Die Wäsche kann warten. Komm, ich hab uns Frühstück gemacht.« Mein Arm zuckt in ihre Richtung, als würde er sich um ihre Schulter legen wollen, doch meine Erfahrung hält ihn zurück. Die beste Methode, um meiner Mutter in so einer Situation zu helfen, ist das genaue Gegenteil. Ich lehne mich an die Wand und lasse sie einfach an mir vorbeigehen. Kurz bevor ich die Treppe verlasse, werfe ich einen letzten Blick hinunter in die Dunkelheit, doch von der schwarz gekleideten Frau fehlt jede Spur.

»Was wollte die von dir?«, frage ich möglichst beiläufig.

Mama schüttelt den Kopf und drückt die Tragetasche fester an ihre Brust. Ich folge ihr in die Küche und streiche ihr ein Marmeladenbrot, damit der Zucker sie etwas beruhigt. Während das Messer über das Brot gleitet, füge ich in einem bemüht neutralen Ton hinzu: »Wenn du willst, kann ich mal mit ihr sprechen.«

Mama umklammert ihre Kaffeetasse mit beiden Händen und nippt vorsichtig daran. Ein Tropfen entkommt ihren Lippen und bleibt an ihrem Kinn hängen. Ich widerstehe dem Impuls, meine Hand auszustrecken und ihn abzuwischen. Sie ist eine erwachsene Frau und nicht mein Kind.

»Warum wolltest du ausgerechnet in diese Wohnung ziehen?«, will sie plötzlich wissen.

Die Frage kommt unerwartet. Und sie hinterlässt ein flaues Gefühl in meinem Bauch, weil ich keine richtige Antwort in meinem Kopf finde. Das Grünzeug hinter dem Haus hat mich hergelockt, doch das Einzige, das mir hier wirklich bekannt vorkommt, ist das scharf geschnittene Gesicht eines Plastiknazis.

Ich schlucke. »Weil sie besser als die anderen war?«

»Umziehen ginge wahrscheinlich nicht«, murmelt Mama. »Jetzt, wo wir Daniel nicht mehr haben.«

»Keiner braucht den!« Mein Herz macht einen Satz, und der Rest meines Körpers springt hinterher. Bevor ich mich davon abhalten kann, donnern meine Hände auf den Tisch.

Die Reaktion meiner Mutter kommt augenblicklich. Sie schreckt vor mir zurück, als hätte ich mich vor ihren Augen in ein grünes Monster mit Aggressionsproblemen verwandelt. Oder in einen Mistkerl, der sie jahrelang angebrüllt und zurechtgestutzt hat. Es ist nicht ihre Schuld, dass sie so verängstigt reagiert. Ich muss mich verdammt nochmal zusammenreißen.

»Du darfst nicht aufgeben«, presse ich deutlich leiser hervor. »Die Leute hier werden sich schon noch daran gewöhnen, dass wir die neuen Nachbarn sind.«

Zuerst sieht es so aus, als würde Mama etwas entgegnen wollen, aber dann ertränkt sie ihre Antwort in der Kaffeetasse.

Ich fülle meinen Mund mit Marmeladenbrot.

Den Rest des Frühstücks verbringen wir schweigend. Ich würde meine Mutter gerne fragen, ob sie sich die Stellenanzeigen angesehen hat, doch als ich nach meinem Handy greife, ist das Jobportal noch auf derselben Seite geöffnet. Keiner der Links hat seine Farbe gewechselt. Keiner wurde angetippt.

Tief in mir spüre ich das Rieseln einer Sanduhr, doch statt Sand schlüpfen winzige Centmünzen durch den dünnen Flaschenhals. Ohne mein Geld von den letzten Sommerjobs wären wir jetzt wieder bei Daniel, in seinem erdrückenden Haus, eingepfercht in einem Loch von Zimmer. Mit sechzehn habe ich mir geschworen, dass diese Zeit für immer vorbei ist, und kein verfluchter Unfall der Welt wird daran etwas ändern. Wenn meine Mutter keinen Job findet, dann suche ich mir selber einen.

»Seit wann trinkst du deinen Kaffee mit Zucker?«, fragt Mama aus heiterem Himmel. Ihre hellen Augenbrauen drücken sich zu einer tiefen Falte auf der Stirn, während sie die aufgerissenen Tütchen auf dem Tisch anstarrt.

Ich stehe auf und räume unsere Frühstücksteller in den Abwasch. »Also ehrlich Mama, ich hab das Zeug noch nie ohne runtergekriegt.«

Als ich eine halbe Stunde später die Wohnung verlasse, spüre ich noch immer ihren Blick auf mir.

Die Plastiknazis umzingeln ein Auto neben der Bushaltestelle. Die Motorhaube ist geöffnet, und weißer Dampf quillt heraus, der nach einem Kühlerproblem schreit. Der Lüfter surrt munter vor sich hin, also ist es vielleicht nur ein angefressenes Kabel, oder die Wasserpumpe hat ihren Geist aufgegeben. Bei einem Karren *Baujahr letztes Jahrtausend* könnte natürlich alles hinüber sein.

Dem Grinser ist sein Grinsen abhandengekommen, was vermutlich daran liegt, dass er hinter dem Steuer sitzt und Befehle wie

»Starte noch mal, du Penner!« oder »Mach's aus, du Volltrottel!« befolgen muss.

Der Kleine lehnt unbeteiligt am Kotflügel und tippt in seinem Smartphone rum, während Monobraue und der Große sich über den offenen Motor beugen.

Monobraue blickt unsicher auf. »Was ist es?«

»Die Pumpe hat ihren Geist aufgegeben«, erklärt der Große.

Das konnte ich schon von der anderen Straßenseite aus riechen, denke ich milde lächelnd. Soll noch mal einer behaupten, Frauen kennen sich mit Autos nicht aus.

»Kannst du's richten?«, erkundigt sich der Grinser durchs offene Fenster.

»Sehe ich so aus, als hätte ich ein Ersatzteillager in meinem Arsch?!« Der Große richtet sich auf, knallt die Motorhaube nur wenige Millimeter vor Monobraues Nase zu und wischt sich die Hände an der Jeans ab. »Wenn du Glück hast, schafft's das Teil noch bis zur Schrottpresse, dann kannst du dir das Abschleppen sparen.«

Der Grinser springt aus dem Auto und schlägt wütend die Tür ins Schloss. Eine Weile starren die Typen auf die Rostlaube vor ihren Füßen, dann wird ihnen wohl klar, dass sie diesen fahrbaren Untersatz für heute vergessen können. Dummerweise bedeutet das auch, dass sie sich nun nach anderen Fortbewegungsmitteln umsehen. Genauer gesagt dem Linienbus, dessen Haltestelle direkt hinter ihnen ist.

Wo ich auf der Wartebank sitze.

Wieder ist es der Große, der mich zuletzt bemerkt. Während seine drei Kumpels wie schnüffelnde Köter vorauseilen und mich umschwänzeln, bleibt er für einen Moment reglos stehen und starrt mich mit zusammengekniffenen Augen an.

Erkennst du mich?, zuckt es durch meinen Kopf.

Meine Gedanken rasen durch mein Gehirn, reißen sämtliche

Schubladen auf und wühlen alle Erinnerungen hervor, die sie zu fassen kriegen. Aber er steckt nirgendwo drin. Ich kenne *ihn,* das weiß ich ohne jeden Zweifel, und doch passt sein Puzzleteil in keine Lücke meiner Vergangenheit.

Sein Ausdruck verrät jedenfalls nichts.

Er bewegt sich nicht wie seine Plastiknazis, die ihre Köpfe hin und her drehen, um nach Befehlen Ausschau zu halten und sich nach der Masse zu orientieren. Stattdessen kommt er selbstsicher auf mich zu, ohne sich vor direktem Augenkontakt zu scheuen oder von den Sprüchen der anderen ablenken zu lassen. Es besteht kein Zweifel. Er muss der Anführer ihrer kleinen Bande sein.

Ich zwinge mich dazu, gelassen sitzen zu bleiben. Selbst wenn ich auf die Beine springen würde, könnte ihnen meine Körpergröße nicht viel entgegensetzen. Mit meinen eins neunundfünfzig bin ich sogar kleiner als *der Kleine*.

Monobraue hat meinen Spruch von gestern wohl noch nicht verdaut, denn er ist der Erste, der sein Maul aufreißt. »Wo ist eigentlich euer Bus abgeblieben? Ist der Fette drin explodiert?«

Das soll mich vermutlich verletzen, aber die Vorstellung, dass Daniel vor Wut in seinem Bus in die Luft gegangen sein könnte, erheitert mich leider unangemessen.

Ich nicke zwischen ihren Beinen hindurch. »Ist euer Auto kaputt? Oder haben eure Köpfe beim Versuch geraucht, die Türen zu finden?«

Der Grinser findet's lustig, was entweder für ein starkes Selbstbewusstsein oder gegen seine Intelligenz spricht. Wenn's nach seinem *Consdaple*-Aufnäher geht, dürfte es eher Letzteres sein.

Monobraue holt bedrohlich mit dem Arm aus, wird jedoch vom Anführer zurückgehalten, dessen schwere Springerstiefel dicht vor mir stehen bleiben. Unter seinen schwarzen Augenbrauen blitzen mich dunkelgrüne Augen an.

Er könnte gut aussehen, denke ich widerwillig. *Mit einer normalen Frisur, anderen Klamotten und einer Welteinstellung, die sich am gegenüberliegenden Ende seines politischen Spektrums befindet.*

»Du kommst nicht aus dieser Gegend«, erklärt er überraschend ruhig. »Sonst wärst du ein bisschen vorsichtiger.«

Gegen meinen Willen sammelt sich Spucke in meinem Mund. Nicht etwa, um ihm mit einer feuchten Geste zu zeigen, was ich von Typen wie ihm halte. Sondern weil mir seine Drohung im Hals stecken bleibt.

Der Anführer hebt seine Hand, so ungewöhnlich langsam, dass ich nicht zurückweiche. Erst als seine Finger mein Haar berühren, rutsche ich nach hinten bis zur Wand.

»Fass mich nicht an!«, zische ich.

»Du hast Zuckerwattehaare.« Zum ersten Mal bricht so etwas wie ein Lächeln um seine Mundwinkel auf, ein kaltes Lächeln, als hätte man es mit einer dünnen Schicht Eis überzogen. »Ob es genauso süß schmeckt?«

»Deine Schwäche für Blondinen wird langsam peinlich«, bemerkt jemand von hinten.

Die Hand des Anführers zuckt von meinem Gesicht weg.

Ein fünfter Kerl schlängelt sich zwischen den Bomberjacken durch, genauso groß wie der Anführer, doch in seinem dünnen T-Shirt nur halb so breit. Seine punkigen Stirnfransen hängen ihm noch unordentlicher über die Nase, als sie es nach einem Balkonabsturz getan haben. Dafür trägt er jetzt ein Grinsen auf dem Gesicht, das selbst den Heiligen Gral überblenden würde.

Kick schwingt seinen Hintern neben mir auf die Bank, als wäre es ihm völlig egal, dass wir von einem Haufen Plastiknazis umzingelt sind. »Er hat seine kleine Schwester immer zum Heulen gebracht«, erklärt er gut gelaunt, »weil er ihre Barbiepuppen stundenlang im Waschkeller frisierte.«

Sein Grinsen greift in Sekundenschnelle auf mich über, wie ein außer Kontrolle geratenes Buschfeuer. »Ich finde es vollkommen okay, wenn Jungs mit Barbies spielen.«

»Was laberst du da für einen Scheiß?!« Der Anführer funkelt mich wütend an. Entweder hat er was gegen einen liberalen Erziehungsstil, oder er hält es wie seine Kumpels und konzentriert sich lieber auf das vermeintlich schwächste Glied in der Kette. Beinahe bedaure ich, dass Kick aufgetaucht ist. In mir kribbelt das verrückte Verlangen, diese Kerle mit meinen eigenen Waffen zu schlagen.

»Unser Bus kommt.« Kick springt auf die Beine und hält mir seine Hand hin.

Ich will ihm erklären, dass ich sehr wohl in der Lage bin, meinen Hintern ohne fremde Hilfe von der Wartebank zu hieven. Doch dann wird mir klar, dass die Geste etwas anderes bedeutet. Sie ist ein Freifahrtschein, um den Plastiknazis zu entkommen. Und vielleicht ein Zeichen, auf wessen Seite er steht.

Nach kurzem Zögern nehme ich sie an.

Seine Finger schließen sich fest um meine. Es fühlt sich weder wie das Ausweichen von meiner Mutter an noch wie eine gedankenlose Berührung von Denise, aber auch nicht wie das aufdringliche Klammern eines unerwünschten Verehrers. Kick hält mich auf eine Art und Weise, für die ich keinen Referenzfall in meinem Kopf finde.

Einen Moment lang befürchte ich, dass die Bomberjacken uns nicht so einfach weggehen lassen, ihre Krallen nach uns ausstrecken und mich zurück in ihre Schatten zerren. Doch sie lassen uns durch, selbst als Kick mir zuflüstert: »Manchmal hockte er so lange im Waschkeller, dass er in den Bodenabfluss pinkeln musste. Sein Vater war darüber nicht sehr erfreut. Echte Männer pissen im Stehen.«

Ich kann mir ein Grinsen nicht verkneifen. »Und woher weißt du das? Hast du in der Zwischenzeit Ken frisiert?«

Er hebt eine arrogante Augenbraue. »Bedauerlicherweise war Ken ein Opfer des sexistischen Vorurteils, dass männliche Puppen keine echten Haare benötigen. Aber ich hab versucht, ihm seine Plastikwelle mit dem Feuerzeug vom Kopf zu schmelzen. Zählt das?«

Der Bus bleibt mit quietschenden Bremsen vor uns stehen.

Aus dem Augenwinkel sehe ich, wie die Plastiknazis hinten einsteigen.

Ich lasse Kick los und bin mir gleichzeitig bewusst, dass ich diesem Vorgang mehr Aufmerksamkeit schenke, als ich sollte. Seine warme Hand löst sich aus meiner und hinterlässt ein merkwürdig taubes Gefühl in mir. Als hätte er einen Teil meiner Nervenenden einfach mitgenommen.

Im Bus erobere ich den ersten Doppelsitz.

Obwohl genügend andere Plätze frei sind, bleibt Kick neben mir im Gang stehen. Diesmal setzt er sich nicht ungefragt, im Gegenteil, seine Hand fährt in einer nervösen Geste durch seine dunkelbraunen Haare. »Darf ich mich zu dir setzen?«

Ich werfe einen Blick nach hinten, wo sich die Plastiknazis mit finsteren Mienen in die letzte Reihe quetschen. Jeder Einzelne von ihnen starrt zu uns herüber. »Bist du dir sicher, dass du zu mir willst? Die Typen da hinten können kaum ihre Augen von dir lassen.«

Kicks Lächeln blitzt auf. »Muss an meinem Charisma liegen.«

»Oder deiner Bescheidenheit«, erwidere ich grinsend und ziehe meinen Rucksack zur Seite. Als er sich in den Sitz fallen lässt, weht mir sein Duft entgegen. Grün, frisch und irgendwie wild. Es erinnert mich an das Gebüsch hinter dem Haus. An das Radio irgendwo unter den Blättern. Und daran, dass er mein großzügiges Angebot eines Schlafplatzes bisher nicht genutzt hat.

»Heute Nacht war dir mein Sofa wohl nicht gut genug?«, necke ich ihn.

Er drückt seinen Hinterkopf an die Lehne und mustert mich mit seinen merkwürdigen Augen. »Dummerweise lag da schon jemand.«

Ein undefinierbares Gefühl zuckt durch mein Herz. »Du warst da?«

»Ich hab mir sogar überlegt, mich neben dich zu legen«, gesteht er in seiner tiefen Stimme. »Allerdings hattest du schon das halbe Kissen vollgesabbert, und ich hänge wirklich sehr an meinem T-Shirt.«

»Das ist eine niederträchtige Unterstellung!«, protestiere ich. »Außerdem habe ich nur gesabbert, weil ich ein Armband im Mund hatte.«

Er grinst. »Du gibst es also zu.«

Mit finsterem Blick strecke ich ihm das Armband zum Beweis entgegen. Es rutscht fast bis zu meinem Ellbogen runter.

»Ich kann das für dich kleiner machen«, bietet er an.

Meine Haut fängt Feuer. Nicht etwa, weil sein Angebot unerwartet nett ist, sondern weil ich kein glaubhaftes Argument dafür habe, warum ich den Schmuck eines Fremden trage. »Eigentlich gehört mir das nicht«, murmle ich kleinlaut. »Ich hab's gestern bei der Bushaltestelle gefunden.«

»Ich weiß«, erwidert Kick und fügt nach einem fetten Fragezeichen in meinem Gesicht hinzu: »Dass es nicht dir gehört.«

Rasch streife ich es von meinem Handgelenk und lasse es vor seiner Nase baumeln. Das Silber wirft funkelnde Reflexionen über seine Haut. »Wenn du den Besitzer kennst, gib es ihm bitte zurück.«

Er betrachtet das Armband einen Moment lang. Doch als er es mir abnimmt, steckt er es nicht in seine Tasche. Stattdessen öffnet er den feingliedrigen Verschluss und legt es mir wieder um den Arm. »Ich schenk's dir.«

»Du kannst mir nicht etwas schenken, das nicht dir gehört.«

»Da stimme ich dir vollkommen zu«, erwidert er gelassen.

»H-heißt das etwa«, stottere ich. »Es ist *deins?!*«

Kicks Zeigefinger gleitet über das Metall. Obwohl er nichts von mir berührt, sträuben sich die feinen Härchen auf meiner Haut. »Ich hab's zu meiner Lehrabschlussprüfung bekommen.«

»Aber das kann ich unmöglich annehmen!«

Sein Blick richtet sich auf mich. Für einen Moment wirkt es so, als hätten sich die Reflexionen des Silbers in seinen Augen verfangen. Als würden sie hinabstürzen, immer weiter in ihn hinein, in eine bodenlose Tiefe. Mich überkommt das Gefühl, in einen Abgrund zu blicken. Doch statt mich schleunigst davon loszureißen, verspüre ich den irren Reiz, die Arme auszubreiten und mich einfach hineinfallen zu lassen.

Vorgestern hatte ich den beunruhigenden Eindruck, er würde in mich hineinsehen.

Heute ist es genau umgekehrt.

Mit pochendem Herzen reiße ich mich von seinem Anblick los und starre auf das Armband. Die groben Glieder der Kette passen nicht zu mir, sie lassen mich noch dünner wirken, als ich ohnehin schon bin. Trotzdem nehme ich es nicht wieder ab.

»Betrachten wir es als Leihgabe«, sagt er gedehnt. »Du kannst es behalten, solange ich auf deinem Balkon pennen darf. Einverstanden?«

»Ich dachte, du ekelst dich vor meinem Sabber?«

»Ich wusste nicht, dass *du* im Sofa inbegriffen bist«, erwidert er amüsiert.

»Das habe ich nicht gesagt!«

Sein Schmunzeln ragt weit über sein Gesicht hinaus. Weit genug, um mir noch mehr Hitze unter die Haut zu treiben. Ich würde meine Seele dafür verkaufen, um nicht so leicht rot zu werden. Doch das Einzige, das meine Gene von denen eines Albinos mit Sonnenallergie unterscheidet, sind meine hellblauen Augen. Missmutig linse ich zum Rückspiegel des Busfahrers, um das Ausmaß meines Farbwechsels einzuschätzen, aber der Winkel des Spiegels ist falsch. Stattdessen blicke ich genau auf die Bomberjacken in der letzten Reihe.

Gegen meinen Willen kommen meine Gesichtszüge ins Schleudern. Wahrscheinlich sitzt der Anführer zu weit weg, um das wirklich zu beurteilen, doch ein widerliches Gefühl klebt sich an meine Brust. Als würde er über all die anderen Passagiere hinweg nur mich anstarren. Wie ein Raubvogel, der über seiner Beute kreist.

Ich räuspere mich unbehaglich. »Angenommen ich gehe auf den Deal ein. Wäre es möglich, dass du nur dann auftauchst, wenn meine Mutter nicht in der Nähe ist? Sie ist fremden Leuten gegenüber ein wenig … schüchtern.«

»Okay«, meint Kick. »Solange du *meiner* Mutter nicht verrätst, dass ich dir ein Zweihundert-Euro-Silberarmband verpfändet habe.«

»Zweihundert?!« Am liebsten würde ich es auf der Stelle von meinem Handgelenk reißen und wie eine zappelnde Giftschlange gegen seine Brust knallen. Ich könnte es mir schlichtweg nicht leisten, Kicks Teil der Abmachung zu verlieren. Das Silber brennt sich mit jedem einzelnen Euro in das Budgetloch meiner Geldbörse.

»Ich hab's sowieso andauernd verloren«, beschwichtigt er rasch. »Du würdest mir einen Gefallen tun, ehrlich. Während der Arbeit kann ich es nicht tragen. Bei dir ist es besser aufgehoben.«

Die Muskeln in meinem Arm lockern sich widerwillig.

»Was arbeitest du denn?«, brumme ich.

»Rate.«

Ich linse zu seinem punkigen Haarschnitt hoch. »Friseur?«

»Friseur?!«, prustet er los. »Wie kommst du ausgerechnet darauf?«

»Keine Ahnung«, verteidige ich mich. »Du könntest auch in einem Laden arbeiten, der die löchrigsten Jeans der Welt verkauft.«

»Ich habe einen äußerst stereotypen Männerberuf, klar?« Er zieht eine arrogante Augenbraue hoch, kann sich ein Grinsen jedoch nicht verkneifen. »Das Armband gibt dir einen Hinweis.«

Ich betrachte die groben Glieder. »Fahrradhändler?«

»Das ist eine *Motorradkette*«, erwidert er so entsetzt, als hätte ich Adolf Hitler mit Ghandi verwechselt. »Ich bin Kfz-Mechaniker.«

»Echt?« Ich mustere ihn überrascht. »Sind die normalerweise nicht obenrum frei und mit Öl beschmiert?«

Er bleckt die Zähne. »Willst du, dass ich mein T-Shirt ausziehe?«

Der allererste Moment, in dem ich ihn gesehen habe, taucht vor meinem inneren Auge auf. Als seine Beine auf der Balkonbrüstung landeten und mein Blick zu seinem flachen Bauch hochwanderte. Die Erinnerung an einen Streifen knallroter Boxershorts treibt mir den Anflug einer Magen-Darm-Grippe in die Eingeweide. Einer Grippe, die sich irgendwie gut anfühlt.

»Ist das süß«, bemerkt er grinsend. »Du wirst *pink.*«

Ich tue das einzig Richtige in so einer Situation.

Ich starte ein Ablenkungsmanöver.

»Lass mich das zusammenfassen«, werfe ich ihm entgegen. »Du bist also ein äußerst stereotyper Mechaniker mit einer Motorradkette als Armband, der mit dem öffentlichen Bus zur Arbeit fährt?«

Der Bus steuert die nächste Haltestelle an. Kick erhebt sich aus seinem Sitz, und im Rückspiegel sehe ich, wie die Plastiknazis es ihm gleich tun. Jetzt funkelt der Anführer ohne jeden Zweifel zu mir herüber.

Die Türen öffnen sich mit einem erleichterten Zischen. Kick geht rückwärts die Stufen hinab, um mich weiter ansehen zu können. Keine Ahnung, wie er das schafft, ohne sich den Hals zu brechen, vielleicht hat er unter seinen Wuschelhaaren noch ein paar Augen am Hinterkopf.

»Nicht ganz.« Ein schiefes Lächeln zieht an seinem Mund, das meine Grippe schlagartig zu einer Epidemie ausweitet. »Um ehrlich zu sein, fahre ich nie mit dem Bus.«

Ich töte Barbie

»Die Stunde ist vorbei.«

Ich blinzle durch eine weißblonde Haarwolke. Dahinter kommt etwas Blaues zum Vorschein, das sich langsam zum hellen Stoff einer Jeans verwebt. Zwei Hände legen sich auf den Tisch, deren Haut über viele Jahre hinweg in winzige Fältchen gedrückt wurde. Schlagartig wird mir klar, dass jemand vor mir steht. Mein Kopf schnellt nach oben.

Herr Hartmann schickt sein Lächeln herunter, doch es ist eine Spur widerspenstiger als gestern. Auch seine Haare liegen nicht mehr so jugendlich gestylt, als hätte er die letzte Stunde damit verbracht, mit seinen Fingern hindurchzufahren.

»Mit achtzehn gibt es spannendere Dinge, als uralte Dramen zu erörtern«, sagt er. »Allerdings hatte ich gehofft, dass ich mit meinem Esprit zumindest die vorderste Reihe vom Einschlafen abhalten kann.«

So ein Mist.

Ich linse hinter mich, aber die anderen Schüler haben den Raum bereits verlassen. Heute hatte ich Deutsch in der letzten Stunde, was bedeutet, dass ich mich ranhalten muss, wenn ich den Bus nicht verpassen will.

»Das tut mir wirklich –«

»Deine neuen Tabletten, ja.« Hartmanns vertrauensvollstes Lächeln strahlt zu mir herab. »Wie viele nimmst du so am Tag?«

O Mann, besser, ich spute mich, bevor er eine Schmerzmittelsucht diagnostizieren kann. Dabei war es heute nur eine einzige Tablette, damit ich in der Mittagspause schneller zum Supermarkt humpeln konnte. Seit sich unsere Schulkantine auf gesunde Biomahlzeiten umgestellt hat, ist das Buffet leider außer Reichweite meines Etats gerückt. Wer weiß, vielleicht sind auch die billigen Pestizide, die ich mir stattdessen reinziehen musste, an meinen schweren Augenlidern schuld.

»Die Dosis wird langsam reduziert.« Hastig stopfe ich meine Unterlagen in den Rucksack. »In ein oder zwei Wochen bin ich wieder die Alte.«

»Das hoffe ich«, erwidert Hartmann freundlich. »Ich möchte bei der nächsten Klausur nicht den Abdruck deines Gesichts auf dem Papier benoten.«

So viel wie ich in den letzten Tagen vom Unterricht mitbekommen habe, ist das gar nicht so unwahrscheinlich. Zwar schenken mir diese Schmerzmittel eine herrliche Auszeit von meiner Plastikhüfte, aber was nutzt mir das, wenn ich das Abi nicht schaffe? Mir bleibt keine andere Wahl, als sie künftig nur für echte Notfälle aufzusparen.

Fünf Minuten später wünschte ich, Hartmann hätte mich noch länger aufgehalten. Dann wäre mir der Bus zumindest nicht vor der Nase davongefahren. So habe ich gerade noch Zeit, meinen Arm zu heben und ihm fluchend hinterherzuhumpeln.

Zu meiner absoluten Überraschung halten die Reifen an. Die Vordertür öffnet sich noch einmal, und alle Schüler drücken sich an die Fenster, um den Grund für die Verzögerung zu suchen. Meine Ohren werden heiß. Wenn ich langsam gehe, kann ich mein Hinken halbwegs vertuschen, aber jetzt galoppiere ich wie der Glöckner von Notre-Dame über den Schulhof.

Kaum steige ich ein, erwarte ich einen typischen Kommentar über Fahrpläne und lahmarschige Schüler. Zu meinem Erstaunen entschuldigt sich der Fahrer dafür, dass er mich zu spät gesehen hat. Der Gipfel ist allerdings ein Mädchen aus der Unterstufe, das von seinem Platz aufspringt und ihn mir anbietet. An der Scheibe dahinter klebt ein Behinderten-Sticker.

Am liebsten würde ich aus dem Bus hechten und zu Fuß nach

Hause marschieren. Weil sich das Mädchen aber bereits nach hinten verkrümelt hat, und der Bus mit einem Ruck anfährt, der mich ins Schwanken bringt, setze ich mich doch hin. Es fühlt sich an, als würde sich der Sticker wie ein Brandzeichen in meine Haut fressen.

Da ich keinerlei Erinnerung an eine Hausaufgabe in meinem Kopf finde, lenke ich mich mit dem Handy ab. Kaum schalte ich es ein, poppen die Nachrichten nur so auf dem Display auf. Meine alten Schulkollegen scheinen darüber zu diskutieren, wie sie am besten irgendwohin fahren können, es werden Routen diskutiert und Benzinkosten mit Zugtickets verglichen. Ich scrolle weiter zurück, um den Anfang der Diskussion zu finden und bleibe auf halbem Weg an einem Datum hängen.

Der 25. September.

Für einige Augenblicke weiß ich nicht, was ich denken soll. Dann explodiert ein unerwartetes Gefühl in meiner Brust, das schlagartig alle Farben im Bus leuchten lässt, selbst die verfluchten Piktogramme an den Fenstern. Der 25. September ist mein Geburtstag!

Nie hätte ich erwartet, dass sie einen so weiten Weg auf sich nehmen würden, immerhin dauert die Fahrt von ihren Unis bis hierher mindestens drei Stunden – oder mit der Pünktlichkeit der Deutschen Bahn eine gefühlte Woche. Nur Denise kann das eingefädelt haben.

Ich scrolle nach oben.

Denise schreibt:

Nein, verschieben geht nicht. Es muss dieses Wochenende sein. Außerdem gehen am Montag danach die Vorlesungen los, und dann hat keiner mehr Zeit. Wie fahren wir am besten hin?

Weiter oben stoße ich auf eine Nachricht, die mich die Stirn runzeln lässt.

Wer kauft die Seile?

Was zum Teufel wollen sie mit Seilen? Sie werden doch nicht in einem Gruppenchat, in dem ich ebenfalls Mitglied bin, über ein abgefahrenes Geburtstagsgeschenk diskutieren? Meine Hüfte spielt vielleicht nicht mehr so mit, wie sie sollte, aber ich bin nicht blind, verdammt nochmal!

Dann kommt der Link zu einer Berghütte.

Jetzt wischt mein Finger so schnell wie ein Scheibenwischer bei Starkregen übers Display. Da sausen die merkwürdigsten Sprechblasen an mir vorbei, die allesamt darüber diskutieren, welches der beste Ort wäre. Der beste Ort für was? Wollen sie mich etwa einladen?

Schließlich erreiche ich die letzte ungelesene Nachricht ganz oben. Sie stammt von Denise und beinhaltet so viele Emojis, dass ich eine Weile benötige, um den Inhalt zu entziffern. Kaum bin ich am Ende des Textes angelangt, springen meine Augen zurück und lesen das Ganze noch mal, als hätte ich vielleicht nur ein paar Buchstaben verwechselt.

Denise schreibt:

> Ihr wisst ja, welcher Tag 📅 uns bald bevorsteht! 😂😌🤓
> Den guten alten Zeiten 🕐 zuliebe sollten wir deshalb noch mal so richtig die Sau 🐖 rauslassen und uns gepflegt betrinken. 🍺🍺🍺
> Ich hab auch schon die richtige Location 🗺 gefunden, genau zwischen unseren Unistädten, für jeden dauert es also genau gleich lang, um hinzukommen. 🕓🚗 Und jetzt passt auf: Was haltet ihr davon, wenn wir uns am letzten Wochenende 📅 vor den Vorlesungen 🤓 auf dieser Berghütte 🏠 verschanzen? 🎉🍺🍺🍺

Wie betäubt klicke ich auf den Link. Die Hütte liegt wunderschön eingebettet zwischen zwei Steilwänden und bietet einen herrlichen Blick hinunter ins Tal. Zwar gibt es einen wackeligen Lastenlift für Rucksäcke, aber für Menschen ist sie nur über einen Klettersteig erreichbar.

Für den man definitiv eine Originalhüfte braucht.

Die Farben werden aus dem Bus gesaugt, bis alles um mich herum grau wirkt. Es gibt keinen Geheimplan, um mich an meinem Geburtstag zu überraschen, nicht mal ein abartiges Geschenk, für das man Seile und Karabiner benötigt. Eigentlich habe ich kein Recht, enttäuscht zu sein, immerhin habe ich mir das alles nur ausgemalt, aber ich spüre trotzdem ein Brennen hinter meinen Augen.

Meine Finger hageln wie von selbst auf das Display.

Ihr könnt euch also aus drei verschiedenen Städten auf ein Saufwochenende in den Bergen verabreden? Aber ihr habt es leider nie geschafft, mich im Krankenhaus zu besuchen, als ihr alle noch hier gewohnt habt?

Ein Teil in mir will die Nachricht abschicken. Doch dann winkt mir dieser verfluchte Behinderten-Sticker von der Seite zu, und ich lösche alles. Ich brauche keine Mitleidswelle, die ja doch nichts ändert. So wie es aussieht, muss ich mir nur das eingestehen, was ich im Grunde genommen schon immer weiß. Wenn man Menschen nicht nach Worten, sondern nach Taten beurteilt, dann ist die Botschaft doch wirklich eindeutig.

Ich habe überhaupt keine Freunde.

Meine Stimmung schleift meinen Schritten hinterher, als ich aus dem Bus steige. Nicht mal die beiden Plastiknazis können das noch verschlimmern, die mit ihrer kaputten Schrottmühle beschäftigt sind. Der Grinser quält das Auto offenbar schon eine ganze Weile, denn schon wieder steigt Dampf aus dem Motorraum. Monobraue steht mit einer Gießkanne davor und schüttelt den Kopf. Obwohl ich keinen Laut von mir gebe, ruft er mir nach: »Hey, Zuckerwatte! Darf ich mal an dir lecken?«

Mit geballten Fäusten überquere ich die Straße, in einer Gangart, für die es keinen Namen gibt. Vielleicht so was wie *stampeln* oder *humpfen.* Jedenfalls tue ich es, bis ich die Außentreppe erklommen habe und endlich die Wohnungstür hinter mir zuknallen kann.

Mama zuckt zusammen. Sie sitzt am Küchentisch, ohne etwas zu tun. Da liegt keine Illustrierte vor ihrer Nase, kein Buch, Bastelzeug oder was man sonst so in der Freizeit macht. Nicht mal eine Tasse Kaffee oder ein Handy. Sie hat einfach nur auf meine Rückkehr gewartet.

Der Frust juckt noch immer unter meiner Zunge. Am liebsten würde ich sie fragen, ob sie es nicht mal bis über die Straße geschafft hat, um sich eine Zeitung mit Stellenanzeigen zu besorgen. Doch kaum denke ich das, rollt ein mächtiges Schamgefühl hinterher.

Sie tut das nicht, weil sie faul ist.

Und sie ist nicht mein Boxsack.

Meine Hände krallen sich in die nächstgelegene Tür, und ich verschwinde im Badezimmerklo, um mich abzureagieren. Es endet darin, dass ich das Waschbecken vollllaufen lasse und so lange meinen Kopf unter Wasser stecke, bis meine Wangen vor Kälte schmerzen. Als ich wieder auftauche, rinnen die Tropfen von einem blassen, schmalen Gesicht im Spiegel. An den Rändern klebt ein fast durchsichtiger Haarfilm, doch weiter hinten, wo es trocken geblieben ist, bauscht sich das Haar in einer hellen Wolke bis über meine Schultern herab.

Zuckerwattehaare.

Plötzlich hasse ich sie.

Ich reiße eine Schublade auf und könnte meine Mutter dafür küssen, dass sie die Umzugskisten ausgeräumt hat. Unter ein paar Bürsten mit feinem Spinnenhaar entdecke ich genau das, was ich jetzt brauche. Das silberne Metall blitzt mit jeder meiner Bewegungen im Spiegel auf, und immer mehr Schneeflocken fallen ins Waschbecken. Erst als ich die Schere beiseitelege, kehrt so etwas wie Ruhe in mir ein. Probehalber drehe ich meinen Kopf hin und her.

Es ist nicht neonazikurz, aber auch nicht punkponylang. Meine neue Frisur befindet sich irgendwo dazwischen, ein burschikoser Haarschnitt, der meine Ohren freilegt. Ich fahre mir mehrmals über den Scheitel und wundere mich über dieses befreiende Gefühl auf meinem Kopf.

»Der Abfluss im Waschbecken ist verstopft«, verkünde ich, als ich aus dem Bad komme. »Der Siphon geht nicht auf. Haben wir irgendwo eine Rohrzange?«

In der Küche sitzt meine Mutter noch genauso da wie vorhin, als würde ihr Film nur dann weiterlaufen, wenn ich anwesend bin. Sie hat sich keinen Millimeter bewegt, doch jetzt klappt ihr die Kinnlade runter. »Deine Haare!«

»Sind kürzer.« Ich fahre mir über die Spitzen.

»Du siehst so fremd aus.«

Meine Mundwinkel schieben sich nach oben. Genau, was ich wollte. Barbie mit dem Zuckerwattehaar ist endgültig gestorben. Jetzt bin ich eine Frau, die ihren eigenen Weg geht.

Würde man unser Abendessen im Wörterbuch nachschlagen, fände man es unter den Begriffen *karg* und *billig*. Es besteht aus ein paar Nudeln und einem Brühwürfel, aber es füllt zumindest den Magen. Mama will abwaschen, also mache ich mich auf die Suche nach einer Rohrzange. Der Keller ist vermutlich der beste Ort, um so was aufzutreiben, aber kaum stehe ich vor unserer Wohnungstür, gleitet mein Blick wie von selbst nach oben in den ersten Stock.

Sehen wir mal, was er von meiner neuen Frisur hält.

Kicks Wohnung liegt genau über unserer.

Ihre Eingangstür ist so dick mit weißer Farbe bepinselt, dass sie an den Ecken abblättert, aber darunter blitzt noch ein wenig schwarzer Sprühfarbe hindurch. Es ist nicht erkennbar, was genau übermalt wurde, aber die Hakenkreuze im Rest des Hauses geben mir einen dezenten Hinweis. Mein Finger schwebt bereits über der Klingel, als die Tür unerwartet von innen geöffnet wird.

»Ist da jemand?«, ruft eine Frau von weiter drinnen.

Vor mir steht Kick. Sein Anblick versetzt mir den kleinsten Stromschlag der Welt. Er legt seinen Zeigefinger auf die Lippen, schließt leise die Tür hinter sich und mustert mich mit schief gelegtem Kopf. Sofort spannt sich ein Lächeln über sein Gesicht. »Irgendwas an dir ist anders. Neues T-Shirt?«

»Wow.« Ich schnaube amüsiert. »Deine Auffassungsgabe ist beeindruckend.«

Er zuckt die Schultern. »Kleiner Scherz, ich sehe doch, dass die Schuhe neu sind.«

Ich trete mit meinen ausgelatschten Sneakers nach ihm.

Grinsend weicht er aus. »Also, was führt dich in den ersten Stock? Oder wolltest du einfach die schöne Aussicht genießen?«

Ich verenge meine Augen. »Falls du dich selbst damit meinst, dann bin ich hochgekommen, um die Aussicht nach einer Rohrzange zu fragen. Unser Waschbecken ist verstopft.«

»Guter Plan, um einen Klempner in eure Wohnung zu locken. Allerdings werden so selten Abflüsse in Autos verbaut.«

Jetzt bin ich es, die mit den Schultern zuckt. »Klempner, Mechaniker … Es ist aus Metall, und man kann dran rumschrauben, wie groß kann der Unterschied schon sein?«

Wir gehen zusammen runter in den Keller.

Obwohl Kick es viel schneller schaffen würde, bleibt er die ganze Zeit über an meiner Seite, seine Hände locker in den Hosentaschen und sein Lächeln in meinen Augenwinkeln. Er kommentiert mein Hinken mit keinem Wort, sondern passt seine langen Schritte einfach an mich an. Als wir die letzte Treppe hinter uns gelassen haben, erreichen wir einen Betongang, der trotz mehrerer Deckenlampen noch immer düster wirkt.

»Da hinten ist der Waschkeller, Weib«, informiert er mich grinsend. Er deutet auf eine Tür direkt neben der Treppe. »Und dort kommt man in die Garagen. Geradeaus liegen die Kellerabteile, gleich das erste gehört euch.«

»Oh«, antworte ich nur. Bisher hatte ich gar nicht gewusst, dass wir einen eigenen Keller haben.

Wir kommen an Abteilen vorbei, die wie Gefängniszellen aus alten Filmen aussehen. Auch hier sind die Innenwände unverputzt, was man leicht von außen sehen kann, denn die Fronten bestehen nur aus Drahtgittern. An jeder Tür hängt ein Vorhängeschloss, wie auch an Kicks Kellerabteil, das bis in die kleinste Ecke vollgeramscht ist.

»Eigentlich müsste ich dir jetzt die Augen verbinden«, erklärt Kick, während er in die Hocke geht und seine Hand unter dem Gitter durchstreckt. Unter einem Regal zieht er einen kleinen Schlüssel hervor. »Aber wir warten schon seit Jahren darauf, dass endlich mal einer unseren Müll klaut. Zwielichtige Wohngegenden sind auch nicht mehr das, was sie mal waren.«

Er öffnet die Tür, und ich folge ihm hinein. Besser gesagt, ich stolpere gegen seinen Rücken, denn er kommt nur einen halben Schritt weit, ehe er zwischen weichen Plastiksäcken stecken bleibt. Jemand hat einen Haufen Klamotten für die Wohlfahrt gerichtet.

Kick reißt den ersten Sack auf. »Was zum Teufel soll das?!« Er zieht eine alte, schwarze Lederjacke hervor und hält sie prüfend unter die Lampe. Sie hat einen Vintage-Schnitt, rote Streifen an den Schultern und überall Kratzer und Abwetzspuren. »Wie kommt sie dazu, die wegzugeben?! Ich habe meiner Mutter tausendmal gesagt, dass ich in dieser Jacke beerdigt werden will!«

»Die passt gut unter die Erde«, stimme ich zu. »Sieht aus, als hätte man sich schon ein paar Jahrzehnte lang damit im Dreck gewälzt.«

Kick hebt eine arrogante Augenbraue. »Nur weil du neue Schuhe hast, brauchst du nicht frech zu werden.«

Diesmal trete ich ihn wirklich. Zumindest ein bisschen.

Er bettet die Lederjacke zärtlich auf eine Kommode, darauf bedacht, vorher den Staub abzuwischen. Dann wirft er sich auf die Knie und wühlt nach einer Werkzeugkiste in den Regalen. Schließlich zieht er den erstbesten Gabelschlüssel hervor, der ihm in die Hände fällt. »Was hältst du von dem hier?«

»Genau richtig, um damit Autoreifen anzuziehen. Weniger gut für ein Abflussrohr, das in etwa dreimal so dick ist.«

Kick grinst mich von unten an. »Nicht schlecht, ich stehe auf Frauen, die sich mit Werkzeug auskennen.«

»Wenn das so ist, versuch's mal mit dieser hier.« Ich bücke mich nach einer verstellbaren Rohrzange mit knallrotem Griff und lasse sie vor seiner Nase baumeln.

Er greift nach dem anderen Ende und steht wieder auf. Wir berühren uns nicht, aber unsere Hände halten die Zange von beiden Seiten fest. Sein Kopf ragt mindestens dreißig Zentimeter über mir, und seine Augen glänzen im Schummerlicht wolkengrau und moosgrün.

»Die sieht verdammt gut aus«, flüstert er ein wenig heiser.

Meine Zunge überschlägt sich fast, so schnell schießen die Worte aus meinem Mund. »Ich hab schon Wasserrohre repariert, bevor ich in die Grundschule kam!« Was wie ein Witz klingt, aber keiner ist. Zumindest habe ich *versucht,* unser altes Abflussrohr in der Küche mit Uhu zu kleben, nachdem meine Mutter wegen eines feuchten Fußbodens einen Tag lang geweint hatte.

Kick lächelt schief. »Dann zeig mal, was du kannst.«

Ohne mich nach ihm umzudrehen, humple ich voraus.

Ich betrete unsere Wohnung zuerst, um Mama vorzuwarnen. Doch ihr heller Pusteblumenkopf befindet sich bereits draußen auf dem Balkon. Sie sitzt mit dem Rücken zum Fenster und sieht sich den Sonnenuntergang an, was ich für ein gutes Zeichen halte. Mit einem Wink bedeute ich Kick, hereinzukommen.

Er folgt mir ins Badezimmer und kauert sich neben mir vors Waschbecken, womit dieser Raum so vollgestopft wäre, wie nur irgend möglich. Mit der linken Pobacke sitze ich schon halb in der Dusche, während Kicks rechtes Bein am Toilettendeckel rüttelt. Unsere Knie in der Mitte kleben praktisch aneinander.

Ich hole tief Luft und setze die Zange an.

Normalerweise würde ich einen Eimer unterstellen, da aber zwischen unseren Beinen kaum noch Platz ist und sich ein Bodenabfluss direkt darunter befindet, nehme ich ein paar feuchte Fliesen in Kauf. Das Aufschrauben ist schwieriger, als ich dachte, denn das Gewinde ist alt und schon ein bisschen rostig. Ich beiße meine Zähne aufeinander und spüre, wie mir vor Anstrengung das Blut ins Gesicht schießt.

Kick ist klug genug, um mir nicht einfach die Zange aus der Hand zu nehmen, wie Daniel es gemacht hätte. Er gibt mir die Chance, es selbst zu schaffen, und macht ein anerkennendes Geräusch, als sich der Verschluss mit protestierendem Ächzen öffnet. Zufrieden schraube ich den Siphon ab und spüle eine dicke Handvoll aufgeweichter Haare vor unsere Füße.

Er stochert mit der Schuhspitze daran herum, ein freches Lächeln in den Mundwinkeln. »Hast du dir die Beine rasiert?«

»Ich habe eine Rohrzange in der Hand«, warne ich ihn.

Er grinst. »Wollen wir die Haare als Nächstes in die Dusche werfen und darauf wetten, ob sie da auch stecken bleiben?«

»Du weißt echt, wie man eine Frau unterhält.«

Ich schnappe den feuchten Klumpen mit beiden Händen, biege mich über Kicks nackte Knie und schmeiße die Haare ins Klo. Er rückt keinen Millimeter von mir ab, im Gegenteil, ich spüre seinen Atem auf eine völlig neue Weise durch meine kurzen Haare im Nacken. Ehe ich es verhindern kann, läuft ein angenehmer Schauer über meinen Rücken.

»Ist dir kalt?« Er streicht über die Gänsehaut auf meinem Oberarm, was deren Zustand augenblicklich verschlimmert. Sein ungleicher Blick leuchtet wie der freie Himmel über einer Grassteppe. Mit ist vollkommen klar, dass ich unter einem ungewöhnlichen Anfall kitschiger Vergleiche leide. Und mir ist vollkommen klar, dass ich ihn dabei auch noch anstarre. Überstürzt formen meine Lippen eine Erklärung, ehe mir bewusst wird, dass ich einen fatalen Fehler begehe.

»Deine Augen machen mich verrückt«, seufze ich.

Heilige Scheiße.

Er presst die Lippen aufeinander.

Ich knalle meine Hände auf den Klodeckel, drücke mich auf die Beine und haue mir das Kreuz am Waschbecken an. Mein Gesicht glüht vor Scham. »So habe ich das nicht gemeint!«

Um seinem unerträglichem Grinsen zu entkommen, schnappe ich die Rohrzange und fliehe aus dem Badezimmer. Diesmal sind es nicht meine Hüftschmerzen, die mein Entkommen sabotieren, sondern seine langen Beine. Kurz vor der Kellertreppe holt er mich ein.

»Hey, warte!« Seine Hand berührt meinen Oberarm auf dieselbe Weise, die meinen Körper noch vor einer Minute in einen gerupften Truthahn verwandelt hat. Leider fällt es meiner Haut schwer, sich so schnell auf meine Gefühlsänderungen einzustellen, denn ein zweiter, angenehmer Schauer jagt über meinen Rücken.

Mit zusammengekniffenen Augen bleibe ich stehen und stelle mich seinem Anblick.

»Ich schwöre dir, ich werde nicht mehr lachen.« Er hebt beide Hände hoch, aber seine Mundwinkel biegen sich verräterisch nach oben. »Wenn du mir noch mal sagst, wie verrückt dich meine Augen machen.«

Ich schwinge die Zange nach ihm, doch er springt leichtfüßig zurück.

Murmelnd hinke ich an ihm vorbei in Richtung Keller.

Er verfolgt mich.

»Hau ab«, knurre ich in seine Richtung.

»Das war wahnsinnig süß von dir.«

»Noch so ein Kommentar und ich schraube was an deinem Hals locker!« Wir erreichen sein Kellerabteil, und ich schwinge die Rohrzange absichtlich an ihm vorbei, ehe ich sie unters Gitter stoße. Meine Füße machen auf dem Absatz kehrt und stapfen zurück über die Treppe hoch.

Als ich ihm gerade unsere Wohnungstür vor der Nase zuknallen will, stellt er sich auf die Schwelle. Seine Hand klatscht an den Türrahmen, und sein Oberkörper beugt sich über mich. Ich verkneife mir jeglichen Gedanken über seine verdammten Augen.

»Ich muss dir noch was sagen.«

Zähneknirschend warte ich darauf, dass er sich ein weiteres Mal über mich lustig macht. Wirklich verübeln kann ich ihm das nicht, keine Ahnung, welcher Wahnsinn mich geritten hat, so was von mir zu geben. Ich sollte ernsthaft in Erwägung ziehen, meinen Kopf noch mal untersuchen zu lassen. Bestenfalls von einem Ziegelstein, der aus zehn Metern Höhe auf meinen Schädel knallt.

»Es steht dir.«

Ich funkle ihn an. »Was steht mir?«

Er hebt seine Hand und streicht über meine kurzen Haare hinweg. Ich spüre die Wärme seiner Finger wie das Kribbeln tausend winziger Nadeln auf meiner Haut.

Überrascht sauge ich den Atem ein.

»Weißt du«, sagt er mit seinem schiefen Lächeln. »Ich stand nie auf Barbies.«

Der Fehler in meinen Träumen

Das Kratzen einer Gabel weckt mich am nächsten Morgen auf.

Als ich die Augen öffne, stehe ich mitten in meinem Zimmer, einen Arm zur Decke hochgestreckt. Offenbar habe ich schon eine ganze Weile mit den Gabelzinken über die weiße Farbe gescharrt, denn darunter kommen blaue Linien in den unterschiedlichsten Schattierungen zum Vorschein. Mein Handrücken ist weiß bestäubt von feinem Farbpuder.

Mama steht in der offenen Tür und kaut an ihren Fingern.

»Äh … Guten Morgen?«, sage ich verwirrt.

»Rena?«, flüstert sie. »W-was machst du denn da?«

Das frage ich mich auch.

»Sorry, hab ich dich geweckt?« Ich lasse die Gabel hinter meinem Rücken verschwinden und setze ein Lächeln auf, das meine wirklichen Gedanken überspielen soll. »Eigentlich wollte ich nur …«

Eigentlich habe ich bis eben geschlafen.

Ich schlucke. »… nur mal sehen, was übermalt wurde.«

Sie weicht rückwärts in die Küche zurück. »M-möchtest du einen Kaffee?«

Ich nicke, weil es ihr etwas zu tun gibt. Und weil es mir Zeit verschafft, unbeobachtet darüber nachzudenken, was zum Teufel ich da gerade getan habe.

Während sie mit den Töpfen klappert, stopfe ich die staubige Gabel in die unterste Schublade meines Schranks, als könnte ich so alles ungeschehen machen. Ich erinnere mich nicht, aufgestanden zu sein oder sie aus der Küche geholt zu haben. Und mir fällt beim besten Willen kein Grund ein, warum es normal sein könnte, damit frühmorgens an einer Zimmerdecke herumzukratzen.

Widerwillig werfe ich einen Blick zurück hinauf.

Die freigekratzten Linien bilden zusammen eine größere Form. Ich strecke meinen Finger hoch und male den Schatten einer ungleichmäßigen Spirale nach. Was auch immer mein Vormieter an die Decke gemalt hat, ist demselben weißen Pinsel zum Opfer gefallen, der auch überall im Rest des Hauses seine Spuren hinterlassen hat.

Hat mich das grelle Weiß zu sehr ans Krankenhaus erinnert? Wollte ein unterbewusster Teil von mir nachsehen, ob ich das darunterliegende Bild retten kann? Noch immer spüre ich den merkwürdigen Drang in mir, die ursprüngliche Bemalung freizulegen, als hätte sie eine tieferliegende Bedeutung für mich. Was völliger Unsinn ist. Ich war noch nie zuvor in diesem Haus.

Seufzend wende ich mich ab.

Egal, welche Argumente ich mir auch zusammenkratze, eine Sache kann ich nicht länger leugnen: Es gibt Momente, in denen ich nicht mehr richtig bei mir bin. Bisher ist nichts weiter passiert, mein Körper scheint auch ohne mein Bewusstsein zu funktionieren, trotzdem kann ich es nicht so einfach abtun. Ich werde es im Auge behalten. Und wenn es weiterhin geschieht, werde ich etwas unternehmen müssen.

»Rena? Kommst du?«

Am Küchentisch starrt Mama in ihren Instantkaffee, als könnte sie die Zukunft aus den Bröckchen herauslesen, die sich noch nicht aufgelöst haben. Ich setze mich zu ihr, nippe an meiner Tasse und streue zwei Päckchen Zucker rein, um das nagende Gefühl in meinem Magen zu besänftigen. Die Kristalle knirschen unter meinem Löffel.

»Weißt du noch, was du als Kind am liebsten getrunken hast?«, wispert Mama.

Ein Lächeln huscht über mein Gesicht. »Das ist einfach. Kakao, der so dunkel war, dass du mir einen Oberlippenbart vom Mund wischen musstest.«

Ihre wasserblauen Augen flackern zu mir hoch. Ein seltsamer Ausdruck schimmert darin, als würde sie meine Antwort nicht amüsieren, sondern aus irgendeinem Grund beunruhigen. Vielleicht ist es der Gedanke an Daniels Haus, der ihr durch den Kopf flattert. Fast alle Erinnerungen an meine Kindheit sind vom Schatten seiner Anwesenheit getrübt, selbst die zuckersüßen.

»Weißt *du* noch, als ich dir zum Muttertag einen Kaffee kochen wollte, der so dick war, dass dein Löffel drinnen stecken blieb?«, muntere ich sie auf.

Ihr Blick erhellt sich schlagartig. »Du dachtest, die gemahlenen Bohnen würden sich im Wasser auflösen.«

Ich grinse. »Du hast ihn trotzdem getrunken.«

»O ja! Danach war ich mindestens drei Tage lang wach!« Sie lacht auf. Es ist ein glockenhelles Geräusch in der Küche, das den Nachklang dieses merkwürdigen Morgens beinahe aus der Luft vertreibt.

Beinahe.

Die Gestalten an der Bushaltestelle fallen mir erst auf, als ich schon auf der dritten Stufe der Außentreppe stehe.

Heute dampft ihr Auto nicht. Es kauert unbrauchbar vor den finsteren Blicken der Plastiknazis, als würde es sich für sein Versagen schämen. Drei von ihnen quetschen sich auf die Wartebank unter dem Windfang. Nur der Kleine versucht, das Interesse seiner Freunde zu wecken, indem er herumstapft und wild gestikuliert. Ihm habe ich es wohl zu verdanken, dass mich noch keiner entdeckt hat.

Der Wind fährt mir durchs kurz geschnittene Haar, und plötzlich fühle ich mich vor ihren Blicken schutzlos. Mein Fuß steigt von ganz allein eine Stufe rückwärts hinauf, bis mein Rücken gegen etwas Weiches hinter mir stößt. Wie aus dem Nichts legen sich zwei Hände auf meine Oberarme.

»Hey.« Kick biegt sich über meine Schulter.

Mein Herz fällt die Treppe runter. Zumindest poltert es so.

»Hey«, brumme ich. Mein verbaler Ausrutscher von gestern verknotet mir noch immer den Magen. Dass seine verdammten Augen jetzt schon wieder die Farben wildromantischer Landschaften angenommen haben, macht die Situation auch nicht besser. Ich konzentriere mich stattdessen auf sein schwarzes T-Shirt. »Ich dachte, du fährst nie mit dem Bus?«

»Tue ich auch nicht.« Er lässt meine Arme los, tritt eine Stufe herab und stellt sich vor mich. Der Wind zupft an seinen dunkelbraunen Strähnen, und ich hebe automatisch eine Hand, um meine eigenen Haare hinter die Ohren zu streichen. Eine völlig nutzlose Geste, die in einem merkwürdigen Betasten meiner kurz geschnittenen Schläfe endet. Vorsorglich stopfe ich meine Hände in die Hosentaschen.

Kick lächelt mich schief an. »Falls du auf die Typen da hinten keinen Bock hast« – sein Daumen deutet auf die Plastiknazis – »kann ich dich zur Schule fahren.«

»Das wäre ein gewaltiger Umweg für dich.«

Er zuckt mit den Schultern. »Ich wollte sowieso in die Innenstadt, um was zu besorgen.«

»Ich gehe aufs Gymnasium bei der Nordbrücke«, stelle ich klar. Was so viel heißt wie: *Fast die ganze Stadt liegt dazwischen.*

»Hm.« Er verzieht nachdenklich den Mund. »Hab ich Innenstadt gesagt? Ich Trottel verwechsele das immer. Ich wollte zur Nordbrücke fahren. Schon seit mindestens einer halben Minute.«

Ich hebe beide Augenbrauen.

»Ich meine, mir ist es echt egal«, fügt er gelassen hinzu. »Aber du würdest meiner Mutter einen Gefallen tun.«

»Deiner Mutter?«

»Alleine sehe ich mich leider dazu gezwungen, wie ein Verrückter auf Speed herumzurasen. Mit dir ist es wesentlich sicherer. Du rettest mir vermutlich das Leben.«

Er schenkt mir das breiteste Grinsen der Welt.

Wer könnte da noch nein sagen?

Kick behauptet, dass wir schneller zu den Garagen kommen, wenn wir durchs Haus gehen. Aber ich vermute, dass er mir nur einen Spruch aus dem rechten Lager ersparen will.

Diesmal biegen wir gleich nach der Kellertreppe ab und gehen einen schmalen Gang hinunter. Die Beleuchtung flackert wie sterbende Glühwürmchen, und der Hügel, der über uns aufgeschüttet ist, hat dunkle Risse in die Wände gedrückt. Auch die Garagen sind durch Gitter voneinander abgetrennt, an einigen Stellen sind sie so verbogen, als hätte man zu schwungvoll eingeparkt. Wir betreten ein Abteil mit einem Einser Golf in Silbergrau, der trotz seines Alters sehr gepflegt aussieht.

»Bastelst du in deiner Freizeit an dem rum?« Ich lasse meine Finger über die Motorhaube gleiten und betrachte die kugelrunden Scheinwerfer.

Kick geht nach hinten und fummelt an einer Plastikfolie bei der Wand herum. »Auf keinen Fall. Meine Eltern würden mich steinigen.«

»Das Auto gehört dir nicht?«

Er macht etwas hinter dem Wagen, das ihn zum Husten bringt. Seine Hand wedelt eine Staubwolke vor seinem Gesicht weg.

Neugierig folge ich ihm.

»Nein, *die* hier gehört mir.« Mit einem Ruck zieht er eine Schutzplane herunter und grinst mich erwartungsvoll an.

Mein Herz bleibt stehen.

Nicht im metaphorischen Sinne, sondern in Wirklichkeit. Meine Brust versteinert zu einem einzigen schmerzhaften Klumpen. Sekundenlang ist es mir unmöglich zu atmen, unmöglich zu fliehen. Ich kann bloß hinsehen.

Ein Monster aus Metall starrt mir entgegen.

Blutrote Farbe glänzt auf seinen Schutzblechen, darunter frisst sich ein dicker, schwarzer Reifen in den Boden, das Geländeprofil wie ein Maul voll abgefaulter Zähne. Nur ein einziger Gedanke rast bei diesem Anblick durch meinen Kopf, als gäbe es keinen wichtigeren auf der Welt: *Wieso zum Teufel habe ich es nicht gehört?!*

Mit voller Wucht schmettert etwas gegen meine Hüfte.

Ich stürze zu Boden, weil ich meine Beine nicht mehr spüre, schmecke Öl auf den Lippen und rieche frisches Blut in meiner Nase. Meine Fingernägel kratzen über den Beton, versuchen, mich hinter das Auto zu ziehen, wo ich vielleicht in Sicherheit bin, wo er mich nicht umbringen kann. Jede Sekunde wird er kommen, ein Schmerz so gewaltig, als würden zwei Hände mich an den Enden packen und wie ein Blatt Papier in der Mitte auseinanderreißen.

Stattdessen kommt etwas anderes.

Die gleiche Art von Träumen, die ich in letzter Zeit hatte, überwältigt mich diesmal mit offenen Augen. Von einem Moment auf den anderen verschwindet meine Umgebung, die Garage, selbst das Monster hinter mir. Von einer Sekunde zur nächsten, stecke ich mit Leib und Seele wieder in jenem Tag im Frühjahr, der alles verändert hat.

Sie liegt reglos auf dem Boden. Ihr blondes Haar von ihrem Blut getränkt. Es wirkt roter als in Filmen, fröhliche Mohnblumenspritzer überall auf dem Asphalt. Ihre Haut leuchtet so weiß wie frisch gefallener Schnee.

Es fällt mir schwer, zu ihr rüberzugehen. Eine gewaltige Kraft will mich zurückhalten, aber ich gebe nicht nach, schleife mich wie ein widerspenstiges Gepäckstück quer über die

Straße. Ich muss sie sehen. Muss mich davon überzeugen, dass sie noch lebt.
Im Hintergrund höre ich die Art von Schreie, die aus einer Zeit stammen, bevor wir eine Sprache hatten. Schreckliche Laute, die nur mit Emotionen gefüllt sind. Menschen sammeln sich neben dem Baum, schlagen ihre Hände vor den Mund, knicken wie Strohhalme ein. Vor ihnen dreht sich ein Motorradreifen in der Luft.
Die Maschine ist hinüber. Er wird vollkommen durchdrehen. Ein unsinniger Gedanke, das weiß ich.
Jeder Schritt wird zäher. Meine Füße tauchen im Asphalt ein, als wäre er soeben frisch ausgewalzt worden, beinahe spüre ich noch die Hitze des Teers unter meinen Sohlen. Meine Knöchel sinken ein, meine Waden und schließlich auch meine Knie. Unter der Erde stechen sich tausend Angelhaken durch meine Haut. Ich falle auf meine Hände und schleppe mich weiter.
Mein Arm zittert vor Anstrengung, wird so schwer, als würde sich das ganze Universum dagegendrücken. Nur ein paar Millimeter fehlen, ich beiße die Zähne aufeinander, spüre das Aufplatzen meiner Muskeln, gebe trotzdem nicht nach. Bis mein Fingernagel gegen ihre weiche Haut stößt.
Ein Pulsschlag jagt durch mich hindurch, als würde ein Riese auf die Erde stampfen, so heftig, dass ich für einen Augenblick vom Boden abhebe.
Sie lebt!
Die Erleichterung löscht meinen Widerstand. Ich bin bereit, mich vom heißen Teer einsaugen zu lassen, schnappe nicht Mal nach Luft, bevor mein Kopf in der Schwärze versinkt.
Dunkelheit umhüllt mich.

Der Traum verpufft so schnell, wie er gekommen ist, doch diesmal lässt er etwas zurück. Eine so klare Erkenntnis, dass ich kaum glauben kann, nicht eher darauf gestoßen zu sein. Der Fehler in all diesen Bildern wird mir schlagartig bewusst.

»Rena?!«, dringt eine Stimme aus dem Nichts. »Bitte, sag doch was!«

Meine Augen kneifen sich vor dem plötzlichen Licht der Deckenlampe zusammen. Ich blinzle einem jungen Mann mit unterschiedlichen Augen entgegen, mehrere Sekunden lang überrascht, dass ich nicht vor Teer triefe. Natürlich ist nichts davon wirklich geschehen. Wir kauern auf dem Fußboden einer Garage, vor dem Auto seiner Eltern. Hinter dem silbernen Kotflügel blitzt das Heck seines Geländemotorrads hervor. Blutendes … nein, einfach nur rot lackiertes Metall.

»Es ist nicht das gleiche Modell«, realisiere ich halb benommen. »Dein Motorrad sieht ganz anders aus.«

»Shit.« Kick atmet geräuschvoll durch. »Ich dachte schon …«

Er erläutert nicht, was er dachte. Vielleicht, weil er es nicht in Worte fassen kann.

Allmählich wagt sich das Gefühl zurück in meinen Körper und tastet sich nach unten, jederzeit darauf gefasst, bloß einen ausgefransten Rumpf vorzufinden. Am schlimmsten ist meine Hüfte. Sie pocht und zuckt wie ein Fremdkörper, als hätte sie jemand aus meinem Fleisch herausgerissen und mitten auf die Straße geworfen. Doch als meine Hände sie berühren, ist da nichts, kein Blut, nicht mal ein Kratzer. Oberflächlich bin ich vollkommen unverletzt. So wie es aussieht, wurde ich nur von meiner Vergangenheit getroffen.

Kicks Hände schweben unsicher über meinen Schultern, als wüsste er nicht, wo er mich anfassen soll. Das Weiß leuchtet aus seinen aufgerissenen Augen. »Was war das eben?«

Keine Ahnung, würde ich am liebsten sagen, doch ich weiß es besser. So viel habe ich darüber gelesen, das Herzrasen und Hyperventilieren, die unauslöschliche Überzeugung, dass man sterben wird, wenn man nur einen einzigen, weiteren Schritt tut. Nur habe ich es noch niemals am eigenen Leib erlebt.

All die Tage, an denen meine Mutter sich in ihrem dunklen Zimmer verkroch, wirbeln durch meine Gedanken. Meine Versuche, sie mit leckerem Essen oder einem Film herauszulocken, mein Vorschlag, mal einen Einkaufsbummel in der Stadt zu machen – das alles fühlt sich jetzt unglaublich naiv an. Ich hatte nicht die geringste Ahnung, mit welcher Gewalt sie über einen herfallen können.

»Ich glaube, es war eine Panikattacke«, stößt mein Mund hervor. Und er fügt noch mehr hinzu: »Es ist gar keine Sportverletzung.«

»Was meinst du?«

»Als du mir über den Balkon hochgeholfen hast, habe ich behauptet, das mit meiner Hüfte sei eine Sportverletzung. Aber das ist es nicht.« Mein Geständnis blättert wie trockener Verputz von meiner Zunge. »Ich hatte einen Unfall im Frühjahr.«

»Unfall?«

»Jemand hat mich überfahren.« Ich schlucke hart. »Mit … Mit einem Motorrad.«

Kicks Mund öffnet sich, ohne dass ihm ein Laut entweicht.

Er starrt mich bloß an.

»Schon gut. Du konntest es nicht wissen.« Eine jähe Erschöpfung zieht an meinen Augenlidern. Die Panikattacke hat alle Kalorien aus mir herausgebrannt und bloß ein Stück rauchender Asche übrig gelassen. Mein Gesicht sinkt in die Dunkelheit meiner Hände, doch hinter meinen Augen rollt sich dieser bizarre Tagtraum ein weiteres Mal ab. Noch während ich darüber nachdenke, fasse ich seinen Fehler zum ersten Mal in Worte.

»Ich erinnere mich nicht mehr an den Unfall«, höre ich mich wie aus weiter Ferne sagen. »Aber in letzter Zeit träume ich davon. Nur nicht richtig. Es ist so, als würde es nicht mir geschehen, sondern jemand anderem. Als würde … Als würde ich es mir selbst antun, immer und immer wieder.«

Kick gibt keinen Ton von sich.

Ich schnaube humorlos. »Schätze, ein paar Psychologen fänden das ziemlich interessant.«

Einen Moment lang herrscht absolute Stille zwischen uns. Das Surren der Neonröhren dringt von oben herab. Mein Puls pocht so heftig in meiner Kehle, dass ich nicht überrascht wäre, wenn er es hören könnte.

»Kann ich dich umarmen?«, fragt er leise.

»Das musst du nicht tun. Es geht mir gut.«

»Kannst du es *für mich* tun?« Er lacht unsicher. »Meine Hände zittern wie verrückt.«

Ich blicke auf.

Kick sitzt vor mir, sein schiefes Lächeln auf dem Mund. Doch in seinen Augen spiegelt sich etwas anderes. Etwas Rohes, Unverhülltes. Für mich war es so, als wäre ich komplett in meinem Traum verschwunden, aber für ihn war ich natürlich immer da. Eine leere Hülle, die plötzlich nicht mehr auf ihn reagiert hat. Natürlich muss ihm das Angst gemacht haben.

»Tut mir leid, dass ich dich erschreckt habe«, sage ich.

Seine Augenbrauen ziehen sich zusammen, als würde ihm diese Antwort aus irgendeinem Grund weh tun. Er streckt seine Arme über meine Schultern hinweg und lehnt sich etwas umständlich an mich, weil unsere Beine im Weg sind. Sein warmer Atem haucht an meinen Hals.

Ich kenne das zwischenmenschliche Protokoll für so eine Situation, die korrekte Antwort auf seine Nähe. Und dennoch zögere ich. So wie ich es immer tue. So wie ich alle Leute auf demselben Abstand halte, der sich auch zwischen mir und meiner Mutter befindet. Vielleicht weil ich möchte, dass es manchmal meine Entscheidung ist.

»*Mir* tut es leid«, gesteht er meinem Rücken. »Du hast keine Ahnung wie sehr.«

Da ist etwas in seinem Tonfall, das hinter meinen Augen brennt.

Ich schließe sie.

Und taste mich blind nach vorne.

Meine Fingerspitzen zucken über den löchrigen Stoff seiner Jeans und gleiten über sein Shirt nach oben. Er ist kein besonders muskulöser Kerl, trotzdem überrascht mich das stabile Gefühl seiner Wirbelsäule unter meinen Händen, die kräftige Form seiner Schulterblätter, die ungewöhnliche Härte seines fremden Körpers.

Natürlich habe ich schon Menschen vor ihm umarmt, unzählige Male. Meistens in Form von Bettdecken in der Nacht, in halb geträumten Wünschen, die sich in der Morgendämmerung aufgelöst haben. Nur wenn ich aufwachte, war da bisher niemand.

»Ist schon okay«, flüstere ich über seine Schulter hinweg. »Es ist übrigens auch okay, falls du mit deiner verrückten Nachbarin von jetzt an nichts mehr zu tun haben willst.«

»So einen kleinen Aussetzer nennst du verrückt?« Seine Stimme klingt humorvoll, aber nach wie vor sehr sanft. Ein Tonfall, der für Menschen bestimmt ist, die einander sehr nahe sind. »Du solltest mal mein Zimmer sehen. Meine Eltern schieben Wohnungsanzeigen unter meiner Tür hindurch, seit ich mein eigenes Geld verdiene. Denkst du, sie wollen mir was sagen?«

Ich öffne die Augen und beiße mir auf die Unterlippe. Nichts an meinem Körper regt sich. Nichts verrät ihm, was mir diese nächste Frage bedeutet. »Schläfst du heute Nacht auf meinem Sofa?«

Er schnaubt an meinen Nacken. Ein kurzes, warmes Gefühl, wie der Funkenschlag eines Feuerzeuges in einer bitterkalten Nacht.

Mein Herz zieht sich zusammen. Wenn da ein Witz in meiner Frage war, dann verstehe ich ihn nicht.

»Nur, wenn du auch da bist«, sagt er.

Wem wir den Tod wünschen

Bestimmt gibt es ein Matratzengeschäft, das näher an meiner neuen Wohnung liegt, aber alte Gewohnheiten sterben langsam. Kaum betrete ich nach der Schule das Einkaufszentrum in der Innenstadt, heften sich schon die ersten Verkäufer an meine Fersen. Sie angeln sich ihre Kunden mit einer feinen Prise schlechtem Gewissen.

»Hallo, wie geht's?«, ruft mir nun schon der dritte hinterher.

Ich ignoriere ihn und steuere zielsicher auf den Laden mit den Betten zu.

»Grüßt du mich nicht mal zurück?« *Komm doch, schäm dich ein bisschen, mach's mit einem Einkauf wieder gut!*

In einem Container neben dem Eingang finde ich genau das, was ich gesucht habe: Rollmatratzen, die nicht nur günstig sind, sondern praktischerweise auch so zusammengerollt, dass ich sie in den Bus mitnehmen kann. Von dem Geld könnte ich uns drei Wochen lang ernähren, trotzdem nehme ich zwei Stück auf einmal, damit Mama sie übereinanderlegen kann. Sobald ich zu Hause bin, werde ich mich im Internet nach einem Wochenendjob umsehen.

Kaum habe ich sie zur Kasse geschleppt, spricht mich eine Dame von der Seite an. »Hallo, wie geht's?«

Ich rolle die Augen. »Sehen Sie nicht, dass ich schon was gekauft habe?« Erst dann drehe ich mich nach ihr um, und meine Worte bleiben mir im Hals stecken. »Frau Engels!«

Denises Mutter.

Sie wirkt etwas pikiert, aber das ist die Default-Einstellung ihres sorgfältig geschminkten Gesichts. »Denise hat gar nicht erzählt, dass du wieder aus dem Krankenhaus entlassen bist. Wie lange warst du jetzt dort? Drei Monate?«

»Sechs Monate.« *Anscheinend hat Denise insgesamt nicht besonders viel von mir erzählt.*

Sie schlingt ihre manikürten Fingernägel um ihr Kostüm, als wollte sie sich selbst umarmen. »Das war wirklich ein schrecklicher Unfall. Meine Güte, wie die Zeit vergeht. Ich wollte so oft vorbeikommen, aber die Termine, du weißt ja, es kommt immer irgendetwas dazwischen.«

Ich schiebe einen Geldschein über die Theke, sammle das Wechselgeld ein und klemme die Rollmatratzen unter meine Arme. Eigentlich ein deutliches Signal, dass ich jetzt aufbrechen möchte, aber Frau Engels schüttelt nur ihre Haarspraylocken.

»Wie geht's deiner Mutter?«

»Gut.« *Sie schläft in einer Kammer auf einem Haufen Jacken, damit ich ein Bett habe. Würden Sie das auch für Ihre Tochter tun? Oder käme Ihnen ein Termin dazwischen?*

»Das alles muss so hart für sie gewesen sein. Besonders für *sie.*« Sie betont das letzte Wort, als wäre meine Mutter geistig benachteiligt. »Ein Kind im Koma, von dem man nicht weiß, ob es jemals wieder aufwachen wird. Und dann noch diese scheußliche Gerichtsverhandlung, bei der es sowieso nur Verlierer gab.«

Meine Augen nehmen sie mit einem Mal schärfer wahr.

»Die Gerichtsverhandlung«, wiederhole ich gedehnt. »Was genau … wissen Sie darüber?«

Sie wirft einen Blick zur Decke, als würde sie Gott persönlich dafür danken, ein so gesegnetes Leben zu führen. »Es blieb ja nicht viel zu verhandeln, nicht wahr? Die Augenzeugen sagen, du bist einfach über die Straße gelaufen, das soll kein Vorwurf sein, immerhin war weit und breit kein Zebrastreifen. Es gab sogar eine Petition deswegen auf Facebook, die habe ich auch unterschrieben …«

Ich wusste nicht, dass es Augenzeugen gab.

»… Na ja, und der Motorradfahrer war einfach viel zu schnell unterwegs. Man sieht das ja täglich im Straßenverkehr, die denken, es gehört ihnen die ganze Straße. Es war klar, dass sie ihm die Schuld zusprechen würden. Unter diesen Umständen war das auch die beste Lösung.«

Ich lecke über meine trockenen Lippen. »Finden Sie?«

»Aber natürlich! Du konntest dich ja nicht verteidigen, niemand wusste, ob du jemals wieder aufwachen würdest – auch wenn wir dafür gebetet haben –, und *ihm* hat es sowieso nicht geschadet.«

Ein Motorradreifen dreht sich in der Luft.

Meine Finger graben sich in den Schaumstoff der Matratzen.

Ich habe meine Mutter niemals gefragt, wer es war. Nachdem ich in einem Leben aufgewacht war, das mich mit einer kaputten Hüfte und einem verlorenen Abitur überrascht hatte, wollte ich keinen Namen erfahren. Meine Angst war zu groß, was ich diesem Fremden deswegen antun könnte. Und manchmal, tief in der Nacht, war die Angst zu groß, dass er mit seinem Motorrad wiederkommen könnte, um sein Werk zu vollenden.

Ich habe meine Mutter niemals gefragt. Und sie hat mir nie gesagt, dass es eine Gerichtsverhandlung gab. Vielleicht war das nicht mehr wichtig, nachdem ich aufgewacht war. Trotzdem …

»Wie hoch war die Strafe?«, höre ich mich sagen.

Frau Engels wirkt überrascht. »Es wurde keine Strafe verhängt.«

»K-keine?«

»Das hätte doch nichts mehr gebracht!« Ihre Locken schütteln sich verständnislos. »Er hat ja mit seinem Leben dafür bezahlt.«

Ich stehe auf offener Straße.

Die Matratzen schwitzen unter meinen Achseln.

Frau Engels Parfum kitzelt noch in meiner Nase, aber von ihr fehlt jede Spur. Habe ich mich von ihr verabschiedet und den Schein aufrechterhalten können? Oder bin ich einfach geistig weggetreten und habe sie an Ort und Stelle stehen lassen?

Ich lag neben einem Toten auf der Straße.

Mein Puls jagt durch den Körper.

Der Anführer der Plastiknazis hängt über dem offenen Motorraum der Schrottmühle und schraubt eine neue Wasserpumpe fest, die selbst aus der Entfernung so aussieht, als hätte sie schon zu viele Kilometer auf dem Buckel.

»Das war alles?«, will der Grinser wissen.

»Das werden wir spätestens sehen, wenn du deinen Arsch hinters Lenkrad klemmst und endlich mal startest«, zischt der Anführer. »Mit etwas Glück habt ihr Volltrottel gestern das Aggregat geschrottet.«

Grinser verzieht sich hinters Lenkrad.

»Hey, sieh mal.« Monobraue stupst den Anführer an und nickt mit dem Kinn zu mir rüber. »Jemand hat die Zuckerwatte aufgegessen.«

Der Anführer dreht sich nach mir um.

Ich will einfach an ihnen vorbei gehen, doch mein Blick streift die hochgerollten Ärmel des Anführers und bleibt an einem Tattoo hängen. Es ist eine gebrochene Schrift, die Denise immer als Nazischrift bezeichnet hat. Unter feierlichen Schleifen stehen die Buchstaben: PETRA

Habe ich so etwas nicht *geträumt?*

… Aber da sind noch andere Dinge, kleine Details, die sie verraten. Der Zwiebelgeruch eines Halal-Kebabs im Mund. Ein feines Goldkettchen mit einem Kreuz um den Hals. Ein Tattoo mit dem Namen der eigenen Mutter …

Die grünen Augen des Anführers richten sich auf mich.

»Wie geht's Petra?«, kommt aus meinem Mund.

Monobraues Blick schnellt zwischen uns beiden hin und her. »Die kennt deine Alte?«

»Nein, tut sie nicht.« Der Anführer tritt langsam auf mich zu. Kieselsteine knirschen unter den schweren Sohlen seiner Springerstiefel. »Was für ein Spielchen treibst du hier?«

Ich will ihm ins Gesicht lachen, auf seine Schulter klopfen und sagen, dass er derjenige ist, der Spielchen treibt. Glaubt er, schlagartig zu jemand anderem zu werden, nur weil er seit neuestem Bomberjacken trägt?

Doch so schnell, wie mir dieser absurde Gedanke gekommen ist, so rasch löst er sich wieder auf. Was zur Hölle dachte ich da eben für einen Unsinn? Ich darf diesen Kerl nicht unterschätzen. Er ist kein Clown in einem Faschingskostüm, der mir Konfetti ins Gesicht pustet, wenn ich ihn aufziehe. Er ist unberechenbar. Er –

An Monobraues Hals schimmert ein Goldkettchen.

Ich kann den Anhänger nicht sehen, weil er unter seinem T-Shirt verschwindet, aber in diesem Moment würde ich meine Seele darauf verwetten, dass es sich um ein filigranes Kreuzchen handelt, wie man es zur Firmung bekommt. Beinahe sehe ich, wie es im Sonnenlicht an seinem Hals glitzert.

Eine unsichtbare Klaue schließt sich um meine Kehle.

Was zum Teufel geht da in mir vor? Woher kommen diese Bilder in meinem Kopf?

Das muss nicht zwangsläufig etwas bedeuten, versuche ich mich zu beruhigen. Immerhin ist es nicht das erste Mal, dass ich ihnen begegne. Ich kann das Kettchen und das Tattoo schon vorher gesehen haben, ohne mich bewusst daran zu erinnern. Im Schlaf hat es sich dann einfach mit meinem Traum verwoben. Nichts davon muss deshalb wirklich geschehen sein.

Und dennoch bleibt da diese unbestimmte Angst in mir.

Warum kommen mir diese Typen so furchtbar bekannt vor?

Was habe ich vergessen?

»Brauchst du Hilfe mit den Matratzen?«, fragt Monobraue. »Ich trag sie für dich in die Garage, dann kannst du dich drauflegen, die Beine ein bisschen breitmachen …«

Ich klemme die Rollen fester unter die Arme und will endlich an ihnen vorbeigehen, doch jemand packt mich so hart am Handgelenk, dass eine Matratze zwischen uns auf den Boden fällt.

Monobraue entdeckt das Armband, das mir fast über den Daumen rutscht. »Stehst du auf Ketten? Davon hätten wir auch ein paar in der Garage.«

»Woher hast du das?« Der Anführer stößt Monobraue zur Seite und reißt an meinem Handgelenk. Sein Blick ätzt sich wie Säure in mich hinein.

Ich blecke meine Zähne. »Das war ein Geschenk.«

Er schleudert meine Hand von sich wie ein Stück ekeligen Abfall.

»Komm, wir zeigen ihr die Garage!«, drängt Monobraue weiter, diesmal mit einem scharfen Unterton in der Stimme, bei dem sich meine Nackenhaare sträuben. Er will erneut nach mir greifen, aber diesmal verpasst ihm der Anführer einen Stoß gegen die Brust.

Gekränkt stolpert Monobraue rückwärts. »Was soll das?!«

Der Anführer ignoriert ihn und richtet seinen Zeigefinger wie eine Pistole auf mich. »Dieses Armband wird dich nicht beschützen. Und auch nichts, was er dir erzählt hat. Ist das klar?«

Kick hat mir überhaupt nichts erzählt, denke ich mit wild pochendem Herzen.

Doch das verrate ich ihm nicht.

Stattdessen packe ich die Matratze auf dem Boden, drehe ihnen den Rücken zu und zwinge mich, langsam und selbstsicher davonzugehen.

Ich stoße unsere Wohnungstür mit dem Fuß auf.

»Mama?« Die Matratzen bleiben im Türrahmen stecken, und ich muss sie einzeln in den Flur tragen. »Mama!«

Meine Mutter springt von ihrem Platz am Küchentisch auf und kommt zu mir. »Sind die etwa für mich?«

Ich finde ihre hellblauen Augen und halte sie mit meinem Blick fest. Vielleicht sollte ich mich erst mal ein wenig beruhigen, aber all das Adrenalin, das die Plastiknazis in meinen Körper gepumpt haben, stößt die Worte einfach so hervor. »Ist dieser Motorradfahrer bei dem Unfall gestorben?«

Sie weicht an die Wand zurück, als hätte ich eine Schrotflinte auf sie gerichtet. »Du ... Du wolltest es doch nicht wissen?«

»Ich wollte nicht ... Ich meine ... Scheiße!« Am liebsten würde ich mir die Haare raufen, aber sie sind zu kurz dafür. Haltlos rutschen meine Hände über den Kopf. »Ich hatte solche Schmerzen wegen ihm, so viel Zeit verloren! Manchmal hab ich mir seinen Tod gewünscht, so sehr, dass ich Angst hatte, ich könnte ihm etwas antun. Und jetzt ...«

Meine Kehle verstopft.

Hinter meinen Augen brennt trockenes Salz, das herausgespült werden will. Ich erinnere mich an das Gefühl einer Umarmung von heute Morgen und verspüre den absurden Wunsch, sie mit meiner Mutter zu wiederholen. Ein einziges Mal zumindest. Ein allererstes Mal.

Zögernd strecken sich meine Arme nach ihr aus.

Ihre Augen weiten sich. *»Rena? W-Was machst du denn da?«*

Meine Finger ertasten die Ärmel ihrer Bluse, gleiten um ihre dünnen Oberarme, halten sie beinahe fest. Beinahe. Unter meinen Fingerspitzen spüre ich ihren Puls, aufgewühlt und rasend, bevor er mir nur Sekunden später entrissen wird.

»Ich – Ich kann das nicht! Tut mir leid!«

Sie wirbelt herum und stürzt davon.

Das Zuschlagen ihrer Zimmertür ist das Einzige, das noch etwas in mir bewegt.

Die Balkontür klackt leise hinter mir ins Schloss.

Kick sitzt rittlings auf dem Geländer und baumelt mit seinen langen Beinen. Sein Kopf ist in die andere Richtung gedreht, hin zum hellen Horizont, und seine dunklen Klamotten verschmelzen mit den Schatten der Büsche ringsum. Nur das Licht der Abendsonne setzt seine Konturen in Flammen.

Als er sich zu mir dreht, empfängt mich sein Lächeln.

Ich würge den Nachgeschmack meiner Mutter hinunter.

»Hey, wie geht's?« Er schwingt ein Bein übers Geländer und rutscht zu mir herab.

»Das wurde ich heute schon vier Mal gefragt«, bringe ich hervor. »Aber du bist der Erste, dem ich es abkaufe.«

Er mustert abwechselnd meine Augen. »Und wie lautet die Antwort?«

Die Wahrheit schwillt in meinem Hals an, doch ich erlaube nicht, dass sie mich erstickt. Stattdessen drehe ich mich von ihm weg und lasse die Polster des Sofas für alles büßen. Meine Fäuste boxen tief in den Stoff. »Hast du dir schon mal den Tod eines Menschen gewünscht?«

Hinter mir wird es still. Nur die Kronkorkenkette klimpert im Wind.

»Zweimal«, gesteht er leise.

Ich drehe mich zu ihm.

Das Lächeln auf Kicks Gesicht ist verschwunden. Seine Augenbrauen drücken eine tiefe Falte in die Stirn. »Einmal für mich. Und einmal für einen Freund, der von seinem Vater verprügelt wird.«

»Und ist einer davon wirklich gestorben?«, wispere ich.

Er schüttelt den Kopf.

Ich sacke auf das Sofa.

Einige Sekunden lang schweigen wir beide. Dann setzt er sich an meine Seite, nah genug, um unsere Knie sich berühren zu lassen.

Ob ihm das so bewusst ist wie mir? Oder ist es für ihn einfach nur völlig normal, anderen Menschen so nah zu sein?

Er holt Luft, und mein Körper krampft sich instinktiv zusammen, in der Erwartung, dass er weiterbohren könnte. In eine Tiefe, die ich nicht bereit bin, preiszugeben. Doch er atmet wieder aus, ohne etwas zu sagen. Meine Anspannung löst sich, und mit ihr der Wunsch, diesem Gespräch zu entkommen.

»Eigentlich dachte ich, dass ich so etwas wie erfüllte Gerechtigkeit empfinden würde«, beichte ich dem Fußboden. »Nach meinem Unfall war ich fest davon überzeugt, dass ich das Opfer von uns beiden bin. Ich habe diesen Motorradfahrer gehasst für all das, was ich wegen ihm durchmachen musste. Und jetzt stellt sich heraus, ich bin die Überlebende.«

»Fühlst du dich deswegen schuldig?«

Seine Frage überrascht mich.

Automatisch möchte ich verneinen, doch dann dämmert mir die Wahrheit. »Ein bisschen. Ja. Wenn ich besser aufgepasst hätte …«

»Er hätte auch besser aufpassen müssen.«

Kick sagt es, ohne den geringsten Zweifel durchklingen zu lassen.

Mein Blick fällt auf seine löchrige Jeans, dann auf meine Hand, nur wenige Zentimeter daneben. Ein Knoten in meinem Innern, ein zusammengezogener schwarzer Klumpen in mir fürchtet, dass er zurückweichen wird, wenn ich ihn berühre. Dass der Fehler nicht bei meiner Mutter liegt, sondern an mir etwas grundlegend falsch ist. Doch als mein Zeigefinger sich langsam nach ihm ausstreckt und über den blauen Stoff gleitet, wendet er sich nicht von mir ab.

Die Baumwolle hat die Hitze der Abendsonne aufgesogen, darunter spüre ich seine Wärme und Lebendigkeit. Wie in Trance streiche ich über den ausgefransten Rand an seinem Knie, ertaste die Struktur seiner nackten Haut und den Verlauf der Knochen, fühle sogar den leisen Schauer, der durch seinen Körper wandert.

Als würde es mich zur Besinnung rufen wollen, rutscht mir das silberne Armband bis zum Daumen runter. Schlagartig muss ich an die Plastiknazis denken, an das Tattoo auf einem Oberarm, an Gelächter am Straßenrand und viel zu warmes Bier in der Kehle. An alles, was mir dieser Traum vor ein paar Tagen gezeigt hat.

»Hast du heute Abend schon was vor?«, wispere ich in den Sonnenuntergang.

Ich kann Kicks Lächeln hören. »Ich dachte, wir haben ein Date auf deinem Sofa?«

»Gibt es hier in der Nähe einen heruntergekommenen Asialaden? In dem man auch billiges Dosenbier kaufen kann?«

Er lacht auf. »Willst du mich etwa fein ausführen?!«

Ich wende mich zu ihm und schaue in sein Gesicht. Sein hellblaues Auge scheint hellwach zu sein, das grün gesprenkelte hingegen schimmert voller Unfug. Die Intensität seines Blickes irritiert mich nicht mehr. Im Gegenteil, mit einem Mal habe ich das Gefühl, dass er der erste Mensch auf der Welt ist, der mich wirklich ansieht.

Meine Antwort tastet sich über meine Zunge, als wüsste sie selbst nicht genau, wohin sie eigentlich will. Und in gewisser Weise ist es auch so. Sie findet ihren Weg, noch während ich spreche.

»Ich möchte herausfinden«, höre ich mich sagen, »ob ich wirklich nur träume.«

Unsere Hände finden sich

Auf der obersten Stufe der Außentreppe bleiben meine Füße wie erstarrt stehen. Der Anführer ist verschwunden, aber Grinser und Monobraue drücken sich nach wie vor bei der Schrottkarre herum und rammen ihre Stahlkappenstiefel in die Seitentüren. Offenbar blieb ihr Reparaturversuch erfolglos. Das Metall verbiegt sich scheppernd unter ihren Tritten.

Kick stemmt seine Hände in die Hüften und schüttelt den Kopf. »Das hätte ich den Deppen gleich sagen können. Man hat den überhitzten Motor bis zur Rückseite des Hauses gerochen.«

Ich beiße auf meine Unterlippe. »Gibt's eigentlich einen anderen Ausgang?«

Er linst mit seinem grünen Auge zu mir. »Nur durch die Garagen.«

Die ebenfalls vor den Stiefeln der Plastiknazis enden.

»Vielleicht war das mit dem Ausflug keine so gute Idee«, platzt es aus mir hervor. »Es könnte regnen. Da hinten ist eine Wolke am Himmel.«

Kick verengt seine Augen und blinzelt in die angedeutete Richtung. Zugegebenermaßen könnte der Nebelschleier auch aus einem Schornstein stammen. Oder nur ein kleiner Patzer sein, den Mutter Natur vergessen hat, von ihrem verflucht makellosen Abendhimmel zu wischen. Wo zum Teufel bleibt eine Schlechtwetterfront, wenn man sie brauchen kann?

»Ich … Ich will nicht, dass du dich erkältest«, reite ich mich noch tiefer rein. »Männer haben ein empfindliches Immunsystem.«

Seine Mundwinkel kräuseln sich. »Du solltest dich von ein paar Wölkchen nicht einschüchtern lassen. Vor allem von keinen, die nur mit heißer Luft gefüllt sind.«

Er weiß es.

Meine Schultern sinken. »Leicht zu sagen, wenn man ...« Ich wedle in die Richtung seines Kopfes. »... drei Meter groß ist.«

»Ich bin eins achtundachtzig.«

»Achtundachtzig«, schnaube ich. »Wetten, deine Größe gefällt denen.«

»Komm.« Kick hält mir seine Hand hin. »Ich zeig dir, wie man mit schlechtem Wetter umgeht.«

Meinen Kopf hat er längst nicht überzeugt, aber so wie es aussieht, wollen meine Finger trotzdem nach ihm greifen. Kaum verlassen wir die Treppe, graben sich die höhnischen Blicke der Plastiknazis wie Baggerschaufeln in meinen Magen.

»Hey, Fabsi!«, ruft Kick gut gelaunt über die Straße. »Wie geht's dem Meerschweinchen deiner Schwester? Lässt sie es immer noch hinten bei der Schaukel rumlaufen? Da wächst jede Menge giftiges Unkraut!«

Monobraue bleibt wie angewurzelt auf der anderen Straßenseite stehen.

Ich blicke stur geradeaus und tue so, als würde er nicht existieren.

»Und du, Kanne, solltest lieber mal die Alufelgen von deiner Schrottmühle schrauben, statt deine Schuhe dran zu wetzen! Das hier ist eine unsichere Wohngegend!«

»Scheiße«, zische ich durch meine Zähne.

Kick lacht in sich hinein.

Immerhin wechselt er nicht zur anderen Straßenseite, um den Kerlen ihre herunterhängenden Kinnladen wieder hochzuklappen. Die beiden glotzen so verdattert, als wäre der Osterhase höchstpersönlich an ihnen vorbeigehoppelt.

»Du musst sie mit dem schlagen, wovor sie am meisten Angst haben«, muntert er mich auf.

Ich ziehe eine Augenbraue hoch. »Ihr Meerschweinchen zu vergiften?!«

»Irrationale Bedrohungen.« Kick zuckt gelassen die Schultern. »Die sehen sie überall. Sogar, wenn sich eine Frau ein Tuch um den Kopf bindet. Die haben solchen Schiss davor, dass sie sich nur in Gruppen rauswagen.«

Wenn das wirklich nur so einfach wäre.

Heimlich werfe ich einen Blick zurück über die Schulter, halb in der Erwartung, dass die Kerle mit gezückten Messern hinter uns herlaufen, um uns in mundgerechte Stücke zu filetieren. Doch zu meiner Erleichterung werden wir nicht verfolgt. Dafür treten die Plastiknazis jetzt noch brutaler gegen ihr Auto.

»Außerdem würde ich Wuschel nie was antun«, fügt Kick mit verträumter Stimme hinzu. »Ich liebe den kleinen Kerl. Er ist so süß, wenn er seinen Löwenzahn mit beiden Pfoten festhält und daran knabbert.«

»Du bist auch ziemlich süß.«

Es ist aus meinem Mund, bevor ich es aufhalten kann. Panisch kratze ich in meinem Verstand nach einer Ergänzung, nach der Pointe dieses Scherzes, nur um mit wild pochendem Herzen festzustellen, dass ich es absolut ernst gemeint habe. Ich schlucke meine Ausflüchte runter und stelle mich seiner Reaktion. Offenbar hat es ihm die Sprache verschlagen, denn er starrt mit aufgerissenen Augen zurück.

»Was wird das denn?«, stelle ich schmunzelnd fest. »Färben sich deine männlichen Wangen etwa *rosa?*«

»Das ist Rot. Ein kontrolliertes, selbstbewusstes Rot.« Er zuckt nicht mal mit der Wimper. »Ich kann dir Unterrichtsstunden geben, wenn du willst.«

Ich lache in den Ärmel seiner Motorradjacke. Er riecht nach der untergehenden Sonne, aufgeheiztem Asphalt und dem süßlichen Duft von frisch geschnittenem Gras. Obwohl wir die Plastiknazis längst hinter uns gelassen haben, obwohl es keinen triftigen Grund mehr dafür gibt, drücken sich unsere Hände noch fester ineinander.

Kick tut so, als wäre daran nichts ungewöhnlich. Nur ein kurzer Blick zu mir herab, ein verstohlenes Lächeln in seinen Mundwinkeln, verrät mir, dass ihm die Bedeutung dieses Moments durchaus bewusst ist.

Plötzlich verdreht sich mein Magen in alle Richtungen.

Etwas geschieht mit mir, etwas, wofür ich eine Bezeichnung kenne.

Aber ich wage es nicht mal, sie zu denken.

Die Nachbarschaft fliegt wie in einem dünnen Nebel an mir vorbei. Kick passt seine langen Schritte an meine an und deutet hin und wieder auf besondere Sehenswürdigkeiten, die ich nur halb wahrnehme. Die ausgeweidete Hülle eines VW-Käfers, der seinen Rost in einem Vorgarten verstreut. Einen Lkw-Reifen, der grün angemalt zur Kräuterspirale umfunktioniert wurde. Und eine dekorierte Schuppenwand, auf der die unterschiedlichsten Metallscheiben glänzen.

»Das ist eine Audi-A8-Bremsschreibe für vorne«, erklärt er begeistert. »Neu legt man dafür über zweihundert Scheine hin.«

Ich deute auf einen filigraneren Ring darunter. »Ich finde die Motorradbremsscheiben schöner.«

Er starrt mich entsetzt an. »Du kannst Autobremsschreiben von Motorradbremsscheiben unterscheiden?! Verdammt, ich glaube, ich liebe dich.«

Ich lache auf. Ein wenig zu laut.

Natürlich war das nur ein Witz. Es gibt keinen Grund für mein dummes Herz fast aus dem Brustkorb zu springen. Oder jegliches Blut aus seiner Hand zu pressen. Rasch lockere ich meinen Griff und kühle mein Gesicht ab, in dem ich es in den Wind halte. Möglichst weit weg von seinen Blicken.

Kick zieht mich weiter zur nächsten Attraktion. »Komm, ich zeig dir einen Ford Torino Cobra aus den Siebzigern. Wenn wir Glück haben, steht die Garage offen …«

Die Sonne verschwindet langsam hinter dem Horizont.

Das letzte Licht saugt sich aus der Nachbarschaft und verwandelt wilde Schönheit in eine düstere, schäbigere Version. Kampfhunde bellen uns hinter Maschendrahtzäunen hinterher, und die schmutzigen Plastikspielzeuge der Kinder liegen achtlos zurückgelassen unter Schaukeln und knorrigen Bäumen. Eine kühle Brise lässt mich dichter an Kick heranrücken.

»Ist es noch weit bis zu diesem Asialaden?«

»Schon noch ein Stück.« Er zögert einen Moment, dann fügt er vorsichtig hinzu: »Mit meinem Motorrad wären wir in fünf Minuten da gewesen.«

Ich zerquetsche seine Hand.

»Ist es okay für dich, wenn ich mein Motorrad erwähne?«

»Klar«, beeile ich mich zu sagen. »Es ist ja nicht das erste Motorrad, das ich seit dem Unfall gesehen habe. Heute Morgen wurde ich einfach …«

Vollkommen überwältigt.

Ich kaue auf dem Rest des Satzes, bis ich ihn verliere.

»Vielleicht können wir zusammen mal eine Spritztour machen?« Er bemerkt meinen ungläubigen Blick und fügt rasch hinzu: »Wir lassen es total langsam angehen. In deinem Tempo. Zuerst siehst du dir die Maschine an. Dann streichelst du sie ein bisschen. Setzt dich kurz drauf …«

»Klingt irgendwie schmutzig«, murmle ich.

»Absolut.« Kick wirft verträumt den Kopf in den Nacken. »Mit der KTM durch die Wildnis zu brettern ist besser als Sex.«

Ich ziehe beide Augenbrauen hoch. »Dann hattest du noch nie guten Sex.«

»Oder du eine gute Maschine«, kontert er.

Die ersten Geschäfte tauchen am Straßenrand auf. Die meisten liegen im Untergeschoss von Privathäusern und können vermutlich nur überleben, weil die Inhaber keine Mieten bezahlen müssen. Ein Friseur, dessen Schaufensterauslage noch aus den Neunzigern stammt, ein zwielichtiges Massagestudio und natürlich eines der obligatorischen Wettbüros, die überall aus dem Boden schießen, wo Menschen nach einem Ausweg aus ihrem Leben suchen.

»Was diese Träume angeht, die ich erwähnt habe …« Ich reibe meine Lippen übereinander, unsicher, wie weit ich mit der Wahrheit rausrücken soll.

Das Lächeln schmilzt von seinem Gesicht. »Ja?«

»Ich träume jedes Mal von einer Straße. Zuerst waren es nur Bruchstücke, aber jetzt glaube ich, dass sie alle zusammenhängen. Ich habe auch ein paar Details erkannt, wie zum Beispiel diesen Asialaden.« Die Buchstaben glühen wie heiße Eisen auf meiner Zunge, die ich von einer Seite zur anderen jonglieren muss, um mich nicht zu verbrennen. »Anfangs war mir das nicht bewusst, aber inzwischen ist mir klar geworden, dass ich dabei auf einem Motorrad sitze.«

Kick sieht mich nur an.

»Es ist schwarz«, plappere ich weiter. »Ziemlich schwer. Hat mehr PS, als ich gewohnt bin.« Ich lache verlegen und schüttle den Kopf über mich selbst. »Natürlich bin ich gar keine PS gewohnt, das sagt also gar nichts.«

»Und du hast überhaupt keine Erinnerung an den Unfall?«

Ich seufze. »Der ganze Tag ist wie ausradiert. Ich kann mir nicht mal erklären, was ich in jenem Teil der Stadt verloren hatte.«

»Da vorne ist der Laden.« Kick deutet mit seiner freien Hand zur Ecke.

Je näher wir kommen, desto eindeutiger wird es. Die rotgold gemusterte Markise, die schon etwas abgerissen ist und bis zu den Gemüsekisten runterhängt. Der fette Buddha aus Plastik, der wie ein überdimensionales Wespennest an die Wand geschraubt wurde. Selbst das Kühlregal neben dem Eingang, in dem kein Licht brennt, weil es schon lange nicht mehr funktioniert. Es ist nicht der geringste Zweifel in mir, dass es sich um das gleiche Geschäft handelt.

»Woher zum Teufel kenne ich diesen Laden?!« Ich lasse Kicks Hand los und laufe voraus.

Eine Glocke über der Tür klingelt, und der Besitzer wirft einen desinteressierten Blick über die Theke. Er schlägt weder seine Hände über dem Kopf zusammen, noch kommt er auf mich zugerannt, weil ich die Zeche geprellt oder seine Räucherstäbchen in Brand gesteckt habe. In seiner Miene spiegelt sich kein Wiedererkennen, kein Hinweis darauf, dass er mich schon einmal gesehen hat.

Ich umrunde ein paar Regale und tue so, als würde ich mich für Kichererbsen interessieren, doch in Wirklichkeit suche ich nach etwas anderem. Einem Grund, was ich in diesem Laden verloren haben könnte. Leider sprechen die Verpackungen nur indisch. Eine Wolke von *Nag Champa* folgt mir, als ich zurück auf die Straße trete.

Kick lehnt mit verschränkten Armen neben dem Kühlregal. »Und?«

Die Lichterkette über dem staubigen Schaufenster lässt die Bierdosen in Regenbogenfarben schillern. Ich war nie der Typ, der sich sonderlich für Alkohol interessiert hat, trotzdem schmecke ich den warmen Schaum noch immer in meiner Kehle. Zu bitter. Zu billig.

Mein Zeigefinger gleitet an der Scheibe hinab. »Ich erinnere mich nicht an diesen Ort, trotzdem träume ich davon. Dafür kann es nur eine Erklärung geben.«

Kick erwidert nichts. Seine Miene wirkt seltsam glatt, als würde er seine wahren Emotionen zurückhalten. Ich drehe den Kopf weg, bevor ich darin etwas erkennen kann, das mich zu sehr an meine Mutter erinnert. An all die missbilligenden Blicke der Nachbarn, die sie für verrückt hielten, wenn sie sich in der Wohnung verkroch.

»Ich muss am Tag meines Unfalls hier gewesen sein«, erkläre ich dem Wind. »Die Frage ist nur: Was habe ich hier gemacht?«

Meine Augen suchen die Straße ab, als könnte der nächste Hinweis vom gegenüberliegenden Gehsteig zu mir herüberwinken. Vieles kommt mir vertraut vor, auch wenn ich zugeben muss, dass alle Vororte sich auf eine gewisse Art und Weise ähneln. Als hätte man die verstaubten Shops aus demselben Katalog für heruntergekommene Viertel ausgesucht. *Greifen Sie zu: Nur heute im Angebot, zwei Geschäftsauflösungen zum Preis von einer!*

Weiter hinten verschwindet die Straße um eine Ecke. Meine Füße verfolgen sie.

»Hey, wo willst du hin?«, ruft Kick mir hinterher.

»Da vorne …«, murmle ich.

Eine Ahnung steigt in meiner Brust auf, noch bevor ich die Kurve erreicht habe. Ich bin nicht wirklich überrascht, was ich dahinter finde, ein Teil von mir wusste es die ganze Zeit. Nur mit Mühen widerstehe ich dem Verlangen, meinen Traum zu wiederholen, einen unsichtbaren Griff nach vorne zu drehen und dem Motorrad die Sporen in die Flanken zu jagen.

Hinter der Ecke wölbt sich die Straße über einen Hügel hinauf.

Mein Atem strömt aus der Lunge, so lange, bis nichts mehr übrig bleibt. Ich schwebe in einem luftleeren Raum, meine Gedanken so umherwirbelnd, dass ich selbst nicht weiß, warum ich plötzlich loslaufe.

»Rena!«

Nichts von all dem war bloß ein Traum.

Meine Plastikhüfte galoppiert die Anhöhe hinauf. Es ist nicht schwer für Kick, mich einzuholen, sein Keuchen hängt dicht in meinem Nacken, aber meine Gedanken bleiben für ihn unerreichbar. Als ich nach Luft ringend auf der Anhöhe anhalten muss, bleibt er neben mir stehen.

Mein Blick schweift über die Gegend.

Alles sieht ein klein wenig anders aus. Inzwischen sind die Straßenlaternen angesprungen und tupfen orangefarbene Kleckse auf den Asphalt. Die schmalen Grünstreifen zu beiden Seiten der Straße wirken viel üppiger, als hätte jemand in den vergangenen Monaten einen falschen Blätterbart auf die Stelle geklebt, um sie vor mir zu tarnen. Trotzdem erkenne ich sie.

»Das ist sie«, hauche ich. »Die Straße, auf der es passiert ist.«

Am Fuße des Hügels, wo die Geschwindigkeit eines ungebremsten Motorrads am größten wäre, leuchtet das Schild eines Cafés zu uns herauf. Der Gastgarten ist um diese Uhrzeit verlassen, und die Stühle nach vorne an die Tische gekippt. Dennoch spüre ich die Anwesenheit dutzender unsichtbarer Menschen.

Augenzeugen.

»Geht's dir gut?« Kick biegt sich in mein Blickfeld.

Direkt vor dem Café steht ein Baum. Nicht einer dieser dünnen Ginkgos, die man in die Fußgängerzone der Innenstadt betoniert hat, sondern eine mächtige Linde mit einem Stammdurchmesser von fast zwei Metern.

»Wenn diese Träume tatsächlich wahr sind, dann stimmt vielleicht auch ein anderes Detail. Jedes Mal, wenn ich mich hinter diesem Baum hervorkommen sehe, halte ich einen Kaffeebecher in der Hand. Ich muss in dem Café gewesen sein.«

Meine Füße setzen sich in Bewegung.

»Warte!« Kick überholt mich und legt seine Hände auf meine Schultern. Er muss sich zu mir herabbeugen, um mich auf Augenhöhe ansehen zu können. So unterschiedlich die Farben seiner Augen auch sind, jetzt spiegeln sie beide dieselben Emotionen wider: zwei unterschiedliche Nuancen von Kummer.

»Keine Angst.« Ich will etwas Zuversicht an meine Wangen tackern, verziehe jedoch nur das Gesicht. »Ich drehe nicht wieder durch.«

»Bist du dir sicher, dass du da runtergehen willst?«

»Nein.« Ich atme tief durch und taste nach seiner Hand. »Aber ich bin sicher, dass ich dich dabeihaben möchte, wenn ich es versuche.«

Ein merkwürdiges, beinahe melancholisches Lächeln zieht an seinem Mund. »Dann gehen wir zusammen hin.«

Seite an Seite wagen wir uns die Straße hinunter.

Als wir aufgebrochen sind, hatte ich keine Ahnung, wie weit mich dieser Abend bringen würde. Vielleicht ist das der Grund, warum mich jetzt das Gefühl überkommt, meinen Körper auf eine Art und Weise zu überfordern, die nichts mit einer Plastikhüfte zu tun hat. Ich hatte einfach keine Zeit, um mich auf diese Situation vorzubereiten.

Mein Puls pocht in den Fingerspitzen, als wir unten ankommen.

Keine Ahnung, was genau ich erwartet habe. Ein Werbeständer, der so köstlichen Kaffee anpreist, dass man dafür durch die halbe Stadt reisen würde? Oder gleich eine Informationsbroschüre, die meinen Unfall mit zahlreichen Farbfotos bebildert? Jedenfalls gibt das Café von außen keinerlei Hinweis darauf, was um Himmelswillen ich dort gesucht haben könnte.

Mein Blick wird von der Linde angezogen.

Ihre dicke Rinde schimmert orange im Schein der Straßenlaternen und auf eine seltsame Weise fleckig. Für eine Schrecksekunde glaube ich Blutspritzer daran zu erkennen und fühle bereits, wie sich diese Vorstellung um meinen Hals klammert. Doch dann schaltet sich meine Logik ein.

Mein Unfall ist über ein halbes Jahr her, und auch wenn dieser Sommer ein Aushängeschild für die globale Klimaerwärmung war, so hat es doch oft genug geregnet, um sämtliche Beweise fortzuwaschen. Es ist kein Blut, sondern einfach nur abgebrochene Rinde.

Weil jemand dagegengefahren ist.

Weil jemand sie mit seinem Körper abgeschält hat.

Meine Füße bleiben wie festgenagelt stehen.

Kick sieht mich nicht an. Auch seine Aufmerksamkeit klebt nun auf dem, was vor uns aufgetaucht ist. Am Fuße des zerkratzten Baumstammes flackert ein einsames rotes Licht. »Eine Grabkerze«, flüstert er.

Ich bin das Opfer.

Und der Täter.

Hinter der Kerze befindet sich noch etwas anderes. Etwas, das sich nur durch seinen Schatten abzeichnet und sich bis zuletzt vor meinen Augen verstecken konnte. Es ist eines der ältesten Logos der Welt, ausgedacht in einer Zeit, lange bevor es Werbeagenturen und Meinungsforscher gab. Zwei Brettchen um neunzig Grad versetzt übereinander genagelt. Ein schlichtes Kreuz aus Holz.

Ich wirble herum, weg von dem Anblick, weg von dem Gefühl, das es in mich hineinspießen will. Meine Hände tasten nach meinem Hals, als würde ich erwarten, dort schon welche vorzufinden, die mir die Luft abschnüren. Ich keuche durch eine Luftröhre, die sich wie ein abgeknickter Strohhalm anfühlt.

Kick berührt meinen Ellbogen. »Sollen wir zusammen hingehen?«

Ich schüttle nur den Kopf, unfähig, ihm eine Erklärung zu liefern. Die Worte passen nicht mehr durch meine Kehle, sind so dick in mir angeschwollen, dass mir beinahe der Schädel platzt. Ich will keinen Namen lesen, keine Fotos sehen, keine Trauerbekundungen seiner Familie. Ich will nicht, dass er zu einem echten Menschen wird.

Sie kommt aus heiterem Himmel. Eine Frage, die sich seit diesem Matratzengeschäft durch meinen Kopf gebohrt und meine Gedanken durchlöchert hat.

»Warum?« Ich starre Kick mit weit aufgerissenen Augen an. »Warum träume ich meinen Unfall immer wieder aus der Perspektive eines Toten?!«

Hast du ihn von dir trinken lassen?

Das erste Licht des Morgens weckt mich. Noch wagt sich die Sonne kaum über den Horizont, streckt nur ihre dünnen Finger nach mir aus, streift über das grüne Meer vor dem Haus und schlüpft geschickt durch einen winzigen Spalt im Balkon. Ich drehe den Kopf ins Kissen und taste über den Sofastoff neben mir, so als würde ich jemanden an meiner Seite suchen. Aber natürlich ist da niemand.

Langsam raffe ich mich auf und blinzle den Schlaf aus den Augen. In meiner Hüfte pocht der Marsch von gestern, jedoch sanfter, als ich erwartet habe. Mein Körper fühlt sich an, als wäre jeder schmerzende Muskel in Luftpolsterfolie verpackt und mit einem *Achtung-Zerbrechlich*-Aufkleber versehen worden. Erst dann entdecke ich die Tablettenschachtel auf dem Fußboden, aus der noch ein Blisterstreifen hängt. Daneben steht ein halb ausgetrunkenes Glas Wasser.

Als ich meine Hand danach ausstrecke, rutscht das silberne Armband unter einem dicken, schweren Lederärmel hervor. Mein Blick gleitet über meine Brust nach oben und verrät mir, dass ich eine Motorradjacke trage. Eine abgewetzte Vintagejacke mit zwei roten Streifen über den Schultern. Kicks Jacke.

Ich kratze nach einer Erklärung und spüre einen dumpfen Schlag gegen den Magen, als mir die Unfallstelle wieder einfällt, das Grablicht und der finstere Schatten des Kreuzes dahinter. Meine Frage von gestern hallt in mir nach, und Kicks hilfloses Kopfschütteln, weil er mir sie nicht beantworten konnte.

Wie auch, denke ich mit einem Anflug von Schamgefühl. Diese Träume sind nichts weiter als verlorene Erinnerungen, die sich mit den Erklärungsversuchen meines Unterbewusstseins vermischen. Es ist leichter für mich, diesen Unfall durch fremde Augen zu betrachten. Das ist alles.

Außerdem gibt es eine Frage, die mir jetzt dringlicher erscheint.

Wie bin ich eigentlich nach Hause gekommen?

Kick hat mir zurück über den Hügel geholfen und seinen Arm um meine Taille gelegt, als meine Hüfte nicht mehr mitspielen wollte. Ohne ihn hätte ich keinen Fuß mehr vor den anderen setzen können, das weiß ich noch. Doch da endet meine Erinnerung, mitten auf dem Heimweg.

Ich starre die Lederjacke an und widerstehe nur mühsam dem Impuls, sie von meinem Rücken zu reißen, an einen Stuhl zu fesseln und unter einer grellen Lampe zu verhören. Natürlich kann sie nicht plaudern. Sie wird mir nicht verraten, wie ich an sie rangekommen bin. Oder was genau ich getan habe, bevor ich mit ihr auf dem Sofa eingeschlafen bin.

Wie von selbst gleiten meine Finger in die Seitentaschen, auf der Suche nach einem Hinweis. Ich ziehe ein Stück Papier hervor, falte es auf und spüre meinen Herzschlag bis in den Hals. Eine schiefe Handschrift strahlt mir in Kobaltblau entgegen.

Wenn wir uns heute Abend wiedersehen,
wirst du mir erklären müssen,
warum du meine Jackentaschen durchwühlst.

Ertappt schlage ich den Zettel vors Gesicht und grinse ins Papier. Wenigstens begrenzt seine Nachricht die Wartezeit auf ein paar überschaubare Stunden. Heute Abend schon sehen wir uns wieder.

Auf dem Balkon über mir öffnet sich plötzlich die Tür. Ich hüpfe vom Sofa und lehne mich übers Geländer, um nach oben zu sehen. Ein Arm schiebt sich über die Brüstung, doch zu meiner Enttäuschung blitzt ein goldener Ehering an den Fingern auf. Darüber balanciert eine Zigarette, deren Rauch schwach heruntergeweht wird.

»Ähm … Guten Morgen!«, rufe ich hinauf.

Das Gesicht einer Frau beugt sich über das Balkongeländer, schmal und viel zu blass für das Ende des Sommers. Haare, so dunkel wie Zartbitterschokolade, fallen mir entgegen. Doch das Markanteste an ihr sind die Augen. Durchdringendes Milchblau, wie die ihres Sohnes. Zumindest wie eines seiner Augen.

Ohne jeden Zweifel muss das Kicks Mutter sein.

»Ich bin Rena«, erkläre ich und halte meine Zunge nur in allerletzter Sekunde davon ab, *die neue Nachbarin* hinzuzufügen. Wer sollte ich sonst sein? Der dämlichste Einbrecher der Welt?

Kicks Mutter streckt den Arm mit der Zigarette aus.

»Ich kenne Ihren Sohn«, plappere ich weiter, um das Fehlen ihrer Antwort zu überspielen. In mir keimt die üble Vorahnung auf, dass mich diese Frau nicht mit einer freudigen Umarmung willkommen heißen wird. »Ist er vielleicht zu Hause?«

Sie schnippt mit dem Finger.

Genau über meinem Gesicht.

Die Glut der Zigarette landet auf meiner Wange, bevor ich überhaupt kapiere, was eigentlich los ist. Nur meinen Reflexen ist es zu verdanken, dass sich die Hitze nicht in meine Haut brennt. Meine Hand schlägt die Asche blitzschnell von meinem Gesicht.

»Was soll das?!« Als ich mich wieder über den Balkon biege und nach oben funkle, ist die Frau verschwunden. »Sie könnten sich zumindest entschuldigen!«

Keine Antwort.

Dann, mehrere Sekunden später, Schritte.

Die Balkontür über mir kracht ins Schloss.

Was ist denn mit der los?!

»Rena?«

Ich wirble herum.

Meine Mutter steht in unserer Tür, knetet ihre Hände und sieht sich gehetzt nach allen Seiten hin um. »Mit wem sprichst du?«

»Nur mit den Nachbarn.« Ich seufze und wische mir über die Wange. Es tut nicht mehr weh, aber die Absicht dahinter brennt noch in meinem Magen.

»Wie wär's mit Frühstück?«, versuche ich, das Thema in eine erfreulichere Richtung zu lenken. »Ich hab uns gestern Nutella besorgt.«

Praktisch portioniert in kleinen Plastikdöschen, die ich im Vorbeigehen von ein paar verlassenen Tellern in der Cafeteria gemopst habe. Was nicht illegal ist, immerhin hat jemand für die Dinger bezahlt. Mein Konto ist zwar noch nicht so trocken, dass ich dafür in der Schule klauen muss, aber wie meine Bankberaterin immer sagt: *Ein bisschen vorsorgen schadet nicht.* Wenn ich ein schlechtes Gewissen habe, dann nur weil dafür Regenwälder abgeholzt werden und das Plastik irgendwann im Meer landet.

Leider steht Mama nicht auf Schokocreme, zumindest ihrem blassen Gesicht zu urteilen nach. Sie weicht einen Schritt über die Türschwelle zurück. »Was trägst du da für eine Jacke?«

Ich blicke an mir herab und spüre Hitze in meinen Wangen aufwallen. »Oh, die ist von ...« Plötzlich fällt mir ein, dass es außer Kick noch eine andere Informationsquelle gibt, die ich nach gestern Abend fragen könnte. Ich muss nur sehr behutsam danach graben. »Warst du noch wach, als ich nach Hause gekommen bin?«

Ihre Augen blitzen auf. »Erinnerst du dich nicht?«

Volltreffer. So ein Mist.

»Ich hab total wirres Zeug geträumt«, sprudelt es aus mir hervor. »Jetzt bin ich mir gar nicht mehr sicher, was wirklich war.« *Sehr geehrte Jury, falls es jemals einen Nobelpreis für die lächerlichste Ausrede der Welt gibt, möchte ich mich hiermit nominieren.*

»War ich ... ähm ...« Meine Gedanken überschlagen sich. »Hast du eigentlich schon unseren Nachbarn kennengelernt, mit dem ich unterwegs war?«

»Wen meinst du?«, fragt sie leise.

»So ein junger Kerl. Groß und schlank, dunkle Haare.« Ich hebe eine Hand ungefähr dreißig Zentimeter über meinen Kopf und dränge mit aller Gewalt ein dämliches Grinsen zurück, das mein Gesicht überwältigen will. »Er sieht ziemlich gut aus, wenn man sich mal an seine unheimlichen Augen gewöhnt hat.«

Mama weicht in mein Zimmer zurück, bis sie vom Schatten des Raumes verschluckt wird. »Ich weiß nicht. Diese Leute hier. Die Schmierereien an den Wänden. Das alles ist nicht gut.«

»Dann machen wir es gut«, dränge ich. »Man darf sich von solchen Typen nicht einschüchtern lassen.« *Hat mir mal jemand gesagt.*

»Bitte sei vorsichtig«, flüstert Mama nur.

Im Unterricht aufpassen – mein neuer Masterplan, um mir hilfsbereite Deutschlehrer vom Hals zu halten – funktioniert leider nicht. Zwar habe ich meine Tabletten heute Morgen nicht angerührt, aber leider schaffe ich es nicht, dem Piepsignal meines Handys zu widerstehen. Nicht, nachdem mir ein Blick aufs Display eine neue Nachricht mit dem Betreff

Re: Bewerbung Wochenendjob

anzeigt.

Ich unterdrücke ein Keuchen und tippe den PIN-Code ein.

Die Nachricht poppt auf.

Sehr geehrter Bewerber/sehr geehrte Bewerberin, vielen Dank für das in [Name Unternehmen] gesetzte Vertrauen. Leider müssen wir Ihnen mitteilen, dass wir uns für andere KandidatInnen …

Weiter lese ich nicht.

Vielleicht bin ich etwas zu pingelig, aber eine Firma, die es nicht mal schafft, ihren eigenen Namen in eine Vorlage zu kopieren, liegt unter meiner Würde. Selbst wenn sie mich genderneutral abgewiesen hat.

Ich knalle den Kopf auf den Tisch und lasse das Handy zwischen den Oberschenkeln baumeln. Vielleicht sollte ich anfangen, die geklauten Nutelladöschen zu rationieren. Oder ich lege mir die Mägen einer Kuh zu und versuche mich am siebenfachen Verdauen, immerhin wächst da jede Menge kostenloses Grünzeug hinterm Haus. Meine Gedanken kreisen bereits um den Geschmack von Löwenzahn, als sie brutal zurück in die Realität gerissen werden.

»Könntest du uns bitte das letzte Kapitel zusammenfassen, Renate?«

Die Stimme, die durch das Klassenzimmer zu mir rüberschwebt, ist leider keine durch Mangelernährung ausgelöste Halluzination. Der höflich wartende Deutschlehrer, der zu ihr gehört, bedauerlicherweise auch nicht. Ich wage es zu hoffen, dass zumindest die Mitschüler nur Ausgeburten meiner Phantasie sind, immerhin haben sich neunzig Prozent davon in der letzten Stunde nicht bewegt und die hintere Reihe mumifiziert sich bereits. Wäre es schrecklich unhöflich, wenn ich Hartmann fragen würde, von welchem Buch er spricht?

Sein Lächeln wirkt angestrengt. »Du kannst mir auch die Zusammenfassung auf Wikipedia vorlesen«, witzelt er.

»Ich habe das Buch gelesen!«, entrüste ich mich. Was der Wahrheit entspricht, immerhin hatte ich die Leseliste vor Weihnachten durch. »Letztes Jahr«, füge ich deutlich leiser hinzu.

Hartmanns Schultern sinken. Ein anderer Lehrer würde mir die Gnade erweisen, mich so lange auszuquetschen, bis unwiderruflich bewiesen ist, dass ich seines Unterrichts unwürdig bin. Ein anderer Lehrer würde mir ein Stückchen Hass schenken, an dem sich meine Selbstachtung festklammern kann. Er hingegen nimmt einfach einen anderen Schüler dran. Sein enttäuschter Gesichtsausdruck ist schlimmer als eine mittelalterliche Streckbank.

Mit brennenden Wangen lasse ich das Handy in meinem Rucksack verschwinden. Wenn ich mich nicht zusammenreiße, entscheidet sich meine Zukunft bald auch für einen anderen Kandidaten. Pardon, Kandidat*In*.

Am Ende der Stunde fängt Hartmann mich vor der Tür ab. Ich bin gewillt, einfach so zu tun, als würde einer von uns beiden nicht existieren, aber dann dringt die Bedeutung seiner Worte zu mir durch. »Du hast schon auf eigenen Beinen gestanden, lange bevor du volljährig warst, nicht wahr?«

In Zeitlupe drehe ich mich nach ihm um.

Sein Dauerlächeln ist ihm abhanden gekommen. Klare, nüchterne Augen sehen mir entgegen. »Nur weil man erwachsen ist, heißt das nicht, dass man keine Hilfe braucht. Es ist wirklich okay, darum zu bitten. Oder sie anzunehmen, wenn sie dir angeboten wird.«

Ich blecke meine Zähne. »Danke. Aber ich brauche keine Hilfe. Ich lese das Buch einfach noch mal.«

»Nicht das Buch, Renate.« Er gibt einen gequälten Laut von sich, als würde ich ihn dazu zwingen, härtere Wahrheiten auszupacken. Seine Hand fährt hilflos durch die Haare. »Okay, dann sage ich es offen. Das Einschlafen in den Stunden, dein Zuspätkommen, deine neue Frisur, die nicht so aussieht, als hätte ein Friseur sie geschnitten, das Abfallen deiner Leistung, Erinnerungslücken …«

Erinnerungslücken trifft mich härter als das mit der Frisur.

Er seufzt noch tiefer. »Das sind Warnzeichen. Niemand erwartet, dass du so einen Unfall einfach wegsteckst. Aber wenn du Hilfe brauchst, dann musst du es jemandem sagen. Falls deine Mutter dazu nicht in der Lage ist –«

»Was hat meine Mutter damit zu tun?!«, fahre ich dazwischen. »Hören Sie, ich bin dankbar für Ihr Angebot, aber wie Sie eben schon gesagt haben: Ich bin erwachsen. Wenn ich meine Aufgaben nicht mache, dann ist das meine Verantwortung. Nur meine. Ist das klar?«

Ohne seine Antwort abzuwarten, humple ich davon.

Im Bus versuche ich, mich davon zu überzeugen, dass Hartmann mir am Arsch vorbeigeht, aber die Liste meiner Verfehlungen hat sich wie feiner Sand in meinen Hirnwindungen festgesetzt und scheuert meine Gedanken wund. Ich bin nicht sonderlich gut drauf, als ich zu Hause aussteige, und stoße meinen Dank in den Himmel, dass ich zumindest heute nazifrei habe. Die verbeulte Schrottkarre rostet alleine vor sich hin, und von den Typen fehlt jede Spur. Fünf Minuten später stelle ich allerdings fest, dass mein Dank etwas zu voreilig war.

Wenn da oben wirklich einer der zig Götter herumhockt, die wir Menschen in den letzten Jahrtausenden so erfunden haben, dann mag er mich wohl nicht. Vielleicht hat er auch ein Problem mit meiner neuen Frisur. Oder es ist einer dieser Götter, die nur aus Protest gewählt wurden. Jedenfalls habe ich kaum das Haus betreten, als ich schon in einem Haufen Plastiknazis stecken bleibe.

Sie schaaren sich um die Briefkästen.

Monobraue entdeckt mich wieder als Erster. »Da ist sie.«

Ich gehe weiter und krame den Wohnungsschlüssel aus der Tasche. Doch als ich den Kopf hebe, um aufzuschließen, bleibe ich wie angewurzelt vor meiner Tür stehen. Ein fettes, schwarzes Hakenkreuz prangt darauf, die Enden noch so feucht, dass dünne Rotznasen herunterlaufen.

»Da steht *Stern* auf eurem Briefkasten«, dröhnt Monobraues Stimme von hinten. »Woher stammt der Name?«

Meine Nackenhaare sträuben sich. Langsam wende ich mich um. »Aus meiner Geburtsurkunde?«

»Also für mich hört sich das –«

Ich erfahre nicht mehr, wie sich das für Monobraue anhört, denn der Anführer schiebt ihn wie eine Pappfigur zur Seite und kommt auf mich zu.

Sein zielgerichteter Gang ist weitaus beunruhigender als das Herumgebelle seines Gefolges, die schweren Springerstiefel dröhnen wie Hammerschläge auf dem glatten Steinboden. Er stellt sich so nah vor mich, dass mir nur zwei Möglichkeiten bleiben: Entweder zurückzuweichen und meinen Rücken in ein frisch gespraytes Hakenkreuz zu pressen, oder die Stellung zu halten und meinen Kopf in den Nacken zu werfen. Ich entscheide mich für Letzteres.

Giftgrüne Augen nageln sich in mein Gesicht.

»Frauen sollten lange Haare haben«, erklärt er mit unerwartet ruhiger Stimme.

»Männer sollten ein Gehirn haben«, erwidere ich. Das feuchte Hakenkreuz hinter mir wird eine immer attraktivere Option. »Wir kriegen nicht alle, was wir wollen.«

Ich weiche einen winzigen Schritt zurück und taste hinter meinem Rücken nach der Türklingel. Fürs Aufschließen bleibt mir vielleicht keine Zeit, aber wenn meine Mutter herkommt und die Tür öffnet, bin ich in einer Sekunde drinnen. Vorausgesetzt, sie macht überhaupt auf.

Der Anführer biegt sich so weit über mich, dass ich außer ihm nichts mehr wahrnehme. Sein warmer Atem haucht an mein Gesicht, und sein Zeigefinger schwebt nur Millimeter über meiner Wange. »Deine Haut ist wie Milch. Hast du ihn von dir trinken lassen? Für das Armband?«

Hinter mir klickt das Schloss auf.

Ich stürze in die Wohnung und schlage die Tür zu, bevor sich eine Stahlkappe über die Schwelle schieben kann. Mit rasendem Herzen weiche ich zurück in den Flur. Kein Hämmern an der Tür, kein Klingeln folgt mir.

»Was ist los?!«, keucht meine Mutter hinter mir.

Nur mit Mühen wühle ich eine Ausrede aus meinem Verstand, lege mir Worte zurecht, die kuschelweich gespült sind. Doch als ich mich nach Mama umdrehe, verfilzen sie dennoch in meinem Hals.

Mamas wässrige Augen treten aus ihren Höhlen, ihre dünne Hand krallt sich tief in die Brust, ihr Mund öffnet sich wie bei einem erstickenden Fisch.

Ich kenne diesen Anblick, seit ich denken kann.

Doch erst seit gestern früh weiß ich, wie er sich anfühlt.

Ich verliere vier zu eins

»Warum malst du nicht?«, fragt meine Kindergartentante in ihrer lieben Stimme.

Ich rolle die Wachsmalkreiden über den Tisch und zucke mit den Schultern.

Sie geht neben meinem Platz in die Hocke, wählt einen blauen Stift aus und wedelt ihn verlockend vor meiner Nase. »Es gibt doch bestimmt etwas, das ihm gut gefällt? Vielleicht ein Auto? Oder ein Löwe?«

Ich nehme ihr den Stift weg, lege ihn zurück zu den anderen und rolle mit den Händen drüber. Ein paar der anderen Kinder haben sich in den Sitzkreis gesetzt, um dort zu malen. Ihre Blätter liegen kreuz und quer übereinander. Ihr Lachen auch.

»Renate?«, fragt die Tante sanft. »Willst du nicht auch etwas für ihn malen?«

Die Farben holpern unter meinen Fingern. »Ich hab keinen.«

»Keinen was?«, will die Tante wissen, doch plötzlich geht ihr die Freude aus. Eine Weile sieht sie meinen Wachsmalkreiden zu, bis eine unter meinen Fingern abhaut und auf den Boden fällt. Sie blinzelt. »Dann zeichne einfach irgendetwas, das dir gefällt, ja?«

Sie setzt sich zu den anderen Kindern in den Kreis.

Meine Kreiden liegen still da.

Für einige Sekunden bin ich verloren, in meiner Vergangenheit, in der Hilflosigkeit eines kleinen Kindes. Mein Körper übernimmt von selbst die Kontrolle und spult ein Programm ab, das er sich von jemand anderem abgeschaut hat.

Ich bin bei dir, will ich sagen, *lass es uns zusammen durchstehen.*

Doch als ich auf meine Mutter zutrete, stolpert sie rückwärts weg und stößt gegen den Küchenstuhl. Wir beide zucken zusammen, als er krachend zu Boden fällt. Er liegt wie ein umgekippter Schrei zwischen uns.

Ich ziehe meine Kindergartenschuhe vor der Hintertür aus und klopfe sie gegeneinander, um den Dreck abzukriegen. Ein bisschen was bröselt auf den Weg, also husche ich in Socken hinein und hole den Besen, der im Schrank steht. Wir müssen sauber sein, damit wir bei Onkel Daniel wohnen dürfen.

Mama sitzt am Küchentisch. Das ist gut. Wenn sie in ihrem Zimmer ist, zeige ich ihr meine Bilder nicht, aber in der Küche ist es in Ordnung.

»Willst du sehen, was wir gemalt haben?«, frage ich sie.

Sie schaut mich an. Ihre Augen sind riesig. »Oh, Rena … Du bist schon da.«

Mama ist oft überrascht, dass ich schon da bin, obwohl der Kindergartenbus immer vor dem Mittagessen kommt. Früher wollte mich die Tante nicht alleine aussteigen lassen, aber jetzt bin ich fünf, und sie haben ja nicht den ganzen Tag Zeit. Der Weg zu Onkel Daniels Haus ist leicht.

Mama schaut zum Herd. »Ich mache gleich was zu essen.«

»Okay.« Ich ziehe meinen Block heraus und zeige Mama das Bild, das wir heute malen mussten. »Schau, Mama.«

»Schön.«

»Du siehst ja gar nicht hin!« Ich stoße das Blatt gegen ihre Hand.

Sie senkt den Kopf. Ihr Finger streichelt das Papier. Aber plötzlich wird sie still.

»Woher hast du das Wort?«, flüstert sie.

Die Tante hat Buchstaben aufgemalt, die wir abpausen mussten. Ich kann sie nicht lesen, aber ich weiß, dass es nicht RENATE *heißt und auch nicht* MAMA.

Plötzlich werden Mamas Augen nass. Sie atmet komisch.

Ich nehme das Bild weg, aber es hilft nicht.

Sie geht rüber zum Herd, und ich denke, vielleicht macht sie Mittagessen. Aber dann stolpert sie und fällt hin. Ich kann mich nicht bewegen.

»Rena«, krächzt sie wie die Hexe aus dem Wald. »Ruf deinen Onkel an.«

Mama hat mir gezeigt, wie man telefoniert, aber jetzt weiß ich es nicht mehr.

»RENATE!«, brüllt sie. »BEEIL DICH! ICH STERBE!«

Meine Hände zucken zurück, mein Rücken stößt an den Kühlschrank.

Menschen mit Panikattacken soll man an einen ruhigen Ort ins Freie bringen, heißt es, aber für meine Mutter war es schon immer ihr dunkles Zimmer. Sie will keine kühlen Lappen im Nacken, keine verständnisvollen Worte und vor allem eines nicht: *mich.*

»Möchtest du in dein Zimmer gehen?«, würge ich hervor. »Hast du deine Tabletten in der Tasche? Nimm eine davon, dann geht es schneller vorbei.«

Mama antwortet nicht mehr. Ihre Atmung flattert wie ein Kolibri, der aus ihrem Körper ausbrechen will. Langsam sinkt sie zu Boden und tastet sich auf allen vieren zu ihrem Zimmer.

Alles in mir schreit danach, zu ihr zu laufen und ihr zu helfen. Aber ich darf es nicht tun.

Nicht, wenn ich der Auslöser bin.

Noch nie war ich alleine zu Hause, wenn es dunkel ist. Lange verstecke ich mich unter der Bettdecke, aber dann wird die Luft schlecht, und ich muss einen Tunnel für meine Nase bauen.

Onkel Daniel hat Mama zum Doktor gebracht, aber ich durfte nicht mit, weil ich im Weg bin. Ich habe Angst, dass sie wegen dem Bild in der Küche nicht mehr zurückkommen. Also stehe ich auf, um es zu verstecken.

Es ist dunkel im Gang. Ich finde den Schalter nicht.

Durch das Küchenfenster scheint die Straßenlampe herein, genau auf das Bild von dem blauen Löwen. Die Tante hat gesagt, es ist die falsche Farbe, und dann hat sie gelacht und gesagt, vielleicht ist es ein Seelöwe mit einer Perücke. Die anderen Kinder haben auch gelacht.

Oben am Rand steht das neue Wort, das ich nicht lesen kann.

P A P A

Ich nehme das Blatt und zerreiße es. Die Schnipsel flattern wie Schmetterlinge auf den Boden. Genau da kommt Daniel heim, weil er keinen Dreck mag. Aber ich bin trotzdem froh, denn Mama ist dabei und atmet nicht mehr komisch. Sie geht in ihr Zimmer, um zu schlafen.

Daniel packt meinen Arm und schüttelt mich. »Sieh nur, was du deiner Mutter angetan hast!«

Mama kriecht über den Boden.

Ich hasse mich dafür, bloß zusehen zu können.

»Manchmal weiß ich nicht mehr, wer du bist!«, schluchzt sie. Auf Knien erreicht sie ihr Zimmer, hängt sich an die Klinke und lässt sich von der aufgehenden Tür über die Schwelle ziehen. Drinnen ist es vollkommen dunkel, nur das Weiß der übereinandergestapelten Matratzen schimmert schwach heraus. »O bitte, *bitte*, geh wieder weg!«

Ich drehe mich um und gehe.

Draußen wünsche ich mir nichts sehnlicher als einen Streit von Kicks Eltern, der ihn zu mir auf den Balkon heruntertreibt. Auch wenn das ein schäbiger Wunsch ist, für den ich mich augenblicklich schäme. Meine Füße laufen einen Graben in die Balkondielen, bis mir seine Motorradjacke ins Auge sticht, die ich heute Morgen auf dem Sofa liegen gelassen habe.

Ich packe sie und drücke mich hinein.

Sie riecht nach einem jungen Mann, der mit ihr durch den Wind geritten ist, der sie so oft getragen hat, dass sein Körper das Leder formte. Überrascht stelle ich fest, dass ich diesen Duft kenne, verdünnt, verwässert, aber unverkennbar seiner. Er steckt tief in den Fasern des Sofas.

»Ich halte das nicht mehr aus!«, schreit meine Mutter.

Ich wirble herum, starre durch das Küchenfenster und finde nur einen leeren Raum dahinter. Mama ist längst in ihrem Zimmer verschwunden. Die Stimme kam nicht aus unserer Wohnung, sondern aus der darüber. Es war Kicks Mutter, die geschrien hat.

»Was kann ich denn dafür?!«, brüllt jemand, dem tiefen Tonfall nach wahrscheinlich Kicks Vater. »Mach es halt wieder aus!«

»Du musst dir die Lampen ansehen!«

»Bin ich Elektriker, oder was?! Soll ich einen Schlag kriegen? Ist es das, was du willst?!«

Da habe ich meinen Wunsch.

Ich fühle mich miserabel. Wenn Kicks Eltern sich schon wegen einer kaputten Lampe in die Haare kriegen, will ich nicht wissen, wie bei denen ein Weihnachtsessen abläuft. Nicht dass ich sonderlich viel Erfahrung mit Familientreffen hätte. Meine Vorstellungen von vielstimmigem Gelächter an einer voll beladenen Festtafel stammen alle aus dem Fernsehen.

Oben wird die Balkontür aufgerissen und mit voller Wucht wieder zugeknallt. »Vielleicht könntet ihr auch eine Minute lang die Klappe halten und mir zuhören!«

Drinnen herrscht Totenstille.

Kick wirft sich auf das Geländer über mir.

Mein Herz zieht sich zusammen, als sich unsere Blicke treffen. Für einen Moment sehe ich den Ausdruck in seinen Augen, ehe er sich verändert, ehe er für mich zu jemand anderem wird. Ich sehe Trauer. Ich sehe Sorgen. Dann nehmen das Hellblau und Grün andere Töne an, schmelzen für mich zu einer wärmeren Nuance.

Er schwingt sich über das Geländer und klettert daran herab. Für den Bruchteil einer Sekunde landen seine Füße auf den beiden abgewetzten Stellen, bevor er herunterspringt und mit einem Mal in voller Größe vor mir steht.

Es ist zu spät, um seine Jacke von mir zu schleudern und so zu tun, als würde ich mich nicht daran festklammern. Mehrere Augenblicke lang sehe ich ihn einfach nur an, und er blickt zurück. Dann plötzlich, wie auf ein unsichtbares Kommando, fallen wir uns gegenseitig in die Arme. Der Aufprall unserer Körper drückt die Luft aus mir heraus.

»Da bist du ja wieder«, keucht er in meine Haare. Sein Herz jagt im selben Tempo durch seine Brust wie meines.

»Du bist derjenige, der sich einfach in Luft aufgelöst hat«, beschuldige ich seine Schulter.

»Ich war die ganze Nacht über bei dir.«

War er das?

Ich beiße auf meine Unterlippe. »Lass mich raten, ich bin mit offenem Mund eingepennt und hab auf deine Lieblingsjacke gesabbert?«

»Schlimmer.« Ich spüre sein Schmunzeln an meinem Ohr. »Du hast auf meine Lieblingsjacke gesabbert, während ich in ihr drin steckte.«

Ich drücke mein Grinsen in sein Shirt.

Vielleicht wären wir an diesem Abend auf dem Sofa gelandet, doch im selben Moment reißt uns ein Krachen auseinander. Für eine Schrecksekunde bin ich überzeugt, dass die Plastiknazis unsere Tür eingetreten haben, um mich doch noch zu holen. Dann bemerke ich Kicks besorgten Blick nach oben und kapiere, dass seine Eltern schon wieder Möbel rücken. In der Größe einer mächtigen Auseinandersetzung, wie es sich anhört.

»Streiten sie sich oft?«, frage ich leise.

Er seufzt, ohne sich von oben abzuwenden. »Sie machen bloß eine schwierige Phase durch. Das wird schon wieder.«

Ich beneide ihn für seinen Optimismus. Heimlich linse ich durch das Küchenfenster, auf den Schatten von Mamas Tür. Manche schwierigen Phasen dauern ein Leben lang.

Sein Blick fällt auf mich herab. »Ist mit dir alles okay?«

Ich will ja sagen, weil es die schnellste Methode ist, um unbequeme Fragen loszuwerden. Aber der Befehl scheint irgendwo zwischen meinem Gehirn und meiner Zunge verloren zu gehen, denn plötzlich höre ich meinen Mund etwas ganz anderes ausspucken. »Sie haben ein Hakenkreuz auf unsere Tür gesprayt.«

Kick fragt nicht, wen ich mit *sie* meine. Er ist nicht mal überrascht.

»Das machen die bei jedem«, meint er nur. »Unsere Wohnungstür wurde so oft übermalt, dass ich bald den Spion verlängern muss.«

»Sie wollten wissen, woher mein Name stammt.«

»Die Spinner möchten dir bloß Angst einjagen.«

Ich lache spöttisch. »Dann haben sie es verdammt nochmal geschafft!«

»Ich bin mit denen aufgewachsen«, versucht er zu beschwichtigen. »Im Grunde genommen sind sie harmlos.«

»Ach ja? Wollten sie dich auch schon mal an eine Matratze in der Garage ketten, damit du deine Beine breitmachst? Oder könnte es sein, dass diese Arschlöcher mich auf eine Weise belästigen, die du dir nie gefallen lassen musst?!«

Plötzlich überkommt mich eine heftige Wut.

Ich schnappe mir Großtante Juliane und pfeffere sie in hohem

Bogen über den Balkon. Der Blumentopf verschwindet im grünen Dickicht, ohne in tausend befriedigende Scherben zu zerplatzen. Am liebsten würde ich hinterherspringen und mit meinen Füßen darauf herumtrampeln.

Kick starrt mich nur an.

»Das dachte ich mir«, krächze ich. »Ich hasse es, mich so wehrlos zu fühlen!«

»Das bist du nicht.«

»Doch, das bin ich! Ich habe vier zu eins verloren.«

Vorsichtig greift Kick nach meinen Händen, als hätte er Angst, dass ich ihn als Nächstes über den Balkon schmeiße. Wir stehen wie zwei Kleinkinder voreinander, die sich mit ausgestreckten Armen festhalten. Als würden wir uns jeden Moment im Kreis herumwirbeln, bis uns davon schwindelig wird. Kurz spiele ich mit dem Gedanken, genau das zu tun, meinen Kopf in den Nacken zu werfen und meine Wut einfach aus mir herauszuschleudern. Doch zu meiner Überraschung haben seine nächsten Worte den gleichen Effekt.

Ein verlegenes Lächeln zieht an seinem Mund, also senkt er den Kopf, damit ich es nicht bemerke. »Wenn schon«, sagt er sanft. »Dann verlieren wir vier zu zwei.«

Du hast grüne Sommersprossen

Ein Windstoß fährt unter den Balkon und sträubt die feinen Härchen auf meinen Armen. Kick bückt sich nach der Jacke, die ich fallen gelassen habe, und legt sie mir um die Schultern. Ich schlüpfe hinein, um das Gefühl von Geborgenheit wiederzufinden, ein Funke dessen, was seine Umarmung in mir hinterlassen hat. Doch unter den schweren Lederärmeln wirken meine Finger wie dünne Strohhalme.

»Eine Pusteblume«, zische ich verächtlich.

Kick beugt sich zu mir herab. Sein ungleicher Blick durchbohrt mich, als wollte er sichergehen, dass seine Botschaft es durch die finstere Wolke in meinem Inneren schafft. »Mach dir keine Sorgen. Ich pass auf dich auf.«

»Ha!« Ich drehe mich von ihm weg, damit er den Frust nicht falsch deutet, der in meinen Augen glitzert. »Danke für das Angebot, aber ich kann auf mich selbst aufpassen.«

»Das weiß ich. Darf ich dir trotzdem helfen?« Er streckt seinen Arm nach mir aus, aber ich tue so, als würde ich es nicht bemerken. Seine Hand greift hinter mir ins Nichts, während ich über die Türschwelle zurück in mein Zimmer stapfe.

»Ich muss das selber schaffen«, erwidere ich entschlossen. »Du bist nicht immer da.«

»Und wenn ich es wäre?«

Ich bleibe stehen, drehe mich aber nicht um. »Diese Kerle gehen mir nur so an die Nieren, weil ich mich bisher nicht gewehrt habe. Aber das wird sich nun ändern. Zuallererst muss ich herausfinden, welche Beweise ich brauche, um sie anzuzeigen.«

Ohne eine weitere Sekunde zu vergeuden, schnappe ich meinen Rucksack vom Bett und wühle nach meinem Handy. Hinter mir ist kein Laut zu hören, kein verräterisches Knarren der Dielen, trotzdem schwebt Kicks Stimme plötzlich über meinem Nacken. Ein Schauer läuft mir über den Rücken.

»Du bist nicht die erste Mieterin, die das versucht.«

»Umso besser. Wenn sie schon mal angezeigt wurden, wandern sie diesmal vielleicht in den Knast.«

Sein Atem wirbelt die feinen Härchen an meinem Hals auf. »Ich sagte *versucht.* Hier kennt jeder jeden. Bevor die Bullen aufkreuzen, sind die Wände weiß überpinselt, und die Kerle haben ein bombenfestes Alibi in Gestalt ihrer Eltern.«

Ich wende mich zu ihm. Zu meiner Überraschung steht er weiter weg, als ich dachte.

Seine Augen blicken mir nüchtern entgegen.

Ich reibe mir über den Nacken. »Was ist mit dem Hausbesitzer? Immerhin wird sein Eigentum beschädigt.«

Er zuckt mit den Schultern. »Fällt auch unter die Kategorie Eltern.«

»Und die anderen Mieter?« Frustriert schleudere ich den Rucksack zurück aufs Bett. »Die malen Symbole einer faschistischen Diktatur an die Wand, die Millionen ermordet hat! Das kann doch nicht jedem egal sein!«

Kick kratzt sich am Hals, als würde seine Haut jucken. Oder als würde er sich darin nicht mehr wohlfühlen. »Leute, die so denken, ziehen normalerweise nicht hier ein«, murmelt er verlegen.

»Hätte ich mir die Wohnung doch nur selbst angeschaut!«

»Dann hättest du mich nie von deinem Balkon werfen können.« Ein Lächeln spielt um seinen Mund. Er streckt seine Hand erneut nach mir aus, und diesmal weiche ich nicht zurück. Seine Finger rutschen wie von selbst zwischen meine.

Mein Mund wird staubtrocken. »Du bist das zweitbeste Argument, warum ich nicht auf der Stelle unsere Sachen packe und ein Taxi rufe«, gestehe ich heiser.

Er grinst. »Nur das zweitbeste?«

»Das erste Argument besteht aus einem leeren Bankkonto und keinem Plan, wo zur Hölle ich sonst hin sollte.« *Mal abgesehen davon, dass ich zuerst Mama aus ihrem Zimmer schälen müsste.* Meine Kehle wird so eng, dass ich die Worte mit Gewalt hindurchstopfen muss. »Verdammt, ich kann doch nicht einfach nichts tun!«

»Das hat auch niemand verlangt.« Er mustert mich einen Moment lang nachdenklich, dann scheint eine Idee in seinem Kopf einzurasten, die sein Gesicht aufleuchten lässt. Ohne mich einzuweihen, schnappt er meinen Rucksack und marschiert zielstrebig zur Tür. Während ich noch an seiner Hand hänge.

»Hey, was hast du vor?!«

»Du gibst doch nicht schon nach der ersten Halbzeit auf?« Sein plötzliches Grinsen blendet mich dermaßen, dass ich viel zu spät reagiere. Ohne Vorwarnung stößt er die Tür zur Küche auf und schleppt mich hindurch.

»Du kannst hier nicht einfach so reinplatzen«, zische ich mit einem raschen Seitenblick auf Mamas Tür. »Was, wenn meine Mutter hier drin gewesen wäre?«

Er zieht eine Augenbraue hoch. »Bin ich etwa dein schmutziges Geheimnis?«

Ich verfinstere meinen Blick. »Schmutzig, eingebildet, durchgeknallt … Wir kennen uns noch nicht sehr lange, ich bin sicher, bald finde ich noch mehr Adjektive.«

»Wie wäre es mit bestrickend und schnuckelig?«, schlägt er vor. Er öffnet die Wohnungstür und schiebt mich wie einen bockigen Esel über die Türschwelle hinaus.

»Bestrickend ist kein richtiges Wort!«

»Bist du dir sicher?« Er grinst. »Ich finde dich äußerst bestrickend. Schlag es mal nach.«

»Wenn das was mit Handarbeiten zu tun hat, trete ich dir in den –«

Ein Blick auf die Briefkästen lässt mich schlagartig verstummen.

Zehn Stück hängen an der Wand neben der Eingangstür. Zehn verschiedene Versionen von *Bitte keine Werbung* kleben darauf. Zehnmal ignoriert von einem Haufen billig bedruckter Werbeprospekte, die sich wie lange Zungen aus den Briefschlitzen strecken. Ich berühre die blassblauen, fein säuberlichen Buchstaben auf dem Namensschild, das meine Mutter beschriftet hat.

Da steht Stern *auf eurem Briefkasten,* dröhnt eine gehässige Stimme in mir nach.

Ich wirble herum, aber von den Plastiknazis fehlt jede Spur.

Der Flur ist leer.

Kick stemmt seine Hände in die Hüften und betrachtet etwas hinter mir. Als ich mich umdrehe, feixt mir das Hakenkreuz auf unserer Tür wie eine scheußliche Fratze entgegen. Zum ersten Mal in meinem Leben spüre ich die finstere Drohung darin, eine Drohung, die sich nicht nur auf eine allgemeine Masse bezieht, sondern ganz allein auf mich. Meine Innereien verkrampfen sich.

»Dann sehen wir mal, was du hast.« Kick zieht meinen Rucksack von der Schulter und durchwühlt ihn, ohne mich um Erlaubnis zu fragen.

»Da ist eine Rattenfalle drin«, drohe ich kühl.

»Darüber mache ich mir keine Sorgen. Du siehst wie jemand aus, der Ratten lebendig fängt.« Triumphierend zieht er mein Stiftetui hervor, lässt den Rucksack achtlos auf den Boden plumpsen und fischt einen roten Marker aus dem Mäppchen. »Genau, was wir brauchen.«

Ich klappe den Mund auf, um ihm einen Vortrag über den Umgang mit fremdem Eigentum zu halten, werde aber von einem weiteren Stift zum Schweigen gebracht, den er mir vor die Nase hält. Einem grünen Marker, um genau zu sein. Demselben grünen Marker, den ich an der Bushaltestelle benutzt habe, um damit Hakenkreuze zu beblättern. Der Deckel, den ich verloren geglaubt habe, steckt wieder auf dem Stift.

Plötzlich fällt es mir wie Schuppen von den Augen. »Du warst das! Du hast die Rosen überall an die Haken gemalt!«

»Die sind meine Spezialität.« Er setzt den roten Stift auf unsere Tür und malt riesige Blüten auf die krummen Stiele. »Du kannst an den alten Hakenkreuzen an der Wand üben.«

»Ist das dein Ernst? Du malst einfach Blumen über die Hakenkreuze? Warum ist das den Alliierten nie eingefallen?«, spotte ich.

»Ich mache was viel Besseres«, entgegnet er selbstbewusst. »Ich lasse ihre Minderwertigkeitskomplexe aufblühen.«

»Und wenn die Plastiknazis aufkreuzen?«

»Plastiknazis?« Er wirft mir einen belustigten Blick zu. »Keine Angst, wenn sie kommen, laufen wir zusammen weg.«

Ich verschränke meine Arme vor der Brust. »Diesen grandiosen Schlachtplan vereitle ich nur ungern, aber hast du mal mein Humpeln bemerkt?«

»Ich hab dir doch gesagt, dass ich mit denen aufgewachsen bin.« Sein Grinsen nimmt manische Züge an. »Was denkst du, wie ich all die Jahre überlebt habe? Vertrau mir, ich kenne jedes Versteck in diesem Haus.«

»Ich sehe schon die Schlagzeile in der Bild-Zeitung«, stöhne ich.

Kick malt unbekümmert weiter. »Sitzen zwei Mistkäfer auf der Bild. Sagt der eine: *Ich rieche den Scheißhaufen, kann ihn aber nicht finden.*«

»Das ist der miserabelste Witz, den ich jemals gehört habe.«

Er grinst über seine Schulter. »Ist es nicht. Du lächelst.«

Gegen meinen Willen zucken meine Mundwinkel nach oben.

Es endet damit, dass wir nicht nur das Hakenkreuz auf unserer Tür erblühen lassen, sondern jedes Einzelne im Hausflur. Als wir das Letzte bis zur Unkenntlichkeit verziert haben, zieht Kick mich nach oben in den ersten Stock, um dort weiterzumachen. Meinen Protest argumentiert er damit weg, dass es zu auffällig wäre, nur vor unserer Tür aufzuräumen.

»Dann denken sie halt, du warst es«, widerspreche ich. »Macht es das besser?«

Er lacht in sich hinein. »O ja. *Viel besser.*«

Die Wohnungstür der Kicks ist nach wie vor weiß gestrichen. Auch einige andere Türen auf diesem Stockwerk sind unberührt geblieben, die Kick der Reihe nach als die Wohnungen der vier Plastiknazis identifiziert. Offenbar schmieren sie lieber bei anderen Leuten rum.

»Dein kleiner Kosename für die Typen gefällt mir.« Kick kaut nachdenklich auf seinem roten Marker herum. Sein blaues Auge sprüht geradezu vor Leichtsinn, und sein grünes funkelt amüsiert.

»Ich kenne diesen Blick langsam«, brumme ich. »Und er bedeutet nie etwas Gutes.«

Er wackelt zustimmend mit den Augenbrauen und setzt den Stift erneut an. So muss man sich fühlen, wenn man einen Tsunami auf sich zurasen sieht. Oder eine Kaufhauskosmetikerin mit einem Schminkkoffer. Man weiß einfach, dass es nicht gut ausgehen kann, und fühlt sich trotzdem wie gelähmt.

Zehn Minuten später prangt jeweils ein fettes Herz auf den vier Türen. In jedem steht in schnörkeliger Schrift das Wort *Plastiknazi*.

Kick tritt ein paar Schritte zurück und betrachtet seine Kunstwerke kritisch. »Sieht das schwul genug aus?«

Ich stelle mich neben ihn und verschränke die Arme. »Wie schwul soll's denn sein?«

»Freddie Mercury war zu cool. Eher was in Richtung Siegfried und Roy. Mit Brusthaartoupé.«

»Dann hast du's perfekt getroffen.«

Er strahlt mich an. »Das waren wir beide. High five!«

Ich stöpsle den Deckel auf meinen Marker und klatsche seine

Hand ab. Natürlich habe ich es fertiggebracht, meine Finger von oben bis unten zu bepunkten, während seine Haut makellos sauber geblieben ist.

»Ich habe sogar *rote* Punkte!«, beschwere ich mich. »Wie zum Teufel habe ich das angestellt?!«

Er saugt seine Lippen in den Mund.

»Was?«, fauche ich.

»Du gehörst nicht zu den Frauen, die gleich zum nächsten Spiegel rennen, wenn man was über ihr Aussehen sagt, oder?«

Ich verenge meine Augen zu Schlitzen. »Spuck's aus.«

»Du hast grüne Sommersprossen.«

»Wo?« Ich rubble mir über die Wangen, nur um dabei noch mehr Farbe von meinen Fingern abzureiben.

»Lass mich das machen.«

Er beugt sich so dicht über mich, dass sein langer Pony meine Stirn kitzelt. Unter seinem konzentrierten Blick verwandle ich mich in ein getupftes Gemälde des Neoimpressionismus, das Punkt für Punkt von seinem Daumen ausradiert wird.

Kick ist so auf seine Arbeit fokussiert, dass er nicht merkt, wie sich meine Muskeln anspannen und mein Atem immer schwerer durch die Lungen kriecht. Erst als er fertig ist und in meine Augen sieht, erstarrt er plötzlich mitten in der Bewegung.

In diesem Moment ist es mir egal, ob ich grün gepunktet oder lila gestreift bin. Eine Elektrizität entsteht zwischen unseren Körpern, wie ich sie noch nie zuvor gespürt habe. Meine Haare sträuben sich, als hätte jemand mit einem Luftballon darüber gerubbelt, selbst die Luft um uns herum knistert. Von ganz allein hebt sich mein Zeigefinger zu seinen Lippen und tupft etwas Farbe darauf.

»Du hast auch einen Punkt abgekriegt«, höre ich mich sagen.

»Wirklich?«, wispert er.

Unsere Gesichter sinken langsam zueinander, während weit

entfernt, in einer anderen Dimension, eine Tür aufgeht. Meinetwegen könnte eine Boeing 747 voll besetzt mit einer trompetenden Marschkapelle in unser Haus krachen, ich würde mich trotzdem nicht aus diesem Augenblick wegbewegen. Ich drücke mich auf die Zehenspitzen, bereit, den Geschmack von grünem Marker auf warmer Haut zu kosten. Doch kurz bevor ich ihn erreiche, kurz bevor ich die Wärme seines Körpers mit meiner verschmelzen lassen kann, dringt vom ersten Stock ein kehliges Fluchen herauf.

Wie vom Donner gerührt schnellt Kick herum und hängt sich übers Treppengeländer.

Mein Kopf klappt nach unten ins Leere.

»*Shit.*« Er dreht sich zu mir um und packt meine Hand. »Wir müssen abhauen.«

Einige Sekunden lang starre ich abwechselnd in seine Augen und würde am liebsten schreien: *Ausgerechnet jetzt?! Spinnst du?!* Dann rauscht eine Welle von Adrenalin durch meinen Körper und spült meine aufgewirbelten Hormone davon. Die farbigen Marker in unseren Händen und die fetten Herzen im Hintergrund leuchten durch den Nebel in meinem Kopf.

»Plastiknazis?!«, zische ich.

»Schlimmer.«

Wir laufen/humpeln zum Ende des Flurs und stürzen eine schmale Holztreppe hinauf, so schnell meine Hüfte es zulässt. Kick winkt mich ungeduldig durch eine Metalltür mit einem Fensterchen in der Mitte, durch das Tageslicht hereinleuchtet. Hinter uns füllen Geräusche das Treppenhaus. Schwere Schritte, die so schnell über die Stufen nach oben stapfen, dass ich die Wut aus ihnen heraushören kann. Mein Herz beginnt zu rasen.

Ich bin so gut wie draußen, als mir die Klinke aus der Hand rutscht und die Tür ins Schloss kracht. Der Lärm hallt durchs Haus, als hätte ich dem Gebäude eine schallende Ohrfeige verpasst. Genauso gut hätte ich der Person im Treppenhaus mit einer Signalfackel unseren Aufenthaltsort verraten können.

»Wir müssen uns verstecken!« Da ist kein amüsierter Tonfall mehr in Kicks Stimme. Keine Ahnung, was ihn so sehr besorgen kann, wenn nicht mal ein Haufen Bomberjacken das schafft. Mein Gefühl sagt mir, dass ich es schneller herausfinden werde, als mir lieb ist.

Wir befinden uns auf einem Flachdach mit niedrigem Mauerrand. Zwischen den Schornsteinen sterben ein paar halb zerfallene Liegestühle, umzingelt von haufenweise Zigarettenstummeln, die aus zerquetschten Bierdosen quellen. Kick drängt mich zur anderen Seite des Daches, wo sich reihenweise Satellitenschüsseln der Abendsonne entgegenrecken.

»Du darfst auf keinen Fall mehr als sieben Sprossen runterklettern. Der untere Teil ist weggerostet«, erklärt er rasch.

Ich muss nicht nachfragen, was er meint. Denn im selben Augenblick entdecke ich die erbärmlichste Feuerleiter, die ich jemals zu Gesicht bekommen habe. Sie krallt sich mit dünnen rostroten Metallstäben an die Hauswand und endet zwei gute Meter über einem Brennnesselbusch.

»Ich soll da runter?«

»Jetzt. Sofort.« Kick blickt zur Tür, die soeben aufgegangen ist.

Uns bleibt keine Zeit mehr. Ich weiß nicht, wie weit man uns hören kann, deshalb erwidere ich nichts. Stattdessen rutsche ich über die Mauer und steige die Sprossen nach unten, gerade weit genug, um mich außer Sichtweite zu ducken. Obwohl ich mich an den Rand der Leiter hänge, damit Kick neben mich klettern kann, bleibt er oben stehen.

Ich winke ihn mit einer Hand zu mir runter.

Er starrt wie gebannt in Richtung Tür. Sein Adamsapfel hüpft im Hals.

»Komm schon«, zische ich leise.

Endlich sieht er zu mir herab. Für einige Sekunden ist sein Blick so leergewaschen, als würde er mich gar nicht wahrnehmen. Was auch immer ihm stattdessen vor Augen erscheint, saugt jegliche Farbe aus seinem Gesicht. Dann plötzlich, als hätte der Wind höchstpersönlich ihn aus seiner Starre gerüttelt, erwacht er wieder zum Leben und klettert neben mich.

Im selben Moment donnert eine Stimme übers Dach, tief und dunkel, mit dem bitteren Beigeschmack von Gewalt gefärbt. »Wenn ich den verfluchten Scheißkerl erwische, der das auf meine Tür gesudelt hat, breche ich ihm jeden verdammten Knochen!«

Ich drücke mein Gesicht gegen die farbigen Punkte auf meiner Hand. Der Mann muss die aufgemalten Herzen meinen, was ihn vermutlich zu einem Vater der Plastiknazis macht.

Schwere Schritte nähern sich unserem Versteck.

Ich starre Kick an, der nur wenige Zentimeter neben mir an der Leiter hängt. Der seltsame Ausdruck von vorhin ist aus seinem Gesicht verschwunden. Zu meinem Entsetzen stelle ich fest, dass stattdessen Übermut aus seinen Augen sprüht. In seinen Mundwinkeln zuckt die Art von irrem Lächeln, die nur ein gewaltiger Adrenalinschub erzeugen kann.

Seine Lippen bewegen sich lautlos. *Bleib hier unten.*

Ich packe seine Schulter und schüttle den Kopf. *Was auch immer du vorhast. Tu es nicht.*

Ein kurzes, amüsiertes Schnauben. *Besser ich als du.*

Dieser Kerl meint es absolut ernst!, rufen meine Augen. *Ich kann dir nicht helfen, wenn er deinen Schädel wie eine Melone knackt!*

Zugegeben ein recht komplizierter Satz für rein optische Kommunikation. Was vielleicht auch erklärt, warum Kick trotzdem tut, was er tut.

Er greift nach der nächsten Sprosse, um sich nach oben zu ziehen – um sich wie ein leichtsinniger Vollidiot für mich zu opfern –, als ich seinen Hinterkopf packe und meine Lippen auf seinen Mund drücke. Einige Sekunden lang weiten sich seine Augen vor Überraschung, dann sinken seine schwarzen Wimpern langsam auf milchweiße Haut, und seine Muskeln unter meinen Fingern entspannen sich. Ich öffne meinen Mund und atme meine Erleichterung tief in ihn hinein.

Wir küssen uns.

Während wir an einer rostigen Leiter hängen.

Während der Wind uns durch die Haare wirbelt.

Er tastet nach meiner Wange und hält mich bei ihm, als hätte er Angst, dass ich es mir jeden Augenblick anders überlege. Aber ich denke überhaupt nicht daran. Seine Nähe lässt mein Inneres in tausend Stücke zersplittern, wie ein gigantisches Spiegelkabinett, das mein Verlangen nach ihm in die Unendlichkeit reflektiert. Für Sekunden oder Minuten oder ein paar Leben vergesse ich Raum und Zeit. Für diesen ersten Kuss falle ich aus der Wirklichkeit.

Ein Windstoß fegt über uns hinweg, so heftig, dass wir für eine Schrecksekunde auf die andere Seite der Leiter gedrückt werden. Oben auf dem Dach höre ich das Umfallen einiger Plastikstühle, dann kracht die Metalltür mit einer Lautstärke ins Schloss, die wie eine Gewehrkugel durch meine Eingeweide fetzt.

Dieser Mann schießt zurück in mein Bewusstsein.

Ebenso meine bunten Finger, die sich blutleer an die dünnen Sprossen klammern. Mit eiskaltem Entsetzen wird mir klar, dass ich den Kerl von einem Moment auf den anderen vergessen habe. Dass mir vielleicht nur Sekunden später entfallen wäre, mich an einer Leiter hoch oben an einem Dach festzuhalten. Dass ich um ein Haar die Kontrolle verloren hätte.

Mein Blick sucht Kick, um ihm zu sagen, dass wir das nicht noch mal machen können. Doch als ich in seine Augen blicke, wird mein Entschluss von einer merkwürdigen Wehmut verdreht. Für einen aberwitzigen Moment verschlingt mich die Panik, dass er das Beste ist, was ich je gefühlt habe. Nur um gleichzeitig zu realisieren, dass nichts auf dieser Welt ewig hält. Dass zwangsläufig der Zeitpunkt kommen muss, an dem wir beide zu Vergangenheit werden.

»Ich glaube, er ist weg«, flüstert Kick.

Ich blinzle ihn an, als würden seine Worte dadurch mehr Sinn ergeben. Und wieder stelle ich fest, dass ich den Gedanken an unseren Verfolger in Kicks Nähe verloren habe. So schnell. So beängstigend schnell.

»Komm«, sagt er, »gehen wir hoch.«

Ich warte nicht darauf, dass er voranklettert. Fast schon dränge ich ihn zur Seite, im überstürzten Versuch, meine Beherrschung wiederzufinden. Mit tauben Armen ziehe ich mich nach oben, gerade weit genug, um über den Mauerrand zu blinzeln.

Die Satellitenschüsseln saugen den blutroten Sonnenuntergang wie gigantische Trichter auf, die Liegestühle liegen kreuz und quer über dem Dach, und die Metalltür ist fest geschlossen. Von dem Mann ist keine Spur mehr zu sehen.

Ich klettere über den Rand des Dachs und pumpe Blut zurück in meine Finger, als hätte ich eine Ewigkeit da unten auf der Leiter verbracht. In mir nagt das beklemmende Gefühl, dass ich nicht weiß, was als Nächstes passieren wird. Dass Kick diesen Teil meiner Zukunft genauso mitbestimmen wird wie ich selbst.

Seine Hände berühren von hinten meine Schulter.

Ich schlucke einen Kloß in meinem Hals. »Wer war das?«

Sag was, verlange ich in meinem Kopf. *Sag was, das mich wieder ich sein lässt.*

Und er tut es. Doch was er sagt, hatte ich nicht erwartet.

Ich gebe dir einen Abschiedskuss

Wir stehen auf dem Dach, begleitet nur vom stetigen Wind, der durch unsere Haare wirbelt. Von hier oben sieht man den Fluss, ein funkelndes Band inmitten eines stürmischen, blättergrünen Meeres. Die Häuser ringsum sind schäbig, die Hinterhöfe wild und ungepflegt, und dennoch verspüre ich mit einem Mal eine merkwürdige Zuneigung zu diesem Ort.

Wer war das?

Für Sekunden hallt meine Frage unbeantwortet durch das Rauschen der Blätter. Dann dringt Kicks Stimme von hinten an mein Ohr, klar und deutlich, ohne eine Emotion darin, die mich ihren tieferen Sinn deuten lässt.

»Erinnerst du dich an die zwei Menschen, deren Tod ich mir gewünscht habe?«

Überrascht drehe ich mich um.

Seine Augen blicken mir klar entgegen. »Er ist einer davon.«

»Das war doch nicht etwa dein Vater?«, wispere ich.

»Nein.« Ein schwaches Lächeln flackert über sein Gesicht. »Mein Onkel.«

»Dein Onkel …«

Daniels Fratze schiebt sich ungebeten zwischen uns.

Ich weiß zu gut, wie es sich anfühlt, einen beschissenen Onkel zu haben. Und dass man nicht unbedingt darüber reden möchte. Eine Weile lasse ich Kick die Möglichkeit, von selbst eine Erklärung zu liefern, doch als er schweigt, bohre ich nicht weiter nach. Stattdessen wandern meine Fingerspitzen langsam über den schwarzen Stoff seines T-Shirts nach oben.

Er lehnt sich so weit zu mir herunter, dass seine dunklen Haare meine Stirn streifen. »Ich glaube, du wolltest mir vorhin im Treppenhaus noch was sagen?«, flüstert er in den Schatten zwischen unseren Gesichtern.

»Und ich glaube«, hauche ich, »das habe ich dir schon auf der Leiter ausführlich erklärt. Was nebenbei bemerkt eine saublöde Idee war. Wir hätten abstürzen und uns das Genick brechen können.«

Ein Lächeln spielt um seinen Mund, das zu sagen scheint: *Und das wäre jede Sekunde davon wert gewesen.* So dicht schweben seine Lippen über mir, dass ich nur mein Kinn nach oben recken müsste, um ihn ein weiteres Mal zu küssen.

Doch diesmal tue ich es nicht.

Diesmal tut er es.

Seine Berührung ist sanft, eine Frage, die auf eine Antwort wartet. Meine Arme gleiten um seinen Hals, weil sie sich der Kontrolle meines Gehirns entzogen haben und lieber verrückten Ideen nachjagen, die in meiner Brust herumflattern. Sie ziehen ihn zu mir herunter, tiefer in den Kuss hinein. So nah, bis er seine Hände um meine Taille schlingt und kein Platz mehr zwischen uns bleibt. Unsere Herzen trommeln gegen die Rippen, als versuchten sie, auch die letzte Barriere zwischen uns niederzureißen, damit wir endlich eins werden können, untrennbar.

Unmöglich, erwidert mein Verstand.

Noch bevor der Kuss beendet ist, öffne ich die Augen.

Kicks Gesicht ist vollkommen entspannt. Er sieht aus, als würde er etwas träumen, woraus man niemals erwachen möchte. Ein Gefühl schwillt in meiner Kehle an, das mich vor ihm zurückweichen lässt, ehe ich es in Worte fassen muss. Worte, die sich vielleicht nie mehr zurücknehmen lassen. Als Letztes trennen sich unsere Lippen voneinander, warm und etwas feucht. Erst dann, widerstrebend, schlägt auch er die Augen auf.

Eine Weile sehen wir uns bloß an und atmen dieselbe Luft.

Dunkle Haare wehen über seine Stirn.

Sein Daumen streichelt über meine Wange.

Hinter ihm flackern die ersten Sterne im Norden auf, als hätte jemand ein Tuch über den Himmel geworfen und leuchtende Punkte hineingestochen. Der Abend bricht über uns herein und kriecht mit kühlen Fingern unter meinen Kragen. Die Motorradjacke ist fest um mich geschlungen, doch Kicks kurze Ärmel flattern lose im Wind.

»Dir muss kalt sein.« Ich taste nach seiner Hand, die überhaupt keine Temperatur zu haben scheint. Entweder, weil tatsächlich keine Wärme mehr in ihr steckt, oder weil mir inzwischen ebenso kalt geworden ist. »Zieh deine Jacke wieder an. Ich komme auch ohne klar.«

Er stoppt meine Hand, die bereits nach dem Reißverschluss greift, und grinst mich schief an. »Du bist ein ziemlicher Macho, weißt du das?«

Ich kneife die Augenbrauen zusammen. »So ein Unsinn. Mach gefälligst, was ich dir sage.«

»Mir ist nicht kalt, solange dir warm ist.«

»Das klingt wirklich sehr romantisch.« Ich verfinstere meinen Blick. »Zumindest, bis du mit einer Lungenentzündung im Bett liegst und blutigen Schleim ausspuckst.«

Seine Augen funkeln amüsiert. »Bleibst du bis zum bitteren Ende bei mir?«

Ich zucke mit den Schultern. »Wir haben uns gerade mal geküsst. Ein bisschen früh für Liebesschwüre, die bis ans Ende unseres Lebens reichen, findest du nicht? Lass uns damit bis morgen Abend warten.«

Er lacht auf und zieht mich in seine Arme.

Ich grinse in sein T-Shirt.

Lange Zeit tun wir nichts, außer uns gegenseitig zu wärmen. Er streichelt über meine kurzen Haare, und ich atme aufgewärmte Luft an seinen Hals. Der Gedanke an mein Sofa, an die weichen Polster und die Wolldecke, ziehen meinen Blick schließlich zur Dachtür.

Doch als ich vorschlage, nach unten zu gehen, schüttelt Kick den Kopf.

»Noch nicht. Er könnte auf uns warten.«

Ich schlucke den Gedanken an seinen Onkel hart hinunter.

»Ehrlich gesagt, will ich schon lange hier weg«, fügt Kick einen Moment später hinzu. »Ich wurde in diesem Haus geboren, aber ich habe nicht vor, hier zu sterben.«

»Wo willst du hin?«

»Überall hin.« Begeisterung mischt sich in seine Stimme. »Asien, Afrika, Amerika. Ich habe mir kein Geländemotorrad gekauft, um damit auf dem Hügel hinter unserem Haus herumzurutschen. Ich will die Welt unter seinen Reifen spüren.«

»Dafür braucht man bestimmt jede Menge Geld?«

»Ich kann mich von einem Ort zum anderen arbeiten. Mechaniker ist kein besonders ausgefallener Beruf, dafür braucht man uns überall. Stell es dir nur mal vor. An einem Tag durch die Berge fahren, am nächsten über einen puderweißen Sandstrand, am dritten durch eine fremde Stadt, die alle Möglichkeiten bereithält. Klingt das nicht aufregend?«

»Es klingt … anstrengend«, erwidere ich zögernd.

»Anstrengend?«

»Nirgendwo richtig hinzugehören, meine ich.«

Er schweigt eine Weile. »Nie weg zu können ist schlimmer.«

Unweigerlich denke ich an meine Mutter. An ihr Leben, das sie nicht nur an diese Stadt fesselt, sondern auch an ihr dunkles Zimmer.

»Vielleicht ist die Lösung«, flüstert Kick nachdenklich, »dass man mitnehmen muss, was zu einem gehört.«

Er streichelt über mein Gesicht. Ich blicke in seine Augen, um herauszufinden, wie er das gemeint hat. Doch in seiner Miene finde ich nur eine Bestätigung dessen, was mir sein Tonfall längst verraten hat. Sein Angebot schnürt mir die Kehle zu.

»Ich kann nicht weg«, wispere ich.

»Wegen deiner –«

Ich stoße mich von seinem Körper ab, bevor er es aussprechen kann. »Es geht einfach nicht.«

»Aber wenn –«

»Nein!« Ich wirble herum und verbiete meiner Hüfte, etwas dagegen zu unternehmen. Ich will weg. Weg von einer Versuchung, die sich niemals erfüllen kann.

Hinter mir herrscht absolute Stille.

»Ich … ich muss studieren«, presse ich hervor.

»Muss?«, fragt er. »Das ist eine seltsame Wortwahl.«

»Ich *will* studieren«, verbessere ich mich.

»Was denn?«

Seine Frage spießt sich in meine Brust. Nicht etwa, weil er sie gestellt hat. Sondern, weil sie noch nie jemand vor ihm gestellt hat. Plötzlich beginnt mein Puls zu rasen. Mein Herz klopft nicht einfach nur, es reißt meinen Brustkorb fast auseinander. Zu meinem Entsetzen wird mir klar, dass ich Angst vor seinem Urteil habe. Als wäre da ein Teil in mir, tief begraben unter meinen Pflichten, der ihm vielleicht zustimmen will.

»Psychologie«, würge ich hervor.

In meinen Füßen zuckt der Drang, vor seiner Reaktion zu fliehen. Nur dieser Mann, der im Treppenhaus auf uns lauern könnte, der jetzt gemeinsam mit meiner Angst frisch und klar in meinem Bewusstsein hockt, hält mich davon ab.

»Echt?« Kick klingt amüsiert. Er hat keine Ahnung von dem, was in mir abgeht. Wie mich seine Frage in die Enge treibt. »So hätte ich dich nicht eingeschätzt.«

»Du kennst mich ja auch nicht!«, fauche ich schärfer als beabsichtigt.

Schweigen.

Ich trete an den Rand des Daches und blicke in die Tiefe. Für einen irrwitzigen Moment verspüre ich das Verlangen, hinunterzuspringen, nicht etwa, um mich umzubringen, sondern um den freien Fall zu spüren. Um endlich loszulassen.

»Es ist wegen meiner Mutter«, höre ich mich zu meinem eigenen Erstaunen sagen.

Keine Antwort.

Kein Angelhaken, der mich aus diesem Geständnis herauszieht.

»Manchmal … Manchmal mustert sie mich, als würde sie einen Fremden in mir suchen. Ich denke, es hat was mit meinem Vater zu tun.« Niemals zuvor habe ich das jemandem gesagt. Niemals zuvor war da jemand, von dem ich das Gefühl hatte, er würde es hören wollen. »Es ist unmöglich, mit ihr über ihn zu reden, ohne sie in eine Panikattacke zu treiben. Ich glaube, er ist der Grund, warum sie sich kaum aus dem Haus wagt. Warum sie mich manchmal so ansieht, als wäre da etwas Schlechtes in mir, etwas Gefährliches …« Ich stoße verbrauchte Luft aus mir heraus und atme tief durch. »Seit meinem Unfall ist es noch schlimmer geworden.«

Es ist raus. Nach allgemeiner Auffassung sollte ich mich jetzt leichter fühlen, doch in mir klebt nach wie vor ein dicker, schwarzer Klumpen aus Ungewissheit. Ich bin die Tochter meiner Mutter. Aber ich bin auch ein Teil von etwas Unbekanntem. Etwas, das ihr manchmal wahnsinnige Angst einjagt.

Von hinten legen sich Arme um meine Taille.

Mein Körper spannt sich an.

»Nur deshalb willst du Psychologie studieren?«, flüstert Kick. »Um deiner Mutter zu helfen? Du solltest nicht dein ganzes Leben nach etwas ausrichten, wozu du dich zwingen musst.«

»Ich zwinge mich nicht!«

»Und wieso wirst du dann wütend, wenn man dich danach fragt?«

Ich wirble herum und stoße ihm meinen Zeigefinger gegen die Brust. »Ich werde nicht wütend, verdammt nochmal!«

Und natürlich weiß ich es im selben Moment. Dass er recht hat. Wir wissen es beide.

»Scheiße«, stoße ich hervor.

Ich wende mich ab und starre hinaus ins Nichts.

Die Schatten saugen die Farben aus den Uferböschungen und verschmelzen die Baumkronen zu einer einzigen grauen Masse. Bisher habe ich keinen Gedanken daran verschwendet, wie mein Leben ohne ein Psychologiestudium aussehen könnte. Eine andere Möglichkeit ließ ich einfach nie zu. »Selbst wenn ich etwas anderes machen wollte«, überlege ich laut, »kann ich meine Mutter nicht im Stich lassen.«

»Das habe ich auch nicht verlangt«, sagt Kick hinter mir. »Wir könnten ihr helfen, sich selbst zu helfen.«

»Wir?« Ungläubig drehe ich mich um. »Wenn *wir* in dem Tempo weitermachen, hältst du morgen um meine Hand an, und am Sonntag krieg ich ein Kind!«

»Wenn es ein Mädchen wird, benennen wir sie nach Großtante Juliane«, erwidert er trocken.

Einen Moment lang starren wir uns gegenseitig an.

Dann zuckt etwas an seinem Mundwinkel, das Pochen einer Zeitschaltuhr, die einen Countdown runterzählt. Plötzlich, wie auf ein unsichtbares Zeichen, platzt Gelächter aus uns hervor. Es kommt wie aus dem Nichts, und obwohl unser Gespräch nicht besonders komisch war, kriegen wir uns kaum noch ein. Unser Lachen entlädt sich über dem Dach, bis der Rest unseres Adrenalinschubs aufgebraucht ist und wir uns auf den Knien abstützen müssen, um wieder durchatmen zu können.

Ich schüttle den Kopf. »Du hast 'nen Knall!«

Er grinst. »Und trotzdem willst du mich noch mal küssen.«

»Sagt wer?!«

»Das Lächeln um deinen Mund.«

Diesmal ist es unmöglich zu sagen, wer den anderen zuerst küsst. Wir tun es einfach. Es fühlt es sich anders an, als hätte dieses Geständnis etwas in mir verändert, als wäre da eine Sorge weniger in meinem Inneren, einfach nur, weil ich sie mit ihm geteilt habe. Und dennoch weiß ich, dass es nicht reichen wird. Dass der Tag näher rückt, an dem ich mich für eine Zukunft entscheiden muss. So oder so.

Als wir uns voneinander lösen, reibt Kick eine Falte zwischen meinen Augen glatt. »Da sind noch immer finstere Gedanken auf deiner Stirn.«

»Du solltest erst mal die finsteren Gedanken dahinter sehen.«

Er schmunzelt. »Ich versuche es die ganze Zeit, aber du bist wirklich schwer zu durchschauen.«

Ich blicke zur Tür. »Denkst du, dein Onkel ist weg?«

Das Flurlicht hinter dem kleinen Fenster hat schon längere Zeit nicht mehr gebrannt. Falls Kicks Onkel tatsächlich so angepisst ist, dass er in der Finsternis auf uns lauert, wird daran vermutlich auch der Rest dieser Nacht nichts ändern.

Kick seufzt. »Ich denke, wir können es riskieren.«

Hand in Hand schleichen wir durch das Treppenhaus nach unten ins Erdgeschoss. Keiner von uns will Licht im Flur riskieren, nur die gelblichen Straßenlampen leuchten durch die Wellglasfenster über die Stufen. Viel zu schnell erreichen wir unser Ziel und stehen vor einer weiteren Tür, die eine Entscheidung verlangt.

Kicks blasses Gesicht schimmert im Zwielicht über mir.

»Ein Gentleman würde sich jetzt verabschieden«, flüstere ich.

Er lächelt mich an. »Krieg ich einen Abschiedskuss?«

Er bekommt einen auf der Türschwelle. Einen in der Küche vor meinem Zimmer. Einen zwischen Umzugskartons und durcheinandergewirbelten Bettlaken. Und einen unter dem Sternenhimmel auf unserem Balkon.

Der Wind klimpert in den Kronkorkenketten, als wir uns zusammen auf das Sofa kuscheln. Wir schlingen die Arme umeinander und zittern gemeinsam unter der Wolldecke, bis sich Wärme in unserem Nest ausbreitet. Irgendwann weht feiner Nieselregen übers Geländer, und nur die Schwere in meinen Gliedern verrät mir, wie viel Zeit vergangen sein muss.

Ich schließe die Augen und drücke mich an Kicks Brust. Unter seinem Shirt spüre ich den Schlag seines Herzens, vielleicht eine Spur zu schnell. Oder es ist nur das Echo meines eigenen Pulses, der so heftig durch meinen Körper pocht, dass er an ihm wieder abprallt. All die Argumente, warum ich nie einen festen Freund haben wollte, bröckeln langsam auseinander. Die Jungs bisher hatten nur ein einziges gemeinsames Problem: Sie waren nicht er.

»Schlaf ruhig«, flüstert Kick in die Stille.

»Bleibst du bei mir?«, nuschle ich schlaftrunken. »Bis zum Morgen?«

»Für immer, wenn du willst.«

»Lügner.«

»Wieso sagst du das?«

Ich seufze an seinen Hals. »Immer ist ein verdammt langes Wort.«

»Meine Eltern haben sich auch mit achtzehn kennengelernt.«

Deine Eltern sind vielleicht nicht das beste Beispiel, möchte ich sagen. Aber ich tue es nicht. Denn etwas in Kicks Tonfall verrät mir, dass er daran glauben muss. An eine Liebe, die niemals aufhört. Vielleicht weil das Kind in ihm, so wie alle Kinder, sich wünscht, dass seine Eltern sich irgendwann wieder versöhnen.

»Du hast recht«, wispere ich deshalb. »Möglich wär's.«

Ich öffne eine Panzertür

Es ist ungewöhnlich warm für September.

Jemand hat das Gras hinter dem Haus gemäht, zumindest so weit es der Rasenmäher durchs verwilderte Dickicht schaffte. Die Schaukel unter der Eiche, die ich schon am ersten Tag hier bemerkt habe, hängt wieder frei in der Luft. Überall duftet es nach süßlich welkem Grasschnitt.

Ich kauere auf dem modrigen Schaukelbrett, das selbst für mich ein wenig zu tief hängt, und versuche, mich auf das Buch in meinen Händen zu konzentrieren. Kick lehnt neben mir am Baumstamm und bastelt an seinem silbernen Armband herum. Seine Finger wirken zu groß, um an den kleinen Schrauben zu drehen, aber schon nach wenigen Handgriffen lösen sich zwei Glieder voneinander.

»Willst du Red Bull?« Ein pummeliges Mädchen von etwa sechs Jahren sitzt vor uns auf einer schmutzigen Picknickdecke. Kick hat sie als die kleine Schwester von Monobraue identifiziert, was sie mir im ersten Moment unsympathisch machte. Doch dann fragte sie uns, ob wir mit ihr spielen wollen, und bot uns Kinderteetassen aus hellblauem Plastik an.

»Ja, bitte.« Ich schubse das Tässchen mit meiner Schuhspitze ein paar Zentimeter in ihre Richtung. Glücklicherweise ist der Knigge von kleinen Kindern in dieser Hinsicht sehr flexibel.

Lilly rutscht auf ihren Knien zu mir herüber und tut so, als würde sie mir Red Bull aus einer verbeulten Dose eingießen, die wahrscheinlich schon seit Wochen hier im Dickicht herumgerostet hat. Dann krabbelt sie rüber zu Kicks Tasse, schenkt ihm ebenfalls unsichtbaren Energydrink nach und legt sogar ein Plätzchen aus bröseliger Erde daneben, das sie mir nicht angeboten hat.

Er tut so, als würde er es essen.

Ich widme mich wieder dem Buch, einer speckigen Version von *Faust,* die ich mir in der Schulbibliothek ausgeliehen habe, versage jedoch schon nach wenigen Zeilen. »Es ist zu heiß für Hausaufgaben«, seufze ich und rutsche von der Schaukel auf die Picknickdecke.

»Streck mal deinen Arm rüber.« Kick hält mir das Armband entgegen, um die Länge zu überprüfen. Drei lose Kettenglieder funkeln im Sonnenlicht auf seinem Schoß. Ich wollte nicht, dass er es für mich ändert, aber er ließ sich nicht davon abbringen. Offenbar zufrieden mit der neuen Länge, nimmt er die Kette wieder ab und schraubt den Verschluss an die Enden.

Lilly füllt eine weitere Teetasse mit zerquetschten Löwenzahnblättern und stellt sie vor Wuschel, dem schwarzen Meerschweinchen, das seit einer Viertelstunde versucht, ihren Liebkosungen zu entkommen. »Red Bull ist nichts für dich«, tadelt sie in einer strengen Stimme, die sie bestimmt von ihren Eltern kopiert hat. »Iss deinen Salat!«

»Machst du mir auch einen Keks?«, frage ich. Nur um Wuschel eine Verschnaufpause zu gönnen. Der kleine Kerl rudert mit allen vier Beinchen in der Luft, weil sie ihn so fest um den Bauch gepackt hat.

Lillys Miene verdüstert sich.

»Kick möchte bestimmt auch noch einen, nicht wahr?«, ergänze ich rasch.

Offenbar hat sie einen Narren an ihm gefressen. Während sie mich die ganze Zeit über argwöhnisch im Auge behält, bedient sie Kick mit derselben Leidenschaft wie ihre Stofftiere. Er hat bloß Glück, dass er zu groß ist, um in ihre Kinderhandtasche gestopft zu werden.

»Klar, ich liebe Kekse.« Kick hält das fertige Armband prüfend vor seine Augen, dann beugt er sich zu mir herüber, um es mir anzulegen. Jetzt passt es perfekt um mein Handgelenk, auch wenn es immer noch ein wenig zu grob an mir wirkt. Ein Männerarmband an einer Pusteblume.

»Danke«, murmle ich verlegen.

»Ich kenne Kick viel länger als du«, stellt Lilly klar. Sie hat ihm mit zwei Fäusten voller Dreck einen Megakeks gebacken, der über die Seitenränder seiner Untertasse bröselt. »Er war zuerst *mein* Freund.«

Kick grinst mich an. »Ich hätte dich warnen sollen. Ich bin ein heiß begehrter Typ.«

»Vielleicht brenne ich mit Wuschel durch«, drohe ich kühl.

Vorsorglich verpackt Lilly das Meerschweinchen in seinen Käfig, wo es sofort unter den Heuhaufen stürzt und sich nicht mehr vom Fleck rührt. Ich wollte nicht, dass der kleine Kerl wegen mir inhaftiert wird, und will gerade vorschlagen, ihn eine Weile im Gras herumlaufen zu lassen, als mein Blick auf einen Schatten hinter Lilly fällt. Eine Person in dunkelblauer Jeans und schwarzer Bomberjacke, die bis zum Kragen zugezogen ist, marschiert auf uns zu. Falls er keine Eiswürfel in die Daunen genäht hat, muss er darunter schwitzen wie ein Schwein.

Es ist der Anführer.

»Machen die Mädchen ein Picknick?«, ruft er uns entgegen.

Kick bleibt davon unbeeindruckt. Er rutscht ein Stück am Baumstamm hinab und schlägt seine Füße übereinander. »Wieso? Willst du auch ein Tässchen Tee?«

»Ich hab keinen Tee!«, protestiert Lilly. »Das ist *Red Bull*!«

Der Anführer tritt bis knapp vor uns und geht in die Hocke. Lillys Kampfschrei hat ihm genug Respekt eingeflößt, um seine Springerstiefel von der Decke fernzuhalten. Er schnippt mit dem Finger an Wuschels Käfig, doch das Tier ist schlau genug, um sich nicht blicken zu lassen. Als Lilly ihm eine leere Teetasse vor die Füße schiebt, tut er nicht so, als würde er davon trinken. Stattdessen wendet er seinen Kopf langsam zu mir.

»Ich weiß, dass du es warst«, sagt er ruhig.

Kick rührt sich nicht aus seiner unbekümmerten Haltung, aber seine Augen richten sich auf uns.

Ich ziehe meine Beine näher an den Körper. »Was soll ich gewesen sein?«

»Ich kenne seinen alten Scheiß mit den Blumen zur Genüge«, zischt er durch die Zähne. »Aber das mit den Herzen war deine Idee.«

»Jeder unterschätzt meine Kreativität«, brummt Kick.

»Verarsch mich nicht!« Der Anführer packt mein Handgelenk und presst das Armband schmerzhaft in mein Fleisch.

Kick springt auf die Füße.

Im selben Moment schießt mein freier Arm nach vorne und verpasst dem Anführer einen Schlag gegen die Brust, mit dem er nicht gerechnet hat. Er muss seine Balance verloren haben, denn er fällt mit einer Wucht auf den Rücken, die nicht von meinen dünnen Muskeln stammen kann. Sein Hinterkopf prallt dumpf auf den Rasen.

Kick stellt sich vor mich. »Fass meine Freundin nicht an.«

Der Anführer schüttelt Grashalme von seinem Kopf, ein ungläubiges Lachen in seiner Kehle. »Deine *Freundin*?!«

»Fass *mich* nicht an.« Ich rapple mich auf und stelle mich neben Kick. Seine Stimme klang ruhig, doch ich spüre das Beben überall in seinem Körper. Meine Finger tasten nach seiner geballten Faust.

Einen Moment lang sieht der Anführer aus, als würde er in hysterisches Gelächter ausbrechen. Doch was auch immer er in unseren Gesichtern entdeckt, pustet den Humor wieder aus seinen Zügen. Langsam richtet er sich auf und stellt sich auf die Beine.

»Ihr habt das Red Bull verschüttet! Alles ist nass!«, protestiert Lilly und wischt unsichtbare Flüssigkeit von ihrer trockenen Picknickdecke.

Der Anführer starrt auf die umgekippte Teetasse, dann wendet er den Kopf zu uns. Besser gesagt, auf unsere Hände, die sich nachdrücklich ineinander verschränken. Sein Blick gleitet meinen Arm hinauf und landet in meinem Gesicht.

Der Ausdruck in seinen Augen verändert sich. Es ist so, als würde sich eine Panzertür vor mir öffnen und etwas dahinter hervorblitzen, mit dem ich nie gerechnet hätte.

Und plötzlich ist sie da. Die Erinnerung.

Als ich den Raum betrete, bin ich im ersten Moment völlig blind. Meine Finger berühren den Lichtschalter an der Wand, aber der Hebel lässt sich auf und ab drücken, ohne dass etwas geschieht. Wahrscheinlich hat es die Sicherung rausgehauen.

Ich strecke meine Arme aus und taste nach dem Auto, von dem ich weiß, dass es irgendwo vor mir steht. Langsam gewöhnen sich meine Augen an das Zwielicht, und die Konturen des Hecks zeichnen sich vor mir ab. Ich gleite am Kofferraum vorbei und konzentriere mich auf den Tisch in der Ecke. In all dem Durcheinander müssen irgendwo die Papiere liegen, wegen denen ich hergeschickt wurde. Allein der Gedanke, dass ich ohne sie wieder auftauchen könnte, lässt mich spöttisch grinsen. Kein kaputtes Licht würde ihn davon abhalten, mir seine Meinung um die Ohren zu hauen.

Plötzlich zuckt etwas vor mir.

Zuerst halte ich die Bewegung am Boden für eine Ratte. Erst dann bemerke ich die Größe des Körpers. Die Umrisse eines Kerls lösen sich aus den Schatten. Er kauert halb nackt zwischen den Regalen.

Ich weiß, wer es ist, auch ohne sein Gesicht zu sehen. Er vergräbt es in seinen ölverschmierten Händen, so tief vornübergebeugt, dass sie beinahe seine Stiefel streifen. Sein Oberkörper wippt vor und zurück.

»Was ist so lustig?«, möchte ich wissen. Aber das Lächeln, das sich auf meinem Mund ausbreiten will, verwelkt in Sekundenschnelle. Ein Keuchen dringt durch die Stille, und mir wird klar, wie sehr ich mich geirrt habe. Er lacht überhaupt nicht, im Gegenteil, er ist so weit davon entfernt, wie man es nur sein kann.

Ich will nach ihm greifen und stolpere über die Maschine vor meinen Füßen. Die Ducati Multistrada liegt auf dem Boden, eine frische Schramme so tief im schwarzen Lack, dass der blanke Stahl durchs Dämmerlicht schimmert. Mein Herz zieht sich zusammen. Ich steige über den Vorderreifen und hocke mich vor ihn. »Hast du dich verletzt?«

Bevor ihn meine Finger an der Schulter berühren können, stößt er sich mit den Beinen von mir weg. Seine Hände fallen von seinem verschmierten Gesicht, die Augen darunter so weit aufgerissen, dass sie fast aus den Höhlen springen.

»Fass mich nicht an!«, brüllt er.

Er rutscht rückwärts von mir weg. Da ist etwas auf seinem Rücken. Etwas, das er um jeden Preis vor mir verbergen will. Dann erst bemerke ich den Geruch und kapiere, dass die dunklen Flecken auf seinen Händen kein Öl waren.

»Rena?« Kick dreht sich nach mir um.

Er steht jetzt einige Meter von mir entfernt, an derselben Stelle, wo ich selbst noch vor einer Minute war. Seine Hand ist nach mir ausgestreckt, als hätte ich mich von ihm losgerissen.

Ich pralle rückwärts gegen den Baumstamm. »Sein Rücken … war voller Blut …«

Der Anführer starrt mich an.

Ich erwarte, dass er auf mich losgeht. Oder mir zumindest das Maul verbietet. Aber seine Reaktion ist völlig anders.

Seine Springerstiefel setzen sich in Bewegung, so langsam, dass ich zuerst glaube, er kommt auf mich zu. Dann werden seine Schritte schneller, und ich realisiere, dass er vor mir zurückweicht. Seine aufgerissenen Augen lassen mich nicht los, nicht mal, als er über die Rasenkante strauchelt und beinahe auf den Weg dahinter stürzt. Zitternde Hände streifen das Gras und stabilisieren ihn gerade noch rechtzeitig, bevor er herumschnellt und Hals über Kopf davonrennt. Die schweren Sohlen seiner Stiefel schmettern noch über den Asphalt, als er längst außer Sichtweite ist.

Lilly bietet mir einen Matschkeks an.

Erst als meine Oberschenkel im hohen Gras versinken, begreife ich, dass ich den Hügel hinuntergegangen bin. Vor mir fällt der Hang zum Fluss ab, und ich erkenne einen schmalen, aufgewühlten Trampelpfad zwischen den Haselnusssträuchern, der nicht von Füßen stammt.

Zwei Hände legen sich von hinten auf meine Schultern, gleiten an meinen Armen hinab und schlingen sich um meine Taille. Kick drückt seine Wange an mich. »Alles okay?«

»Eigentlich kann ich es nicht erkannt haben, es war nur der Bruchteil einer Sekunde.« Ich drehe mich zu ihm und starre in seine ungleichen Augen. Milchblau und Grünbraun, vermischt mit einem grelleren Ton. Einem Spritzer frischer Angst, die ich ihm eingejagt habe. »Aber aus irgendeinem Grund weiß ich es. Dieses Motorrad, das vor ihm auf dem Boden lag. Es war die Maschine, die mich überfahren hat.«

Einen Moment lang herrscht drückende Stille.

Das Gras ringsum ist hoch genug, um uns von der Außenwelt abzuschirmen. An meinen nackten Waden leuchten die roten Striemen von Brennnesseln, aber ich nehme das Brennen kaum wahr. Vor meinem geistigen Auge sehe ich etwas völlig anderes. Einen feuchten Rücken in der Dunkelheit, der im ersten Moment so aussah, als hätte man nur eine Flasche altes Motoröl über ihn gekippt. Aber es waren keine Verbrennungsrückstände in der Flüssigkeit, es war nur das fehlende Licht, das es schwarz wirken ließ. Hier draußen im hellen Tageslicht wäre es knallrot gewesen.

Noch immer hängt der metallische Geruch in meiner Nase, und ich wische mir automatisch über die Oberlippe, um sie auf Blutspuren zu überprüfen. Nichts. Das alles passierte nur in meinem Kopf.

»Rena?« Kick stützt meine Oberarme ab, als würde er jede Sekunde damit rechnen, dass ich nach vorne umkippen könnte. Ich kann nur erahnen, wie durchgeknallt ich auf ihn wirken muss, und rechne es ihm hoch an, dass er nicht längst die Fliege gemacht hat. »Wovon redest du?«

»Ich hatte wieder …« *Ein Blackout.* »Einen Traum. Aber ich glaube nicht mehr, dass es nur Träume sind. Es fühlte sich an wie eine Erinnerung.«

»Erzählst du's mir?«

Jedes Detail, das ich zusammenkratzen kann, fließt in meinen Bericht. Ein so finsterer Raum, dass ich im ersten Moment nichts darin sehen konnte. Der Körper in der Ecke, der sich hin und her wiegte. Das Blut an seinen Händen. Die aufgerissenen Augen, die mir entgegenstarrten.

»Es war der Anführer.« Ich schlucke hart. »Vor ihm lag ein schwarzes Motorrad auf dem Boden. Ich bin mir absolut sicher, dass es eine Ducati war. Vielleicht habe ich das Logo gesehen.«

»Es gibt viele schwarze Ducatis«, erwidert Kick vorsichtig.

»Es war eine Ducati Multistrada 1200 Enduro«, hauche ich fast lautlos. Ich weiß nicht, was die Bezeichnung bedeutet. Und vor allem habe ich keine Ahnung, woher ich sie überhaupt kenne.

Kick unterdrückt ein Keuchen.

Ich kralle mich in seinen Ärmel. »Fährt er so eine Maschine?!«

»Der?«, stößt es aus seinem Mund. »Davon können Typen wie er nur träumen. Dafür musst du über zwanzigtausend Scheine hinlegen.«

»Es ist ein schnelles Motorrad, nehme ich an?«

»Hundertzweiundfünfzig PS.«

Schnell genug, um damit in gefühlter Lichtgeschwindigkeit über einen Hügel hinabzurasen. Meine Gedanken überschlagen sich, und mein Mund spuckt alle Teile aus, die er zu fassen bekommt. »Ist das der Grund, warum ich das Gefühl habe, ihn zu kennen? Hatte er was mit meinem Unfall zu tun? Die Maschine hatte Schrammen, sein Rücken war voller Blut! O Scheiße, was ist, wenn er es war?!«

»Hey!« Kick greift nach meinen Armen, die ich ihm vor Aufregung beinahe ins Gesicht geschlagen hätte. »Er hatte keinen Motorradunfall im Frühjahr.«

»Vielleicht hat er ihn vertuscht?!«

»Und eine Leiche an den Unfallort abgelegt?«

Erst sein ruhiger Tonfall macht mir bewusst, wie irrsinnig das alles klingt. Es war schließlich kein Unfall mit Fahrerflucht. Unter der Linde steht noch immer ein Kreuz. Meine Mutter war bei der Gerichtsverhandlung. Selbst Frau Engels wusste, dass der Fahrer nicht überlebt hat.

Ich schlinge mich um Kicks Körper und starre ins Gebüsch, ohne irgendetwas wirklich anzusehen. Langsam setzen sich meine aufgewirbelten Gedanken ab und geben eine neue Möglichkeit preis. Eine, die wesentlich realistischer klingt, auch wenn Zweifel in mir bleiben. »Vielleicht wollen mir diese Träume etwas anderes mitteilen. Vielleicht ist der Plastiknazi nur ein Symbol für meine Angst?«

»Wovor hast du Angst?«, wispert Kick.

Statt ihm eine Antwort zu geben, marschiere ich los.

Ich stelle mich dem Monster

Für eine Minute erlebe ich ein so heftiges Déjà-vu, dass meine Füße vor der Gittertür stehen bleiben. Trotz Beleuchtung ist es in den Kellerräumen düster, und meine Augen benötigen mehrere Sekunden, um sich an das Schummerlicht zu gewöhnen. Wie auch in meinem Traum steht in der Mitte des Abteils ein Auto. Wie auch in meinem Traum befindet sich dahinter ein Motorrad.

Kick seufzt leidenschaftlich. »Was gibt es Besseres, als einen heißen Nachmittag in einer Garage zu verbringen, die nach Benzin duftet?« Er lehnt sich an die Gitterwand und lächelt mich an. Seine Stimme klingt unbeschwert, aber in seinen Augen erkenne ich noch immer die Sorge um mich. »Willst du das wirklich durchziehen?«

»Es ist nur …« Ich muss mich räuspern, weil meine Stimme irgendwo hängen bleibt. Vermutlich an der Vorstellung, mich gleich einem Monster zu stellen. »… nur ein Motorrad. Es kann mir nichts tun.«

Solange keiner draufsitzt und Vollgas gibt.

Schweiß bricht mir aus, der nichts mit den warmen Temperaturen draußen zu tun hat. Kick öffnet die Gittertür und geht hinein. Ich husche ihm hinterher und greife nach seiner Hand, wie ein kleines Kind, das sich davor fürchtet, alleine über die Straße zu gehen. Er wirft einen überraschten Blick zu mir herab und drückt meine Finger.

»Das hier erfüllt all meine Träume«, verkündet er grinsend.

»Meinst du die dreckigen Öllappen in der Ecke?«

»Eine schöne Frau und ein schönes Motorrad, die beide mir gehören.«

»Wie romantisch«, säusle ich. »Ich werde objektifiziert.«

Er lehnt sich an die Motorhaube des Autos und zieht mich näher zu sich heran. Sein Kuss ist zart, kaum mehr als ein Zupfen an meiner Unterlippe. »Ich gehöre dir auch.«

»Muss irgendwer irgendwem gehören? Können wir uns nicht, keine Ahnung, einfach mal *leasen*?«

Er lacht und umarmt mich. »Leasing ist was für Leute, die keine Dauerbeziehung durchhalten. Wenn man die Richtige gefunden hat, gibt man sie nicht wieder her.«

»Du redest von deinem Motorrad, oder?«

Seine Arme schlingen sich so fest um mich, dass meine Beine fast vom Boden abheben. »Du musst damit aufhören.«

»Eine Romantikbremse zu sein?«

»Ich mein's ernst«, flüstert er in meine Haare. »Ich verliebe mich in dich.«

Meine Brust zieht sich zusammen. Da ist etwas, das ich darauf erwidern möchte. Etwas, das uns beiden ein bescheuertes Lächeln aufs Gesicht schmieren würde. Aber ich traue der Person nicht, die das will. Wie viel davon bin wirklich ich, wie viel nur die Hormone in meinem Gehirn? Und gibt es da überhaupt einen Unterschied?

Also entscheide ich mich für eine Antwort, die gleichzeitig Wahrheit und Schweigen ist. Ich küsse ihn. So leidenschaftlich, dass ich augenblicklich die Spannung in seinem Körper merke, eine Art wilder Energie, die von ihm Besitz ergreift.

Er will mich zu sich auf die Motorhaube ziehen, mich näher bei sich haben, und packt mit beiden Händen meine Hüfte. Es ist nicht seine Schuld, aber der Moment zerbricht, bevor er richtig begonnen hat.

»Autsch«, keuche ich an seine Lippen.

Er zieht die Augenbrauen zusammen, als hätte er Schwierigkeiten, meine Reaktion einzuordnen. Dann dämmert ihm schlagartig, dass er mir weh getan hat. »Tut mir leid«, stößt er hervor. »Das wollte ich nicht.«

Seine Hände lassen mich so schnell los, als hätte er sich an mir verbrannt.

Ich hefte meinen Blick irgendwo an die Seite des Autos, wo ich meine Mimik unter Kontrolle bringen kann, ohne ihm ein schlechtes Gewissen zu machen. Meine Stimme klingt beinahe gleichmütig. »Nicht so schlimm. Nur meine Hüfte. Sie ist noch nicht wieder die alte.« *Und wird es nie wieder sein.*

»Tut es sehr weh?«

»Nein. Jetzt nicht mehr.«

Seine Hände schieben sich auf meine Wangen und drehen mein Gesicht zurück zu ihm. »Das nächste Mal bin ich vorsichtiger.«

Ich will aber nicht, dass du vorsichtig sein musst. Ich will unsere Nähe genauso sehr wie du. Es ist nur mein verdammter Körper, der mich nicht lässt.

Ich zucke mit den Schultern. »Schon okay.«

»Willst du dir die KTM noch ansehen?«

Ich nicke in seine Hände.

Er drückt mir einen Kuss auf die Stirn und führt mich hinüber zur Wand.

Noch hängt die Abdeckplane über der Maschine, und ich kann nichts weiter als ihre grobe Kontur ausmachen. In diesem Moment wäre es möglich, dass sich ein anderes Motorrad darunter verbirgt, ein modernes, mit schwarzem Mattlack auf seiner raubvogelartigen Front. Gegen meinen Willen spüre ich Panik in mir aufwallen, mein Puls schaltet in den höchsten Gang, meine Fingerspitzen kribbeln, selbst meine Ohren pfeifen – dann zieht Kick die Plane herunter.

Ein kurzer Messerstich in mein Herz, gefolgt von einer Welle der Erleichterung.

Natürlich ist es nicht das Motorrad aus meinem Traum. Die schwarzen Geländereifen, die dicken Speichen und der blinde

Scheinwerfer – das sind die Dinge, die mich das letzte Mal in eine Panikattacke gerissen haben. Doch diesmal erkenne ich die gewaltigen Unterschiede. Roter Glanzlack auf den Metallteilen und ein roter Bezug auf dem Sitz, ein leicht verbogenes Vorderradblech, ein spitz zulaufendes Heck. Kicks Motorrad ist eine schlankere, leichtere Version. Es sieht völlig anders aus.

»Eine KTM Freeride«, erklärt er stolz und streichelt die Sitzfläche. »Das ist kein Motorrad, das sich mit einer glatten Straße zufriedengibt. Diese Reifen wollen Dreck fressen.«

Ich berühre die Maschine und zucke sofort wieder zurück. »Sie ist warm.«

»Hier drinnen ist es warm.« Seine Hand gleitet über den Tank. »Richtig heiß wird sie erst im offenen Gelände. Möchtest du dich draufsetzen?«

Bist du verrückt?!, will ich sagen. Doch dann erinnere ich mich, dass ich die Verrückte von uns beiden bin. Es ist nur eine Maschine, die mir nichts anhaben kann. Und ich bin hergekommen, um mir das endgültig zu beweisen.

»Du darfst sie auf keinen Fall starten«, verlange ich.

»Mach ich nicht.« Er kreuzt feierlich die Finger.

Das Motorrad ist etwas zu hoch für meine Hüfte, zumindest, um sie wie ein normaler Mensch zu besteigen. Wie beim Balkongeländer muss ich mich fast auf den Tank legen, um mein Bein über den Sitz zu bekommen. Kick hilft mir, als mein Fuß am Heck hängen bleibt, ansonsten lässt er mich machen. Mein Hintern rutscht über den roten Bezug und meine Fußspitzen erreichen gerade noch den Fußboden. Völlig automatisch greife ich nach dem Lenker und lege meine Hände um die Gummigriffe.

»Wie fühlst du dich?«, fragt Kick neugierig.

»Ein bisschen komisch«, gestehe ich. Beinahe erwarte ich, dass sich eine Panikattacke von hinten anschleicht und über mich herfällt. Doch mein Herz schlägt nur ein wenig schneller. »Ganz okay, schätze ich.«

Kick schwingt sein Bein über den Sitz und bringt die Maschine ins Schwanken. Ich kralle mich fester an den Lenker, bis sich seine Hände unter meinen Armen hindurchschieben und seine Füße uns auf dem Boden stabilisieren. Er zeigt mir die Vorder- und Hinterradbremse, wie man Gas gibt, erklärt die Kabel, die vom Lenker wegführen, und verliert sich in einer Detailbeschreibung des Motors, der ich nicht folgen möchte. Aber das spielt keine Rolle. Alles, was zählt, ist seine Stimme an meinem Ohr und die Tatsache, dass sich meine Muskeln langsam entspannen.

Minutenlang schweben meine Gedanken an einem Ort, der so weit von meinem Unfall entfernt ist, dass mich meine eigene Frage überrumpelt.

»Was müsste man tun, damit die Bremsen versagen?«

Kick bricht mitten in seiner Erklärung ab. »Wieso fragst du so was?«

»Du bist doch Mechaniker. Kann man ein Motorrad so manipulieren, dass die Bremsen noch eine Weile funktionieren? Dass sie erst nach einer Weile versagen?«

In der Garage wird es leise. Nur das Surren der Leuchtstoffröhren und das dumpfe Brummen eines vorbeifahrenden Autos sind zu hören.

Kicks Hände gleiten vom Lenker und landen auf dem roten Lack des Benzintanks, sein Gewicht auf meinem Rücken lässt etwas nach. »Da gibt es mehrere Möglichkeiten«, sagt er schließlich. »Also ja. Wenn man es drauf anlegt, kann man so was machen.«

Der Besuch in der Garage hat nicht das gebracht, was ich gehofft hatte. Mich der einen Angst zu stellen, hat die andere nicht aufgehoben. Es ist nicht bloß meine Panik vor Motorrädern, die sich in meinem Unterbewusstsein mit den Plastiknazis vermischt hat. Dieser Traum, den ich vorhin hatte, fühlt sich immer noch wie etwas an, das ich tatsächlich erlebt habe. So unwahrscheinlich es auch sein mag.

»Wo bist du gerade?« Kick lehnt mit verschränkten Armen an der besudelten Wand neben meiner Wohnungstür und beobachtet mich.

Meine Hand liegt seit Sekunden auf dem Schlüssel im Schloss, ohne ihn herumgedreht zu haben. »Sorry, ich bin etwas durch den Wind.« Ich lächle ihm schwach zu. »Noch mehr als sonst.«

»Du hast nicht besonders viel geschlafen.« Er hebt den Arm und streichelt meine Wange mit dem Zeigefinger. »Wir sollten heute früher ins Sofa gehen.«

»Wenn du bei mir bist, krieg ich wieder kein Auge zu. Es sei denn, du erzählt mir noch was Spannendes über Zylinderköpfe und Kurbelwellen?«

Er grinst. »Von der Auspuffanlage habe ich noch gar nicht angefangen.«

»Ich spüre jetzt schon, wie meine Augenlider flattern.« Ich zeige zum Beweis auf meine zusammengekniffenen Augen. »Ihr Mechaniker wisst, wie man eine Frau flachlegt.«

Sein Lachen hallt mir entgegen, tief und klar. Es ist eines der schönsten Geräusche, die ich jemals gehört habe. Doch statt in seinem Glücksgefühl zu baden, verbittert der Klang zu rasch in meinem Inneren. Eine unbestimmte Angst tastet mit ihren schwarzen Fingern nach mir.

Ich starre auf den Wohnungsschlüssel. Von drinnen ist das leise Geklapper von Töpfen zu hören. »Klingt so, als würde meine Mutter was kochen«, sage ich nachdenklich.

»Ist schon gut«, meint Kick. »Dein schmutziges Geheimnis verzieht sich nach oben. Sehen wir uns später?«

Ich schaue ihn an. Er klang leichtfertig, aber der Ausdruck in seinem Gesicht sagt etwas anderes. Seine Augenbrauen sind zusammengezogen und drücken seine Stirn in Falten.

»Du solltest mit reinkommen«, beschließe ich.

Kicks Augen weiten sich.

»Du hattest recht«, setze ich rasch hinterher, bevor mir der Glaube an meinen eigenen Vorschlag versagt. »Ich kann mein Leben nicht einzig und allein nach meiner Mutter ausrichten. Immerhin bin ich jetzt erwachsen. Sie muss es ertragen, wenn ich jemanden kennenlerne.«

Seine Arme, die er lässig vor der Brust verschränkt hatte, fallen herab. »Ich weiß nicht, ob das so eine gute Idee ist.«

»Sie kocht. Das tut sie nur an guten Tagen. Ein besserer Moment wird nicht kommen.«

Kicks Mund öffnet sich wie zum Einspruch, aber er scheint nicht zu wissen, was er sagen soll. Also nutze ich die Gelegenheit und drehe den Schlüssel herum. »Komm, ich lad dich zum Essen ein.«

Das Schloss klackt durch die Stille des Treppenhauses.

Es erinnert mich an den Moment, an dem ich beinahe meinen Rücken in ein frisch gespraytes Hakenkreuz gepresst hätte. Und plötzlich schießt mir ein weiterer Gedanke durch den Kopf, als hätte er an der Oberfläche meines Unterbewusstseins nur auf diesen Moment gewartet. *Woher wusste meine Mutter eigentlich, dass ich vor der Tür stand und den Plastiknazis entkommen wollte? Ich hatte keine Gelegenheit, um nach ihr zu klingeln. Noch nicht …*

Die Tür schwingt nach innen auf.

Kick packt meinen Oberarm. »Ich muss dir was sagen.«

Der fruchtige Duft von Tomatensoße schlägt uns entgegen. Meine Mutter steht vor dem kleinen Herd in der Küche und rührt mit einem Holzlöffel im Kochtopf. Sie befindet sich nur wenige Meter von uns entfernt, aber der Dunstabzug surrt über ihrem Kopf und übertönt unsere Anwesenheit.

Ich ziehe Kicks Hand von meinem Arm und drücke sie ermutigend. »Keine Angst, ich koche nicht selber.«

Die Tür stößt gegen den Stopper an der Wand.

Sofort schnellt Mamas Gesicht zu uns herüber. Sie fummelt an den Knöpfen des Lüfters, ohne hinzusehen, und schaltet ihn aus. Schlagartig wird es leise, nur das Blubbern der Tomatensoße ist noch zu hören.

Ich fülle meine Lungen mit Luft. »Mama, ist es okay, wenn ich dir unseren Nachbarn vorstelle?«

Sie betrachtet mich mit großen Augen. Dann nickt sie zögernd.

Ich zerre Kick über die Schwelle, ein bisschen gewaltsamer, als ich es vorgehabt habe. Offenbar hat er meine Ablenkung dazu genutzt, um seine Füße mit Superkleber am Boden zu befestigen. »Das ist Kick.«

»Kick?«, wiederholt sie verwirrt.

»Na ja …« Ich werfe ihm einen herausfordernden Blick zu. »Seinen Vornamen hat er mir immer noch nicht verraten.«

Er kriegt keinen Ton raus.

Der Kochlöffel fällt plötzlich aus Mamas Hand und bespritzt den Fußboden mit roten Punkten. Sie bückt sich nicht danach, um ihn aufzuheben, sondern starrt mich einfach nur an. »*Kick* sagst du?«

»Ich sollte besser gehen«, murmelt er.

Ich trete ein paar Schritte auf Mama zu und hebe beschwichtigend meine Hände. »Er war letztens schon mal hier, um mir mit dem verstopften Abflussrohr zu helfen. Erinnerst du dich?«

Sie weicht vor mir zurück. »Du hast das repariert.«

»Stimmt schon.« Ich werfe Kick ein freches Grinsen über die Schulter zu, damit er ein bisschen auftaut. »Aber er saß daneben und sah gut aus.«

Kick reagiert nicht auf den Köder. Er starrt meine Mutter an, als könnte sie jeden Moment die Schublade aufreißen, einen Satz

Messer hervorholen und ihn als Zielscheibe verwenden. Und nach einem Blick zurück auf Mama, kann ich ihm das nicht verübeln. Sie knetet ihre Hände nicht nur. Es sieht aus, als würde sie sich demnächst die eigenen Finger brechen.

Verdammt.

»Mama, er ist wirklich nett«, versuche ich, die Situation zu retten.

Doch sie tastet sich bereits an der Wand entlang zu ihrem Zimmer, so weit von Kick und mir entfernt, wie der schmale Flur es zulässt.

»Ich gehe«, höre ich Kicks Stimme hinter mir.

Eine wilde Verzweiflung ergreift von mir Besitz. »Nein, bleib hier! Mama, er ist mein Freund! Er tut dir nichts!«

Und dann mache ich etwas, von dem ich weiß, dass es ein Fehler ist. Ich gehe auf sie zu und fasse sie an der Hand. Um sie hier in diesem Raum zu halten, um ihr dieses eine Mal eine Situation aufzuzwingen, die sie durchstehen muss.

Die Wirkung ist fatal.

Von einer Sekunde zur anderen schmelzen all ihre Knochen. Sie sinkt wie ein Stück weicher Butter gegen die Wand und drückt ihren Kopf nach oben weg, nur um ein paar zusätzliche Zentimeter weiter weg von mir zu sein. Ihre Stimme klingt, als hätte ich meine Hände um ihren Hals gedrückt. »Bitte … Fass mich nicht an!«

Meine Hand gefriert zu Eis und bricht von ihrem Arm ab.

»Ich bin deine Tochter«, würge ich hervor.

Mama tötet mich mit nur einem Satz. Ganz schnell, ein gnadenvoller Genickbruch mit dem Bolzenschussgerät.

»Ich weiß nicht«, schluchzt sie, »ob du das noch bist!«

Wäre es fair, wenn ich auch nackt bin?

Am nächsten Morgen erwache ich alleine auf dem Sofa.

Ich drücke mich noch immer an die Wand, um jemandem an meiner Seite Platz zu machen, der nicht mehr da ist. Meine Augen fühlen sich kratzig an, als hätte ich sie stundenlang mit Salzwasser ausgewaschen, obwohl keine einzige Träne gefallen ist. Die Quelle in mir, die weinen sollte, scheint endgültig versiegt zu sein.

Das erste Licht des Tages schimmert über den Balkon und tastet sich meinen Arm entlang. Nur langsam stellt sich mein Blick auf etwas dahinter scharf, etwas Kleines, das mitten auf dem Balkongeländer steht.

Ein Blumentopf.

Ich raffe mich auf, um ihn mir genauer anzusehen. Der Topf wirkt alt, auf seiner kalkweißen Oberfläche sind feine Risse und Spuren von Moos zu erkennen. Er könnte durchaus aus dem Sammelsurium von vertrockneten Pflanzen auf meinen Vitrinen stammen, aber nur eines weiß ich ganz sicher: Der hellgrüne Kaktus darin ist neu. Seine Stacheln sind größer als er selbst.

Nirgendwo ist eine Notiz zu entdecken, die erklären könnte, wie der kleine Kerl sich auf die Balkonbrüstung verirrt hat. Erst als ich den Topf aufhebe, um ihn an einen absturzsicheren Ort zu stellen, fällt mir auf, wo genau er auf dem Holz platziert wurde. Exakt zwischen den beiden abgewetzten Stellen, die Kicks Schuhe in den letzten Jahren hier hinterlassen haben. Obwohl die Sonne noch unter dem Horizont hängt, geht ein Stück von ihr in mir auf.

Ich streichle über den kleinen Kaktus, der überraschend fest in meine Finger pikst, und stelle ihn vor das Küchenfenster. Automatisch gleitet mein Blick durch die Scheibe hinein, doch dahinter sind nur Schatten zu erkennen. Sie erinnern mich daran, warum meine Augen brennen.

»Sie hat das nicht so gemeint«, erkläre ich dem Kaktus. »Es war nur ihre Panik.«

Seine Stacheln schweigen mich an.

In der Küche ist keine Spur von Mama zu sehen, weder ein Kaffeetopf auf dem Herd noch ein Brettchen mit Brotkrümeln im Abwasch. Ein Blick auf die Uhr verrät mir, dass ich früh dran bin, trotzdem gehe ich zu ihrem Zimmer und poche mit dem Zeigefinger an die Tür. »Ich mach uns Frühstück, okay?«

Keine Antwort.

Unter der Schwelle leuchtet kein Licht durch.

»Mama? Bist du wach?« Ich klopfe ein weiteres Mal und drücke die Klinke probehalber nach unten. Zu meiner Überraschung ist nicht abgeschlossen. Die Tür geht mit leisem Knarren auf, bis sie von den Matratzen gestoppt wird. Das Bett meiner Mutter ist ordentlich gemacht, das Kissen aufgeklopft und die Decke ans Fußende gefaltet.

Aber es ist leer.

Einige Sekunden lang blicke ich verloren in den winzigen Raum. Dann drehe ich mich um und will ans Badezimmerklo klopfen, doch kaum berühren meine Fingerknöchel die Tür, geht sie von alleine auf. Meine Mutter ist nicht im Bad. Also versuche ich es im Waschkeller, laufe mit nackten Füßen die kalten Betonstufen hinunter und stecke meinen Kopf in einen Raum voller Wäscheleinen. Doch auch hier finde ich nur feuchten Kellergeruch.

Erst als ich wieder oben bin, entdecke ich die Notiz am Küchentisch. Der aufgerissene Umschlag einer alten Rechnung wurde mit der feinen Handschrift meiner Mutter beschrieben.

Rena,
es tut mir so leid. Ich weiß, dass ich das Problem zu lange verdrängt habe. Mach dir keine Sorgen. Ich fahre mit dem Bus in die Stadt und suche mir Hilfe. Wir sehen uns am Abend.
Deine Mama

Ich sacke auf den Küchenstuhl.

Nichts, was sie gestern zu mir gesagt hat, trifft mich so sehr wie dieser Nachsatz, *deine Mama.* Die Wärme in ihren Worten löst endlich ein paar der aufgestauten Gefühle in mir, die ich vorher nicht rauslassen konnte. Sie fallen lautlos in die Stille des Morgens.

Einerseits bin ich froh, dass meine Mutter endlich das Haus verlassen hat und etwas gegen ihre Probleme unternehmen will. Andererseits habe ich Angst um sie. Angst, ob sie da draußen ohne mich klarkommt. Obwohl wir uns am anderen Ende der Stadt befinden, droht noch immer Daniels Schatten hinter allem, was sie tut. Die unsichtbaren Finger, die sich schon seit Tagen um meine Kehle klammern, fühlen sich immer mehr nach ihm an.

»Auf keinen Fall«, zische ich. »Du kriegst uns nie mehr!«

Entschlossen ziehe ich die Nase hoch und stapfe ins Bad.

Eigentlich hatte ich mir vorgenommen, nur dann zu duschen, wenn es wirklich notwendig ist, um die Wasserrechnung zu schonen. Aber heute soll mir das egal sein. Ich streife meine Klamotten ab, an denen noch immer der Geruch von gemähtem Gras haftet, und zwänge mich durch den schmalen Einstieg der Duschkabine.

Die Armaturen sind alt und lassen sich nur mit Kraft aufdrehen. Es dauert eine Weile, bis sich das warme Wasser durch die Leitungen gekämpft hat und in allen Richtungen aus der verkalkten Brause in mein Gesicht spritzt. Der Strahl trommelt beruhigend auf meine Schädeldecke.

Ich reibe mir Shampoo in die kurzen Haare und genieße das

Gefühl, den Schaum mit den Fingern herauszustreifen. In meiner Vorstellung verwandeln sich meine Hände langsam in die eines anderen. Sie gleiten über meinen Hinterkopf hinweg, über meinen Nacken herab und ziehen feine Linien über meine Schultern. Ich recke ihnen meine Brust entgegen und lächle mit geschlossenen Augen in den Wasserdampf.

Ich wünschte, du wärst hier.

Meine Hände halten vor der sachten Schwellung meiner Brüste inne, als würden sie sich davor scheuen, tiefer über meinen Körper hinabzugleiten. Ich spüre ein tiefes Kribbeln in meinem Bauch und will sie dazu ermutigen, ihren Weg fortzusetzen, als ein anderes Geräusch durch das Rauschen dringt.

Ein Pochen.

Ich drehe die Brause ab, schüttle mir Wasser aus den Ohren und öffne die Kabine ein wenig. »Mama? Bist du schon zurück?«

Die Badezimmertür öffnet sich zaghaft. »Nein, ich bin's.«

»Kick!«, quietsche ich. »Was zum Teufel würdest du machen, wenn meine Mutter hier drin wäre?!«

»Den Shampooflaschen ausweichen, die sie nach mir schleudern würde?« Er grinst durch den Türspalt, der gerade weit genug offen ist, um seine Augen zu sehen. »Darf ich reinkommen?«

»So was fragt man, *bevor* man eine fremde Wohnung betritt.«

Er kratzt sich verlegen am Hinterkopf. »Ich hab gesehen, dass deine Mutter das Haus verlassen hat. Du warst nicht mehr auf dem Sofa und hast auf mein Klopfen draußen nicht reagiert. Dann hörte ich die Dusche und fühlte mich schlagartig schmutzig …«

»Diese Kabine ist viel zu eng für zwei«, entgegne ich. »Wir würden wie Sardinen aneinander kleben.«

Er schluckt sichtbar. »Falls du mich loswerden willst, solltest du dir dringend bessere Argumente zulegen. Zumal die Duschwände halb durchsichtig sind.«

Ich knalle die Kabine zu und quieke.

»War das ein einladendes Quieken?«, fragt er belustigt.

Mein Herz klopft bis in den Hals. Ich erinnere mich an die Vorstellung seiner Hände auf meiner nassen Haut und beiße mir auf die Unterlippe. »Es ist nicht fair, dass du mich so überrumpelst, wenn ich nackt in einer Dusche stehe!«

»Wäre es fair, wenn ich auch nackt bin?«

Ich öffne die Kabine wieder, diesmal nur auf Augenbreite. Er zupft einladend an seinem Kragen und grinst mich auf eine Weise an, die meinen Bauch mit Benzin übergießt und in Flammen setzt.

»Du musst dich vor meinen Augen ausziehen«, verlange ich. »Und ein paar sexy Moves einbauen.«

Er lacht.

»Und ich behalte die Kontrolle über den Wasserhahn!«, setze ich nach.

Kick schlüpft durch die Tür und zieht am Shirt in seinem Nacken. Der dunkle Stoff rutscht langsam über seinen flachen Bauch nach oben und entblößt seine glatte Brust. Er sieht nicht wie die aufgeblasenen Typen im Fitnessstudio aus, sein Körper ist schlank und die Muskeln in feinen Linien gezeichnet.

»Spannerin!« Das Shirt fliegt in mein Gesicht.

Als der Stoff runterfällt und nur den Hauch seines Geruchs auf mir hinterlässt, steht er mit dem Rücken zu mir gewandt da. Ein Reißverschluss ratscht, seine Daumen verhaken sich in den Gesäßtaschen, und ein verheißungsvolles Grinsen blitzt über seine Schulter. Wie in Zeitlupe rutschen seine Jeans herab und entblößen knallrote Shorts, die wie eine zweite Haut von seinen Pobacken leuchten.

Er wackelt mit dem Hintern.

Ich muss kichern und weiche in die Dusche zurück.

»Ich kann dich da drin immer noch sehen«, warnt er mich.

Ich drehe den Hahn auf und verstecke mein Lachen unter dem

Wasserstrahl. Mein Körper sprudelt wie ein Whirlpool, allein der Gedanke, dass er jede Sekunde zu mir unters Wasser steigt, blubbert aufgeregt in meiner Kehle. Ich fühle mich auf eine völlig neue Art und Weise lebendig.

Die Schiebetür rutscht knatternd zur Seite.

Ich drehe die Brause bis zum Anschlag auf.

Seine Hände ertasten mein Gesicht unter dem Wasser. Er beugt sich zu mir herab und spaltet den Strahl mit seinem Hinterkopf. Eine Million Tropfen spritzen um uns herum, eine Kuppel aus feinstem Nieselregen, die uns in warmen Dampf einhüllt. Sie lässt unseren Kuss ungewöhnlich feucht schmecken.

Meine Hand stößt gegen seinen Hüftknochen. Die Shorts hat er draußen gelassen, unter meinen Fingern fühle ich nur nackte Haut, so samtig glatt, dass ich noch weiter an ihr herabrutsche. Seine Muskeln zucken unter meiner Berührung und kitzeln in mir das Verlangen hoch, noch mehr von ihm anzufassen, ihn an tausend verbotenen Stellen zu berühren.

Ich ziehe ihn näher zu mir, bis die Dusche wie ein Wasserfall über seinen Rücken rauscht. Augen in reinem Wasserblau und tiefem Meergrün leuchten mir entgegen. Wir sind uns so nah, dass ich nicht mehr das Gefühl habe, nackt vor ihm zu stehen. Sein eigener Körper verdeckt mich vor seinen Blicken.

Er will etwas sagen, das ihn Überwindung kostet. Ich erkenne es an seinem Luftholen und dem angespannten Ausdruck in seinem Gesicht. Doch mein Zeigefinger legt sich auf seine Lippen, bevor er es loswerden kann. Ich möchte jetzt keine Worte zwischen uns haben, keine Aufforderung spüren, meine eigenen Gefühle in Buchstaben verpacken zu müssen. Stattdessen lehne ich mich vor und küsse dieses Gespräch einfach weg, von seinem Mund abwärts über seinen Hals.

Er ist mit meinem Themenwechsel einverstanden.

Seine Lippen wandern über meine Haut, die sich plötzlich so anfühlt, als bestünde sie einzig und allein aus Nervenbündeln, die mir den Verstand aus dem Kopf schmelzen. Ich reibe meinen Hinterkopf über die Fliesenwand, während sich der Rest meines Körpers ihm entgegenstreckt.

Seine Küsse tasten sich mein Schlüsselbein entlang und gleiten langsam nach unten. Er berührt meine Brust nur mit dem Hauch seines Atems, gerade genug, damit die Haut sich zusammenzieht. Ich spüre seine nassen Haare unter meinen Fingern und seufze ins Rauschen der Dusche.

Er küsst mich noch tiefer.

Und tiefer.

An einen Ort, der ihn plötzlich innehalten lässt.

Das Wasser spritzt von seinen Schultern, als ich fragend hinunterblicke. Seine Finger schweben über der Stelle, ohne sie ein weiteres Mal zu berühren. Auf meiner blassen Haut stechen sie besonders hervor, die grellrosa Narben all der Operationen, die ich in den vergangenen sechs Monaten über mich ergehen lassen musste.

»Von deinem Unfall?«, fragt er heiser.

»Da haben sie mir die Plastikhüfte eingesetzt. Sie ist nicht wirklich aus Plastik …« Meine Worte verlieren sich im Wasserrauschen.

»Und die hier?« Er streicht über eine blassere Narbe, die mehr Zeit hatte, um zu verheilen.

»Eine Radspeiche hat mich durchbohrt.«

Seine Finger zittern leicht, als er noch weiter nach unten fährt, über meinen Hüftknochen hinweg und an der Außenseite meines Beines entlang. »Und diese hier?«

»Oberschenkelfraktur«, antworte ich. »Es war sieben Mal gebrochen.«

Seine Hände fallen zu Boden.

Ich schäme mich nicht für diese Narben. Sie sind ein Teil von mir, ewige Auszeichnungen dafür, dass ich gekämpft und überlebt habe. Dennoch erinnern sie mich stets daran, dass ich nicht mehr die alte Rena bin. Mein Körper wurde gewaltsam auseinandergebrochen, und in letzter Zeit frage ich mich, ob mein Verstand vielleicht auch was abbekommen hat. Einen Riss, der nicht verheilt, sondern immer tiefer wird.

Meine Erinnerungslücken schließen sich langsam, widerspreche ich hartnäckig.

Tun sie nicht. Sie tauchen immer öfter auf.

Ich tackere ein Lächeln auf meine Wangen und schaue Kick herausfordernd an. »Du wolltest keine Barbie. Vor dir steht eher so was wie eine Actionfigur.«

Ein Laut bricht aus seiner Kehle, halb amüsiert, halb gequält. Er schüttelt seine nassen Haare und sieht mich mit großen Augen von unten herauf an. »Manchmal kann ich kaum glauben, dass du echt bist.«

Mich überkommt das Bedürfnis seine Arme um meinen Körper zu spüren. Ich sinke nach unten, jedoch nicht so geschmeidig wie er das gemacht hat. Meine Hände müssen sich an den Fliesenwänden abstützen, und meine Beine zittern vor Anstrengung, weil sie es nicht mehr gewohnt sind, meinen Körper auf diese Weise zu tragen.

Kick fängt mich auf.

Ich schlinge mich um seinen Hals und lege meine Wange auf seine Schultern.

»Du bist die beste Actionfigur der Welt«, flüstert er an mein Ohr.

Ich seufze. »Schätze, du hast dir diesen Morgen anders vorgestellt?«

»Allerdings. Eigentlich wollte ich mir von meinen Eltern einen Vortrag über mein unordentliches Zimmer anhören. Stattdessen muss ich eine splitternackte Frau in den Armen halten, in die ich wahnsinnig verknallt bin.«

Mein Magen zieht sich zusammen.

Ich drücke mein Gesicht in seine Schulter, bis alles Licht um mich herum erlischt. Dennoch kann ich mich nicht vor ihm verstecken, nicht vor seiner Stimme, die bis in die dunkelsten Ecken meiner Existenz nachhallt.

»Ich bin mir nicht sicher, wie man jemanden liebt«, wispere ich an seine nasse Haut. »Manchmal denke ich, dass ich dazu gar nicht in der Lage bin.«

»Das stimmt nicht. Es ist offensichtlich, wie sehr du deine Mutter liebst.«

Mein Schweigen dauert zu lange.

Kick streichelt über meine Haare. »Wir können uns so viel Zeit lassen, wie du brauchst. Zumindest, bis der Boiler leer ist. Danach kommt das Wasser direkt aus Sibirien.«

Ich schnaube. »Wie lange haben wir noch?«

»So wie ich den Geizhals von Hausbesitzer einschätze, nicht besonders lange.«

Wir halten einander fest, ohne etwas zu sagen.

Nicht nur das Wasser verliert stetig an Wärme, auch in mir breitet sich eine unstillbare Kälte aus. Als Kind nimmt man seine Eltern als Schablonen her, um seine eigene Form hineinzupressen. Man kann ihr Verhalten noch nicht kritisch betrachten, sondern bemüht sich mit aller Kraft, so zu werden, wie sie einen haben wollen.

Ich bin von einer Mutter großgezogen worden, die mich nie in die Arme nahm, mir niemals einen Gutenachtkuss gab und nie das Gefühl in mir erweckte, dass daran etwas nicht stimmen könnte. Jetzt kauere ich in einer Dusche, in dem Armen eines Mannes, der mich plötzlich an meine Grenzen stoßen lässt. An Grenzen, die sich so anfühlen, als wären sie verkümmerte Enden von etwas viel Größerem.

Die Wassertemperatur überschreitet die Grenze nach Russland, und ich beginne, in Kicks Armen zu schlottern.

»Dir ist kalt. Lass uns rausgehen.« Er dreht den Hahn zu und hilft mir auf die Beine.

Ich folge ihm aus der Dusche, meine Arme um die Brust geschlungen und meine Füße schneeweiß vor Kälte. Draußen breitet er unser einziges Badetuch für mich aus und hüllt mich in einen Kokon aus weißem Frottee. Obwohl er selbst vor Kälte zittern müsste, scheint ihn sein nasser Körper nicht zu kümmern.

Meine Stirn sinkt an seine Brust. Er duftet nach glasklarem, eiskaltem Wasser. Erst als ich seine Gänsehaut unter meinen Lippen spüre, weiß ich, dass er doch friert.

»Komm unter mein Handtuch.«

Er lässt mich los, damit ich ihn mit dem Badetuch umarmen kann. Es ist zu kurz für uns beide, unsere Beine schauen unterhalb hervor, wie bei der schlechtesten Gespensterverkleidung der Welt. Trotzdem zieht er es wie ein Zelt über unsere Köpfe hoch und betrachtet mich mit leuchtenden Augen unter einer Kuppel aus Stoff.

Meine Stimme klingt plötzlich rau, als hätte ich sie mir an meinen eigenen Gedanken aufgeraspelt. »Vielleicht hast du recht. Vielleicht liegt das Problem an einer anderen Stelle. Ich weiß nicht, wie … wie man von jemandem geliebt wird.«

Seine Haare tropfen auf mein Gesicht.

Behutsam streicht er das Wasser von meinen Wangen.

»Das ist einfach«, flüstert er. »Dafür musst du rein gar nichts tun.«

Damit du wieder gesund wirst

Was auch immer dafür verantwortlich ist, dass ausgerechnet Hartmann unseren kranken Lehrer vertritt, war bestimmt kein Zufall. Ich erkenne das pure Böse, wenn es vor einer Tafel steht und begeistert in einem Physikbuch blättert. Möglichst leise schiebe ich mich auf meinen Platz.

Hartmanns Augen kleben auf den Buchseiten, sein Lächeln hoch an den Wangen, als hätte er mein Zuspätkommen überhaupt nicht registriert. Ohne den Blick abzuwenden, fragt er mit freundlicher Stimme: »Wieso hast du in der Deutschstunde heute Morgen gefehlt, Renate?«

Ich erstarrte mitten in der Bewegung. »Ich habe …«

Das Badetuch fällt auf den Boden. Kick zieht mein Höschen langsam über meine Beine hoch, bis sich der Stoff seinem Griff entzieht. Seine Hände streichen noch weiter hinauf, hauchen federleicht über meine Brüste. Er greift nach meinem BH im Waschbecken und hält mir die offenen Träger hin.

»… den Bus verpasst«, würge ich den Rest des Satzes hervor. Was schon mal passieren kann, wenn man sich von seinem Freund erotisch anziehen lässt.

Hartmann wendet sich an die Klasse, die sich nur widerwillig von der Entrüstung erholt, dass ein kranker Lehrer heute keine Freistunde bedeutet. Als er den Mund öffnet, vernichtet er unsere letzte Hoffnung auf die zweitbeste Lösung: freie Stillbeschäftigung. Er ist nicht mal so gnädig, uns für das bevorstehende Deutsch-Abi büffeln zu lassen. Stattdessen hat Hartmann mitgebracht, was wir alle am meisten fürchten.

»Teamarbeit!« Ein enthusiastisches Lächeln breitet sich auf seinem Gesicht aus. »Wir bauen gemeinsam ein Modell zusammen!«

Ich bin ziemlich sicher, dass er mein Stöhnen aus dem restlichen Protest des Kurses nicht heraushört.

Unbeirrt schreitet Hartmann zum Lehrerpult und schwingt seine Hand einladend über die Einzelteile, die kreuz und quer herumliegen: Nockenwellen, Kolben, Zahnriemen und sogar ein elektrischer Zündmotor, der so klobig aussieht, als hätte man ihn vor dem Zweiten Weltkrieg zusammengebaut. Offensichtlich hat unsere Direktorin keine Scherze gemacht, als sie über Budgetstreichungen schimpfte. Man könnte die Historie des gesamten letzten Jahrhunderts an unserem Unterrichtsmaterial dokumentieren.

»Wir machen es folgendermaßen.« Hartmann wedelt das Physikbuch erwartungsvoll in der Luft. »Ich habe hier die komplette Anleitung. Für jeden von euch gibt es ein paar Schritte zu tun. Wenn wir uns beeilen, haben wir am Ende der Stunde einen Viertaktmotor zusammengebaut. Freiwillige vor!«

Keiner rührt sich.

Fast habe ich genug Mitleid, um Hartmann aus der Bredouille zu helfen.

Aber eben nur *fast.*

Hartmanns Lächeln bleibt beharrlich. »Aha! Ich sehe schon! Ihr stellt das erste Newton'sche Gesetz dar, welches da heißt ...?!« Sein Zeigefinger feuert auf einen Jungen in der zweiten Reihe hinter mir.

Der Kerl bekommt einen feuerroten Schädel.

Ich linse über meine Schulter und murmle: »Trägheitsprinzip.«

»D-das Trägheitsprinzip?«, stottert der arme Teufel.

»Richtig!« Hartmanns Stimme hallt durch den Raum. »Einfach ausgedrückt bedeutet das: Solange auf einen ruhenden Körper keine Kraft von außen einwirkt, wird sich dieser auch nicht bewegen. Gilt besonders für Schüler in der ersten Nachmittagsstunde nach einem ausgiebigen Mittagessen.«

Er lacht als Einziger über seinen Witz.

»Nun, dann wollen wir mal die Kraft von außen wirken lassen.« Sein Blick schwenkt wie ein Suchscheinwerfer durch den Raum und bleibt – wie könnte es auch anders sein – ausgerechnet an mir haften. »Renate, willst du nicht nach vorne kommen?«

Von *wollen* kann keine Rede sein. Meine Freiwilligkeit ist in etwa so enthusiastisch, als würde ein nordkoreanischer Scharfschütze mit seinem Fadenkreuz auf meine Stirn zielen. Dennoch schäle ich mich aus meinem Stuhl und beschließe, das Gute in der Sache zu sehen. Wenn ich als Erste drankomme, habe ich es auch als Erste hinter mir.

Ich schlurfe zum Lehrerpult und lasse meinen Blick über die Einzelteile wandern.

Hartmann steckt seine Nase ins Buch. »Also, lass uns mal sehen. Zuerst müssen wir die Bolzen suchen, warte mal, wieso ist da keine Abbildung dabei ...«

Während Hartmann verzweifelt in der Bauanleitung herumblättert, bastle ich in aller Seelenruhe die Kolbenhälften mit den Pleuelstangen zusammen und stecke sie in die durchsichtigen Zylinder. Erst als der Kurs zu kichern beginnt, blickt Hartmann schweißgebadet auf.

Seine Kinnlade klappt runter. »Du ... Hast du das letztes Jahr schon gemacht?«

Ich zucke mit den Schultern und halte ihm meine offene Hand hin. »Geben Sie mir bitte den Zündverteiler.«

Hartmanns Blick schießt panisch zurück ins Buch.

Der gesamte Kurs lacht auf.

Es dauert zwanzig Minuten, bis ich das Modell fertig habe. Zu meiner Überraschung macht es mir sogar Spaß. Es ist beinahe so, als würde man ein Puzzle zusammensetzen, man muss lediglich die richtigen Teile zusammenfügen. Zufrieden schalte ich den Elektromotor an und betrachte die Kolben bei ihrem simulierten Verbrennungsprozess.

Alle applaudieren wie verrückt. Zum ersten Mal habe ich das Gefühl, kein Fremdkörper in ihrer Gemeinschaft zu sein.

Hartmann, der sich irgendwann auf meinen Platz gesetzt hat, klatscht ebenfalls in die Hände. Aber etwas an seinem Gesichtsausdruck will nicht ganz zur Euphorie der anderen passen. Eine steile Falte hat sich zwischen seinen Augen gebildet.

Am Ende der Stunde versucht er, mich abzufangen.

»Renate, warte bitte mal!«

Ich wünschte, er würde aufhören, mich andauernd *Renate* zu nennen. Je öfter er meinen altbackenen Namen wiederholt, desto verstaubter komme ich mir vor. Wieso haben Namen kein Ablaufdatum wie Milch oder Atommüll?

Hartmann überholt mich und verkeilt sich so in der Tür, dass ich mich an ihm vorbeiquetschen müsste. »Ich muss noch mit dir sprechen.«

Mein Instinkt sagt mir, dass es nicht um Modellbau geht. Glücklicherweise habe ich sowas in der Art vorausgesehen und bereits eine Strategie parat. Und das beste an ihr ist: Ich kann sie immer wieder benutzen. Sie gilt für mein ganzes Leben.

»Danke, aber ich möchte nicht.«

Verdutzt streicht Hartmann seine jugendliche Frisur zurück. »Es ist wichtig, Renate. Ich habe heute Vormittag mit –«

»Selbst wenn Sie heute Vormittag die Sicherheitscodes für das amerikanische Nuklearprogramm erhalten haben, möchte ich das nicht wissen.« Ich gehe aufrecht an ihm vorbei, so dass er derjenige ist, der vor mir zurückweichen muss. »Bisher bin ich sehr gerne in Ihren Unterricht gekommen. Bitte ändern Sie das nicht.«

Ohne seine Reaktion abzuwarten, verlasse ich den Kursraum.

Kick fläzt wie ein römischer Gott auf dem Sofa und pickt an ein paar Trauben herum, die ich zur Feier meines Triumphs gekauft habe. Leider tröstet mich der Fruchtzucker nicht über die Tatsache hinweg, dass ich mit meiner Textinterpretation, die ich bis morgen fertig haben muss, noch nicht mal angefangen habe. Ich höre schon wieder Hartmanns besorgte Stimme, wenn ich ihm nur ein leeres Blatt abgebe. Genervt zerre ich eine Bluse aus dem Wäschekorb zu meinen Füßen und knülle sie zusammen.

Kick verengt seine Augen und deutet mit einer Traube auf meinen Stoffknödel. »Wolltest du die nicht zusammenlegen, um deiner Mutter etwas Arbeit abzunehmen?«

»Das tue ich ja!« Ich starre den verdammten Kragen nieder, der sich widerspenstig meinen Falttechniken entzieht. »Es ist nicht meine Schuld, dass sich die Hälfte der Klamotten wieder auseinanderrollt! Außerdem verleihen Falten Charakter.«

»Vielleicht solltest du doch lieber Deutsch machen?«

»Dafür müsste ich das Buch zuerst mal *lesen*«, stöhne ich. »Wusstest du, dass Faust in Versen geschrieben ist? In *Tausenden* von Versen? Am liebsten würde ich diese verfluchten Blusenärmel um meinen Hals binden und kräftig zuziehen. Warum tu ich mir das Abi überhaupt an?«

»Weil du studieren *musst*?«

Ich ignoriere seinen spöttischen Tonfall und schnappe mir eine Traube, um sie zwischen meinen Fingern zu zerquetschen. Der Saft rinnt über mein Handgelenk hinab. »Vielleicht sollte ich die Schule schmeißen und stattdessen ein Geschäft aufziehen. Ich werfe mich vor diverse Motorräder auf der Straße, und du kriegst die Aufträge, um sie teuer zu reparieren. Können wir das machen, Kick?«

Er zieht mir den Wäschekorb weg. »Lies das Buch und lass mich das erledigen.«

»Machst du Witze?«

»Jetzt schau nicht so überrascht.« Er faltet ein T-Shirt mit der Präzision eines Origamikünstlers und bettet es sorgfältig neben meinen schiefen Stapel. »Auch der ölverschmierte Kfz-Mechaniker kann ein Stück Stoff zusammenlegen.«

Eine Weile starre ich ihn wortlos an.

Dann werfe ich mich neben ihn aufs Sofa, schnappe mir einen Kuli und male ein Strichsternchen auf meinen Handrücken. »Wenn du meine Socken sortierst, gehöre ich für immer und ewig dir.«

Er grinst. »Was soll der Stern auf deiner Hand?«

»Der?«, murmle ich beiläufig. »Deutet eventuell an, dass es noch was Kleingedrucktes in diesem Angebot gibt.«

»So was wie: Ich gehöre für immer und ewig dir. Täglich, neun bis achtzehn Uhr, ausgenommen an Sonn- und Feiertagen?«

»Über die Sonntage ließe sich verhandeln.« Ich lasse meinen Zeigefinger träge über seine Brust gleiten. »Wenn du nett zu mir bist ...«

Eine Weile sind wir damit beschäftigt, unsere Augen geschlossen zu halten und unsere Gesichtsmotorik zu trainieren. Seine Küsse hinterlassen süße Funken in meiner Brust, die sich so gut anfühlen, dass ich am liebsten nie mehr etwas anderes spüren würde. Aber die unerledigten Schulaufgaben nagen in meinem Hinterkopf, bis ich mich schließlich doch den Büchern geschlagen gebe. Womit sich mein verzweifelter Plan, als lebendiges Crashtest-Dummy meinen Unterhalt zu bestreiten, wieder in Luft auflöst.

Ich kämpfe gerade mit Goethes Knittelversen, als das Handy klingelt.

Mein erster Gedanke lautet: *Es ist was mit Mama.* Mein zweiter Gedanke versucht zumindest, mir die Möglichkeit einer positiven Rückmeldung auf eine meiner fünftausend Bewerbungen einzureden, aber ich habe noch nie zur leichtgläubigen Sorte gezählt. Nicht einen einzigen Gedanken hingegen verschwende ich daran, dass es jemand vollkommen anderes sein könnte.

Ich ziehe das Handy aus dem Rucksack und entdecke das perfekte Lächeln eines blondierten Mädchens auf dem Display. Das Foto stammt von letztem Jahr, als wir einen sonnigen Tag im Park verbracht haben. Meine beste Freundin Denise räkelt sich vor einem Springbrunnen und strahlt mir ihre rot bemalten Lippen entgegen.

Verdutzt nehme ich ab. »Hallo?«

»Hey, ich bin's! Mein Mütterchen hat vorhin angerufen und mir gezwitschert, dass du schon wieder in der Stadt herumshoppst!«, ruft sie, ohne auch nur ein einziges Mal Luft zu holen. »So eine Einkaufssession wäre mal wieder was, oder? Ich brauche dringend neue Klamotten, die nicht nach *Schule* aussehen. Unser Marketingprofessor ist so was von heiß!«

Kick, der sich ein Kilo Wachs in die Ohren hätte stopfen müssen, um Denises Redeschwall zu überhören, rollt die Augen und lässt sich zurück ins Sofa fallen. Er legt sich beide Hände um den Hals und tut so, als würde er sich selbst zu Tode würgen. Ich beiße mir auf die Unterlippe, um nicht loszuprusten.

Denise riecht sofort Lunte. »Hey, sag mal, bist du vielleicht nicht allein?«

»Äh«, antworte ich, um Zeit zu schinden. Wenn ich ihr erzähle, dass ich bloß mit meinem Nachbarn auf der Couch abhänge, fährt sie bestimmt mit ihrer Vorlesung über alle Uniprofessoren im geschlechtsreifen Alter fort. Es ist an der Zeit, sie spüren zu lassen, dass sie in meinem Leben nicht mehr so ganz auf dem Laufenden ist. »Mein Freund sitzt neben mir.«

Kick macht ein zufriedenes Gesicht.

»Im Ernst?«, fragt Denise verwundert. »Hast du den im Krankenhaus kennengelernt?«

Ich linse zu ihm. »Nein, er ist vom Himmel gefallen.«

Sie lacht gezwungen. »Ja, klar. Lass deinen Engel mal was sagen!«

Ich halte Kick das Smartphone hin.

Er stützt sich auf die Unterarme und biegt sich vor das Mikro. »Ich bin nicht ihr Freund. Ich bin ihr Verlobter. Wir erwarten ein Baby.«

Ich verpasse ihm einen Stoß in die Rippen.

»Du verstellst doch bloß deine Stimme!«, ruft Denise ein wenig vorwurfsvoll. »Ist ja auch egal. Eigentlich rufe ich dich an, um dich fürs Wochenende einzuladen. Du hast auf unsere Nachrichten bisher gar nicht reagiert.«

Die Erinnerung zuckt unangenehm durch meinen Magen.

»Du meinst die Berghütte?«, brumme ich.

»Wir fahren am Mittwoch quasi bei dir vorbei. Wenn du an der Autobahnraststätte wartest, können wir dich mitnehmen. Du müsstest nur ein Fünftel der Benzinkosten beisteuern.«

Wenn ich an der *Autobahnraststätte* warte? Würde es sie *umbringen*, einen Umweg durch die Stadt zu machen, um eine Freundin abzuholen, die vor ein paar Wochen eine Hüftoperation hatte? Mal abgesehen davon, dass sie keinen Gedanken daran verschwendet hat, ob ich den Trip überhaupt mitmachen könnte.

»Ich hab am Mittwoch Geburtstag«, erwidere ich knapp.

Kick setzt sich überrascht auf.

»Weiß ich doch«, plappert Denise, obwohl es sich so anhört, als hätte die Erinnerungsfunktion in ihrem Handy sie noch nicht darauf aufmerksam gemacht. »Den feiern wir einfach mit. Also, kommst du?«

Ich starre in die untergehende Sonne, ohne auch nur mit der Wimper zu zucken. »Es tut mir leid. Aber ich feiere schon mit meinem Verlobten.«

Kick strahlt wie ein Honigkuchenpferd.

»Du verarschst mich doch!?« Es soll lustig klingen, trotzdem schwingt Unsicherheit in ihrer Stimme mit. Denise ist es nicht gewohnt, von irgendjemandem abgewiesen zu werden. Für einige Sekunden herrscht Stille in der Leitung. Eine Stille, die uns beiden klar macht, dass wir uns nicht mehr viel zu sagen haben.

Im Hintergrund höre ich, wie unsere Wohnungstür aufgeschlossen wird.

Ich springe vom Sofa und spähe durch das Küchenfenster. Meine Mutter hat den Flur betreten, entdeckt mich auf dem Balkon und versteinert an Ort und Stelle. Ich deute auf das Handy an meinem Ohr. Ein dünnes Lächeln flackert über ihr Gesicht.

Plötzlich klopft mein Herz überall im Körper.

»Sorry, ich muss auflegen«, sage ich ins Handy und füge an Kick gewandt hinzu: »Meine Mutter ist nach Hause gekommen.«

Kick schießt vom Sofa hoch und springt wie ein überdimensionaler Frosch aufs Balkongeländer. Mein Handy verschwindet in der Hosentasche, noch während Denises knapper Abschied durch den Stoff dringt. Rasch drücke ich ihm einen Kuss auf den Mund. »Ich warte später auf dich.«

Er umfasst meine Wangen und zieht mich noch mal zu sich, dann klettert er in Windeseile über den Balkon nach oben. Nur wenige Sekunden, nachdem seine langen Beine über der Kante verschwunden sind, öffnet sich hinter mir die Balkontür.

Mamas Ausdruck nach hat sie Kick um Haaresbreite verpasst.

Sie knetet zwar ihre Hände, und ihre Augen huschen unsicher über den Balkon, doch sie hält mich immer noch für ihre Tochter. Eine Tatsache, für die ich keinen Gentest brauche, um sie mir zu beweisen. Wir müssten uns nur nebeneinander vor einen Spiegel stellen.

»Hallo Rena«, begrüßt sie mich.

»Du warst ganz schön lange weg«, platzt es aus mir hervor.

An meiner Mutter haften eindeutige Anzeichen von Stress. Ihr weißer BH schimmert unter den verschwitzen Blusenärmeln durch, und das Pusteblumenhaar steht ihr in wirren Fäden vom Kopf ab. Sie streicht sich eine fast durchsichtige Strähne aus dem Gesicht.

»Hast du …« Ich räuspere mich. »Hat alles geklappt?«

Sie senkt den Kopf. »Ich habe mit ein paar Ärzten geredet. Sie wollen schauen, dass sie einen Termin dazwischenschieben können, und dann anrufen. Ich habe ihnen deine Nummer gegeben, ist das in Ordnung?«

»Natürlich!«

Sie schlingt ihre Arme um den Körper und weicht rückwärts über die Schwelle zurück. »Es tut mir leid, Rena. Ich habe dir zu viel Verantwortung aufgehalst, immer schon, das weiß ich. Meistens fühle ich mich wie das Kind von uns beiden.«

Ein fetter Kloß verstopft meinen Hals.

»Von jetzt an versuche ich, eine richtige Mutter zu sein.« Sie tritt so tief in die Schatten meines Zimmers zurück, dass nur noch ihre Füße zu sehen sind. Ihre schneeweiße Haut leuchtet aus Schuhen, die schon vor einem Jahr abgelaufen waren. »Damit du bald wieder gesund wirst.«

Ich finde ein lang ersehntes Puzzleteil

Heute erlaube ich mir eine Auszeit von Hartmanns Dauerlächeln.

Obwohl ich *Faust* gestern Abend noch zu Ende gelesen habe, hat der Saft in meinen Hirnzellen nicht mehr ausgereicht, um *der Tragödie erster Teil* in einem Aufsatz zu deuten. Während die anderen Schüler über ihren Textinterpretationen brüten, schleiche ich auf Zehenspitzen an unserem Kursraum vorbei. Besser gesagt, ich stakse wie der sterbende Schwan durch die leeren Flure. Betonung auf sterbend, nicht Schwan.

Unbemerkt schaffe ich es in die Pausenhalle.

Die Flut von Bewerbungen, die ich in die Arbeitswelt hinausgemailt habe, hat bisher keinen Treffer gelandet. Also werde ich es oldschool angehen und mich persönlich in den Betrieben vorstellen. Alles fühlt sich besser an, als in einem stickigen Klassenzimmer zu verstauben und mit einem mulmigen Ziehen im Magen die Cents auf meinem Bankkonto zu zählen.

Über die gesamte Länge der Pausenhalle erstreckt sich ein Schwarzes Brett. Meistens kleben darauf Plakate für Konzerte, Veranstaltungen der Schulklubs, private Nachhilfestunden und Jobs für Schüler. So kurz nach Schuljahresbeginn ist das Angebot mager, weil die meisten Firmen nur über die Sommerferien hinweg Praktikanten einstellen, doch die übrig gebliebenen Jobs sind halbwegs gut bezahlte Wochenendarbeiten auf Stundenbasis.

Ich arbeite mich an der Wand entlang und zupfe gelegentlich einen Abriss mit den Kontaktdaten von den Anzeigen, bis mir das Logo eines Cafés ins Auge sticht. Es ist eine hässliche Kaffeebohne mit Glubschaugen und einer Elektrogitarre, die nach billigem Copyshop-Design aussieht. Und dennoch ist da etwas. Etwas, das sich um mein Innerstes schleicht.

Mein Blick gleitet über den Text.

Das Rock 'n' Roll-Café sucht nach einer Aushilfe für Samstag- und Sonntagmittag. Es wird die übliche Leier an Fähigkeiten vorausgesetzt: ein erbärmlicher Hungerlohn, für den man stets freundlich und überaus flexibel sein muss. Was mich an dem Plakat so fasziniert ist nichts, das in Worten darauf gedruckt wurde. Es ist das seltsame Gefühl, dass ich das alles schon einmal gelesen habe.

Mit kribbelnden Fingern taste ich nach meinem Portemonnaie und fasse in die Lasche unter dem Münzfach, wo ich Sachen wie Gutscheine aufbewahre. Auch Sachen wie kleine Abrisszettel.

Hinter einem alten Passfoto kommt ein zerknittertes Zettelchen zum Vorschein, das genau zu denen an dem Aushang passt. Ich habe mich dort schon einmal beworben. Und als ich die Adresse mit meinem inneren Stadtplan abgleiche, weiß ich auch schlagartig wieder, an welchem Tag ich dort war.

Diesmal fühlt sich die Erinnerung anders an.

Sie sinkt nicht wie ein schwarzes Tuch über mich und reißt mich komplett aus der Wirklichkeit. Es ist mehr so, als hätte ich ein lang ersehntes Puzzleteil entdeckt, das sich perfekt in meine Vergangenheit fügen lässt. Ich bleibe in meinem Körper und höre die leisen Geräusche aus den Klassenzimmern, während mir alles wieder einfällt …

Man kann den Sommer bereits riechen, obwohl er noch nicht da ist. Der Himmel hat seine Wolkenkruste aufgebrochen und strahlt in einem so klaren Blau auf mich herab, dass ich für einen irrwitzigen Moment denke: schöner Filter. Aber das Bild über mir ist echt. Die Luft fühlt sich wärmer an, erste Farbtupfer von Stiefmütterchen und Tulpen leuchten in den Vorgärten auf, die Bäume an den Straßenrändern bekommen hellgrüne Knospen.

Das Café ist weiter vom Stadtkern entfernt, als es auf der Karte den

Anschein hatte, doch immerhin gibt es eine direkte Buslinie hierher. Als ich aussteige, stelle ich fest, dass sich der lange Weg gelohnt hat. Hier wuselt es nicht vor dicht aneinandergedrängten Menschen wie in den Fußgängerzonen der Innenstadt. Man hat das Gefühl, frei atmen zu können.

Aufregung und Vorfreude machen sich in mir breit. Ich zupfe meine Kleidung zurecht, checke meine Bewerbungsmappe und marschiere mit einem echten Lächeln los.

Draußen sind alle Tische besetzt. Es ist Mittag, und es fühlt sich erstmals seit Monaten wieder nach Sommer an, also überrascht mich das nicht. Viel mehr wundert mich die Tatsache, warum man mich um diese Uhrzeit herbestellt hat.

Kaum betrete ich das Café und erkläre der Barkeeperin, wer ich bin, werde ich in eine Ecke abgeschoben. Vielleicht haben sie heute nicht mit so viel Andrang gerechnet, jedenfalls warte ich eine geschlagene halbe Stunde darauf, dass endlich jemand Zeit für mich hat.

Als sich die Barkeeperin an mich erinnert, drückt sie mir kurzerhand ein Tablett mit voll beladenen Tellern in die Hände. »Tisch eins ist gleich da hinten in der Ecke. Jeder bekommt das gleiche. Arbeitermenü.«

Ich frage nicht, sondern nehme das Tablett.

Sie wirkt zufrieden.

Über Tisch eins hängt ein geschnitztes Schild, das ihn als Stammtisch ausweist. Rundherum sitzen ältere Männer in blauen Arbeitshosen mit aufgestickten Logos unterschiedlicher Firmen. Ich dränge mich zwischen zwei schmutzigen Ellbogen hindurch, kündige gut gelaunt das Essen an und stelle jedem einen Teller Schnitzel mit Pommes vor die Nase.

Einer von ihnen langt nach dem Salzstreuer.

Mein Blick gleitet über seinen schmutzigen Ärmel nach oben, über den blauen Träger eines Overalls hinweg, und bleibt in seinem Haar hängen. Kein Grau. Nur Staub. Frisch gewaschen wäre es schokoladenbraun. Nicht alle Männer an diesem Tisch sind alt.

»Ich will ein Großes«, ruft eine derbe Frauenstimme mir gegenüber.

Tja, und nicht alle sind männlich.

Rasch speichere ich die Getränkewünsche ab, die mir plötzlich von allen Seiten entgegengerufen werden. Zurück an der Theke lächelt die Barkeeperin mich an. Sie ist eine stämmige Frau mit Festivalshirt und Piercing in der Nase, obwohl sie mindestens fünfzig Jahre alt ist. »Jetzt siehst du, wie es hier abgeht. Im Sommer ist alles voll, vor allem um die Mittagszeit. Immer noch Lust auf den Ferienjob?«

Ich nicke. Um das zu unterstreichen, bringe ich auch die nächsten Bestellungen zu den Gästen. Der Barkeeperin gefällt meine Einstellung. Sie sagt, dass ich den Job kriege, obwohl sie noch andere Bewerber hat. Meine Unterlagen will sie gar nicht sehen.

Kurz vor dreizehn Uhr sind alle Gäste mit Kauen beschäftigt, nur die Leute am Stammtisch schauen manchmal zu mir herüber und lachen über etwas. Ich ziehe eine Augenbraue hoch, und der junge Kerl mit den verstaubten Haaren dreht sich wieder um. Die Barkeeperin meint, dass die Arbeiter raue Sprüche draufhaben, aber gutes Trinkgeld geben. Ich versichere ihr, dass ich mit beidem fertigwerde.

Sie bietet mir einen Coffee-to-go an.

Ein kurzer Blick auf die Uhr sagt mir, dass in fünf Minuten mein Bus zurück in die Stadt geht, doch ich finde es unhöflich abzulehnen. Der Kaffee dauert vier Minuten. Ich klammere mich an den heißen Becher und schlängle mich zwischen den Außentischen hindurch.

Seltsamerweise wartet niemand an der Bushaltestelle, dann fällt mir ein, dass ich für die Rückfahrt auf die andere Straßenseite muss. Die Straße zu meiner Rechten ist eine lange Gerade. Ich sehe den Bus schon von weitem, werde es noch schaffen, muss nur ein wenig schneller gehen.

Plötzlich springt der Deckel vom Pappbecher, und ich bücke mich danach.

Das schwarze Motorrad taucht wie aus dem Nichts auf.

Etwas schleudert mich mit aller Gewalt nach hinten. Die Maschine schmettert gegen den Baum und wird herumgewirbelt. Für den Bruchteil einer Sekunde sehe ich einen fliegenden Reifen unter einem makellos blauen Himmel. Dann werde ich unter seinem Schatten begraben.

Dunkelheit umhüllt mich.

Kick wartet vor der Schule auf mich. Sein Lächeln strahlt heller als die Herbstsonne über uns.

Für einen merkwürdigen Augenblick wundere ich mich über das Laub auf den Bäumen, frage mich, wieso sich meine Hüfte so steif und unbeweglich anfühlt. Dann rollt sich das letzte Halbjahr wieder auf. Irrsinnigerweise denke ich: *Schade, dass ich den Job nie antreten konnte.*

Kick schlingt seine Arme um mich. »Überraschung!«

Für einen schrecklichen Moment fühlt er sich unwirklich an. Als wäre er nur ein Bild, das mein Kopf in den Schulhof projiziert hat, um mich aufzumuntern. Doch dann komme ich in der Wirklichkeit an und begreife, dass der Körper unter meinen Händen tatsächlich existiert.

Mein Lächeln taucht von selbst auf. »Musst du nicht arbeiten?«

»Keine Ahnung, warum mich das alle fragen«, erwidert er gedehnt. »Mein Chef hat auch so was in meine Richtung gebrüllt.«

»Du tauschst freiwillig eine dunkle, müffelnde Werkstatt gegen einen Nachmittag mit mir?«

Er kneift die Augen zusammen. »Wenn ich noch mal darüber nachdenke –«

Ich packe sein Hemd. »Bleib hier.«

Wir küssen uns. Es ist mir egal, ob ich fremde Blicke dafür kassiere, egal, ob Hartmann irgendwo hinter einem Fenster lauert und ein Fernglas auf uns richtet. Kick ist bei mir, und für diese Minuten ist das alles, was zählt. Als wir uns voneinander lösen, sind wir beide etwas atemlos.

Ich bin froh, dass du hier bist, will ich sagen.

Doch als ich den Mund öffne, springt ein anderer Satz daraus hervor, einer, der seit Wochen darauf wartet, endlich ausgesprochen zu werden. »Ich erinnere mich wieder, was am Tag meines Unfalls passiert ist.«

Kicks Hände fallen von meinem Rücken.

»Ich habe mich in diesem Café für einen Sommerjob beworben. Und ihn sogar gekriegt. Aber dann wurde ich von diesem Motorrad überfahren. Auch wenn ich …«

»Wenn?«

Ich lecke mir über die Lippen. »Auch wenn ich jetzt weiß, dass der Fahrer versucht hat, mir auszuweichen. Das Motorrad hat mich nicht direkt erwischt. Es schmetterte zuerst gegen den Baum und traf mich erst dann. Wahrscheinlich ist das der Grund, warum ich überhaupt noch lebe.«

Und er tot ist.

»Dann sollten wir ihm dankbar sein«, meint Kick.

Es klingt so einfach. Aber etwas stimmt nicht.

Etwas bohrt sich durch meine Eingeweide und zwingt mich dazu, diese neue Erinnerung auseinanderzunehmen, in dünne Scheibchen zu schneiden und sie mir in allen Einzelheiten nochmals anzusehen. Da, fast am Schluss, bleibe ich an etwas Merkwürdigem hängen.

Ich spürte schon einen Aufprall, *bevor* mich das Motorrad getroffen hat. Bevor ich sah, wie es gegen den Baum prallte. Bevor es durch eine unglückliche Fügung des Schicksals doch noch Kurs auf mich nahm.

Da war noch etwas.

Etwas anderes, das mich zuerst erwischt hat …

»Rena?«, fragt Kick, seinem Tonfall nach schon zum wiederholten Mal. »Willst du nicht ans Handy gehen?«

Tatsächlich klingelt es in meinem Rucksack.

Einige Sekunden lang starre ich auf den Stoffbeutel in meinen Händen, als hätte ich vergessen, wozu er gut ist. Das Klingeln setzt aus, weil meine Mailbox rangeht, doch der Anrufer lässt sich nicht so leicht abschütteln. Es klingelt erneut.

»Bestimmt ist das Denise«, brumme ich. »Sie will garantiert wissen, welchen Spinner ich gestern ins Telefon quatschen ließ.«

Kick grinst. »Rede nicht so mit deinem Verlobten.«

»So billig kommst du mir nicht davon.« Ich ziehe das Handy heraus und stelle zu meiner Überraschung fest, dass es sich um eine unbekannte Festnetznummer handelt. Vielleicht doch Hartmann, der hinter einer Jalousie des Lehrerzimmers lauert und einen Hörer an seine stylische Frisur hält, um herauszufinden, warum ich heute seine Stunde geschwänzt habe. »Wir sind erst dann verlobt, wenn du meine Unterhosen bügelst.«

»Wünschst du dir das zum Geburtstag?«

Ich halte meinen Zeigefinger vor den Mund, weil ich abgenommen habe.

»Spreche ich mit Renate Stern?«, will eine Stimme wissen, die sich keineswegs nach Hartmann anhört. Es sei denn, er presst ein Geschirrtuch über den Hörer, wie sie es in alten Filmen tun. Andererseits gibt es für so was heutzutage bestimmt ein Geschirrtuch-App.

»Ja. Wer ist bitte dran?«

»Doktor Weiss, erinnerst du dich? Deine Ärztin aus dem Krankenhaus?«

Die dickste Gänsehaut, die ich jemals hatte, frisst sich über meinen Nacken empor.

Warum zum Teufel ruft mich meine Ärztin an? Und woher hat sie meine Nummer?

»Wie geht es dir?«, fragt sie.

»Gut. Ausgezeichnet«, schießt es aus mir hervor.

»Machst du mit deiner Physiotherapie Fortschritte?«

Genau genommen habe ich noch keinen Termin vereinbart, weil ich mich vor dem Selbstkostenbeitrag scheue. Wenn Sie eine Praxis kennen, die Kassenpatienten nimmt und nicht bis ins nächste Jahrtausend ausgebucht ist, immer her damit.

»Die Termine laufen wunderbar.« Ich werfe Kick einen panischen Blick zu. »Mein Therapeut ist sehr einfühlsam.«

Kick grinst breit.

»Du wunderst dich bestimmt, warum ich anrufe«, meint die Ärztin. »Weißt du, deine Mutter war gestern bei mir. Sie war ein wenig besorgt, was deinen Gesundheitszustand betrifft.«

Einen Moment lang bringe ich keinen Ton zustande.

Mamas Stimme von gestern Abend hallt in meinem Schädel nach: *Ich habe mit ein paar Ärzten geredet. Sie wollen schauen, dass sie einen Termin dazwischenschieben können, und dann anrufen. Ich habe ihnen deine Nummer gegeben, ist das in Ordnung?*

Mama hat nicht über ihre Panikattacken gesprochen.

Sondern über *mich*.

»*Was?!*«, keuche ich.

»Deine Mutter ist eine besondere Frau.« Ich registriere die vorsichtige Wortwahl der Ärztin, die eine weitere Botschaft zwischen die Zeilen schiebt: *Ein bisschen seltsam, wenn wir ehrlich sind.* »Jedenfalls hat sie mich davon überzeugt, dass wir schon bald einen Nachsorgetermin vereinbaren sollten. Vor allem, um deiner Mutter ein leichteres Gewissen zu verschaffen. Wie wäre es mit morgen?«

Morgen?! Jammern die alten Leute in den Öffis nicht andauernd darüber, wie schwer es ist, mal einen Arzttermin zu kriegen? Und mir, die gerade erst aus dem Krankenhaus entlassen worden ist, wollen sie gleich am nächsten Tag einen reinschieben?

»Das geht leider nicht«, platzt es aus mir hervor. »Morgen habe ich Geburtstag. Es sind schon jede Menge Leute eingeladen.« *Was zur Hölle quatsche ich da?* »Sie rufen ziemlich kurzfristig an.«

Meine Gedanken kreisen um meine Mutter und warum sie das getan hat. Die Notiz, die sie mir gestern früh auf dem Küchentisch hinterlassen hat, bekommt schlagartig eine neue Bedeutung. Was hatte Sie geschrieben? *Ich habe das Problem zu lange verdrängt.*

Bin ich etwa ihr Problem?

»Dann nächste Woche am Mittwoch«, schlägt die Ärztin vor. »Um fünfzehn Uhr, einverstanden? Du weißt ja, wo.«

Meine Zunge fühlt sich an, als hätte sie einen neuen Marathonrekord aufstellen wollen, nur um plötzlich zu realisieren, dass das Rennen längst beendet ist und sie kurz vor der Ziellinie in den Staub fällt. »Ja. Gut.«

»Ich freue mich, dich bald wiederzusehen«, verabschiedet die Ärztin sich freundlich.

Ich gurgle irgendwas.

»Ich freue mich auch«, meint Kick, nachdem ich das Handy so tief in meinen Rucksack gestopft habe, dass es in meiner Vorstellung auf der anderen Seite der Welt wieder aus der Erde hervorbricht.

»Auf meinen Krankenhaustermin?!«

Sein Lachen flackert etwas. »Auf deinen Geburtstag.«

Verlegen kratze ich mich im Nacken. »Es gibt keine Party. Alle Leute, die ich kenne, studieren jetzt woanders. Du wärst mein einziger Gast.«

Es ist nur ein Fakt. Doch aus irgendeinem Grund nimmt Kick mich in die Arme und drückt mich fest an sich. Seine Stimme füllt sich mit einem weichen Ton, der für Menschen reserviert ist, die einander viel bedeuten.

»Dann schenke ich dir was Außergewöhnliches«, sagt er. »Etwas, das es nur einmal auf dieser Welt gibt.«

Ich schließe die Augen und lächle in sein Shirt. »Das hab ich doch schon.«

Zwei Überraschungen für mich

Am Mittwochmorgen steige ich als Letzte aus dem Bus.

Mit den Händen tief in den Hosentaschen vergraben und meinem Blick auf den Boden gerichtet, fällt mir der silberne Mini-Flitzer zuerst nicht auf, der mitten auf den Schulhof geparkt wurde. Erst als sich der quietschende Aufschrei einer jungen Frau in meinen Namen verwandelt, schnellt mein Kopf nach oben.

»Rena!«

Die Masse der anderen Schüler wird vor dem Wagen gespalten, um seine Seiten herumgeschwemmt und deutlich träger, je weiter sie sich davon entfernt. Immer mehr Hälse wenden sich um, Schritte zögern, neugieriges Flüstern rauscht durch die Luft und brandet vor meinen Füßen, die mitten in der Bewegung stehen geblieben sind.

Denise wirft ihre Arme nach oben und sticht ihre rot lackierten Fingernägel in den Himmel. Sie sieht wunderschön aus, wie immer, ein strahlendes Lächeln um ihre kräftig bemalten Lippen. Und dennoch überkommt mich kein Neid bei ihrem Anblick, den teuren Klamotten und dem gekonnt aufgetragenen Make-up. So sehr wie nie zuvor verspüre ich das Gefühl, nicht vor einem Menschen zu stehen, sondern einem sorgfältig designten Werbeplakat.

Sie stürmt auf mich zu und schlingt sich um mich.

Ich reiße meine Augen auf und lasse es geschehen, atme überrascht ihr Parfum ein, das ich immer als eine Note zu intensiv empfunden habe, und berühre zögernd ihre Schulterblätter. Hinter ihren seidig glänzenden Locken fällt mein Blick auf das Auto.

Jetzt erkenne auch ich den Grund für das Starren der meisten Leute hier.

Auf der Motorhaube sitzt ein Kuchen mit jeder Menge brennender Kerzchen. Ich stehe zu weit weg, um sie von hier aus zählen zu können, aber ich gehe jede Wette ein, dass es exakt neunzehn Stück sind. Vier Kerzen lang kenne ich Denise. Plötzlich empfinde ich das als einen gewaltigen Teil meines Lebens.

»Du sagst ja gar nichts!« Sie durchbohrt mich mit ihrem Blick. »Meine Güte, Rena! Beinahe hätte ich dich nicht wiedererkannt! Haben sie dich im Krankenhaus etwa kahl rasiert?!«

Ich trete einen Schritt zurück und fahre mir über die kurzen Haare. »Es ist angenehmer so.«

Sie macht ein verstörtes Gesicht, erholt sich aber rasch. Welche Empfindung auch immer bei meinem Anblick durch ihren Geist flatterte, wird als unwichtig eingestuft und in ihren mentalen Abfalleimer geworfen. So war sie schon immer. Unkompliziert. Einer der Gründe, warum wir so gut miteinander klargekommen sind.

»Komm, wir machen ein Selfie für die anderen! Die werden staunen, dass ich extra hergefahren bin!«

Denise zerrt mich vor ihren silbernen Flitzer, checkt ihre Frisur in der Kamera und wirft sich neben mir in eine eintrainierte Pose. Ihr hübsches Lächeln ist so starr, dass es auf allen fünf Fotos, die sie hintereinander schießt, haargenau gleich aussieht. Nur mein Ausdruck verändert sich jedes Mal ein wenig: von heillos überrascht, über verwirrt lächelnd bis hin zu angestrengt durchhaltend.

»Welchen Filter findest du besser? Den hier? Oder doch lieber den mit abgesofteten Ecken?«, plappert sie.

Ich schaue nicht auf ihr Handy.

Hinter ihr auf der Motorhaube flackern die Kerzen über einen merkwürdig durchsichtigen Blechkuchen. Unter einer Schicht wabbeliger Schweinegelatine schimmern gelbe Knubbel mit schwarzen Punkten hervor.

»Was soll das für ein Kuchen sein?«, keuche ich.

Sie tippt auf ihrem Smartphone herum. »Na, mein berühmt-berüchtigter glutenfreier, zuckerreduzierter Bananenkuchen! Den kriegst du doch immer zum Geburtstag.«

»Danke«, erwidere ich und meine es auch so. Immerhin hat sie sich viel Mühe mit ihrer Überraschung gegeben, statt mir, wie die anderen, bloß ein paar Geburtstagsbildchen auf WhatsApp weiterzuleiten. Trotzdem steigt in mir das dumpfe Gefühl auf, dass dieser Kuchen nicht klebrig genug ist, um unsere Freundschaft zu kitten.

»Eigentlich bekomme ich immer Schokoladenkuchen«, wispere ich in die Luft.

»Blödsinn, den findest du viel zu süß.« Sie schnappt sich ein Messer vom Autorücksitz und drückt es durch die weiche Gelatine. Unter der Klinge quillt eitrige Paste hervor. »Jetzt steh nicht so da wie festgefroren! Ich muss gleich los, lass uns schnell ein paar Kalorien verdrücken.«

Denise schiebt ein exakt geschnittenes Rechteck mit genau einer brennenden Kerze auf einen stylish schwarzen Pappteller und arrangiert kunstvoll eine knallrote Plastikgabel davor. Diesmal ist es der Kuchen, dem sie die Kamera vor die Nase hält. Ein Filter, der ihn wie einen Atompilz leuchten lässt, vollendet das Kunstwerk. Die ersten Herzchen poppen unverzüglich auf ihrem Bildschirm auf. Sie lächelt das Handy verträumt an.

»Okay, jetzt können wir loslegen«, erklärt sie feierlich. »Du bläst die Kerzen aus, und ich mache einen Loop davon.«

Widerstrebend biege ich meinen Oberkörper über das wabbelnde Monstrum und puste winzige Wachsspritzer auf den Tortenguss. Jetzt sieht es aus, als hätte es zu allem Überfluss auch noch babyrosa Akne bekommen. Ich könnte das nicht mal runterkriegen, wenn ich dafür bezahlt würde. Und in meiner finanziellen Lage will das was heißen.

»Es tut mir echt leid, aber ich kann das nicht essen.« Eigentlich sollte das nur ein Gedanke bleiben, doch als er plötzlich in meinen

Ohren nachklingt, bin ich erleichtert, dass mein Mund ihn tatsächlich ausgespuckt hat.

Denise bearbeitet die Videoschleife. »Hättest ein bisschen mehr lächeln können. Sollen wir noch mal anzünden, damit es perfekt wird?«

»Ich mag doch keine Bananen.«

Sie klimpert mit ihren getuschten Wimpern. »Hm?«

Plötzlich bricht etwas in mir auf. All die letzten Monate, die stillen Tage in meinem Krankenzimmer, die wenigen Nachrichten, die immer kürzer wurden, je mehr Freizeit sie hatte. Ich will keine Ablenkung unter ihrer Schulbank sein, kein tragisches Thema beim Kaffeeklatsch, kein verdammtes Posting auf Instagram!

»Was weißt du eigentlich über mich?«

Ihre perfekt nachgezogenen Augenbrauen drücken eine winzige Falte auf ihre Stirn, die sie auf jedem ihrer Fotos garantiert weichzeichnen würde. »Ich weiß alles über dich, Rena. Seit wann bist du so ein Morgenmuffel? So macht das keinen Spaß.«

»Wo wohne ich?«

Ohne zu zögern – oder darüber nachzudenken, weshalb ich so etwas Ungewöhnliches frage –, nennt sie meine alte Adresse in der Innenstadt. »Wenn ich das nächste Mal hier bin, komm ich dich besuchen«, schwatzt sie unbekümmert. »Es könnte allerdings eine Weile dauern. Nächste Woche gehen die Vorlesungen los, da hab ich nicht mehr so viel Zeit.«

Ich schweige, aber das merkt sie nicht.

Ihre Aufmerksamkeit klebt wieder auf dem Handy.

Das Klingeln der Schulglocke beendet schließlich unser Theater. Denise rümpft die Nase, als sich ein paar Jungs auf den Kuchen stürzen wollen, und schwärmt von den männlichen Studenten am Campus. Sie haucht mir zwei Luftküsschen an die Wangen, ohne mich wirklich anzusehen, und weht mit schwingendem Haar um das Auto herum. Der Kuchen hockt schwer auf meinen Armen, als sie vom Schulhof braust.

Zu meiner Überraschung sitzt Mama nicht am Küchentisch, als ich nachmittags die Wohnung aufschließe und den Flur betrete. Sie steht an der Küchenzeile und schüttelt Mehl in eine Rührschüssel. Feiner Staub wirbelt um ihre helle Haarwolke. Es sieht aus, als würde sie sich in Luft auflösen.

»Du backst?«

Sie blickt zu mir herüber. Ein verschämtes Lächeln versteckt sich in ihren Mundwinkeln. »Du wirst nur einmal neunzehn, Geburtstagskind.«

Für einige Augenblicke, weiß ich nicht, was ich sagen soll.

Alles in mir freut sich, dass es ihr gut genug geht, um für mich zu backen. Und dennoch kann ich nicht anders, als an einen Tag erinnert zu werden, heute genau vor einem Jahr …

»Mama? Bist du hier?«

Die Sektflaschen klimpern in der dünnen Baumwolltasche, die ich auf dem Tisch abstelle. In der Wohnung ist es stockdunkel, die dichten Wolken, die sich den ganzen Tag über am Himmel geballt haben, tauchen den Nachmittag in eine frühe Dämmerung. Das Aufleuchten des Handys zieht mich in mein Zimmer.

Denise schreibt:

Willst du zu Hause versauern? Du wirst nur einmal achtzehn!

Noch bevor ich ihr eine Antwort senden kann, schlägt sie in unserem Gruppenchat einen neuen Club vor, den sie heute Abend unbedingt ausprobieren will. Ob ich mitkomme oder nicht. Seufzend lege ich das Handy weg.

Wir haben keine Sektgläser, also poliere ich zwei Saftgläser auf Hochglanz und fülle sie zur Hälfte mit prickelnder Flüssigkeit. Der Weg zu Mamas Zimmer zieht sich wie in einem dieser Horrorfilme, wenn sich die Tapete streckt und der Teppich wie ein Gummiband in die Unendlichkeit zieht. Würde ich mich selbst von außen betrachten, wüsste ich wahrscheinlich, dass etwas hinter der geschlossenen Tür auf mich lauert. Ich würde mir zurufen, tu es nicht, bleib weg davon, schnapp deine Sachen und renn um dein Leben!

Vorsichtig poche ich mit meiner Schuhspitze an die Tür.

»Mama, ich bin's. Ich hab uns was zum Anstoßen besorgt, kommst du raus?«

Nicht der geringste Laut dringt durch die Tür. Mir bleibt nichts anderes übrig, als die Gläser zurück in die Küche zu tragen, um meine Hände wieder freizuhaben.

In ihrem Zimmer wartet ein Monster.

Eingewickelt in meine alte Wolldecke kauert es vor dem Bett und zerrt zu schwer gewordene Luft in seine quietschenden Lungen. Ich mache kein Licht an, um es nicht aufzuschrecken, sondern tappe so leise wie möglich über den Teppich zum Nachttisch. In der aufgezogenen Schublade liegen ihre Beruhigungstabletten. Ich drücke eine davon aus der Packung und reiche sie meiner Mutter zusammen mit einem Wasserglas.

Sie schlingt die Decke noch enger um sich.

Ich lege die Tablette auf den Teppich und stelle das Wasser daneben. »Hier. Nimm die. Dann wird es besser.«

Die Tür klackt hinter mir ins Schloss, und meine Füße tragen mich zurück in die Küche. Für den Rest des Abends zähle ich zerplatzende Sektbläschen.

»Du hast an meinen Geburtstag gedacht«, quetsche ich aus meinem Hals. Und nicht nur das. All die Zutaten, die sich um die Küchenzeile verteilen, bedeuten noch viel mehr. Das schönste Geschenk, das sie mir überhaupt machen konnte.

Mama war draußen,

– um mit meiner Ärztin zu sprechen –

um ganz allein einzukaufen.

Rosa Flecken kriechen über ihren schneeweißen Hals. Sie widmet sich wieder der Teigschüssel und rührt kräftig darin herum. »Ich bin leider etwas spät dran. Es dauert noch eine Weile, bis er fertig ist.«

Wir haben gestern nicht mehr über ihren Besuch im Krankenhaus gesprochen.

Gleich nachdem ich zu Hause angekommen war, wollte ich meinen Rucksack auf den Boden werfen und mich so weit über den Küchentisch beugen, dass sich unsere Gesichter beinahe berührt hätten.

Wieso hast du das getan, Mama?!, hätte ich gerufen. *Ich bin doch völlig in Ordnung!*

Bist du das, Rena? Du vergisst so viele Dinge …

Doch als ich die Wohnung betreten habe, saß Mama draußen auf dem Balkon und kreiste Stellenanzeigen mit einem roten Filzstift ein. Sie tat nicht mehr als das, hat mich bisher nicht nach meinem Handy gefragt, um ein paar Anrufe zu tätigen, aber in diesem Moment war es genug, um meine Lippen geschlossen zu halten.

»Rena?« Mamas Hand umklammert plötzlich den Teiglöffel. »Du wirkst so komisch. Ist alles in Ordnung?«

Ich reibe mir über die Stirn. »Alles gut, ich war nur in Gedanken.«

Da der Kuchen erst noch in den Ofen wandern muss, beschließe ich, in der Zwischenzeit mein Zimmer auf Vordermann zu bringen. Kick kennt zwar das Kistenchaos rund um mein Bett, aber er weiß noch nichts von dem Plan, den ich mir still und heimlich für heute zurechtgelegt habe. Und ich habe keine Lust, einen romantischen Abend in einem Zimmer zu verbringen, in dem es aussieht wie in einer Lagerhalle.

Es dauert über eine Stunde, bis ich alle Kisten ausgeräumt, die Schachteln in unserem Kellerabteil entsorgt und eine Tonne Staub mit einem winzigen Handfeger hinausbefördert habe. Als ich endlich fertig bin, stehe ich vor einem ziemlich kahlen Raum, der nur mit einem Bett und einem Schrank gefüllt ist. An der weißen Decke sticht mir der aufgekratzte Fleck wieder ins Auge.

Ich recke mich nach oben und schabe mit dem Fingernagel daran. Zuerst halte ich es bloß für Gabelkratzer, dann erkenne ich, dass mein Vormieter in extremer Detailarbeit winzige Sterne in den dunkelblauen Hintergrund gemalt hat. Ich will noch mehr davon sehen, stelle mich auf Zehenspitzen, zwinge meine Muskeln in die falsche Richtung und ernte einen Krampf, der sich so anfühlt, als hätte ein ganzes Bataillon Hexen in meinen Rücken geschossen.

Meine Hände können mich gerade noch an der Bettkante abfangen, bevor meine Knie hart auf den Boden prallen. Ich schreie auf und sehe plötzlich Sterne vor mir, die nicht an die Decke gemalt wurden.

»Rena!« Meine Mutter stürzt ins Zimmer. »Was ist los?! Musst du ins Krankenhaus?«

»Nein«, keuche ich. »Bloß ein ziemlich heftiger Muskelkrampf. Hab mich wohl mit den Kisten übernommen.«

Mamas Hände schweben unsicher in der Luft.

Ich ziehe mich aufs Bett und kralle mich Zentimeter um Zentimeter über das Laken, bis mein Gesicht wie ein Felsbrocken in mein Kopfkissen fallen kann. Meine Plastikhüfte pocht in aufgeregten Morsezeichen: *Lass gefälligst diesen Unsinn in Zukunft!*

Plötzlich knistert etwas dicht über meinem Kopf.

Ich linse zur Seite und stelle meinen Blick auf etwas Silbernes scharf. Einen Blisterstreifen Tabletten, den Mama mir vor die Nase hält, in ihrer anderen Hand ein Glas Wasser. Unsere Blicke treffen sich, und für einige Sekunden erstarren wir beide. Dann stellt sie das Glas und die Medikamente auf den Fußboden neben mein Bett und flüstert in meinen exakten Worten: »Hier. Nimm die. Dann wird es besser.«

Sie erinnert sich daran. An den Abend vor genau einem Jahr.

»Ich mach den Kuchen fertig«, haucht sie und verschwindet aus dem Zimmer.

Der bittere Körper einer Tablette zerbricht zwischen meinen Zähnen. Ich schlucke die Krümel mit Wasser hinunter und nehme noch eine weitere, zur Feier meines Geburtstages. Eigentlich hatte ich mit dem Gedanken gespielt, ein bisschen Immergrün draußen auszugraben, in die alten Blumentöpfe zu füllen und damit von unseren nackten Wänden abzulenken. Doch jetzt liege ich wie ein zusammengerollter Fötus auf dem Bett und zähle die Sekunden bis zum Einsetzen der Wirkung.

Irgendwann ertönt das Heulen unseres Rührgeräts, einem der wenigen elektrischen Geräte, die Daniel nicht verscheuern konnte. Aus der Küche dringt der Duft von frischgebackenem Teig, und durch den Spalt in der Tür sehe ich, wie Mama mit einer Suppenkelle etwas Weißes aus einer Schüssel schöpft. Das dünne Summen eines mir unbekannten Liedes dringt an mein Ohr und lässt meine Augenlider flattern.

Es wird Nacht.

Dann steht von einer Sekunde auf die andere plötzlich eine fertige Torte auf dem Küchentisch. Ein Berg aus glatt gestrichener, schneeweißer Schlagsahne.

»Kommst du?«, fragt eine helle Stimme bei der Tür.

Ich gähne und strecke mich vorsichtig, um meinen Körper nicht daran zu erinnern, warum ich mitten am Tag dieses unfreiwillige Nickerchen einlegen musste. Meine Hüfte schweigt und lässt mich ohne Widerworte aufstehen, dennoch schlingert das Zimmer für einige Sekunden wie ein kaputtes Karussell um die eigene Achse. Das Tageslicht in der Küche wirkt ungewöhnlich grell.

Mama sitzt am Tisch und hält mir das Kuchenmesser entgegen. »Leider hat das Geld nicht für Kerzen gereicht. Dafür darfst du sie anschneiden und dir was wünschen, okay?«

Ich greife nach dem Messer. Doch bevor ich es richtig zu fassen kriege, berühren sich unsere Fingerknöchel, und Mama lässt es fallen. Das Metall klappert auf den Küchentisch zwischen uns. Ein haarfeiner Schnitt an meinem Finger füllt sich mit winzigen Blutperlen.

»O nein! Das tut mir leid!«

»Macht nichts«, beruhige ich sie.

Ich setze das Messer an der Torte an und wünsche mir etwas, das ich nie laut aussprechen würde. Etwas schrecklich Einfaches und ungeheuer Schwieriges. Bevor meine Gedanken es sich anders überlegen können, bevor ich mich dazu entschließen kann, dass es zu kindisch und banal klingt, wünsche ich mir die Hände meiner Mutter. Hände, die ein einziges Mal nicht vor mir zurückweichen.

Ich reiche ihr das erste Tortenstück und setze auch mir einen breiten Streifen auf den Teller. Während mir schon das Wasser im Mund zusammenläuft, gleitet meine Gabel durch den butterweichen Teig und schabt etwas von der Schlagsahne herunter. Mein Appetit macht eine jähe Vollbremsung.

Das kann nicht wahr sein.

Ich erinnere mich so deutlich an den süßen Geschmack einer dicken Schokoladenschicht, an das herzhafte Lachen meiner Mutter, wenn sie mir den dunkelbraunen Zuckerbart abwischen musste. An meine kleinen Finger an der Kühlschranktür, wenn ich später, heimlich, in die Küche schlich, um mir noch etwas davon zu holen …

Mama lächelt verschämt. »In manchen Jahren ging es leider nicht. Aber immer wenn ich konnte, habe ich dir diese Torte gemacht, schon seit du ein Jahr alt bist. Erinnerst du dich? Du hast sie immer so geliebt.«

Ich kann nicht sprechen.

Es ist … Bananenkuchen.

Mama will früh zu Bett gehen, also setze ich mich alleine auf das Sofa.

Auf meinen Oberschenkeln wackelt der kleine Kaktus, den Kick mir geschenkt hat. Er pikst in jeden meiner Streichelversuche, bis die Haut an meinen Fingerkuppen zerkratzt ist, und ich meine Liebkosungen aufgebe. Als sich die Balkontür über mir öffnet, springe ich so überstürzt auf, dass ich mir die Stacheln unter die Haut jage. Leise fluchend stelle ich den Kaktus beiseite und beuge mich über das Geländer.

Ein Rascheln wie von einer kleinen Papierschachtel ist von oben zu hören. Das Aufschnappen eines Feuerzeuges, als etwas angezündet wird. Mein Puls klopft in der Kehle, während ich mich an Kicks Worte auf dem Schulhof erinnere. *Ich schenke dir was Besonderes.*

Bitte, flehe ich stumm, *lass es bloß keinen Bananenkuchen sein.*

Es ist kein Kuchen. Und auch keine Geburtstagskerzen, die angezündet wurden. Der schwache Geruch von Zigarettenrauch weht zu mir herab und lässt mich wie von der Tarantel gestochen zurückweichen.

Kicks Mutter steht da oben und raucht mehrere Zigaretten hintereinander.

Ich zähle das Aufschnippen ihres Feuerzeuges und frage mich jedes Mal, wieso ihr Sohn sich nicht blicken lässt. Ist es ihm peinlich, vor den Augen seiner Mutter zu mir herunterzuklettern? Würde er mich ihr überhaupt vorstellen? Oder hat ihn das misslungene Aufeinandertreffen mit meiner Mutter bereits zu sehr abgeschreckt?

Plötzlich erinnere ich mich an etwas, an das ich gar nicht mehr gedacht hatte. Bevor ich Kick über die Schwelle in unsere Küche zerrte, bevor sein Name meine Mutter in ihr Zimmer jagte, wollte er mir etwas sagen.

Und noch eine Erinnerung taucht auf, von jenem ersten Morgen, als ich Mama mit der Umhängetasche auf der Kellertreppe fand. Da war die Stimme dieser Frau in der Dunkelheit, die uns nicht hier haben wollte, die meiner Mutter ins Gesicht zischte, dass wir verschwinden sollen …

Was ist es?

Was hat Kick mir bisher nicht gesagt?

Ich will ihn fragen, aber er kommt nicht.

Selbst als seine Mutter die Tür hinter sich schließt und völlige Ruhe über die Nacht hereinbricht, lässt er sich nicht blicken. Er klettert nicht in letzter Sekunde zu mir herab, als ich mich eine Stunde später frierend dazu entschließe, zurück ins Zimmer zu gehen und in meinem Bett zu schlafen. Er hält mich nicht mal davon ab, die Klinke der Balkontür so zu drehen, dass niemand sie von außen öffnen kann.

Zum ersten Mal, seit ich hier eingezogen bin, lasse ich die Jalousien herunter. Sie klemmen ein wenig, weil sie zu selten benutzt worden sind, und ich muss mit Gewalt nachhelfen, bis sie alles Licht von draußen aussperren.

Im Bett keucht mein Atem zu schnell in die Stille.

Meine Augen starren an die Zimmerdecke. Ein merkwürdiges Leuchten breitet sich im Zimmer aus, und ich raffe mich wütend auf, um den verräterischen Spalt in der Jalousie zu finden. Doch kaum sitze ich aufrecht da, stelle ich mit Schaudern fest, dass es die *Farbe* an der Decke ist, die zu mir herunterleuchtet.

Schwach nur, aber nachdem ich meine Netzhaut lange genug belichtet habe, kann ich gewisse Konturen unter dem neuen Anstrich ausmachen. Die spiralförmigen Flecken verwandeln sich plötzlich in das riesige Rad der Milchstraße.

Über mir schimmert ein kleines Stückchen des Universums.

So viel größer als ich, so viel größer als alles, was wir uns vorstellen können. Und trotzdem nur ein winziger Teil des Ganzen, kaum ein Bruchteil dessen, was wir hier auf unserem Staubkorn von Planeten von der Realität verstehen. Ich ziehe meine Bettdecke bis zur Nasenspitze hoch und schlinge die Arme um mich selbst.

In der Nacht pocht keiner an die Scheibe.

Ich spucke Blut und Benzin

»Magst du Bier?«

Ich will nicht auf dem Balkon auf Kick warten.

Ich will überhaupt nicht auf ihn warten.

Doch als ich mich auf die Schaukel vor dem Haus setze, tu ich es irgendwie doch.

Lilly möchte mich auf ein unsichtbares Getränk einladen, das sie diesmal aus einer zerbeulten Bierdose gießt, aber ich lehne mit pochendem Schädel ab. Die Nachmittagssonne brennt gnadenlos auf mich herab. Ich wünschte, jemand würde sie endlich ausknipsen.

»Kick will aber!« Hartnäckig schiebt Lilly das leere Plastiktässchen einen Platz weiter und stört sich keine Sekunde daran, dass Kick überhaupt nicht da ist. Offenbar hat ihr meine Ablehnung missfallen, denn sie packt Wuschel so fest am Kragen, dass ihr das Meerschweinchen einen kräftigen Biss in den Finger verpasst. Mit einem Aufschrei lässt sie es auf den Boden fallen und betrachtet ihre blutende Wunde.

»Tut es weh?«, frage ich.

»Nein, überhaupt nicht!« Sie schüttelt heftig den Kopf.

Zum ersten Mal funkt in mir echte Sympathie für dieses Mädchen auf. Heute trägt sie löchrige Hosen in Tarnfarben und dunkelblaue Gummistiefel, die ihr mindestens zwei Nummern zu groß sind und bis zu den Knien reichen. Sie ist eine Kämpferin, die ihre Klamotten von einem größeren Kind vererbt bekommen hat.

Ihre Augen leuchten. »Schau, wie viel es blutet!«

In mir hallt meine eigene Vergangenheit nach.

Ich bin vom Klettergerüst gefallen! Mama! Schau!

Lächelnd rutsche ich von der Schaukel und inspiziere die Wunde, die Lilly mir stolz entgegenstreckt. Der Biss sieht überraschend tief aus. Das Meerschweinchen hat sich seine Bewährung hart erkämpft.

»Du solltest hochgehen und es von deinen Eltern desinfizieren lassen.«

»Nein!« Lilly reißt mir ihren Arm weg. »Wuschel ist weggelaufen. Ich muss ihn suchen!«

»Wie wäre es, wenn ich für dich reingehe und ein bisschen Salbe hole?«

Sie ist einverstanden.

Fünfzehn Minuten später verschwindet Lillys Finger unter einem hellbraunen Pflaster, das ich aus einer Schublade im Badezimmer gefischt habe. Sie drückt eine Weile prüfend darauf herum und springt dann zufrieden auf die Beine, um ihrem Meerschweinchen hinterherzujagen. Die Büsche rascheln über ihrem Kopf, als sie im bunten Dickicht unter den Balkonen abtaucht. Seit einigen Tagen verlieren die Blätter allmählich ihr Chlorophyll. Der Tod leuchtet in seinen schönsten Farben.

Ich kratze an Kicks silbernen Armband. Trinke sein unsichtbares Bier aus, nur um ihn zu ärgern, und lache wie eine Verrückte alleine vor mich hin. Sitze wieder auf der Schaukel und starre zu den Balkonen. Eine Frau in schwarz steht dort oben und raucht eine Zigarette. Sie wirkt ruhiger als sonst, als hätte etwas in ihr Frieden gefunden. Als hätte sie ein ominöses Ziel erreicht.

»Tut dir was weh?«, fragt Lilly.

Überrascht drehe ich mich nach ihr um. Sie kniet auf der Picknickdecke und stopft ein zappelndes Tierchen zurück in die Gefangenschaft. Dann zeigt sie auf meine Hände. Ohne es zu merken, habe ich den Blisterstreifen aus meiner Hosentasche gezogen und zwischen den Fingern gedreht. Der bittere Geschmack einer Schmerztablette zergeht auf meiner Zunge.

Ein schwaches Lächeln zuckt über meine Wange.

»Ja«, antworte ich schließlich. »Mir tut was weh.«

Niemand ist da. Alle haben den Sonnenschein gesehen und fluchtartig das Gebäude verlassen, neben den Computern stehen noch volle Kaffeebecher rum. Ich werfe einen Blick über die Schulter, vergewissere mich, dass keiner auf den Vorplatz fährt, und betrete das Büro.

Auf dem Tresen blitzt der rotsilberne Schlüsselanhänger im einfallenden Licht, als würde er mir zuzwinkern. Einen Moment lang zögere ich. Wenn er mitkriegt, dass ich sie genommen habe, wird er komplett ausrasten, doch diese Vorstellung lockt nur ein irres Grinsen aus mir hervor.

Ich spaziere nach draußen und werfe den Schlüsselbund pfeifend auf und ab, als würde es nicht das Geringste geben, worüber ich mir Sorgen mache.

Die Maschine wartet im Halbdunkel auf mich. Meine Finger streichen über den makellosen Mattlack. Sie fühlt sich gut unter mir an. Der Motor schnurrt wie ein Kätzchen.

Ich fahre über den Vorplatz und spüre die kalten Finger des Windes unter meinen Ärmeln. Mein Blick streift im Vorbeifahren die Jacke, die ich über einen Stapel Sommerreifen gelegt habe. Aber ich will nicht mehr anhalten, selbst wenn ich mir den Arsch abfriere. Keine Jacke. Kein Helm. Nur wir beide und die puren Elemente, denen wir entgegenjagen.

Ich kneife meine Augen gegen den Fahrtwind zusammen. So viele Erinnerungen tauchen am Straßenrand auf, fädeln sich wie Perlen auf eine Kette, die sich endlich vollständig anfühlt. Mein erster Sommer mit achtzehn steht vor der Tür.

Ich gebe mehr Gas. Die Geschwindigkeit befreit mich von meinen Sorgen. Sie flüstert mir zu, dass er nicht ewig so weitermachen kann. Dass ich dem ein Ende setzen werde, bald schon. Für eine wahnsinnige Sekunde bin ich versucht, den Lenker loszulassen und meine Arme weit auszubreiten.

Doch jetzt rase ich den Hügel hinauf und brauche all meine Stabilität. Die Maschine kämpft nicht, sondern legt sich mit Begeisterung in die Steigung. Ich drücke mich dicht an ihren Körper. Für diese gestohlenen Minuten werden wir eins. Vielleicht gebe ich sie nie mehr her. Fahre sie zu Hause in die Garage, decke sie mit Planen ab, lasse Zeit darüber wachsen. Führe sie nur nachts aus, heimlich, wenn keiner es mitkriegt. Eine verbotene Liebe in einem Haus voller Augen.
Natürlich kann ich das nicht machen.
Das Motorrad gehört mir nicht.

Ich erwache auf Lillys Picknickdecke.

Mein Gehirn fühlt sich an, als wäre es stundenlang in Wuschels Laufrad gejoggt. In meinem Kopf fliegen die Fetzen eines Traumes umher, den ich nicht mehr richtig zu fassen kriege. Lilly und das Meerschweinchen sind verschwunden, doch neben meinem Gesicht sitzt eine Plastikteetasse, die mit frischen Blümchen gefüllt ist.

Die Sonne steht deutlich tiefer am Himmel. Der Abend hat sich von hinten herangeschlichen und überzieht meine nackten Arme mit Gänsehaut. Etwas widerstrebend schlüpfe ich in die Motorradjacke, die ich eigentlich Kick zurückgeben wollte, und spüre das Gewicht des Leders schwer auf meinen Schultern.

Statt den Weg ums Haus zu nehmen, tappe ich schlaftrunken über die Wiese hinab, die zur Straße führt. Vor mir liegt kein Ziel, nur das unbestimmte Gefühl, dass ich noch nicht zurück in die Wohnung möchte. Dass ich genauso unauffindbar sein will, wie jemand, der sich seit gestern nicht mehr blicken ließ. Meiner geschwächten Aufmerksamkeit ist es wohl zu verdanken, dass ich den Plastiknazis praktisch in die Arme laufe.

Der Kleine lungert vor einem geöffneten Garagentor herum und umkreist ein rotes Motorrad, das mir schrecklich bekannt vorkommt. Meine Füße bringen mich unaufhaltsam näher, erst in letzter Sekunde mache ich einen Bogen um das Vorderrad und lasse die blitzenden Speichen dabei nicht aus den Augen. Kicks KTM steht aufgebockt auf ihrem Ständer. Der Tankdeckel ist abgeschraubt.

»Hey!«, keift der Kleine, der offenbar zum Wachdienst abgestellt wurde. Seine Stimme klingt scharf, ist aber nach drinnen gerichtet. Hinter ihm in der unbeleuchteten Garage fummeln die anderen Bomberjacken an Kicks silbergrauem Golf herum. Auch am Auto ist der Tankdeckel geöffnet.

Monobraue kniet am Boden und saugt an einem Gummischlauch, der aus dem Tank hängt. Zwischen seinen Beinen steckt ein offener Benzinkanister. Als er den Warnruf seines Freundes hört, verschluckt er sich und würgt Flüssigkeit auf den Boden. Hinter ihm ragt der Anführer empor und nagelt seinen kalten Blick in mich.

Ich muss sie nicht fragen, was sie tun. Ich bin durchaus in der Lage, eins und eins zusammenzuzählen. Offenbar sind die Kicks nicht zu Hause, denn sie müssen sich ziemlich sicher dabei fühlen, am helllichten Tag Benzin aus einem Auto zu klauen und es in ein ebenfalls geklautes Motorrad umzufüllen.

»Was fällt euch dämlichen Vollpfosten ein?!«, platzt es aus meinem Mund. Meine Hände ballen sich zu Fäusten, und meine Füße schieben sich weiter auf die Kerle zu.

Der Anführer nickt dem Grinser zu, den ich übersehen habe, weil er die Abdeckplane des Motorrads weiter hinten verstaut hat. Wie ein dressierter Kampfhund lässt er seinen Kauknochen fallen, zieht die Lefzen hoch und tappt breitbeinig auf mich zu. »Verzieh dich besser, bevor wir dir eine Kellerführung geben.«

»Die hat mir schon jemand gegeben«, erwidere ich kühl. »Weshalb ich weiß, dass weder dieses Auto noch das Motorrad einem von euch gehört.«

»Willst du etwa, dass man dir das vorlaute Maul stopft? Ich hätte da was Passendes.« Er greift sich in den Schritt und grinst nach Zustimmung heischend hinüber zu den anderen Kerlen.

Monobraue spuckt einen letzten Rest Benzin aus. »Die bettelt ja förmlich drum.«

Vielleicht fühle ich mich sicher, weil sich hinter mir die Straße befindet. Doch auch so werde ich das irrsinnige Gefühl nicht los, dass diese Typen mir nie ernsthaft was tun würden. Kicks unbekümmerter Leichtsinn scheint langsam auf mich abzufärben. Paradoxerweise ist es genau dieser kurze Gedanke an ihn, der mich schlagartig ernüchtern lässt.

Was tue ich hier eigentlich? Mich wegen eines Motorrads, das nicht mal mir gehört, mit ein paar Naziverschnitten anlegen? Obwohl Kick mich seit gestern vergessen zu haben scheint, ist ein Teil von mir nach wie vor überzeugt, dass ich ihm mehr bedeute als eine Maschine. Und selbst wenn das nicht der Fall wäre, bin ich selbst mir garantiert wichtiger.

Ich weiche zurück, doch diesmal kommt der Angriff aus dem Hinterhalt.

Ausgerechnet der Kleine, den ich bisher für einen harmlosen Mitläufer gehalten habe, will sich vor seinen Kumpels profilieren. Sein Kopf ragt nur wenige Zentimeter über mich hinaus, aber seine Figur ist stämmig und mindestens doppelt so breit. Er packt mich am Oberarm und schiebt mich mit seinem Körper nach vorne. Meine Schuhsohlen schlittern über die Schwelle der Garage.

»Lass mich los!« Ich ramme ihm meinen Ellbogen in den Magen. Zeitgleich springen der Grinser und Monobraue auf mich zu, schleifen mich vor den Anführer und treten mir in die Kniekehlen, so dass ich vor ihm auf den Boden stürze.

»Sie soll mal eine Runde saugen!«, kreischt Monobraue.

Ich kicke um mich und erwische den Benzinkanister, der seinen Inhalt über die blank polierten Springerstiefel des Anführers spritzt.

Die zwei Arschlöcher haben mich so fest an den Schultern gepackt und mir die Arme auf den Rücken gebogen, dass ich praktisch wehrlos bin. Ohne dass ich etwas dagegen tun kann, quetscht der Kleine meinen Mund zusammen und drückt meine Lippen auseinander. Meine Zähne bleiben fest aufeinandergepresst, auch wenn es vielleicht besser wäre, um Hilfe zu schreien.

Während der Anführer teilnahmslos zusieht, rammt mir der Kleine den Benzinschlauch gegen die Vorderzähne. Der harte Gummischlauch schrammt über mein Zahnfleisch, und der Gestank des Benzins vermischt sich mit dem Geschmack von Blut.

Blut. Überall auf seinem Rücken.

»Die will wohl nicht runterschlucken!«, johlt Monobraue von hinten.

Der Griff des Grinsers wird lockerer. Der Kleine blickt Anerkennung heischend zum Anführer, doch falls er mit Lob von ihm gerechnet hat, wird er bitter enttäuscht. Die grünen Augen des Mistkerls brennen kalt auf mir. Nicht ein Funken Gefühl ist in ihnen zu erkennen, als hätte man es

aus ihm herausgeprügelt.

Er will nicht, dass ich ihn anfasse. Tritt nach mir wie ein Esel. Meine Finger gleiten von seiner öligen Schulter. Kein Öl, muss ich mir immer wieder in Erinnerung rufen. Das hier ist verdammt nochmal ernst.

»Zeig es mir«, fordere ich ihn auf.

»Verpiss dich, hab ich gesagt!« Er will mir seine Faust ins Gesicht schlagen und knallt mit dem Rücken gegen das Regal. Sein Aufschrei durchfährt mich wie ein Blitzschlag, hunderttausend Volt aus reinem Schmerz. Er bricht vor mir zusammen und kotzt auf meine Schuhe. Körperwarme Flüssigkeit dringt durch meine Socken.

Ich halte ihn an den Schultern fest.
Auf seinem Rücken klaffen offene Wunden. Ich frage mich, woher diese Verletzungen stammen, ob eine Maschine versehentlich losgegangen oder eine Halterung gebrochen ist, dann ertaste ich das Muster unter meinen Fingern. Seine Haut ist nicht überall blutig aufgeplatzt, es gibt Stellen, die weniger stark erwischt wurden.
Stellen, an denen sich Formen eingedrückt haben, die ich nur allzu gut kenne.

Die Erinnerung dauert nur Sekunden.

Für einen kurzen Moment verschwinde ich aus Kicks Garage, nur um mich in einer anderen wiederzufinden und auf den blutig geschlagenen Rücken des Anführers hinabzublicken. Dann lande ich wieder in der Wirklichkeit und spucke Blut und Benzin.

Allmählich fügen sich die Pixel vor meiner Nase zu einem Schlauch zusammen. Eine fremde Hand hält ihn umklammert, so fest, als müsste sie all ihre Willenskraft aufbringen, um ihn bloß nicht fallen zu lassen.

»Steck ihn der Schlampe noch mal rein!«, brüllt Monobraue heiser in mein Ohr.

Der Griff des Grinsers lockert sich noch weiter. »Wir wollen ihr doch nur ein bisschen Schiss einjagen, oder?« Es klingt wie eine Frage. Gerichtet an ihren Anführer.

Auch der Kleine lässt jetzt von mir ab und wischt verstohlen einen Tropfen Blut vom Ende des Schlauches, als ob es ihm peinlich wäre, mich tatsächlich verletzt zu haben. Ich spucke noch mehr davon auf seine Hand.

Der Anführer betrachtet mich kalt. »Keine Lust auf Herzchen mehr?«

Ich kann nicht anders. Entgegen jeglicher Vernunft nehme ich das Hochziehen meiner Mundwinkel wahr und spüre das Kribbeln eines verächtlichen Lachens in meiner Kehle. Ich zeige ihm meine blutverschmierten Schneidezähne. »Ziemlich krasses Tattoo auf deinem Rücken.«

Seine Körperhaltung wird noch starrer, falls das überhaupt möglich ist.

Ich kann das silberne Armband auf meinem Handgelenk nicht sehen, weil Monobraue es immer noch auf meinen Rücken biegt, doch unter seinen dreckigen Pfoten spüre ich genau, wie sich die einzelnen Glieder in mein Fleisch hineinpressen.

»Tut die Erinnerung daran weniger weh, seit du es mit einer Bomberjacke panzerst?«, setze ich hinterher. Da will ein Funke Mitleid in mir hochkommen, von einem Ort in meinem Kopf, der in diesem Moment ebenso gut auf der anderen Seite der Welt liegen könnte. Ich weigere mich, etwas zu fühlen. Nicht solange diese Dreckskerle mich in die Knie zwingen und erniedrigen wollen. »Spürst du sie nachts, wenn du im Bett liegst? Die Abdrücke der Motorradkette auf deiner Haut?«

»Was faselt die da?«, will Monobraue wissen.

Der Anführer sagt: »Lass sie los.«

»Aber –«

»LASS SIE LOS!«

Grinser reagiert sofort. Auch der Kleine, der den Benzinschlauch fallen gelassen hat, weicht mehrere Schritte zurück. Monobraue schleudert meinen Arm von sich, wie ein tobendes Kleinkind, das noch nicht zu Bett gehen will.

Bevor ich aufspringen und fliehen kann, packt mich der Anführer am Kragen und zieht mich bis vor seine Nase hoch. Meine Zehenspitzen berühren nicht mal mehr den Boden. Seine Stimme überzieht meinen Nacken mit blankem Eis. »Du fühlst dich unangreifbar, weil er dir Dinge über mich erzählt hat, nicht wahr? Aber er ist nicht hier, um dich zu beschützen. Wenn du auch nur ein Wort über die Sache verlierst, bringe ich dich um. Hast du das kapiert? *Ich. Bringe. Dich. Um.*«

Weiter hinten knallt eine Kellertür.

»Scheiße, da kommt jemand!«, zischt der Grinser und klingt beinahe erleichtert. Der Kleine ist so schnell weg, als hätte man ein Triebwerk an seinem Hintern befestigt, selbst Monobraue stolpert nach draußen.

Nur der Anführer steht noch da.

Hält mich noch immer am Kragen.

Meine Schuhe schleifen rückwärts über den Boden. Über uns verschwindet die dunkle Garagendecke, und der blanke, grelle Himmel ergießt sich in meine Augen. Ich blinzle, drücke ihn von mir, beginne zu strampeln und erinnere mich endlich an den Schrei, den ich schon vor Minuten hätte ausstoßen sollen.

Der Anführer schleudert mich von sich.

Ich falle gegen Kicks Motorrad, stoße den Ständer um, kann nichts anderes tun, als meine Hände nach der Maschine auszustrecken. Adrenalin rauscht durch meinen Körper, dicht gefolgt von der Gewissheit, dass ich gleich unter einem Haufen Metall begraben werde. *Ein wirbelnder Reifen in der Luft. Ein alles zerschmetternder Schatten.* Ich drücke den Kopf unter meine Arme und bete, dass ich auch diesmal überlebe.

Das Motorrad fällt gegen meine Hände, und obwohl das unmöglich ist, obwohl ich im falschen Winkel sitze, um sein Gewicht abfangen zu können, werde ich nicht unter ihm zerquetscht. Im Gegenteil, es fühlt sich leicht an. Viel leichter, als es nach den Gesetzen der Physik der Fall sein dürfte. Erst nach einigen Herzschlägen wage ich einen Blick hinauf.

Neben meinen Händen befindet sich noch ein weiteres Paar. Größer. Vertraut.

Er stellt das Motorrad wieder auf.

Kauert sich zu mir und legt seine Arme um mich.

Plötzlich zittere ich überall.

»Es tut mir so leid, dass ich zu spät komme«, flüstert Kick in meine Haare.

Meine Augen starren auf die Motorradkette zwischen den Reifen, als hätte sich das Muster jetzt auch in mir eingebrannt. Wahrscheinlich sollte ich aufspringen, ihn von mir stoßen, über die Straße marschieren. Ich sollte zur Polizei gehen, jedes noch so winzige Detail zu Protokoll geben und mit brennender Genugtuung dabei zusehen, wie diese Schweine in Handschellen abgeführt werden. Aber ein dringenderer Gedanke drückt dieses Verlangen beiseite.

»Wo zum Teufel warst du?!«, stoße ich hervor.

Noch ein Geschenk von dir

Da ist nichts an Kick, keine verdammte Platzwunde an seinem Schädel, die erklären könnte, warum ihm mein Geburtstag gestern spontan entfallen ist. Seine unterschiedlichen Augen leuchten mir entgegen und kratzen das alte irritierende Gefühl wieder auf, als ich sie zum ersten Mal gesehen habe. Ich spüre seine Hände auf meinen Oberarmen, weigere mich aber, mich von den sanften Kreisen beruhigen zu lassen, die er in meine Haut massiert. Zu viel Adrenalin pumpt durch meinen Körper.

»Warum sagst du nichts?«, verlange ich.

Seine Augenbrauen ziehen sich zusammen. »Weil es nicht so leicht zu erklären ist.«

»Was ist so schwer zu erklären? Wo du gestern Abend warst? Oder warum du dich nicht mal bei mir gemeldet hast?« Ich drehe mich unter seinem Griff weg und kämpfe mich auf die Beine. Die Nebelschleier meines Nachmittagnickerchens haben sich endgültig verflüchtigt und nicht nur eine verzerrte Hüfte übrig gelassen, sondern auch ein aufgeschlagenes Ego. Ich wische mir mit dem Unterarm über den Mund und spucke die dreckige Erinnerung an die Plastiknazis auf den Boden.

»Du blutest.«

»Es ist nichts.«

»Lass mich sehen.«

Ich schlage seine Hand weg, mehr reflexartig als beabsichtigt. Mein Maß an unerwünschten Berührungen für heute ist mehr als nur voll. Oberflächlich haben mich die Mistkerle nur angekratzt, aber tief in meinem Inneren wurde meine Selbstachtung in tausend Scherben zerschlagen. Und nur eine Sache kann mir dabei helfen, mich wieder vollständig zusammenzufügen. Ich muss mich wehren.

»Wir gehen zur Polizei«, verkünde ich mit geballten Fäusten. »Vielleicht fallen dir auf dem Weg dorthin die richtigen Vokabeln für deine Erklärung ein. Nur ein kleiner Rat vorab: Je länger du darüber nachdenkst, desto weniger fühlt es sich nach der Wahrheit an.«

»Wir?«, wiederholt er bloß.

»Die wollten dein Motorrad klauen! Und es mit dem Benzin deiner Eltern betanken!« Ich weise zuerst auf den unübersehbaren Maschinenklotz neben mir, dann auf den Einser Golf in der Garage. Eine dünne Benzinspur läuft über den sachte abfallenden Parkplatz zur Straße hin. »Du bist natürlich mein Zeuge!«

Kicks Blick rutscht an mir ab. Er schlingt die Arme um sich selbst und tritt von einem Fuß auf den anderen.

»Was?!«, blaffe ich.

»Wir müssen reden.«

Ich werfe meine Arme in die Luft. »Das tu ich schon die ganze Zeit! Du bist derjenige, der seinen Mund nicht aufkriegt. Und nur für den Fall, dass du noch nach überzeugenden Argumenten suchst, warum wir deine alten Sandkastenfreunde nicht anzeigen sollten, kann ich dir eines vorab versichern: Vergiss es!«

Er atmet tief durch. »So etwas darf nie wieder passieren.«

»Das sehe ich genauso!«

»Bitte.« Er hebt sachte eine Hand. »Lass mich alles erklären. Ich werde dich zur Polizei begleiten, wenn du willst, aber zuerst muss ich dir was zeigen. Danach wirst du verstehen, wieso wir nicht gleich gehen können.«

»Du willst mir was zeigen?«

»Aber nicht hier. Ich kenne einen Ort, an dem wir ungestört sind.«

Ich verschränke die Arme vor der Brust und pflanze meine Beine breiter. »Und wieso nicht hier?« *Fürchtest du, dass jemand uns zusammen sieht? Deine Mutter vielleicht?*

Er deutet mit dem Kinn zum offenen Garagentor. »Weil wir nicht mehr alleine sind.«

Tatsächlich treibt sich jemand im Gang hinter den Gitterwänden herum. Den hallenden Schritten nach kommt die Person näher, ihr Schatten reckt sich bereits über die schwach beleuchtete Kellerwand.

»Wer ist das?«

Kick scheint keine Lust zu haben, es herauszufinden. Stattdessen hechtet er in die Garage, hebt den Benzinkanister auf, den ich dem Anführer über die Füße gekippt habe, und schnappt sich seinen Motorradhelm von einem Haken an der Wand.

»Was machst du da?!«, donnert eine Männerstimme aus der Dunkelheit.

»Hier!« Kick wirft mir den Helm zu, so dass mir keine andere Wahl bleibt, als ihn aufzufangen. In Windeseile gießt er den Rest des Benzins in den Tank des Motorrads und schraubt den Deckel zu.

»Was soll ich mit dem Teil?«

»Setz ihn auf.«

»HEY!«, ruft der Mann jetzt lauter.

Ich stoße den Helm zurück in Kicks Bauch. »Das soll wohl ein Scherz sein.«

»Es ist zu weit zum Laufen. Unwegsames Gelände«, erklärt er rasch.

»Und deshalb schlägst du vor, dass ich mich einfach auf dein Motorrad setze?!« Ich fahre mir durch die Haare und drehe mich einmal um mich selbst. »Hast du irgendwas in den letzten Tagen nicht mitgekriegt?!«

»Ich bin die ganze Zeit über bei dir.« Er beugt sich zu mir herab und will mich auf die Stirn küssen, aber ich drehe den Kopf weg. Selbst unter ihrer Staubschicht leuchtet die KTM blutrot in der untergehenden Sonne, wie eine aufgeschlagene Wunde mitten auf dem Parkplatz. Allein die Vorstellung, mich auf sie zu setzen, verknotet meine Eingeweide. Und dennoch …

Da ist auch etwas anderes.

Zu meiner Überraschung identifiziere ich das Gefühl in meinem Magen nicht nur als Furcht, sondern auch als den kribbelnden Anflug von Abenteuerlust. All diese Träume, in denen ich wie ein Raubvogel durch die Straßen geflogen bin, flüstern verlockend in meinem Hinterkopf. *Kein Humpeln, keine starre Hüfte. Auf dieser Maschine wärst du schneller als der Teufel!*

Ich reibe mit zwei Fingern über meine Stirn, als könnte ich so meine Gedanken wieder in die richtigen Bahnen lenken.

»Wieso stinkt es hier nach Benzin?!«, brüllt der Mann und tritt mit aller Kraft gegen die Gittertür. Sie erzittert heftig in ihrem Rahmen. Auch wenn er keinen passenden Schlüssel hat, wird das alte Schloss nicht lange durchhalten.

Kick packt meine Hände. »Wir müssen weg. Bitte vertrau mir.«

»Vertrauen ist etwas, das man sich verdienen muss«, schnaube ich.

»Rena, *bitte.*«

Ich werfe einen widerwilligen Blick auf das Motorrad, dann in die dunkle Garage, aus der immer mehr Tritte gegen die Gitterwand hallen. Um ehrlich zu sein, habe ich keine besonders große Lust herauszufinden, wen wir so verdammt wütend gemacht haben.

»Also gut«, zische ich durch zusammengebissene Zähne. »Ich gebe dir einen Vorschuss.«

Obwohl Kicks Ausdruck nach der Satan höchstpersönlich auf unseren Fersen klebt, findet er die Zeit, mir den Helm über den Kopf zu zwängen. Natürlich ist mir das Modell zu groß und rutscht halb über meine Augen, dafür zurrt er den Kinnriemen so fest, dass es mir fast die Luft abschnürt. »Das dürfte halten.«

»Und was ist mit dir?«

Sein Grinsen blitzt auf. »Mein Schädel ist unzerstörbar. Ich bin schon ein dutzend Mal gestürzt, ohne einen Kratzer abzubekommen.«

»Das klingt extrem beruhigend«, keuche ich.

Er klappt mir das Visier runter und pocht sachte dagegen. »Keine Angst, mit dir fahr ich vorsichtiger.«

Wir haben keine Zeit mehr, um die Sitzordnung auszuhandeln. Das Gittertor bricht mit scheppherndem Getöse nach innen und spuckt einen dunkelhaarigen Mann mit rot angelaufenem Gesicht in die Garage. Ich klettere auf die Maschine, während Kick seine Beine hinter mir über den Sitz schwingt. Die Tatsache, dass ich plötzlich vorne sitze und meine Hände um den Lenker legen muss, jagt einen frischen Spritzer Adrenalin durch meinen Körper. Andererseits habe ich noch nie zu den Leuten gezählt, die sich vor einem Problem verkriechen. Ich schaue meiner Angst lieber in die Augen.

Kick startet das Ungetüm.

Mir bleibt keine Gelegenheit mehr für ein paar dringende Fragen – nur für den Fall, dass sein unzerstörbarer Schädel an einem Ast hängen bleibt, und ich plötzlich alleine auf dem Monster sitze. Die Welt unter mir vibriert. Die Kabel surren mit einer merkwürdigen Art von lebendiger Energie, das verbogene Schutzblech über dem Vorderrad rattert, der Auspuff stößt eine graublaue Wolke aus. Meine Finger gefrieren zu Klauen unter Kicks Händen. Mit Vollgas werde ich nach hinten in seinen Körper gedrückt.

Kick hat eine sehr eigenwillige Definition von *mit dir fahr ich vorsichtiger.*

Zuerst jagt er die Straße hinab, brüllt mir durch den Helm zu, ob alles okay ist, und reißt die Maschine herum, als ich zustimmend gurgle. In einem reifenquietschenden Haken rasen wir zurück, biegen jedoch kurz vor dem Parkplatz auf den Wiesenpfad ab, der hinter das Haus führt. Dem Mann bleibt nichts anderes übrig, als uns aufgebracht hinterherzubrüllen und mich schlagartig daran zu erinnern, wo ich diese Stimme schon mal gehört habe. Es ist dieselbe, die uns auf das Hausdach gejagt hat. Kicks Onkel.

Wie im Traum rollen wir an Lillys Picknickdecke vorbei, die der Wind halb über die Büsche geweht hat. Der Lenker unter meinen Fingern dreht sich in Richtung des aufgewühlten Dreckpfades, den ich vor ein paar Tagen gedankenverloren hinabgestolpert bin. Damals kam mir der Abgrund nicht so erschreckend steil vor.

»Überlass es einfach mir«, ruft Kick und presst unsere Körper eng aneinander.

Mein Herzschlag bleibt irgendwo hinter uns zurück.

Die Reifen schlingern im Dreck, aber Kick lenkt geschickt dagegen und schleust uns durch einen schlängelnden Abwärtspfad durchs Dickicht. Sein Oberkörper drückt mich nach unten, um dem tief hängendem Geäst auszuweichen, und hohe Grashalme peitschen an meine Waden. Ohne uns ein paar lebenswichtige Gliedmaßen abzureißen, schaffen wir es bis zum Fuße des Hügels, wo sich der Trampelpfad in einen richtigen Weg verwandelt. Doch statt anzuhalten, schießen wir weiter durch das grüne Arteriennetz des Waldes.

Hin und wieder blitzt der Fluss zwischen den Büschen hindurch und vermischt sein Rauschen mit dem brüllenden Motorenlärm. Die Sonne steht jetzt so tief, dass sie scheinbar die Baumkronen berührt. Es dauert kaum mehr als fünf Minuten und doch eine gefühlte Unendlichkeit, bis wir den breiten Weg verlassen und durch eine Wand von Springkraut preschen.

Dahinter liegt ein Pfad, der dieser Bezeichnung nur mit viel Phantasie gerecht wird. Eigentlich ist es nichts weiter als eine krumme Linie, in der das Unkraut etwas weniger stark wuchert als im Rest der Uferböschung. Die Reifen tänzeln über Wurzeln und Felsbrocken hinweg, als würden sie für eine Ballettvorführung üben. Hin und wieder kann Kick unser Gleichgewicht nur halten, indem er sich mit dem Fuß an den Baumstämmen abstößt. Meine Beine spüre ich längst nicht mehr.

Inmitten des Uferwaldes stellt er das Monster schließlich ab.

»Ist das Benzin alle?«, frage ich benommen.

»Nein, wir sind da.«

Wir steigen ab. Was heißen soll, ich reiße meine Klauen vom Lenker und rutsche mit flüssigen Eingeweiden von der Maschine. Hätte ich mir unsere erste gemeinsame Motorradfahrt je ausgemalt – was absolut nicht der Fall ist –, hätte sie definitiv mit fünfzig Stundenkilometern weniger auf dem Tacho stattgefunden. Aber ich versuche, optimistisch zu bleiben. Immerhin bin ich nicht ohnmächtig auf den Tankdeckel geknallt.

Mit Gummibeinen lande ich im Moos. Die hohen Bäume um uns herum lassen mich schlagartig auf Zwergengröße schrumpfen. Überall im Gebüsch hängt der satte Geruch von feuchtem Laub und niedrigen Tümpeln. Riesige Insekten schwirren um uns herum, und ein paar Fliegenpilze ragen aus dem weichen Boden.

Kick hilft mir, den Helm abzunehmen, und hängt ihn ans Lenkrad. »Alles okay?«

»Hmpf.«

»Hat es dir die Sprache verschlagen?«

»Nein«, knurre ich. »Es ist die Kurzform von: Warum rasen wir auf einer Höllenmaschine in dieses Loch?! Ich hätte die Wahrheit auch auf dem Sofa aus dir herauspressen können!«

»Etwas spät für diesen Vorschlag, meinst du nicht?«

Ich verenge meine Augen.

»Außerdem«, fügt er mit einem etwas zu breiten Grinsen hinzu, »wollte ich dir was zeigen, schon vergessen?«

Er hält mir seine Hand hin, die ich mit finsterem Blick nehme, und führt mich über einen felsigen Absatz zum verwilderten Teil des Flusses hinab. Meine Hüfte streikt vor einem zu hohen Schritt, aber Kick springt einfach voraus und hebt mich runter, als hätte ich überhaupt kein Gewicht.

Das Ufer ist nicht für eine Plastikhüfte gemacht. Glatt geschliffene Steine in jeder Größe werfen sich vor meine Füße, manche so klein wie Kiesel, andere groß genug, um mich quer draufzulegen. Kick manövriert mich zielsicher darüber hinweg, als hätte er jeden Tritt auswendig gelernt. Und tatsächlich scheint er genau zu wissen, wo es langgeht, denn als wir einen der größten Felsbrocken umschifft haben, taucht sie plötzlich auf.

Eine Oase inmitten der Wildnis.

Kick scannt meine Reaktion, und seinem zufriedenen Lächeln nach, enttäuscht ihn meine Miene nicht. Mit offenem Mund starre ich auf einen kleinen Strand, der sich ins Land hineingegraben hat. Der Sand ist grau, aber puderweich, und riesige Farne ragen wie die Köpfe von uralten Palmen daraus hervor. Durch die Blätter funkelt und blitzt das Sonnenlicht auf eine Art und Weise, die ich nicht für möglich gehalten habe, wie grüne, blaue und weiße Juwelen an den Baumkronen. Ein Lagerfeuerplatz, eingefasst von runden Flusssteinen, liegt in der Mitte des Strandes. Und dahinter hängt etwas, mit dem ich hier unten nicht gerechnet hätte.

»Komm«, flüstert Kick.

Ich halte ihn kurz zurück, stütze mich an seinem Oberkörper ab und zerre mir beide Schuhe von den Füßen. Meine Zehen graben sich in den kalten, erfrischenden Sand. Das Gefühl, das ich auf dem Motorrad verloren hatte, strömt zurück in meine Waden.

Hinter der Feuerstelle schaukelt eine Hängematte.

Nicht die billigen Netze, die einem zu Ferienbeginn in den Discountern hinterhergeworfen werden, sondern eine aus festem, stabilem Hanfstoff. Ein Muster aus natürlichen Grüntönen wurde hineingewebt und an den Rändern zu kleinen Bommeln verknüpft, die einladend im Wind baumeln.

Kick wirft sich quer auf die Hängematte und bremst das Schaukeln mit seinem Fuß ab. »Sie ist groß genug für zwei.«

Ich ziehe eine Augenbraue hoch. »Hat das immer noch was mit deiner Erklärung zu tun?«

»Es hat was mit allem zu tun.«

Misstrauisch prüfe ich die Stabilität des Stoffes mit beiden Händen und rolle mich an seine Seite. Für einen kurzen Moment schreit meine Hüfte erschrocken auf, weil ich tiefer als erwartet hineinfalle, doch Kicks Hände federn das Gröbste ab. Eine Weile schaukeln wir in der Stille, ohne etwas zu sagen.

Kick schiebt seinen Arm unter meinen Nacken. »Schau mal nach oben.«

Ich folge seinem Blick und verstehe schlagartig das merkwürdige Funkeln in den Blättern. Zwischen den Ästen wurden Dutzende, nein, Hunderte leerer Flaschen aufgehängt. Wie ein gigantisches Windspiel überall um uns herum. Als hätte der Wind nur auf diesen Gedanken gewartet, fährt plötzlich ein Rauschen durch die Bäume, das eine Sturzflut an hellen Klängen und Lichtreflexen auf uns herabregnen lässt. Mein Atem hält sich von selber an, aus Ehrfurcht davor, diesen magischen Moment auch nur mit der kleinsten Störung zu unterbrechen.

Ein sanfter Kuss haucht an meine Wange. »Alles Gute zum Geburtstag.«

Kicks Augen leuchten wie zwei unterschiedliche Glassplitter neben mir. Plötzlich ahne ich, wo er die ganze Zeit über war und warum er es nicht verraten wollte. Er hat einen funkelnden Palast inmitten der Wildnis gebaut. Nur für uns.

Ich küsse ihn für dieses einzigartige Geschenk.

Gleichzeitig setzt das Klimpern über uns aus, als würden selbst die Naturgewalten nach Luft schnappen. Spürbar erleichtert über meine Reaktion, seufzt Kick tief in meinen Mund. Untermalt vom tiefen Bassrauschen des Flusses, stimmen die Flaschen ein neues Lied an. Für einen irrwitzigen Moment klingt es wie eine richtige Melodie, die ich schon einmal irgendwo gehört habe. So als würde der Wind höchstpersönlich eine Symphonie für uns kreieren.

»Hörst du das?«, wispere ich an seine Lippen.

Kick horcht auf, doch im selben Moment bricht die harmonische Tonfolge zusammen und verwandelt sich in chaotisches Geklimper.

Ich will eine verirrte Strähne aus seinen Augen streichen, dabei fällt mir auf, dass kein Lufthauch seine Haare bewegt. Auch die Zweige rühren sich keinen Millimeter, selbst die Blätter stehen still in der Luft. Nur die Flaschen und die Hängematte schaukeln hin und her, als würde jemand mit unsichtbaren Händen daran ziehen.

»Wie kann das sein?«, frage ich erstaunt. Doch meine Beobachtung scheint den Zauber zu durchbrechen. Die Flaschen kommen zum völligen Stillstand. Es muss die Trägheit ihrer Glaskörper gewesen sein, die sie noch eine Weile nachschwingen ließ. So unwirklich schön, wie dieser Ort auch wirkt, etwas anderes kann es schließlich nicht gewesen sein.

Kick lächelt mich an. »Dieser Wald ist verhext.«

»Glaubst du etwa an Märchen?«, frage ich amüsiert.

»Vielleicht stecken wir selbst in einem Märchen, ohne es zu wissen?«, neckt er mich. »War das nicht etwas leichtsinnig von dir? Du bist mir einfach in den Wald gefolgt, ohne Brotkrumen zu streuen.«

Meine Mundwinkel kräuseln sich. »Heißt das, wir werden gleich von der bösen Hexe in den Ofen gestopft und bei lebendigem Leibe gegrillt?«

»Wieso *wir?*« Sein Lachen flammt auf. »Vielleicht bin *ich* die Hexe?«

»Mein Feminismus gratuliert dir zu dieser Aussage, männliche Hexe, aber ich glaube lieber an die Naturwissenschaften.«

»Ach ja?« Er stützt sich so dicht über mir ab, dass ich außer seinen

Augen nichts mehr wahrnehme. Der Ausdruck in seinem Blick verändert sich. Aus purem Vergnügen wird etwas Tieferes, etwas das in mein Innerstes fasst und eine einzelne Muskelfaser, so hauchdünn wie ein Haar, mitten aus meinem Herzen zupft. »Können dir die Naturwissenschaften auch erklären, warum ich dich liebe?«

Wir beide in einer anderen Welt

Liebe.

Ich weiß nicht, was ich sagen soll.

All die Szenen aus Büchern und Filmen rasen in meinem Innersten vorbei, im verzweifelten Versuch, eine Anleitung für diese Situation zu finden. Männer auf Knien, Frauen, die ihre Hände vor den Mund schlagen, Freudentränen, unendliche Küsse. Nichts davon passt auf mich, auf die merkwürdige Form, in die das Leben mich gegossen hat. Nichts erklärt die erschütternde Traurigkeit, die meinen Körper durchflutet, als hätte er mir das, was er gerade angeboten hat, bereits wieder genommen. Ich öffne den Mund, doch nur ein erbärmlicher Ton stirbt auf meiner Zunge.

Kick lächelt mich an und streichelt meine Schläfen. »Es ist okay, Angst zu haben. Ich hab sie auch.«

»Ich hab keine Angst«, krächze ich widerspenstig.

»Dann habe ich sie für uns beide«, flüstert er. »Bist du bereit bist, sie zu fühlen.«

Es ist zu früh, will ich sagen. *Wie kannst du mich nach so kurzer Zeit lieben? Wenn es Menschen gibt, die es nicht mal nach Jahren richtig können.*

Ich schließe meine Augen.

Ist es das? Der Grund, warum ich diesem Wort misstraue? Weil ich das Muster für diese Gefühle nicht in Hollywoodfilmen finden kann, sondern nur in meiner eigenen Vergangenheit? Aber da ist nichts. Nichts, was dieses Gefühl in mir auffangen kann. Es sickert wie Wasser durch meine Hände, und obwohl ich davon trinken möchte, läuft es unaufhaltsam durch meine Finger.

Kicks Daumen streifen über meinen Augenwinkel.

»Ich weine nicht«, stelle ich klar. »Und nur zu deiner Information, die Naturwissenschaften erklären mir sehr wohl all die Hormone, die durch deinen Körper rauschen und jemanden wie mich attraktiv erscheinen lassen. Bedank dich bei deinem überschüssigen Testosteron.«

»Du hast keine Ahnung wie schön –«

Ich drücke meinen Zeigefinger auf seine Lippen. »Halt die Klappe«, zische ich fast lautlos. »Sonst muss ich tatsächlich noch heulen.«

Sein Lächeln breitet sich unter meinem Finger aus. Ich lasse meine Hand sinken, damit ich es nicht aufhalte, damit es über sein Gesicht wandern kann und von oben auf mich herabstrahlt. Doch er hat andere Pläne damit. So wie es aussieht, will er es meinem Mund schenken.

Die untergehende Sonne blitzt durch die Glasflaschen.

Kick löst sich von mir, und in seinem Blick schimmert plötzlich etwas, das ich nicht mit unseren Küssen in Einklang bringen kann. Behutsam berührt sein Finger eine Stelle an meiner Lippe, die sich aufgekratzt und wund anfühlt.

»In letzter Zeit haben sie sich verändert«, wispert er. »Die Anzeichen waren schon vorher da, schätze ich, aber ich wollte sie nicht ernst nehmen. Ich hätte nie gedacht, dass sie dir so etwas antun.«

Ich ziehe die Augenbrauen zusammen. Mein Hirn rast, um seine Worte einordnen zu können, und tatsächlich schwebt da eine Ahnung in mir, der Nachklang einer brennenden, rohen Gewissheit. Doch kaum will ich nach der Erinnerung greifen, schlägt mir jemand die Tür vor der Nase zu.

Ich habe etwas vergessen.

Schon wieder.

Meine Hand tastet nach meiner Lippe und findet eine kleine aufgeschlagene Stelle, über der sich bereits Schorf gebildet hat. Da war etwas, nachdem ich auf der Picknickdecke aufgewacht war. Aus irgendeinem Grund ging ich nicht ins Haus, sondern die Wiese hinunter. Meine Schritte wurden auf dem Parkplatz schneller und dann – *WUMM!* Nichts. Absolute Leere.

»Gestern war ich … überhaupt nicht weg«, gesteht Kick stockend. »Ich konnte einfach nicht mit dir sprechen, weil …«

Ich kriege keinen Ton raus.

Mit einem tiefen Seufzen lässt er sich zurück in die Hängematte fallen und drückt seine Hände in die Augenhöhlen. »Ach, scheiße. Ich hab keine Ahnung, wie ich es dir sagen soll.«

Stille. Zumindest um mich herum.

In meinem Inneren schreit es.

»Es gibt auch etwas, das ich dir nicht gesagt habe«, quetscht mein Mund hervor. »Um genau zu sein, habe ich es bisher überhaupt keinem gesagt.«

Er senkt seine Hände und sieht mich an.

»Zuerst habe ich gehofft, dass es mit der Zeit besser wird. Aber dann passierte es mir immer öfter. Sogar ein Lehrer hat was bemerkt. Und auch meine Mutter hat mir manchmal so komische Fragen gestellt, als würde sie mein Gedächtnis testen.«

Ich halte kurz inne. Nicht um meine Worte zu finden, sondern den Mut, sie auch wirklich auszusprechen.

»Meine Erinnerungen an den Unfall tauchen langsam wieder auf, so wie die Ärzte es mir angekündigt haben«, gestehe ich ihm. »Aber dafür vergesse ich neue Sachen, Dinge, die nach dem Unfall passiert sind.«

Kick starrt mich an. »Du vergisst Sachen?«

Ich nicke bloß.

»Was genau?«

Ich schnaube. »Wenn ich das wüsste, hätte ich es nicht vergessen.«

»Und woher weißt du dann, dass es so ist?«

Ich taste nach seiner Hand und führe seine Finger an meine Lippen, genau an die Stelle, die noch immer etwas metallisch schmeckt.

»Wie ist das hier passiert?«, hauche ich.

Meine Frage reißt seine Miene wie ein altes Plakat von seinem Gesicht. Darunter blitzt Schock in den grellsten Farben hervor. »Du weißt nicht mehr, was vorhin in der Garage los war?«

Ich schüttle stumm den Kopf.

»Fuck!«

»Kick, was ist –«

Er springt von der Hängematte, so abrupt, dass ich selber fast hinausfalle. Sein Rückstoß lässt mich nach hinten schwingen, und mir bleibt keine andere Wahl, als ein Bein über den Rand zu wuchten und mich stotternd abzubremsen. Mein nackter Fuß holpert über Wurzeln und Steine.

Kick reißt unser Paradies nieder, zumindest ist das mein erster Eindruck. Er stapft durch die Farne und lässt seine Gefühle an Schwemmholzstücken aus, die nacheinander durch die Luft fliegen und im Sand landen. Erst nachdem ich die Feuerstelle als ihren gemeinsamen Landepunkt ausmache, wird mir die Absicht dahinter klar.

»Machst du Feuer?«

»Die Sonne geht bald unter«, erwidert er gehetzt. »Dir wird kalt werden.«

»Im Gegensatz zu dir trage ich wenigstens eine Jacke.«

Darauf erwidert er nichts.

Er türmt die trockenen Holzstücke zu einem riesigen Haufen und stopft abgestorbene Grasbüschel als Zündmaterial in die Lücken. Als er fertig ist, wirft er sich in den Sand und betrachtet minutenlang das Ungetüm, ohne es anzuzünden. Meine nackten Füße stellen sich neben ihn. Ich reiche ihm sein Feuerzeug, das ich in seiner Jackentasche gefunden habe. Er nimmt es wortlos.

Unter den Bäumen wird es schneller dunkel als in der Stadt. Die Flammen fressen sich in Windeseile durch das trockene Gras, lecken jedoch nur zögernd am glatt geschliffenen Holz. Kick starrt sie nieder, als würde er sie mit seinem Willen allein tiefer hineintreiben. Mit einem Mal prescht das Feuer so hoch, dass wir beide vor der Hitzewelle zurückweichen müssen. Winzige Luftkammern zerplatzen und schießen orangerote Funken in die herabsinkende Dunkelheit. Von hinten schleicht sich Herbstkälte heran, während unsere Gesichter beinahe schmelzen.

Ich hocke mich neben ihn und lasse meine Hände zwischen den Beinen baumeln. »Nächste Woche werde ich meiner Ärztin alles sagen.«

Kicks Augen richten sich auf mich. Es sieht merkwürdig aus, weil sich sonst nichts an ihm rührt, als hätte man ihn aus Stein gehauen und nur zwei lebendige Augäpfel hineingesetzt. Das Licht flackert gespenstisch über seine Netzhaut. »Ich geh mit dir hin.«

Unsere Hände tasten sich über den weichen Sandboden und finden einander.

»Sagst du mir, was in der Garage los war?«

Er seufzt, nickt aber.

Die Details sind verstörend, doch sie fühlen sich bloß wie etwas an, das ich in den Nachrichten gesehen habe, nicht wie etwas, das ich am eigenen Leib widerfahren habe. Hin und wieder kratzt ein Wort an meiner Vorstellung und lockt Schnappschüsse hervor, als würde ich mit einer Kamera in einem stockfinsteren Raum stehen und bloß dann etwas erkennen, wenn ich das Blitzlicht auslöse. Die einzelnen Polaroids flattern vor meine Füße.

Ich stochere mit einem dünnen Ast im Feuer. »Und wenn es nur der Schock ist? Vielleicht will etwas in mir mich vor dieser Erinnerung schützen?«

Kick schweigt.

Die Flammen fressen den Ast in der Mitte durch und hinterlassen ein kurzes Stück Holz in meiner Hand. Ich puste die Glut an seiner Spitze fort und beobachte, wie der Rauch in den Nachthimmel steigt. Wie von selbst taucht die Aschespitze in den Sand und zieht ein großes Fragenzeichen zwischen meine Füße. »Ich will die Schweine immer noch anzeigen. Aber wie soll ich das anstellen, wenn ich keine echte Erinnerung an den Vorfall habe? Wenn die Polizei mich nach Einzelheiten fragt, die ich mir nur ausdenken kann?«

Meine Fragen verrauchen mit dem Feuer.

Vermutlich, weil wir beide keine Antwort darauf haben.

Nach einer Weile spricht Kick wie aus dem Nichts. »Wir könnten weggehen. Irgendwohin, wo wir keine Vergangenheit haben. Wo wir so sein können, wie wir sind.«

Ich schnaube nur. »Die Vergangenheit lässt sich nicht abhängen. Wir tragen sie in unseren Köpfen und werden sie niemals los.«

»Du hast keine Ahnung, wie recht du hast.« Er lächelt auf den Boden. »All die Märchenerzähler der letzten Jahrhunderte waren verdammte Feiglinge. Sie haben mit ihren Geschichten aufgehört, bevor es wirklich schwierig wurde. *Und sie lebten glücklich bis an ihr Lebensende.*«

»Zumindest bis ihnen klar wurde, dass sie keine private Rentenversicherung abgeschlossen hatten«, ergänze ich finster.

Kick wirft den Kopf nach hinten und lacht in den Nachthimmel.

Ich rutsche näher zu ihm und lehne mich an seine Schulter. »Bald kommt der Herbst«, wispere ich in seinen Ärmel. »Heute ist vielleicht eine der letzten Nächte, in der wir draußen schlafen können.«

Sein Blick fällt zu mir herab. »Das Feuer brennt noch eine Weile …«

»… und der Sand ist warm«, vollende ich seinen Gedanken.

In dieser Nacht duftet Kick nach Moos und Rauch.

Seine Haare gleiten durch meine Finger, lang über seiner Stirn und kurz im Nacken. Ich fahre die sanften Hügel seiner Wirbelsäule entlang, die sich gleichmäßig aus seinem Rücken erheben, stoße gegen seinen Gürtel und schlüpfe unter die Jeans. Streichle ihn zuerst über seinen Shorts, dann auch darunter.

Ein angenehmes Brummen dringt aus seinem Hals. Er spielt an meinem BH, der nichts Besonderes ist, weil ich mir so etwas nicht leisten kann. Aber der schmucklose, glatte Stoff ist sowieso nur die Verpackung. Was er haben will, schmiegt sich weich unter seine großen Hände.

Wir reißen uns nicht die Klamotten vom Leib. Wir schieben sie zur Seite, Stück für Stück, weil jeder neu entdeckte Millimeter unserer Haut gekostet werden will. Ich drücke mich an ihn, spüre ein Prickeln in meinem Körper und wünsche mir, dass er mich gleichzeitig schneller und langsamer auszieht.

Das Lagerfeuer flackert orangerot durch meine geschlossenen Lider, während unsere Hände immer tiefer abtauchen. Wir schlingen unsere Arme und Beine ineinander, lassen seinen Gürtel ins Gebüsch fliegen und den Verschluss meines BHs aufspringen. Doch als er schließlich die Knöpfe meiner Hose öffnet, muss ich aus dieser Leidenschaft auftauchen. Für eine Frage zumindest, an der kein Weg vorbeiführt. »Hast du was dabei?«

Er sieht mich mit Augen an, die beinahe schwarz sind. »Darüber musst du dir keine Sorgen machen.«

Ich drücke meinen Hinterkopf in den Sand und lache finster. »Wenn du jetzt sagst, dass du schon aufpasst, schmeiße ich dich in den Fluss.«

Er grinst. »Dann tue ich es im eiskalten Wasser mit dir.«

»Ich würde es überall mit dir machen«, fordere ich ihn heraus. »Solange du ein Kondom benutzt.«

Er klappt über mir zusammen und stöhnt an meinen Hals.

»Du hast also keins?!«, frage ich ein wenig panisch.

»Doch.« Er zögert. »Vielleicht. Ich weiß nicht. In meiner Jacke könnte eines sein.«

»Dann hol es.« Ich drücke ihn von mir runter, aber so leicht lässt er sich nicht abschütteln. »Zuerst nehme ich was mit«, erwidert er grinsend. Seine Finger verhaken sich in den Gürtelschlaufen meiner Jeans und ziehen sie mit einem Ruck von meinen Beinen. Ich lache, weil es eine sexy Geste war. Doch als er sich umdreht und hinter dem Feuer nach seiner Motorradjacke tastet, sinken meine Mundwinkel.

Meine Hüfte schmerzt.

Ich konnte es ignorieren, solange ich ruhig auf dem Rücken lag, doch alle Gefühle in mir schreien, dass ich unser erstes Mal nicht so erleben möchte. Ich will Kick auf eine Art und Weise, die all mein Denken auslöscht. Meine Arme stemmen sich in den Sand und drücken mich auf die Beine.

Kick dreht sich nach mir um. »Wo gehst du hin?«

»Kurz in die Büsche.«

Unauffällig hebe ich meine Jeans vom Boden auf, während Kick die Innentaschen seiner Jacke nach außen stülpt, und verschwinde in die Dunkelheit. Mit ausgestreckten Armen taste ich mich zwischen den Bäumen hindurch, biege Äste vor meinem Gesicht weg und streife durch kniehohe Farne. Erst als das Feuer nicht mehr durch die Blätter scheint, halte ich an. Ein kurzer Blick über meine Schulter verrät mir, dass ich für ihn unsichtbar geworden bin. Tief unten in meiner Gesäßtasche stecken noch immer meine Tabletten. Die Verpackung knistert in der Dunkelheit.

»Ist alles okay?«, fragt Kick, als ich wieder im Lichtkreis des Feuers auftauche. Er hat meine Abwesenheit genutzt, um Holz nachzuwerfen, und die Flammen züngeln höher empor als je zuvor. Das grelle

Licht und die tiefen Schatten zeichnen seinen nackten Oberkörper in ein scharfes Relief.

Ich sammle etwas Spucke im Mund, um den letzten Rest des bitteren Geschmacks loszuwerden, und nicke ihm zu. »Mir ist nur kalt.«

Er streckt seine Arme nach mir aus. »Komm her, ich wärm dich wieder auf.«

Unsere Körper finden den Moment wieder, als hätten wir ihn nie verlassen. Wärme steigt unter unseren Berührungen auf, Küsse schmelzen über kalte Haut, und unsere Gänsehaut hat nichts mehr mit der Temperatur ringsum zu tun. Eins nach dem anderen verlieren wir unsere Kleidungsstücke an die Nacht, bis wir uns Haut an Haut gegenüberstehen. Meine Hand rutscht über seinen Bauch hinab und streichelt ihn an einer Stelle, die ihn fast in die Knie gehen lässt.

»Willst du noch mehr?«, frage ich unschuldig.

Er reißt mich an seine Brust.

Unsere Küsse werden wild, aber noch wirken die Tabletten nicht, und ich entscheide mich für eine Verzögerungstaktik, die uns beiden gefallen könnte. Ohne unseren Augenkontakt zu unterbrechen, sinke ich etwas umständlich zu Boden. Ein leises Lachen bricht aus mir hervor, als ich seinen verzweifelten Ausdruck über mir sehe. Sein Gesicht sagt Dinge wie: *Machst du das wirklich?* und *Hör bloß nicht auf.*

Unsere Hände lassen sich keine Sekunde los.

So sind es nur meine Lippen, die ihn berühren.

Es ist besser, als ich es mir vorgestellt habe. Nicht die Berührungen an sich, sondern das Verlangen, das sie in mir auslösen. Meine Erregung vermischt sich mit einem irrsinnigen Gefühl der Macht. Ich allein bin es, die ihn an den Rand des Wahnsinns treibt.

»Warte«, stößt er schließlich hervor.

Er sinkt vor mir in die Knie und küsst mir Salz von den Lippen. Sein Oberkörper drückt mich sachte nach hinten, bis meine Haare im warmen Sand eintauchen. Langsam löst er sich von meinem Mund und lässt seine Küsse weiter nach unten wandern, über meinen Bauchnabel hinweg und noch tiefer hinab. Er gibt mir mein Geschenk auf eine Weise zurück, die sich mit nichts vergleichen lässt, was ich bisher erlebt habe. Es ist wie durch die Nacht fliegen und die Sterne im Inneren fühlen.

Irgendwann knistert eine Verpackung über mir.

Ich schlage die Augen auf und beobachte, wie sich die Baumkronen in langsamen Kreisen drehen. Obwohl ich seine Küsse genossen habe, wird es an der Zeit, die Zügel wieder an mich zu nehmen. Ihm zu zeigen, was ich will.

Ich klaue ihm das Päckchen aus den Händen. »Komm mit. Ich hab eine Idee.«

Die Flaschen klimpern in den Bäumen, als ich mich quer in die Hängematte lege. Kick will nachkommen, aber ich halte ihn mit einem Fuß zurück. »Wie wär's, wenn du stehen bleibst?«, schlage ich vor. Meine Beine gleiten um seine Taille und finden an den Ästen hinter ihm Halt. »Und ich den Rhythmus bestimme?«

»Okay«, meint er heiser.

Ich drücke ihm das Kondom in die Hand und recke mich mit ausgestreckten Armen zurück in die Hängematte. Wieder knistert die Verpackung über mir, doch diesmal folgt ein leises Fluchen.

»Kriegst du es nicht auf?«

Sein langer Körper krümmt sich über das winzige Päckchen, das er in beiden Händen hält, doch seine zitternden Finger rutschen immer wieder von der glatten Oberfläche ab.

»Warum bist du so nervös?« Ich setze mich auf, lege meine Hände um sein Gesicht und kichere vergnügt an seine Lippen. »Du stellst dich wie eine unberührte Jungfer an.«

Seine Wangen unter meinen Händen werden heiß.

Das Kichern stirbt in meinem Hals. »Du … Hast du noch nie mit jemandem geschlafen?«

Er zuckt mit den Schultern, ohne mich anzusehen. »Bisher war da niemand …«

»Hey, schau mich an.« Ich drücke sein Kinn sachte nach oben. Seine Augen schimmern kohlrabenschwarz im schwachen Licht des Feuers. »Lass mich das für uns machen.«

Ich zupfe ihm das Päckchen aus den Fingern und reiße es vorsichtig mit meinen Eckzähnen auf. Sein Körper ist nicht mehr bereit dafür, also küsse ich das Selbstvertrauen zurück in ihn. Obwohl sein Atem immer schneller an meine Lippen schlägt, spüre ich, dass nicht alles davon Lust ist. Er fürchtet sich genauso sehr vor meinen Erwartungen, wie er mich haben will.

Plötzlich realisiere ich, dass es auf eine gewisse Weise auch mein erstes Mal ist. Noch nie zuvor bedeuteten mir die Gefühle eines Partners mehr als meine eigenen. Niemals zuvor empfand ich mehr als bloß die Summe aller Berührungen.

Bevor ich ihm das Kondom überstreife, bevor ich ihm zeige, in welchen Winkel es passt, gleiten meine Hände in seine feucht geschwitzten Haare. Ich ziehe ihn für einen Kuss zu mir herab, der anders ist als jeder davor.

»Verrat es bloß keinem«, hauche ich in seinen Mund. »Aber es könnte sein, dass ich dich auch liebe.«

»Rena?«

»Hmmm?«

»Wir können nicht in der Hängematte einschlafen. Es ist zu kalt.«

Ich will mich in seiner Brust verkriechen, stoße jedoch nur auf zwei Hände, die mich wieder zurückschieben. Die Wärme unserer Körper dampft in die schwarze Nacht über uns. Nur der Schein des sterbenden Lagerfeuers färbt uns in dunkelrote Konturen. Hinter meinen geschlossenen Lidern verflüssigen sich die Flammen, breiten sich wie Wellen aus und tauchen hinab in eine Tiefe, die noch immer in mir nachglüht.

»Komm, wir stehen auf.« Seine Aufforderung flackert irgendwo am Rande meines Bewusstseins. Ich stoße einen schweren Laut hervor, gerade genug, um ihn wissen zu lassen, dass ich ihn gehört habe.

»Rena, ich mein's ernst. Du holst dir den Tod.«

Nur noch eine Minute, will ich sagen, aber meine Lippen sind zu müde.

Kick legt meine Arme um seinen Nacken und zerrt mich aus unserem Nest. Wahrscheinlich hat er mit der Kooperation meiner Gliedmaßen gerechnet, denn kaum rutschen unsere Hintern vom Rand der Hängematte, fallen wir beide in den kalten Sand. Ich spüre den Aufprall in meiner Hüfte und wappne mich automatisch gegen den Schmerz, doch die Tabletten beginnen zu wirken und packen sie in eine weiche Wolkenwelt.

»Was ist los mit dir?«, spießt sich Kicks Frage durch meinen Kokon. »Komm zum Feuer. Du bist eiskalt.«

Es fühlt sich nicht kalt an. Es fühlt sich richtig an.

Ich möchte auf einem Farn schlafen.

Kick packt mich an den Handgelenken und schleift mich zum Lagerfeuer. Meine Knie hoppeln über Baumwurzeln, und meine Zehen scharren durch den klammen Sand. Im Schein des Feuers tut er etwas, das ich nicht mehr richtig wahrnehme. Mein Körper bewegt sich dabei, aber mein Verstand rutscht aus dieser Welt.

»Rena«, ruft er viel zu nah an meinem Kopf. »Was hast du denn nur?«

Da ist keine Energie mehr für Erklärungen. Ich taste an meine Seite und fühle plötzlich wieder Jeansstoff unter meinen Fingern.

Der Blisterstreifen rutscht aus meiner Hand und fällt an den Rand des Feuers, wo seine Alurückseite rotgolden aufblitzt.

Kick sagt noch etwas, das sich wichtig anfühlt.

Aber der Schlaf hält mich bereits in seinen Klauen.

Ich treffe deine Mutter

Flaschengeklimper weckt mich auf.

Ich blinzle in einen scheinbar grenzenlosen Abgrund, ein Meer aus blättergrünen Wellen, in dem bunte Fische aus Glas hervorblitzen. Dann dreht sich die Welt um hundertachtzig Grad, und ich starre plötzlich hinauf in die Baumkronen.

Mein Kopf fühlt sich an, als hätte ihn jemand ausgehöhlt und Watte hineingestopft. Morgentau hat sich auf meinen Kleidern gesammelt, und obwohl sie sich von innen halbwegs trocken anfühlen, spüre ich die Feuchtigkeit der Nacht bis tief in meine Knochen. Mit steifen Gliedern setze ich mich auf.

»Kick?«

Trotz der Naturgeräusche um mich herum, dem Rauschen des Flusses und dem Gezwitscher der Vögel, ist es unheimlich still. Von der Feuerstelle ist nichts weiter als ein schwarzes, verkohltes Loch übrig. Der Geruch des verbrannten Schwemmholzes hängt noch immer tief in meiner Nase, vermutlich, weil wir zu nah am Rauch geschlafen haben. Ist das der Grund, warum ich mich so betäubt fühle?

Ich schüttle Sand aus meinen Klamotten und schwanke zum Wasser hin. Zwischen den Farnen finden sich unzählige Spuren von gestern Nacht, doch es ist unmöglich zu sagen, ob Kick heute Morgen frische Fußstapfen hinterlassen hat. Geschweige denn, in welche Richtung sie führen.

Die Sonne steht hoch genug, um wie eine Scheibe hinter den Wolken zu leuchten. Der Fluss, der gestern Abend noch eine angenehme Kühle in die Aufregung nach der Motorradfahrt gemischt hat, sprüht jetzt eisigen Nebel in mein Gesicht. Für einige Minuten schließe ich die Augen, damit die Kälte durch meine Poren schlüpft und meinen Geist wach rüttelt, aber der Effekt ist zu schwach.

Ich hätte nicht drei Tabletten auf einmal schlucken dürfen. Noch immer fühlen sich meine Muskeln betäubt an, sogar nach einer viel zu kurzen Nacht in einem Sandloch. Ich schlinge die Arme um mich selbst und frage mich, ob Kick mich gestern wieder angezogen hat. Er muss es getan haben. Seine Motorradjacke knirscht ledrig in meinen Ellbogen.

»Wo bist du?«, rufe ich lauter. »Kick!«

Nur das hektische Zwitschern einiger Spatzen antwortet mir.

Ohne einen besseren Plan zu haben, setze ich mich ans Ufer und starre in die Strömung. Vielleicht ist Kick in die Stadt gefahren, um mich mit Frühstück zu überraschen. Falls er länger weg musste, hätte er mir bestimmt eine Nachricht in den Sand gekratzt.

Mein Handy liegt zu Hause, aber auch das würde mir reichlich wenig nützen, denn wir haben unsere Nummern nie ausgetauscht. Genau genommen habe ich ihn überhaupt nie mit einem Handy gesehen. Vielleicht hat er gar keins.

Ich seufze in den Morgen. Falls es überhaupt noch Morgen ist, denn mein Zeitgefühl hat sich längst aufgelöst. Die Minuten dehnen sich, und meine Füße tappen ihre eigenen Sekunden in den Sand, die immer ungeduldiger werden.

Irgendwann schlage ich mich durchs Gebüsch und taste mich am steinigen Bachbett entlang, um die Stelle zu finden, an der wir heruntergekommen sind. Das Ufer sieht für mich überall gleich aus, alle Lücken zwischen den Sträuchern könnten der richtige Pfad sein. Nur durch Zufall entdecke ich die Felsstufe, von der Kick mir gestern heruntergeholfen hat, und klettere auf allen vieren hinauf in den nach Moos duftenden Uferwald.

Zu meiner Überraschung ist das Motorrad noch da.

Kick kann es also nicht genommen haben, um uns Brötchen zu holen. Ich rufe nochmals nach ihm, vertreibe aber nur eine Amsel aus den Bäumen. Kurz spiele ich mit dem Gedanken, mich einfach hinzusetzen und auf ihn zu warten, doch eine immer größer werdende Unruhe hält mich auf den Beinen. Die verstreichende Zeit saugt alle plausiblen Erklärungen aus meinem Kopf, bis nur noch ein Geflecht aus Sorgen übrig bleibt. Was, wenn er in der Nacht aufgestanden und auf den glitschigen Ufersteinen ausgerutscht ist?

So schnell ich kann, laufe ich zurück zur Feuerstelle und rufe Kicks Namen in alle Richtungen. Die Hängematte schaukelt verlassen im Wind. Sie wirkt ausgewaschener und zerfranster als gestern Abend, als würde sie schon eine Ewigkeit hier unten hängen. Selbst die Flaschen in den Baumkronen blitzen nicht mehr so hell wie zuvor, als hätten die Zweige zu viele Kratzer in ihre Oberflächen geritzt.

Vielleicht ist Kick gar nicht verschwunden, vielleicht habe ich selbst eine merkwürdige Art von Zeitreise gemacht. Ich sehe vor meinem geistigen Auge, wie ich zurück zu unserem Wohnhaus marschiere, das vollkommen von Grünzeug verschluckt worden ist. Sehe die Knochen all derer aus dem hochgewachsenen Gras emporragen, die ich einst gekannt habe. Rasch schüttle ich diese morbide Vorstellung aus meinem Kopf und reibe mir die Gänsehaut unter den Lederärmeln weg.

Es wird immer später, und das Raubtier in meinem Magen lässt sich nicht mehr mit kaltem Wasser besänftigen. Was auch immer Kick sich dabei gedacht hat, wird er mir zu Hause erklären müssen. Behutsam taste ich mich über die Felsen zurück und kann meinen Blick nicht davon abhalten, nach einem Körper Ausschau zu halten, der in den Wellen treiben könnte. Jedes Mal, wenn sich ein vermeintlicher Arm nur als ein Stück feuchtes Schwemmholz herausstellt, hämmert mir der Puls bis in den Hals. *Kick kennt diesen Fluss seit seiner Kindheit,* versuche ich mich zu beruhigen, *er würde nicht ausgerechnet heute Nacht darin ertrinken.*

Auch das Motorrad wirkt schäbiger als gestern.

Der Sitz wurde von unseren Hintern glatt poliert, aber zwischen den Motorteilen klebt alter Staub. Die Kratzer im Lack sind groß genug, um sie mit den Fingern zu ertasten, und selbst das Vorderradblech zeigt wie eine gebrochene Nase ins Gebüsch.

Meine Beine tragen mich hinauf zum Fußweg, während ich das Gefühl habe, dass mir das blinde Scheinwerferauge traurig in den Rücken glotzt. So etwas wie schlechtes Gewissen will sich in mir ausbreiten, als hätte ich einen treuen Hund auf einer Autobahnraststätte ausgesetzt und würde mich heimlich davonstehlen. Doch ich gebe dieser lächerlichen Empfindung nicht nach.

Als ich oben ankomme und in weiter Ferne die Autobahnbrücke entdecke, kapiere ich, was eine fünf Minuten lange Motorradfahrt zu Fuß bedeutet. Kombiniert mit einer Plastikhüfte wird daraus bestimmt eine Stunde.

»Verdammt nochmal, Kick.«

Schnaubend stopfe ich meine Hände in die Jackentaschen und will gerade losmarschieren, als mir etwas zwischen die Finger gerät. Für eine Sekunde hoffe ich auf eine Nachricht von Kick und verfluche mich schon dafür, nicht früher nachgesehen zu haben. Aber dann ertaste ich kein Stückchen Papier, sondern etwas Hartes aus Metall. Ich öffne meine Faust und entdecke den Motorradschlüssel in meiner Hand.

Ist das nur Zufall? Hat Kick das Motorrad zurückgelassen, weil er den Schlüssel nicht finden konnte? Oder steckt noch mehr dahinter? Ist es vielleicht sogar eine Botschaft von ihm, die mir den aberwitzigen Vorschlag unterbreitet, das Motorrad zu nehmen, um damit nach Hause zu fahren?

»Das kann doch nicht dein Ernst sein!«, rufe ich in den Wind.

Und trotzdem keimt in mir ein befremdliches und zugleich verlockendes Gefühl auf. Die Versuchung, schneller von hier wegzukommen, ein geradezu perverser Drang, genau das Gegenteil von dem zu tun, was ich eigentlich machen sollte. Mit geballten Fäusten marschiere ich davon weg, nur um plötzlich über eine Wurzel zu stolpern und mich unten im Wald vor der KTM wiederzufinden.

Widerstrebend und doch fasziniert strecke ich eine Hand nach dem Lenker aus. Warum hat Kick mir in der Garage all diese Einzelheiten über die Maschine erklärt? Damals hielt ich es für bloße Beruhigungstaktik, damit das Monster seinen Schrecken verliert, aber war das seine einzige Absicht? Könnte er jetzt irgendwo zwischen den Büschen kauern, mich mit seinen unterschiedlichen Augen beobachten und darauf warten, dass ich über meinen Schatten springe und das Ungeheuer aufwecke? Plötzlich fühle ich seine unsichtbaren Blicke von allen Seiten auf mir. Meine Finger zucken vom Lenker weg.

»Soll das ein Test sein?!«, rufe ich herausfordernd. »Willst du mich etwa dazu bringen, mit dem Motorrad zu fahren?! Das kannst du vergessen!«

Keiner antwortet.

Schlagartig fühle ich mich unwohl hier unten, von allen guten Geistern verlassen und von verborgenen Augen beobachtet. Ich will abhauen, so rasch wie möglich zurück in die Zivilisation finden und dieses verdammte Unbehagen aus meiner Brust bekommen. Der Wunsch wird so übermächtig, dass ich kaum noch wahrnehme, wie ich durch den Uferwald stapfe und mich hinauf zum Fußweg kämpfe. Wie durch einen Nebel nehme ich wahr, dass es mich bei weitem mehr Anstrengung kostet, als es der Fall sein dürfte. Mein Körper wird geradezu aberwitzig schwer, als würde sich die Gravitation mit jedem Schritt gegen mich werfen. Erst als ich oben ankomme und wieder zu mir finde, erkenne ich warum.

Ich habe das Motorrad hinaufgeschoben.

Wie vom Donner gerührt, lasse ich es los und weiche mit rasendem Herzen zurück.

Die Maschine kippt gegen einen Baum, rutscht im Schotter

zur Seite und fällt mit einem dumpfen Schlag auf den Boden. Die Schlüssel klimpern vorwurfsvoll im Schloss.

Warum zum Teufel habe ich das getan?!

Mit beiden Händen fahre ich mir durch die Haare und drehe mich einmal um die eigene Achse, als würde die Antwort vielleicht hinter mir auf dem Fußweg hocken. Aber da ist nichts. Rein gar nichts. Ich bin vollkommen alleine hier.

Verzweifelt werfe ich einen Blick auf die Maschine vor meinen Füßen. Selbst wenn ich sie nicht benutze, kann ich sie nicht einfach hier liegen lassen. Nicht in Fußreichweite einer Wohngegend, in der sogar Mülltonnen mit Vorhängeschlössern versehen werden. Kick liebt dieses Motorrad, und ich –

liebe ihn

– kann es immerhin schieben.

»Scheiße«, fluche ich. »Dafür bist du mir was schuldig!«

Ich muss mich gegen den Baum stützen und meinen Körper als Hebel verwenden, um es wieder aufzurichten. Noch wirken meine Schmerzmittel, doch ein unterschwelliges Pochen in meiner Hüfte empfiehlt mir, sie lieber früher als später aufzutanken. Inzwischen ist mein Hals so trocken geworden, dass die Tablette fast in meiner Kehle stecken bleibt.

Obwohl der Schlüssel unentwegt gegen den Tank klappert, als würde er mich auffordern, ihn endlich herumzudrehen, schiebe ich das Motorrad neben mir her. Weiter und immer weiter, bis unser Wohnhaus endlich in der Ferne auftaucht. Erst als ich den Fuß des Pfades erreiche, der in Schlangenlinien hinauf zu Lillys Schaukel führt, muss ich trotz all meiner Bemühungen die Sache mit dem Motorrad aufgeben. Meine Schuhe rutschen in der aufgewühlten Erde ab, und das Gewicht der Maschine zieht mich immer wieder zu meinem Ausgangspunkt zurück, egal wie sehr ich mich dagegen stemme.

Wenn Kick da ist, muss er es selbst holen.

Und wenn Kick nicht da ist, habe ich größere Sorgen als einen Haufen Blech.

Vorsorglich schiebe ich das Motorrad hinter einen Haselnussstrauch, der von oben zwar keinen Sichtschutz bietet, aber zumindest vom öffentlichen Fußweg abgeschirmt ist. Dann krabbele ich mit Händen und Füßen den Hügel empor. Meine Sohlen versinken im Schlamm, und meine Fingernägel graben sich so tief in die Erde, dass ich mit zehn schwarzen Halbmonden oben ankomme.

Lilly ist nicht da. Nur Wuschel rast in seinem Laufrad, als hätte er die Hoffnung nicht aufgegeben, irgendwann die Gitterstäbe zu durchbrechen und abhauen zu können. Ein rascher Blick zu den Balkonen zeigt mir, dass Kick nicht auf mich wartet. Vor seiner Balkontür zeichnet sich eine dunkle Gestalt ab. Zigarettenrauch verschwindet im weißen Himmel darüber.

Ich gehe um das Haus und greife an der Haustür ins Leere, weil mir zu spät auffällt, dass sie bereits offen steht. Jemand hat eine abgenutzte Umzugskiste davor gestellt, um den Durchgang frei zu halten. Obwohl ich nichts davon gehört habe, dass eine der Wohnungen frei wird, spiele ich mit dem verlockenden Gedanken, einer der Plastiknazis könnte ausziehen. Damit stünden unsere Chancen künftig drei zu zwei.

Vorausgesetzt, Kick taucht wieder auf.

Die Schweißränder unter meinen Achseln schreien geradezu nach einer warmen Dusche, doch meine Füße laufen am aufgeblühten Hakenkreuz auf meiner Tür vorbei. Kicks plötzliches Verschwinden will einfach nicht zu ihm passen, nicht nach dieser Nacht, die wir gemeinsam hatten. Was, wenn ihm doch etwas passiert ist? Wenn er irgendwo verletzt in den Büschen liegt? Wenn ich ihn zurückgelassen habe?

Es gibt nur einen Weg, um herauszufinden, ob er heute Morgen hier war. Und dieser führt über die Treppe hinauf in den ersten Stock.

Oben sehe ich mit pochendem Herzen dabei zu, wie mein Zeigefinger auf eine Klingel drückt, die den Namen *Kick* trägt. Mit aller Kraft wünsche ich mir, dass er derjenige ist, der die Tür aufmacht. Wenn auch nur, damit ich ihm einen Vortrag darüber halten kann, was zur Hölle ihm eigentlich einfällt, mich einfach so sitzen zu lassen. Aber schon während die Tür sich öffnet, weiß ich, dass er es nicht ist.

Vor mir erscheint eine magere Frau in schwarzen Leggins und einem viel zu großen Männerpullover. Ihr blasses Gesicht von schokoladenbraunem Haar umrandet, das ihr schlapp über die Wangen hängt. Nur die Augen versprühen etwas von der Lebendigkeit ihres Sohnes, ein reines Hellblau, das von innen erleuchtet zu sein scheint.

»Ich wusste, dass du irgendwann hier aufkreuzt«, begrüßt mich Kicks Mutter.

Erst unter ihren abschätzigen Blicken wird mir klar, was für ein Erscheinungsbild ich abgeben muss. Meine Haare mit einer Haushaltsschere kurz geschnitten, verschmutzt von einer Nacht im Freien und seit Stunden ungebürstet. Was sie wohl sagen würde, wenn sie wüsste, dass nicht all der Schweiß auf meiner Haut von mir stammt?

Ich trete von einem Fuß auf den anderen. »Haben Sie …« *Verdammt, verrate mir endlich deinen Vornamen!* »Äh … *Kick* gesehen?«

Sie schnaubt verächtlich. »Nennt ihr euch heutzutage so? Bei euren Nachnamen?«

Mein Lächeln erstarrt.

Um ihre schmalen Lippen bildet sich ein bitterer Zug. »Natürlich habe ich das. Ich bin seine Mutter. Ich sehe ihn jeden Tag.«

Ich räuspere mich voller Unbehagen. »Haben Sie ihn *heute* schon gesehen?«

Ihre hellblauen Augen gleiten mehrmals über mich hinweg, als würde sie überlegen, was sie mit mir anstellen soll. Schließlich rastet ein Entschluss in ihren Gedanken ein, den ich nicht erwartet habe. Statt mich abzuwimmeln oder die Tür vor meiner Nase zuzuknallen, tritt sie zurück in die Wohnung und weist mit einer Hand in den Flur.

»Willst du in sein Zimmer gehen?«

Ich bin zu überrascht, um abzulehnen oder mir Gedanken darüber zu machen, was sie damit bezwecken könnte. Erst als die Wohnungstür mit einem endgültigen Klicken hinter mir ins Schloss fällt, kommen Zweifel in mir auf.

Kicks Mutter öffnet die erste Tür im Flur, die ein Stockwerk tiefer Mamas Abstellkammer entsprechen würde. Die oberen Wohnungen müssen anders geschnitten sein, denn Kicks Zimmer öffnet sich mit einem großen Fenster zur Ostseite hin. Das Licht des Nachmittages ergießt sich über eine Ansammlung aus unterschiedlichsten Gegenständen. Es erinnert mich daran, was er damals nach meiner Panikattacke zu mir gesagt hat. *So einen kleinen Aussetzer nennst du verrückt? Du solltest mal mein Zimmer sehen …*

Neugierig trete ich über die Schwelle.

Drei verschiedene Teppiche, die unmögliche Muster in meine Richtung leuchten, überlappen sich vor meinen Füßen. Sein Zimmer ist übersäht von allerlei Kissen und Sitzpolstern, die den gesamten Fußboden in eine chaotische Couchlandschaft verwandeln. Dazwischen stapeln sich dutzende Magazine, vor allem Motorradzeitschriften und dicke Reiseratgeber für die fernsten Länder dieser Welt. Im ganzen Raum hängen mindestens fünfzehn Windspiele, alle selbst gebastelt, aus Kronkorken, Dosenringen, Glasscherben, Muscheln und Schwemmholz. Doch das Merkwürdigste an Kicks Zimmer ist etwas völlig anderes.

Es gibt kein Bett.

Dicht neben dem Fenster schwebt eine Hängematte mit einem dünnen Schlafsack darin. An der Decke darüber kleben Hunderte von grünleuchtenden Plastiksternen, wie sie kleine Kinder zum Einschlafen lieben. Wie von selbst werde ich tiefer in den Raum gezogen, bis ich vor dem Fenster stehen bleibe und meine Finger über eine dicht gedrängte Reihe von kleinen, stacheligen Kakteen gleiten lasse.

Ein Topf fehlt.

Weil er jetzt unten vor meinem Küchenfenster steht.

»Ich hab ihm tausendmal gesagt, dass er den Plunder wegschaffen soll«, beschwert sich seine Mutter hinter mir. »Wofür braucht man so viele Windspiele in einem Zimmer? Es gibt Tage, da bin ich drauf und dran, alles in Kisten zu packen und an die Straße zu stellen. Einige Male hatte ich die Kartons schon hier oben.«

Ich schlinge die Arme um mich, weil ich nicht weiß, was ich sonst mit ihnen anstellen soll. Es fühlt sich falsch an, ohne Kick hier zu sein, als würde ich hinter seinem Rücken in seinen Privatsachen herumschnüffeln. Hat seine Mutter das gewollt? Einen Keil, den sie zwischen uns treiben kann?

»Ich sollte gehen«, murmle ich.

»Du trägst seine alte Jacke.« Sie sieht die Wand an, während sie das sagt. Ihr Tonfall klingt beinahe gleichgültig, doch etwas Dunkles blitzt darunter hervor, etwas, das mir einen Schauer über den Rücken treibt. »Ich dachte, die hätte ich weggeworfen?«

Meine Wangen werden heiß. »Er liebt diese Jacke.«

Ihr Zeigefinger rutscht über einen Bilderrahmen. Keine Personen sind darauf abgebildet, auf keinem Foto im Zimmer, wie mir jetzt auffällt. Es sieht nach Abbildungen aus Reisemagazinen aus, Aufnahmen von einer staubroten Wüste, einem grünfeuchten Regenwald, dem unendlich blauen Meer und schneeweißen Bergen. Allesamt wunderschön und doch menschenleer.

Sie schüttelt abwesend den Kopf. »Einige Jahre lang kennt man seine Kinder. Man weiß über ihre Sehnsüchte Bescheid, kriegt ihre kleinen Raufereien mit, versteht den Grund für ihre Tränen. Und dann verändern sie sich eines Tages, gleiten einem unaufhaltsam aus den Fingern. Plötzlich ist da nichts mehr, das man von ihnen weiß.« Ihre Hand fällt herab und klatscht leblos gegen ihren Oberschenkel. »Alles in diesem Zimmer hat sich schon immer nach einem Ort gesehnt, der weit von hier entfernt ist.«

Dieses Gespräch nimmt einen Geschmack an, den ich nicht mag. Ich reiße mich von der Fensterbank los, ducke mich unter den Windspielen hindurch und bahne meinen Weg zwischen den Polstern zurück zur Tür. Nur im Augenwinkel sehe ich, wie Kicks Mutter sich nach mir umdreht.

»Ich habe gehört, dass du lange im Krankenhaus warst.«

Meine Schritte stocken. »Hat … Kick Ihnen das erzählt?«

»Deine Mutter hat es mir gesagt. Wir sind uns auf der Kellertreppe über den Weg gelaufen.«

Ich drehe mich um und schaue sie unverwandt an. »Waren Sie das etwa? Haben Sie meiner Mutter an unserem ersten Morgen hier gesagt, dass wir wieder verschwinden sollen?«

Sie blickt ungerührt zum Fenster. »Ich kann eure Gesichter einfach nicht ertragen.«

Der Satz klatscht wie eine Ohrfeige gegen meine Wange.

Hätte ein Plastiknazi das zu mir gesagt, wären die Worte einfach an mir abgeprallt. Aber wenn eine erwachsene Frau das zu einem sagt, eine Mutter, von der man aus irgendeinem Grund erwartet, dass sie freundlicher sein müsste als alle anderen, dann tut die Absicht dahinter mehr weh als die Aussage selbst.

Hier hochzukommen war ein Fehler. Wortlos verlasse ich Kicks Zimmer. Meine Hand liegt schon auf dem Griff der Wohnungstür, als ihre Stimme von hinten an mein Ohr dringt.

»Du wirst meine Absolution nicht kriegen. Niemals.«

Obwohl ich es besser wissen sollte, drehe ich mich noch mal nach ihr um. »Ich brauche Ihre Absolution nicht«, erwidere ich irritiert. »Ich kann Kick auch ohne Ihr Einverständnis lieben.«

»Lieben?!«, stößt sie wie ein Schrei hervor. »Du hast doch keine Ahnung, was Liebe bedeutet! Nicht den blassesten Schimmer, wie es sich anfühlt, wenn sie dir aus der Brust gerissen wird!«

Mit aller Gewalt versuche ich, meine Stimme ruhig zu halten. »Ich weiß nicht, was in Ihrem Leben gerade abgeht, aber es ist definitiv nicht meine Schuld. Lassen Sie Ihren Frust nicht an mir aus.«

Damit verlasse ich die Wohnung, doch ihre nächsten Worte verfolgen mich bis ans Ende des Flurs und noch weit darüber hinaus.

»Ich werde mir diese Schikane nicht länger bieten lassen!«, brüllt sie mir hinterher. »Du und deine Mutter werdet wieder aus diesem Haus verschwinden! Hörst du! Dafür werde ich sorgen!«

Luft. Ich brauche frische Luft.

Meine Lungen sind so eng zusammengeschnürt, dass ich wie ein japsender Fisch über die Treppe hinauf zum Hausdach stolpere. Mit ausgestreckten Händen stoße ich die Metalltür auf und werde vom grellen Licht des Tages geblendet. Halb blind taumle ich über das Dach hinweg, renne einen Plastikstuhl nieder und fange mich an einer Satellitenschüssel wieder auf.

Entgegen meiner letzten Hoffnung ist Kick nicht hier oben.

Meine Schultern verkrampfen sich, meine Brust pumpt zu viel Sauerstoff in meinen Körper, meine Fingernägel kratzen über weiß lackiertes Metall. Alles in mir tut weh, als hätte diese Frau mein Blut schockgefroren und in winzige Stücke zerschlagen, die wie Eisschollen durch meine Adern treiben. Kein Wunder, dass Kick so weit wie möglich von hier weg will. Seine Mutter ist vollkommen verrückt.

Nur langsam kehrt mein Bewusstsein in die Wirklichkeit zurück.

Weit unter mir führt die Außentreppe hinunter zu den Garagen, die von hier aus nichts weiter als ein grüner Hügel sind, der abrupt vor der Straße endet. Eine Frau mit hellen Haaren trägt eine Kiste hinab. Sie bewegt sich auf einen Kleinbus zu, der quer auf den Parkplatz gestellt wurde. Ein dicker Mann zerrt ihr den Karton aus den Armen.

Für Sekunden starre ich hinunter, unfähig zu glauben, was sich da vor mir abspielt.

Dann renne ich. So schnell ich kann.

Ein Fremder besucht mich

So schnell fliegen meine Beine über die Treppen hinab, dass mir kaum eine Erinnerung daran bleibt. Die Rosen an den Wänden verwischen zu roten Flecken in meinen Augenwinkeln, das riesige Maul der Außentür gähnt mir entgegen, und das Tageslicht knallt mir wie eine grelle Wand ins Gesicht. Vierzig Stufen, vierzig winzige Schläge in eine betäubte Plastikhüfte, führen mich auf den Parkplatz hinab. Ich springe vor Mama und meinen Onkel, bevor mein Verstand überhaupt Zeit hatte, meine Füße einzuholen.

»Was geht hier vor?!«, platzt es aus meinem Hals.

Mama faltet sich zusammen, während Daniels Präsenz den Rest des Parkplatzes ausfüllt. Er schlürft Luft in seinen massigen Leib – garantiert um mir eine Beleidigung an den Kopf zu werfen –, doch ich drehe mich einfach von ihm weg.

Stattdessen trete ich dicht vor meine Mutter. »Mama?«

Ihr Blick flattert zu Daniel. »Mach dir bitte keine Sorgen. Wir dürfen vorübergehend bei deinem Onkel unterkommen.«

Es ist zu viel.

Mein Körper rennt in fünf verschiedene Richtungen gleichzeitig. Meine Hände wollen sich auf Daniel stürzen, mein Mund möchte auf meine Mutter einreden, meine Haare sich zum Himmel sträuben, die Füße aus meinem Leben laufen und mein Herz in tausend Stücke zerplatzen. Aus all diesen Empfindungen entsteht nur ein Herumwirbeln der Welt, das mich dazu zwingt, meine Hände auf den Oberschenkeln abzustützen und tief durchzuatmen. *Ich bin neunzehn,* schreie ich in meinem Kopf. *Niemand entscheidet mehr über mich!*

»Rena?«, haucht meine Mutter.

»Was denn?!« Ich schaue auf. »Was? Was willst du mir noch sagen?!«

Sie drückt sich an die Seitenwand des Busses, selbst das kalte Metall scheint für sie verlockender zu sein als meine Nähe. Ihre Blicke fliegen im Sekundentakt zu Daniel, im stummen Flehen, dass er für sie das Ruder übernimmt. Aber heute lasse ich das nicht zu. Mit zusammengebissenen Zähnen schiebe ich mich zwischen die beiden, durchtrenne diese giftige Nabelschnur und zwinge meine Mutter, selbst Verantwortung für ihre Taten zu übernehmen.

»E-Er verlangt nur die H-Hälfte der Miete«, stottert sie.

Ich starre sie an.

»Wenn ich es mir nicht anders überlege!«, plustert sich Daniel hinter uns auf.

Ich schieße einen feindseligen Blick über meine Schulter, der ihn mitten in seine Überheblichkeit trifft und schlagartig verstummen lässt. Vielleicht spürt er es, die Tatsache, dass er keine Macht mehr über mich hat. Dass er zu etwas Nichtigem geschrumpft ist, seit er den Trumpf seines Hauses nicht mehr wie einen Teppich unter meinen Füßen wegreißen kann.

»Er verlangt also nur die Hälfte«, wende ich mich wieder an meine Mutter. »Die Hälfte einer Miete, die sowieso *ich* bezahle.«

»Du verstehst nicht –«

Ich verstehe sie tatsächlich nicht. Aber aus einem anderen Grund.

Plötzlich braust jemand in einem Auto dicht an uns vorbei, nur um abrupt auf die Bremsen zu treten, den Rückwärtsgang einzulegen und den Wagen zurück vor unsere Füße zu rollen. Es ist ein VW-Beetle Cabriolet in blitzblankem Rostrot. Ein Mann sitzt darin, mit sandfarbenem Haar, das der Wind zu einer gewagten Föhnwelle hochtoupiert hat. Er wirft sich einen Schal um den Hals, rückt seine Sonnenbrille zurecht und will garantiert fragen, wie er wieder aus dem müffelnden Teil dieser Stadt herausfindet.

»Ah!«, ruft er über den polierten Lack des Wagens hinweg. »Ich komme gerade richtig, wie es scheint!«

»Wer zum Teufel ist das?!«, spuckt Daniel. Und zum ersten Mal in den zweihundertachtundzwanzig Monaten, die ich nun schon auf dieser Erde verweile, stimme ich meinem Onkel in Gedanken zu.

Föhnwelle steigt aus dem Cabrio, schiebt sich die Brille ins blonde Haar und steckt seine Hände in lockere Stoffhosen. Er schreitet über den Parkplatz und schickt ein offenes Lächeln voraus, das von niemandem erwidert wird. Daniel stellt die Beine breiter, die Augen meiner Mutter weiten sich zu Tellergröße, und ich runzle bloß die Stirn.

Ich will dem Mann gerade erklären, wie er zurück zur Autobahn findet, doch ausgerechnet meine Mutter kommt mir zuvor. Sie weicht nicht vor ihm zurück, wie sie es bei mir tun würde. Stattdessen drückt sie sich vom Bus ab und wandelt wie im Traum auf ihn zu. *Fehlt nur noch, dass sie ihn umarmt,* denkt ein perverser Teil meines Verstandes, *dann renne ich schreiend von hier weg.* Aber ihre Füße besinnen sich eines Besseren. Mit zwei Metern Sicherheitsabstand bleibt sie vor ihm stehen.

»Aber wieso …?«, stößt sie atemlos hervor.

»Nach unserem Telefonat heute Vormittag hielt ich es für das Beste, mir selbst ein Bild von der Situation zu machen«, erwidert der Mann freundlich.

Ich trete dazwischen. »Hören Sie, ich will nicht unhöflich sein, aber wir stecken mitten in einer privaten Unterhaltung. Es ist kein günstiger Zeitpunkt.«

»Deshalb bin ich ja hier«, meint er lächelnd. »So kann das doch nicht weitergehen. Keine sicheren Wohnverhältnisse, immer mehr Fehlstunden in der Schule …«

Woher weiß er das?

Obwohl der Gedanke irrsinnig ist, obwohl ich seit über einem Jahr auch offiziell die Verantwortung für mein eigenes Leben übernehmen darf, platzt in mir eine Angst auf, die seit Ewigkeiten in meinem Hinterkopf lauert. *Er ist vom Jugendamt,* schießt es mir durch den Kopf. *Zu guter Letzt holen sie mich doch von Mama weg.*

Unsinn, erwidere ich trotzig und bin drauf und dran, in unsere Wohnung zu stürzen, meinen Personalausweis aus der Tasche zu holen und mein Geburtsdatum vor seine glatt polierte Visage zu pressen. *Ich bin neunzehn!*

»... Umzug etwas überstürzt«, klinkt sich die Stimme des Fremden wieder in meine Wahrnehmung ein.

Daniel knallt den Kofferraum des Busses zu. »Mir reicht dieses Herumgejammere ein für alle Mal! Haltet endlich das Maul und packt eure Sachen in den Bus!«

»Wir packen gar nichts in den Bus!« Mit geballten Fäusten wirbele ich zu meinem Onkel herum. »Keiner von uns wird heute, oder irgendwann sonst, je wieder einen Fuß in dein gottverdammtes Haus setzen! Hat es diese Nachricht nun endlich in deinen Schädel geschafft?!«

»Rena!«, ruft Mama erschrocken.

»Du bist jetzt still!«, donnere ich.

Daniels Kopf läuft feuerrot an, und seine Fäuste ballen sich zu Vorschlaghämmern. Er will auf mich zustürmen, wie ein gereiztes Nashorn, das durchs Unterholz prescht, aber seine Schweinsäuglein zucken unsicher über den Fremden hinweg, und seine Finger lockern sich wieder.

Plötzlich weiß ich, dass er mich in Ruhe lassen wird. Dass Daniel, so wie meine Mutter und ich ihn kennen, für den Rest dieser Welt nicht existiert. Er ist ein feiger Mann, wird mir klar, der keinen Widerstand gewohnt ist. Nur das Licht unserer Angst, die er über Jahre hinweg in uns schürte, warf ihn in einem bedrohlichen Schatten an die Wand. Jetzt schrumpft er vor unseren Augen auf seine wirkliche Größe. Ein übergewichtiger, allein lebender Fünfziger, der seine Minderwertigkeitsomplexe mit Wutausbrüchen aufwertet.

»Hau ab«, zische ich. »Und komm nie wieder her.«

Ich muss ihn nicht berühren, um ihn von hier fortzujagen. Mein harter Ausdruck allein drängt Daniel zurück in seinen Bus. Nur mit Mühe ringt er die Wut nieder, die heiß in seinem Gesicht lodert, und weicht mit einem hasserfüllten Blick auf den Fremden hinter sein Lenkrad zurück. Vielleicht tröstet er sich in Gedanken damit, wie er uns dafür bezahlen lassen wird, sobald wir wieder hilflos in seinem Haus eingesperrt sind. Aber das wird niemals passieren. Nie wieder.

»Daniel! Bitte nicht!«, ruft Mama erschrocken. »Sie weiß doch nicht –«

Es ist zu spät für letzte Worte. Die Tür knallt über ihrem Einspruch zu, der Motor springt an, die Reifen quietschen über den Asphalt, und Daniel rauscht zum zweiten Mal in nur wenigen Wochen aus unserem Leben.

Diesmal für immer, beschließe ich.

Das weißblonde Haar meiner Mutter weht ihm wie ein Schleier hinterher. Ihre Hände, so dünn wie Spinnenbeine, krabbeln über ihre eigenen Arme empor und verkriechen sich unter ihren Achseln. Sie dreht sich zu mir um, ihre Augen vor Sorgen kugelrund.

»Du verstehst nicht, Rena«, haucht sie fast lautlos. »Wir wurden aus unserer Wohnung geworfen.«

»Es gibt Fristen! Wir haben Rechte!« Ich knalle den zerknitterten Mietvertrag zurück auf unseren Küchentisch. Nachdem Mama mir auf dem Parkplatz die Neuigkeit verkündet hat, dass unser Vermieter heute Morgen auf sie zugekommen sei und den Vertrag mündlich gekündigt habe, bin ich sofort zurück in unsere Wohnung gestürmt und habe die Unterlagen hervorgekramt. »Er kann nicht einfach an der Tür klingeln und uns von einem Tag auf den anderen vor die Tür setzen!«

»Die anderen Mieter haben sich über uns beschwert«, wimmert

Mama aus dem hintersten Winkel der Eckbank. Ihr Körper drückt sich so tief in die Schatten, dass ihre helle Haut einen verwaschenen Grauton annimmt.

Was für andere Mieter? Hakenkreuzschmierende, fremdes Eigentum stehlende, Frauen in Gruppen überwältigende Arschlöcher etwa?! Meine Entrüstung ist so vehement, dass ich für einige Augenblicke gar nicht registriere, was meine Mutter weiter sagt. Als der Rest ihrer Stimme endlich durch die Glut in meinem Schädel sickert, erstickt sie all meinen Widerspruch auf einen Schlag.

»Wir ziehen einfach den Kürzeren«, flüstert sie verzweifelt. »Wenn uns die Kicks nicht hier haben wollen …«

Mein Herz bleibt stehen.

Kicks Stimme jagt durch meine Erinnerung. Gestern Abend wollte er mir etwas Wichtiges sagen. Etwas, das völlig in meiner Panik untergegangen war. Und später in seinen Armen habe ich einfach nicht mehr daran gedacht, ihn noch mal danach zu fragen. War es etwa das hier? Wollte er mir sagen …

»… Ihnen gehört schließlich das Haus«, vollendet meine Mutter ihren Satz.

Ihnen gehört das Haus?

Den Kicks gehört dieses Haus?!

Es gibt nichts, das ich darauf erwidern kann. Rein gar nichts, denn jegliche Kraft weicht aus meinen Stimmbändern und hinterlässt nur nutzlose, ausgeleierte Gummischnüre in meinem Hals.

»Ach!« Der fremde Mann seufzt in unseren Flur, wohin ihn seine Füße vorhin geschwemmt haben. Nur meiner Mutter ist es zu verdanken, dass er sich überhaupt Zutritt zu unserer Wohnung verschaffen konnte. Sie bat ihn einfach herein, während ich mit der Suche nach dem Mietvertrag abgelenkt war. Jetzt wirft er mir ein aufmunterndes Lächeln zu, das ich nur allzu gern zurück in sein Gesicht klatschen würde. »Ein ziemliches Dilemma, nicht wahr?«

»Was tun Sie hier eigentlich?!«, zische ich frostig.

»Ich habe heute Vormittag mit deiner Mutter telefoniert«, erklärt er in einem so geduldigen Tonfall, dass ich ihn am liebsten erwürgen würde. »Sie hat sich furchtbare Sorgen um dich gemacht, weil du heute Nacht nicht nach Hause gekommen bist. Und da ich gerade Zeit hatte, dachte ich mir, ich schaue mal vorbei.«

»Es hat angefangen, kurz nachdem wir in dieses Haus eingezogen sind«, redet meine Mutter einfach drauflos. Ihre Worte gewinnen an Lautstärke, doch jegliche Lebendigkeit bleibt dabei auf der Strecke. Sie hört sich an, als würde sie einen Text vortragen, den sie schon viel zu oft geübt hat. »Ich hatte keine Ahnung, dass die Kicks hier wohnen. Der Name ist mir auf dem Mietvertrag nicht aufgefallen.«

»Ach, so ist das. Ich verstehe.« Der Fremde lächelt mich an, als wäre ich schwachsinnig. »Du musst doch einsehen, dass es für beide Parteien auf Dauer nicht gut sein kann, auf so engem Raum miteinander zu leben?«

»Sie weiß es nicht«, tönt es aus der Ecke. »Während der Gerichtsverhandlung lag Rena noch im Koma. Sie ... Sie hat keine Ahnung, was dieser Junge ihr angetan hat.«

Stille.

Das Rauschen meines Blutes übertönt für einige Sekunden alles andere. Dann tauchen die Umgebungsgeräusche wieder auf, eines nach dem anderen, als wären sie nur von einer gewaltigen Kraft unter die Oberfläche meines Bewusstseins gedrückt worden. Zuerst höre ich das Surren des Kühlschranks, das Geklimper der Kronkorkenkette auf dem Balkon und schließlich wieder die Stimme dieses Mannes, von dem ich immer noch nicht weiß, was zum Teufel er in meinem Leben zu suchen hat.

Der Fremde stößt seinen Atem geräuschvoll aus. »Das ändert natürlich einiges. Wenn Sie Ihrer Tochter nicht alles erklären, kann sie

Ihre Beweggründe auch nicht verstehen. Sie müssen endlich reinen Tisch machen.«

Mama pocht ihren Hinterkopf an die Wand. »Die Sachverständigen haben bei der Verhandlung ausgesagt, dass die Bremsen des Motorrads defekt waren.«

Ein einzelner Herzschlag donnert in meiner Brust, so hart, als würde jemand seine Faust durch meine Rippen rammen.

»Es kam frisch aus der Werkstatt«, spricht sie weiter. »Im Nachhinein war es schwierig zu beweisen, aber wahrscheinlich war bei der Reparatur was übersehen worden.«

Aus wessen Werkstatt?, will ich fragen, aber meine Zunge gehorcht mir nicht mehr.

Stattdessen klingen Kicks Worte in mir nach, damals auf dem Balkon, als ich ihm die Frage gestellt hatte, ob er sich schon mal mit aller Kraft den Tod eines Menschen gewünscht hat. Und dann, viele Tage danach, als ich mich zum ersten Mal auf sein Motorrad gesetzt habe, tauchte wie von selbst eine weitere Frage in meinem Mund auf. Ob man eine Maschine so manipulieren könnte, dass die Bremsen erst mitten in der Fahrt versagen. *Da gibt es mehrere Möglichkeiten,* hatte er gesagt. *Also ja. Wenn man es drauf anlegt, kann man so was machen.*

Ich taumele rückwärts vom Küchentisch weg, bis meine Fersen an die Wohnungstür stoßen. Mama kauert zusammengeschrumpft in ihrer Ecke. Der Fremde steht mit hilflos erhobenen Händen zwischen uns im Gang.

»Die Zeiterfassung ließ keinen Zweifel zu«, wispert sie aus den Schatten. »Kicks Sohn war der Letzte, der an der Maschine gearbeitet hat.«

»Kicks Sohn«, dringt es von weit weg an meine Ohren. Meine Lippen bewegen sich, aber ich höre die Worte erst, als sie durch den Raum klingen. Unwillkürlich berühre ich die Türklinke hinter meinem Rücken, ziehe die Tür einen Spalt breit auf und spüre den kühlen Luftzug des Treppenhauses in meinem Nacken. »Das hätte er mir gesagt.«

Bevor er mich küsste.

Bevor wir miteinander geschlafen haben.

Bevor ich mich in ihn verliebt habe.

Mama schüttelt hilflos den Kopf.

»Er hätte es mir gesagt!«, rufe ich mit Nachdruck.

»Sehen Sie es jetzt?«, wimmert sie dem Fremden zu. »Begreifen Sie es?«

Der Mann dreht sich zu mir, sein Gesicht nun ebenso aschgrau wie das meiner Mutter. Er hebt beschwichtigend eine Hand, als würde er mich gleich berühren wollen, doch alles in mir sträubt sich dagegen. »Renate …«, beginnt er.

Doch ich stürme hinaus.

Meine Füße stapfen um das Haus, und meine Arme schwingen zackig auf und ab. Ich werde Kick finden, koste es, was es wolle. Selbst wenn ich dafür zurück zu diesem verdammten Ufer marschieren muss und die ganze Nacht auf ihn warte. Irgendwann muss er wieder auftauchen. Und dann wird er mir höchstpersönlich erklären, was meine Mutter mit ihren Andeutungen gemeint hat.

»Renate!«

Der Fremde hastet mir in großen Schritten hinterher, was leider völlig ausreicht, um meine Plastikhüfte einzuholen. Der Wind zerrt an seinem modischen Haarschnitt, und seine Finger streichen die Föhnwelle mehrfach zurück, bis er den Kampf gegen die Naturgewalten aufgibt. Er schneidet mir den Weg mit einem sanftmütigen Lächeln ab, das es locker auf die Titelseite des *Wachturms* geschafft hätte. »Bitte, Renate. Warte doch kurz.«

»Ich muss meinen Freund suchen«, fauche ich.

»Du meinst …« Sein Mundwinkel zuckt. »… diesen Kick?«

»Kennen Sie ihn?«

»Nein!« Er lacht auf eine schockierte Weise, als wäre es unter seiner Würde, jemandem aus diesem Stadtteil zu kennen. Noch immer habe ich nicht den blassesten Schimmer, von welcher Behörde er hergeschickt wurde, aber meine Geduld ist nun am Ende.

»Dann habe ich nichts weiter mit Ihnen zu besprechen.«

Er geht mir nicht aus dem Weg.

Schlimmer noch, als ich einen Bogen um ihn herum machen will, tritt er ebenfalls zur Seite. Sein Zeugen-Jehova-Lächeln wirkt jetzt angestrengter, als hätte ihm jemand verraten, dass es nur hundertvierundvierzigtausend Jünger in den Himmel schaffen und der letzte Stehplatz da oben längst verkauft ist.

»Wir könnten einen Kaffee trinken und in Ruhe über alles reden? Irgendein nettes Café wird es in der Nähe bestimmt geben?« Er lässt seinen Blick über die Siedlung schweifen, die aus abbruchreifen Häusern besteht. »O-oder wir fahren in die Innenstadt?«

»Sie sind viel zu alt für mich.«

Er lacht auf. »Oh, so meinte ich das doch nicht! Du nimmst mich auf den Arm, oder? Das ist der Grund, warum ich dich immer so sehr mochte. Du liebst eine kantige Wahrheit mehr als eine weiche Lüge.«

»Warum Sie mich immer mochten?«, wiederhole ich verwirrt.

»Ach ja.« Er kratzt sich verlegen am Hinterkopf. »Eigentlich darf man das nicht zugeben. Es ist den anderen Kindern gegenüber nicht fair.«

Den anderen Kindern? Falls mir der Typ jetzt weismachen will, dass er irgendwas mit den verschollenen Genen meiner Zeugung zu tun hat, verpasse ich ihm einen Tritt ans Schienbein. Auch wenn ich meinen Vater nicht kenne, hatte meine Mutter garantiert nie was mit einer stylischen Föhnwelle.

»Aber wenn du ein Geheimnis für dich behalten kannst«, meint er mit einem verschwörerischen Zwinkern, »dann warst du immer eine meiner Lieblinge.«

Er kassiert den Tritt.

Wenn auch nur, um an ihm vorbeizukommen.

Ich humple um das Haus und entdecke Wuschel, der seine Pfoten an die Gitterstäbe des Käfigs klammert. Ohne weiter darüber nachzudenken, befreie ich den kleinen Kerl aus seiner Haftvollzugsanstalt und gebe ihm einen Klaps auf den wuscheligen Hintern. Falls Lilly ihn nicht wieder aufstöbert, werde ich ihm Futter unter den Balkon streuen.

Und falls Kick wieder auftaucht, kann er gleich dort unten mit einziehen.

»Auch meine Geduld ist irgendwann am Ende!«, ruft Föhnwelle von hinten. »Wir müssen uns ernsthaft unterhalten. Sonst gibt es bald niemanden mehr, der auf deiner Seite steht. Du willst doch dein Leben nicht einfach so wegwerfen?«

»Ich werfe es nicht weg!«, keife ich über meine Schulter. »Ich versuche schon seit Monaten, es aufwendig zu recyceln!«

Meine Schuhe schlittern über den matschigen Pfad zur verwilderten Seite des Hügels hinunter. Der aufgewühlte Dreck bremst mich immer wieder ab, aber das Gras ringsum ist viel zu hoch, um mich auf direktem Wege nach unten zu bahnen. Mit voller Absicht lasse ich die dünnen Zweige der Büsche hinter mir über den Weg peitschen.

Ein Aufschrei zieht meinen Blick zurück. Der Fremde befreit sich aus einer Brombeerranke, die sich um seine viel zu jugendlichen Sneakers gewickelt hat. Während er sich die Hände an den Stacheln blutig kratzt, glüht sein Kopf in einem Temperaturbereich auf, der nicht mehr den Energieeffizienzkriterien der EU entspricht.

»Würdest du mir bitte einen Moment zuhören?«, keucht er.

Vorsorglich lasse ich einen weiteren Zweig zwischen uns schwingen und verschränke die Arme vor der Brust. Der Fremde versucht nicht mal mehr, seine Föhnwelle zu richten, die einen bedauerlichen Unfall mit einer Astgabelung hatte. Sein Aussehen wirkt nun zerzauster, weniger aufpoliert und deutlich echter. Plötzlich blickt mir ein Mann entgegen, dem ein Teil von mir zuhören möchte.

»Ich respektiere dich nicht, weil du intelligent und ehrgeizig bist. Das sind auch andere«, sagt er nüchtern. »Wenn ich ehrlich zu dir sein darf, dann mag ich dich einfach, weil wir uns sehr ähnlich sind.«

Mein Mund klappt auf, aber ich weiß nicht, was ich darauf erwidern soll.

Er lächelt auf eine so aufrichtige Weise, dass sich mein Magen zusammenzieht. Zwischen uns läuft eine Art stummer Kommunikation ab, die nur mit den feinsten Sensoren unseres Unterbewusstseins wahrgenommen wird. Irgendetwas an seinem Ausdruck sagt mir, dass er es wirklich gut mit mir meint.

Seine Stimme bekommt einen mitfühlenden Unterton. »Mein Vater ist abgehauen, als ich ein Teenager war. Ich wurde schon sehr früh der Mann im Haus. Und damit meine ich nicht das Geschlecht, das weißt du sicher. Ich meine, dass ich derjenige war, der sich um meine Familie kümmern musste.«

Ich habe keine Ahnung, worauf er hinaus will.

»Deine Mutter ist überfordert mit dir«, erklärt er sanft. »Und das war sie schon immer, nicht wahr?«

»Was geht Sie das an?«

»Sie geht mit dieser Situation nicht richtig um, weil sie es schlichtweg nicht besser kann.« Er holt tief Luft und stößt sie seufzend wieder aus. »Wenn es um die menschliche Psyche geht, überschreitet das die Vorstellungskraft der meisten Menschen. Sie wollen eine handfeste Krankheit, der sie Mittelchen verabreichen können, bis alle Symptome verschwunden sind. Dabei brauchen wir manchmal einfach nur jemanden, mit dem wir reden können.«

Ich schnaube spöttisch. »Und Sie wollen das für mich sein?«

»Das habe ich nicht gesagt. Aber ich biete es dir gerne an.« Er tritt von einem Fuß auf den anderen. »Hast du denn sonst jemanden, mit dem du reden kannst?«

»Ja.«

Sein Mundwinkel zieht sich nach oben. »Etwa dieser Kick?«

»Kommen Sie zum Punkt. In Ihrer Phantasie kümmert sich meine Mutter also nicht richtig um mich. Können Sie das beweisen?«

Seine Augenbrauen ziehen sich zusammen. »Sie möchte dich wieder ins Krankenhaus einweisen lassen.«

Ich lache auf und taumle von ihm weg.

Jetzt ist es mir gleich, wie viele Zweige über mein Gesicht peitschen, meine Nervenenden fühlen sowieso nichts mehr.

»Warum auch nicht?!«, rufe ich in keine bestimmte Richtung. »Ist doch offensichtlich, dass ich die einzige Person hier bin, die einen an der Klatsche hat! Möchtegernnazis sind längst wieder salonfähig, und meine Mutter, die kaum einen Fuß vor die Tür setzt, heuert einen Wildfremden an, um mich im Gebüsch hinter dem Haus zu therapieren. Ich sollte längst eingeliefert sein!«

»Autsch«, sagt der Mann. »So wildfremd bin ich nun auch wieder nicht.«

Ich drehe mich zu ihm. »Wer zum Teufel sind Sie?«

Sein Lächeln scheint Startschwierigkeiten zu haben, denn es zuckt mühevoll an seiner Wange herum. »Das weißt du doch«, meint er zögernd, und als ich nicht darauf reagiere, fügt er in einem leiseren Ton hinzu: »Das *weißt* du doch? Oder … *oder etwa nicht?*«

Ich recke mein Kinn. »Ich habe Sie noch nie zuvor in meinem Leben gesehen.«

Sekundenlang starrt er mich an. Sein weicher Ausdruck schmilzt von seinem Gesicht, bis so etwas wie kantige Bestürzung übrig bleibt. Er weitet seine Augen, streckt eine Hand nach mir aus und tritt einen wankenden Schritt auf mich zu. »Sag mir, wie ich heiße.«

»Haben Sie mir überhaupt zugehört?!«

Seine Lippen pressen sich zu einem Strich. »Wie heißt dein Deutschlehrer?«

Worauf will er hinaus?! Ich habe jetzt keine Nerven, um mich an meine alten Lehrer zu erinnern, mal abgesehen davon, dass ich mir die Namen sowieso nie merken konnte. *Schlaumeier, Langweiler, weißes Rauschen,* irgendeine Bezeichnung davon passte doch immer. Ich war nie für die Schule gemacht.

»Wie *heiße* ich?!«, drängt er weiter.

Ich balle meine Fäuste und spucke ihm die Wahrheit entgegen, wenn er sie unbedingt hören will. »Das weiß ich nicht! Sind sie jetzt zufrieden? *Ich habe keine Ahnung, wer Sie sind!*«

Ohne seine Antwort abzuwarten, kämpfe ich mich den Rest des Pfades nach unten und stolpere keuchend auf den Fußweg. Alle Farben, die ich liebe, sind hier vertreten. Die reiche, fast schwarze Erde unter den Bäumen, das tiefe Braun von Baumrinde, und dazwischen Hunderte von Grünnuancen, die der Herbst langsam aus den Blättern wäscht. Nur ein Ton fehlt, als ich mich durch die Haselnusssträucher arbeite, ungeduldig die Zweige wegdrücke und eine immer stärker werdende Panik in mir aufkommen spüre. Kein Rot versteckt sich hier unten, egal in welche Richtung ich mich drehe, egal wie oft ich die gleichen Stellen absuche.

Der Fremde erreicht den Fußweg, aber ich höre seine Worte nicht.

»Wo zum Teufel ist mein Motorrad?!«, fluche ich.

Wo steckst du?!

Der Föhnwelle geht die Luft aus. Er schrumpelt in sich zusammen, bis von seinem Enthusiasmus nur noch ein müder Zug um die Mundwinkel übrig bleibt. Seine Hand streckt sich nach mir aus, doch in der Geste liegt keine Glaubwürdigkeit mehr. Alles an seiner Haltung verrät mir, dass er am liebsten die Beine in die Hand nehmen und von hier abhauen würde. Zu meiner Überraschung entschließt er sich dennoch, die Stellung zu halten. Vielleicht sind wir uns tatsächlich ähnlicher, als ich gedacht habe.

»Für dich … muss das … sehr verwirrend sein«, erklärt er stockend, als hätte sein Verstand Schwierigkeiten damit, die Buchstaben sinnvoll aneinanderzureihen. »Könntest du trotzdem versuchen, mir zu vertrauen?«

Ich laufe ein letztes Mal im Kreis, als hätte sich das Motorrad vielleicht nur kurz in die Büsche geschlagen, um etwas Motoröl abzulassen. Aber auch eine dritte Runde, die ich durch die Haselnusssträucher ziehe, fördert keine Maschine zutage. Schnaubend bleibe ich stehen und werfe dem Fremden einen finsteren Blick zu.

Seine Zunge leckt über die Lippen. Ein kurzes Lächeln. Mühevolles Räuspern. »Es wäre doch ganz gut, wenn dich mal ein Arzt ansieht.«

Ich starre ihn an.

Er lacht nervös. »Ich weiß, ich weiß! Ich widerspreche mir gerade selber! Aber ich habe nicht geglaubt, dass deine … Ich meine, ich bin ja auch kein Arzt … Also, es wäre bestimmt besser, wenn du dich untersuchen lassen würdest.«

Ich verschränke meine Arme vor der Brust.

Auf seiner Stirn bricht Schweiß aus. »Ich bin dein Deutschlehrer, Renate. Vor ein paar Tagen wollte ich mit dir darüber sprechen, dass deine Mutter sich an mich gewandt hat. Weißt du das nicht mehr?«

Mein Hirn wühlt nach einer Bestätigung seiner Aussage, zupft aber nur unzusammenhängende Pixel heraus. In mir keimt das vage Gefühl auf, dass ich diesen Mann tatsächlich schon mal gesehen habe, aber ich kann mir keine konkrete Begegnung mit ihm ins Gedächtnis rufen.

»Erinnerst du dich *wirklich* nicht an mich?«, fragt er mit halb ungläubiger, halb besorgter Stimme. »Ich will den Teufel nicht an die Wand malen, aber so etwas könnte durch eine Verletzung in deinem Gehirn ausgelöst werden. Vielleicht wurde im Krankenhaus etwas übersehen?«

»Das kann nicht sein. Ich wurde monatelang durchgecheckt«, erwidere ich irritiert.

Der Ausdruck in seinen Augen wird immer verzweifelter. »Um ehrlich zu sein, habe ich deine Mutter auch nicht ganz ernst genommen. Sie redete am Telefon davon, dass du Kleinigkeiten vergisst, zum Beispiel wie du deinen Kaffee trinkst, Dinge aus deiner Kindheit, all so was. Aber das hier …« Er keucht und fährt sich verzweifelt durch die Haare. »Das hier ist anders … Es ist ernst … Renate, du vergisst *Menschen.*«

»Das tue ich nicht.«

Wo ist Kick?

Warum zur Hölle weiß ich nicht, wo er ist?!

»Oh! Ich hab eine Idee!« Föhnwelle betastet seine Brusttasche und zieht ein Smartphone hervor. »Warte eine Sekunde, ich kann es dir beweisen.«

Ich werfe einen Blick über meine Schulter, in der letzten Hoffnung, dass Kick mit meinem Motorrad – ich meine, mit *seinem* Motorrad – angebraust kommt und mich aus diesem Albtraum rettet. Aber von der Maschine ist weit und breit kein Laut zu hören. Wäre da kein halb betäubtes Pochen in meiner Plastikhüfte, würde ich daran zweifeln, dass ich es jemals bis hierher geschoben habe.

»Hier! Sieh dir das an!« Der Mann eilt auf mich zu, stolpert fast über seine schlammverkrusteten Schnürsenkel und hüllt mich in eine Wolke aus panischem Schweiß.

»Was ist das?«, brumme ich.

Auf dem kleinen Display öffnet sich ein Gruppenfoto. Ein Haufen Jugendlicher, die auf einer Treppe vor einem Schulgebäude stehen und ihre Schokoladenseiten in die Kamera grinsen.

»Zoom rein«, fordert mich Föhnwelle auf.

Zwei meiner Finger gleiten über die Glasoberfläche und schieben die Gesichter zur Seite, bis sie an einem Mädchen hängen bleiben. Zart und blond in der ersten Reihe, mit langen Pusteblumenhaaren, die ihr über die Schultern wehen. Sie lächelt mich an, aber in ihren wasserblauen Augen steckt ein harter Ausdruck. Nur zwei Personen weiter entdecke ich Föhnwelle, allerdings noch mit kürzeren Haaren.

»Damals war ich dein Klassenlehrer. In der Neunten, erinnerst du dich?«

Bin das wirklich *ich?*

Ich schüttle stumm den Kopf.

»Was hältst du davon?«, fragt er eine Spur zu aufmunternd. »Ich fahre dich und deine Mutter in die Stadt, und du lässt dich sicherheitshalber durchchecken?«

Ich sehe mich nach einem Einwand um, einem letzten Grund, diesem Mann nicht zu folgen. Der Fußweg schwingt in einer ausladenden Kurve von mir weg, die sich erst einen halben Kilometer weiter zwischen den Bäumen verliert. Wie ich seit gestern Nacht weiß, führt er an einen magischen Ort. Direkt hinein in ein lebendig gewordenes Bild von Kicks Zimmerwand, dessen gesamte Dekoration danach schreit, endlich aus dieser Stadt wegzukommen.

Wo steckst du?!, denke ich mit aufeinandergepressten Zähnen.

Keiner antwortet.

Der Fremde gewinnt.

Gemeinsam stapfen wir den Abhang nach oben und streifen unsere verschlammten Sohlen am Rasen vor dem Haus sauber. Wuschels Käfigtür steht noch immer offen, aber der kleine Kerl sitzt wieder freiwillig hinter Gittern und knabbert an seiner Futterstange. Der Anblick ist so hoffnungslos, dass mir Tränen in die Augen schießen.

Föhnwelle nimmt mich sanft am Ellbogen und führt mich über die Außentreppe zu seinem rotleuchtenden Beetle hinunter. Ich fühle mich nicht involviert genug, um zu protestieren, und betrachte den Vorgang mit distanzierter Gleichgültigkeit. Ein weit entfernter Teil meines Gehirns fragt sich, ob ich unter Schock stehe, aber selbst für diese Analyse fehlt mir echtes Interesse.

»Setz dich schon mal rein, ja?« Der Mann öffnet mir die Beifahrertür und schiebt den Vordersitz so weit zurück, dass ich meine Beine ausstrecken kann. »Ich gebe noch rasch deiner Mutter Bescheid und frage, ob sie mitkommen will. Du wartest hier, okay?«

Ich falle in den Sitz und nicke stumm.

Er schließt die Tür bedächtig und huscht um die Motorhaube herum. Seine langen Schritte befördern ihn in Windeseile die Außentreppe hinauf, immer zwei Stufen auf einmal, und lassen mich alleine auf dem Parkplatz zurück.

Zumindest *fast* alleine.

»Ist das dein Zuhälter?«, ruft eine Stimme von der Bushaltestelle.

Ich drehe mich um.

Der Grinser und der Kleine sitzen auf der Metallbank unter dem Wetterverschlag und hecheln ihre Zungen in meine Richtung.

»Nein, ich bin *sein* Zuhälter«, rufen meine Lippen ohne mein

Einverständnis zurück. »Für einen Zwanziger dürft ihr euch mal bücken!«

»Wie komisch!«, kräht der Grinser. »Für den Benzinschlauch wolltest du dein Maul nicht so weit aufreißen!« Er stößt den Kleinen in die Rippen, um Beifall zu kassieren, aber der andere untersucht angestrengt den Fußboden.

Plötzlich schwingt die Autotür unter meinen Händen auf. Zwei Augenpaare erfassen mich und lassen nicht von mir ab, bis ich kurz vor ihnen stehen bleibe. Der Grinser rückt sein Lachen etwas in den Hintergrund, und der Kleine beißt sich auf die Unterlippe.

»Habt ihr Kicks Motorrad unten aus den Büschen geholt?«

Ihre Mienen öffnen sich, sie wirken wahrhaftig überrascht. Ehe der Grinser ihn mit einem Stoß in die Rippen davon abhalten kann, antwortet mir der Kleine gehorsam. »Nein, das hat er selbst geholt.«

Mein Herz schlägt einen Rückwärtssalto. »Ihr habt ihn gesehen?!«

»Was willst du von ihm?«, bellt der Grinser. Gleichzeitig spuckt der Kleine aus: »Er ist vor einer halben Stunde damit zur Arbeit.«

»Zur Arbeit? Jetzt noch?«

Der Kleine zuckt die Achseln. »Der Alte lässt ihn doch andauernd Überstunden schuften.«

Grinser verpasst ihm mit der flachen Hand einen Schlag auf den Hinterkopf. »Halt die Fresse! Bist du hier die Schlampenauskunft, oder was?«

Ich ignoriere ihn und konzentriere mich stattdessen auf die Schwachstelle in diesem reizenden Duett. Der Kleine liebt es, Befehle zu befolgen und dafür ein Leckerli zu kassieren. Also halte ich ihm einen köstlichen Knochen in Form eines netten Lächelns hin. Er schluckt es verwirrt.

»Kannst du mir sagen, wo Kick arbeitet?«

»Na, in der Werkstatt.«

Grinser rollt die Augen und stöhnt laut auf.

Der Kleine zuckt schuldbewusst zusammen. »Das weiß doch jeder«, murmelt er.

»Wo genau ist diese Werkstatt?«

»Wieso willst du da hin?« Grinser erhebt sich von der Bank und baut seine Bomberjacke vor mir auf. »Falls du Sehnsucht nach ein bisschen Gesellschaft hast, können wir hinters Haus gehen. Oder willst du es lieber in der Öffentlichkeit machen?«

Ich starre den Kleinen zu Boden. »Du bist mir was schuldig. Oder willst du, dass ich mich vor den Bullen genau daran erinnere, wer von euch vieren mich mit einem Benzinschlauch gefüttert hat?«

Der Kopf des Kleinen schnellt nach oben. »Es gibt nur eine Werkstatt hier in der Gegend! Die dritte Haltestelle!«

»Du bist so ein Schlappschwanz!« Der Grinser spuckt auf den Boden.

»Dann soll sie doch zu ihm gehen, ist mir doch scheißegal!«, protestiert der Kleine.

Grinser schüttelt angewidert den Anblick seines Kumpels ab und fasst mich wieder ins Auge. Seine wulstigen Lippen ziehen sich nach oben. »Ich weiß ja nicht, welche Hoffnungen du dir machst, Zuckerpüppchen, aber Kick treibt es nie mehr als einmal mit derselben Tussi. Bei uns könntest du öfters zum Zug kommen.«

Ich habe mehr als genug Informationen erhalten.

Meine Füße drehen mich in die andere Richtung und marschieren los.

Drei Stationen. Dann bin ich bei dir.

Ich benutze die verwinkelsten Seitenstraßen, damit Föhnwelle mich nicht mit seinem Cabrio aufspüren kann. Leider bedeutet das auch, dass ich noch langsamer vorankomme, als es mit einer gemächlich erwachenden Plastikhüfte sowieso schon der Fall ist. Der Asphalt unter meinen Schuhen zieht sich wie Kaugummi und klebt an jedem meiner Schritte. Kurz spiele ich mit dem Gedanken, mir eine weitere Dosis Schmerzmittel zu gönnen, aber ich zerknülle die Idee wieder. Wenn ich Kick gegenüberstehe und von ihm wissen will, warum er mich mitten im Gebüsch sitzen gelassen hat, will ich bei klarem Verstand sein.

Bin ich das überhaupt noch? Nach allem, was heute passiert ist?

Dieses verdammte Schulfoto kratzt an meiner Zuversicht.

Ich unterziehe meinen Körper einem inneren Check, angefangen bei den Füßen, weil sich etwas in mir sträubt, gleich in meine Gedanken zu blicken. Meine Sohlen schmerzen, was mich angesichts der Weltumsegelung von heute nicht verwundert. Die Muskeln in meinen Schienbeinen und Oberschenkeln ziehen, meine Hüfte hat Schlagseite, nur mein Herz fühlt sich in Ordnung an. Es schlägt so kräftig unter meinen Rippen, dass ich den Puls bis in die Fingerspitzen spüre.

Mein Kopf hingegen ist … *verwirrt.*

Die Geschehnisse des Tages sammeln sich in der Manege meines Bewusstseins. Eine Löwenbändigerin, die mir die Gittertür zum Gehege öffnet. Eine Pantomimin, die sich hinter dem Vorhang verkriecht. Ein übergewichtiger Clown, der sich reihenweise Kinder in den Rachen stopft. Ein Zirkusdirektor, der seine Haare zu einem Zylinder türmt. Und zu guter Letzt der Magier, der sich einfach in Luft aufgelöst hat.

Mamas kugelrunde Augen leuchten in meiner Vorstellung auf. *Sie hat keine Ahnung, was dieser Junge ihr angetan hat …*

»Hattest du Angst, es mir zu sagen?«, frage ich den Wind.

… Kicks Sohn war der Letzte, der an der Maschine gearbeitet hat.

»Fehler können passieren«, flüstere ich.

Und plötzlich taucht eine Erinnerung aus all dem Gefühlschaos auf, von unserem allerersten Tag, als wir gemeinsam im Gebüsch unter meinem Balkon gekauert sind. Kick kannte meinen vollen

Namen, nicht nur die abgekürzte Form, mit der ich mich überall vorstelle. Er behauptete, dass meine Mutter mich so gerufen hat.

»Vielleicht hat sie das«, murmle ich. »Manchmal nennt sie mich Renate. Nicht sehr oft. Aber es ist möglich.«

Und wenn er meinen Namen schon vorher kannte?

Wenn er ihn … *in einem Gerichtssaal* gehört hat?

Hinter mir heult ein Motor auf. Ich zucke zusammen, doch es ist nur ein Rasenmäher, der für den letzten Schnitt vor dem Winter gestartet wurde. Ich spüre Gänsehaut, die mit eisigen Klauen über meinen Rücken kratzt, und schlinge meine Arme um mich selbst.

Als ich die dritte Haltestelle erreiche, ist weit und breit keine Werkstatt in Sicht. Ich drehe mich mehrmals um die eigene Achse, verfluche dieses Kaff dafür, dass keine Fußgänger unterwegs sind, und entscheide mich für irgendeine Richtung. Offenbar wissen meine Füße, wo es lang geht, denn sie führen mich direkt auf einen Parkplatz voller Gebrauchtwagen.

Die Garagentore sind geschlossen, aber aus dem Bürotrakt ergießt sich grelles Neonlicht in den Herbst. Die Wände des Gebäudes sind aus Glas, getragen von einer bleigrauen Metallkonstruktion mit schmutzigem Blechdach. In den Auslagen stapeln sich ausgebleichte Scheibenwischerpackungen und Frostschutzmittel. Eine Glocke schrillt, als ich die Tür aufstoße.

Eine ältere Dame reckt ihre Nase über den Tresen und identifiziert mich offenbar als schlechte Kundschaft, denn sie wartet stumm darauf, dass ich sie zuerst begrüße. Hinter ihr verstauben ein paar Plastikpflanzen, in die jemand blitzende Mercedes-Sterne gehängt hat. In der Ecke über den Aktenordnern steht ein künstlicher Mini-Weihnachtsbaum, der so aussieht, als hätte man ihn schon seit Jahren dort vergessen.

»Hallo.« Meine Hände gleiten wie von selbst über den Empfangstresen. In meiner Erinnerung blitzt ein rotgoldenes Logo auf, verschwindet jedoch wieder, bevor ich es richtig zu fassen kriege. Ich reibe mir einen Krampf aus der Stirn. »Ähm, arbeitet hier ein Mechaniker mit dem Namen Kick?«

Die Frau lacht schallend auf, als würde sie jeden Moment von ihrem Sessel hochspringen, um mir den Preis für die dümmste Frage des Jahres zu verleihen. Eine jüngere Kollegin hinter ihr am Computer verzieht amüsiert die Lippen.

»Könnte man so sagen, Schätzchen«, meint sie schmunzelnd. »Zu welchem willst du denn?«

Zu *welchem?* Mein verwirrter Gesichtsausdruck bringt sie erneut zum Lachen. Ihre Hühnerbrust bläht sich so stark, dass ihr jeden Moment die Knöpfe von der Bluse springen müssen.

»Jetzt zieh sie doch nicht auf«, kichert die jüngere Frau. »Man sieht doch, wen sie meint.«

»Jaja, schon gut! Wir haben hier ja sonst nicht viel zu lachen.« Die Ältere streicht sich Lachtränen aus den Augenwinkeln, verschmiert ihren billigen Mascara und verwandelt sich in einen Piraten mit defekter Augenklappe. »Diese Werkstatt *gehört* den Kicks, verstehst du, Kleine? Möchtest du zum jungen oder zum alten Kick?«

Unser Wohnhaus gehört ihnen … und jetzt auch noch diese Werkstatt. Ich versuche, nicht weiter darüber nachzudenken, sondern mich auf das Wesentliche zu konzentrieren. In der vagen Hoffnung, dass es vielleicht nett wirkt, zeige ich der Frau meine Zähne. »Er ist achtzehn.«

»Das hätte er wohl gern«, gluckst die ältere Frau.

»Ist ja nicht mehr lange hin«, meint die Jüngere.

Ich lehne mich vor. »Kann ich ihn bitte sprechen? Ich möchte nicht unhöflich sein, aber ich habe es sehr eilig.« Immerhin ist mir ein Cabrio auf den Fersen, dessen Insassen mich am liebsten sicher verpackt im Krankenhaus abliefern möchten. Ohne Rücksendeetikett.

Die Frau drückt eine Kurzwahl auf ihrem altmodischen Telefon und dreht sich die Kordel um den Zeigefinger. Ihre Augen linsen über den dünnen Rand ihrer Brille und mustern mich eingehend. Sie öffnet den Mund. »Wir haben hier Damenbesuch. Ist Alex in der Eins?«

Alex.

Sein Name überrollt mich wie eine warme Woge. Es war eines der ersten Dinge, die er jemals zu mir gesagt hat: *Wenn ich dir meinen Vornamen verrate, muss ich dich leider umbringen.* Jetzt kann ich das Lächeln nicht aufhalten, das an meinen Wangen zieht. Hat der Spinner mich etwa so lange auf die Folter gespannt, obwohl er den normalsten Namen der Welt trägt? *Alexander Kick.* Ich rolle den Klang in meinem Mund herum und beschließe, dass er mir schmeckt.

Der Tonfall der älteren Frau verändert sich plötzlich. Das amüsierte Leuchten verschwindet aus ihren Augen und verwandelt sich in eine steile Falte zwischen ihren Brauen. »Er arbeitet doch so … Nur mal fünf Minuten … Ja … Ja, Chef.«

Sie knallt den Hörer auf und seufzt.

Die Jüngere wirft ihr einen Blick zu, in dem tiefes Verständnis schimmert.

»Alexander repariert einen Kombi, der heute noch fertig werden muss.« Ihre Stimme klingt laut und mechanisch, aber ihre durchdringenden Augen sprechen eine völlig andere Sprache. Sie greift nach einem Notizblock und notiert etwas darauf. »Du wirst ihn ein anderes Mal besuchen müssen.«

Sie reißt den Zettel ab und schiebt ihn mir hin.

In schneller Kritzelschrift steht darauf: *Garage ganz links. Tür offen.*

Der Zettel zerknittert unter meinen Fingern, als ich ihn in meine Hosentasche stopfe. »Danke. Das werde ich machen.«

Auf dem Vorplatz gibt es drei Garagentore, doch nur unter den äußeren beiden blitzt Licht hervor. Geräuschlos gleite ich am ersten Tor vorbei, hinter dem ich den Chef der Werkstatt vermute. Die mittlere Garage scheint momentan nicht besetzt zu sein, aber aus der hinteren ganz links, höre ich das Surren einer Maschine. In jedem der Tore ist eine zusätzliche Tür eingelassen. Als sich meine Hand auf die abgegriffene Klinke legt, halte ich inne.

Was soll ich ihm eigentlich sagen?

Hey Alex, hättest du Lust, mich nach deiner Schicht in die Klapse zu fahren? Offenbar sind ein paar Hirnzellen in meinem Kopf durchgeschmort. Ich kann mich nämlich nicht erinnern, dass du dich heute Morgen von mir verabschiedet hättest.

Ich atme tief durch. Werfe einen letzten Blick über die Schulter, um mich zu vergewissern, dass kein Chef mir auf den Fersen klebt. Und bleibe an einem roten Fleck hinter einem geparkten Jeep hängen.

Kicks Motorrad steht da und starrt mich an. Sein toter Scheinwerfer ist genau auf meine Hüfte gerichtet, die verbogene Metallnase darunter weist wie ein Richtungspfeil auf die Garage vor mir.

»Ich habe keine Angst mehr vor dir«, knurre ich.

Die Maschine verzieht keine Miene.

Ich würge einen weiteren Atemzug hinunter und drücke die Klinke nach unten.

Die Tür wurde offenbar gut geölt, denn sie öffnet sich absolut geräuschlos. Im Inneren der Garage brennen zwei Neonröhren, trotzdem können sie mit dem Tageslicht in meinem Rücken nicht mithalten. Mich überkommt das dumpfe Gefühl, eine Tiefseehöhle zu betreten, die nur einen Ausgang hat. Der Geruch von Gummireiniger schwebt in der Luft, und ein blitzblanker Ford Kombi weist mit der Motorhaube in Richtung Tor. Aber niemand ist da.

»Kick?«, rufe ich so leise wie möglich. Ich will ihn nicht vor seinem Chef in Schwierigkeiten bringen. Hinter dem Auto fallen mir ein paar Regale auf, die mir vertraut vorkommen, doch bevor ich genauer darüber nachdenken kann, dringt eine Antwort aus dem Nichts.

»Ja?«, antwortet er seltsam gedämpft.

Mein Herz pocht in der Kehle. »Wo … wo bist du?«

Ein Geräusch dringt aus dem leeren Auto. Plötzlich bewegt sich der linke Vorderreifen, ein Stück des schwarzen Gummis scheint sich zu verformen und die Gestalt eines Stiefels anzunehmen. Ich springe zurück, kann nicht fassen, was ich da vor mir sehe, und erkenne erst dann meinen Fehler. Unter dem Kombi fährt ein stinknormales Rollbrett hervor, angetrieben von zwei Füßen in Stahlkappenstiefeln. Die blauen Beine eines Arbeitsoveralls folgen, von oben bis unten mit Ölflecken beschmiert und an den Knien völlig durchgescheuert.

Ich klappe zusammen und stöhne laut. »Scheiße, hast du mir einen Schrecken eingejagt!«

»Hab ich das?« Er klingt ungewöhnlich zynisch.

Ich blicke auf.

Unter dem Auto rollt sich Kick hervor. Ich weiß es, weil das Namenschild auf dem Overall ihn so bezeichnet. *Alexander Kick.* Aber da sind kein Punkerhaarschnitt, keine unterschiedlichen Augen, kein schiefes Lächeln. Der Ausdruck auf dem Gesicht dieses Kicks ist eiskalt.

Er wischt sich die Hände an einem schmutzigen Lappen ab und setzt sich auf. »Was hast du hier zu suchen?«

Sein giftgrüner Blick durchbohrt mich.

Es ist der Anführer.

Unter meinen Füßen öffnet sich eine Luke

Ich weiche zur Tür zurück, muss aber den Abstand falsch eingeschätzt haben, denn mein Rücken stößt scheppernd gegen das Garagentor. Der Anführer erstarrt. Wir beide lauschen einige Sekunden auf Geräusche, auf eventuelle Schritte eines Chefs, der selbst einem Plastiknazi Respekt einflößen kann.

»Du ...« Meine Stimme kratzt durch den Hals. »Du arbeitest hier?«

Sein Blick gleitet zurück zu mir. »Nein, ich *penne* unter diesem Auto. Was hast du hier verloren?«

Ich starre auf sein Namensschild. Ein Stück blauer Stoff mit aufgestickten Buchstaben, der mit einem Klettverschluss an seiner Arbeitskleidung klebt. Ein Klettverschluss, den man von einer anderen Uniform abreißen könnte, denke ich hoffnungsvoll, aber mein Verstand hat sofort ein Gegenargument parat. Eines, das bleischwer in meinen Magen sinkt. Er *hört* auf den Namen.

»Du heißt ...« Ich muss die Frage über meine Zunge zwingen. »... auch Kick?«

Seine Haltung bleibt unverändert, aber in seinem Ausdruck verhärtet sich etwas. Ein scharfer Splitter blitzt aus seinen Augen. »Jede Menge Leute heißen so.«

Er rafft sich vom Rollbrett hoch und schlendert scheinbar ziellos um den Kombi herum, doch als er vor der Werkbank stehen bleibt, gleiten seine Finger über eine Reihe von Schraubenschlüsseln. Sein Rücken wirkt unter dem Overall nicht mehr so breit und furchteinflößend wie unter der Bomberjacke. Im Gegenteil, sein Oberkörper ist leicht nach vorne gebeugt, als würde er jede Sekunde damit rechnen, den Kopf einziehen zu müssen. »Was willst du von mir?«

»Ich bin nicht wegen dir hier.« Ich halte das Armband an meinem Handgelenk hoch. »Ich bin wegen *diesem* Kick hier.«

Er dreht sich zu mir und betrachtet die silbernen Kettenglieder, die im Neonlicht aufblitzen. Hinter ihm, beinahe außerhalb meines Blickfeldes, tastet seine Hand nach einem Schraubenschlüssel und umklammert ihn so fest, als würde sein Leben dran hängen. Sein Arm zittert vor Anstrengung. »Den wirst du hier wohl nicht mehr antreffen.«

»Was soll das heißen?«

Er zieht seine Hand vom Tisch, und der Schraubenschlüssel prallt gegen seinen Oberschenkel. Anscheinend überrascht, dass er das Werkzeug noch immer festhält, dreht er es im Licht und mustert die Reflexion. Plötzlich lacht er auf, als wäre ihm etwas Absurdes eingefallen, etwas das die Anspannung für ein paar Sekunden aus seinem kantigen Gesicht wischt. »Worüber mach ich mir eigentlich Gedanken? Das alles ging viel zu schnell. Er hat es wahrscheinlich nicht mal mitgekriegt.«

Egal welches Werkzeug er in den Fäusten hält, egal wie viel größer und schwerer er ist, meine Füße treten langsam auf ihn zu. In mir breitet sich eine merkwürdige Stille aus. Die Ruhe vor dem Sturm.

»Wo ist Kick?«

Der Anflug eines Lächelns startet in seinem Mundwinkel, auf derselben Seite, mit der Kick mich immer angelächelt hat. Erst jetzt wird mir die Ähnlichkeit zwischen den beiden bewusst. Wenn man die politischen Statements wegradiert, bleiben eine vergleichbare Körperstatur, dieselben schokoladenbraunen Haare und sogar die gleiche Augenfarbe übrig, zumindest was Kicks rechtes Auge betrifft. Der Anführer ist eine dunkle Kopie von ihm. Sein lebendig gewordener Schatten.

»Du willst unbedingt, dass ich es laut ausspreche?«, fragt er in einem gefährlich leisen Unterton. »Also gut. Er hatte einen Unfall.«

»Einen Unfall?« Da müsste Schrecken in mir sein, aber ich fühle nichts, als wären sämtliche Leitungen in mir mit einem sauberen Schnitt durchtrennt worden.

Der Kopf des Anführers senkt sich. Nicht etwa aus Scham, sondern weil ich so dicht vor ihn trete, dass er nur auf diese Weise den Augenkontakt halten kann.

Seine Stimme wirkt mit einem Mal abwesend, als würde in seinem Kopf ein ganz anderes Gespräch ablaufen. »Für ihn war es immer leicht«, murmelt er vor sich hin. »Er hat nie gelernt, wann man besser die Schnauze halten sollte.«

Da ist etwas in seinem Ausdruck, etwas Toternstes, das mir einen Schauer über den Rücken jagt. Plötzlich taut sie doch auf, die eiskalte Furcht in mir, dass es wirklich einen Unfall gab. Kick hätte mich nach unserer Nacht am Flussufer nicht einfach so zurückgelassen. Sein Motorrad war immer noch da. So viele Spuren im Sand, dass einzelne Abdrücke nicht mehr auszumachen waren. Das Gefühl von unsichtbaren Augen überall um mich herum.

Mein Puls beginnt zu rasen.

»Wart ihr etwa da?! Habt ihr uns gesehen?!« Meine Fäuste knallen gegen seine Brust und stoßen ihn gegen die Werkbank. »Was hast du mit ihm gemacht?! Sag mir, wo er ist!«

Er holt mit dem Schraubenschlüssel aus und schlägt ihn mir gegen die Schulter.

Ich stolpere zur Seite, falle über eine Werkzeugkiste und komme hart auf dem Boden auf. Mein Kinn schlägt auf den Beton, meine Zähne krachen aufeinander, doch meine Arme kratzen bereits nach Halt, bevor der Schmerz überhaupt einsetzen kann. Adrenalin schießt durch meine Muskeln und zwingt mich zurück auf die Beine. Ich stütze mich am Heck des Kombis ab, rapple mich auf und schüttle den Kopf. Vor mir verdoppeln sich für einige Sekunden die Regale.

Schlagartig weiß ich wieder, wo ich sie schon einmal gesehen habe.

Heute ist der Platz davor leer. Kein umgekipptes Motorrad auf dem Boden. Kein blutig geschlagener Anführer, der in seine Hände schluchzt. Dafür dröhnen ihre tiefen Stimmen in mir nach, zuerst blechern, als würden sie von weit entfernt kommen, und schließlich immer deutlicher. Meine Lippen bewegen sich wie von selbst und spulen ein Gespräch ab, das nicht aus meiner eigenen Erinnerung stammt.

»Scheiße, wir müssen dich zum Arzt bringen!«

»Nein, verdammt! Du sollst mich nicht anfassen!«

Das Blut auf seinem Rücken stockt bereits, eine schwarze, klebrige Substanz, die aus winzigen Löchern in seiner Haut tritt. Es sind Kettenabdrücke, wild durcheinander in verschiedenen Winkeln und Stärken. So etwas passiert nicht durch einen Unfall, so etwas wurde ihm bewusst angetan. Es sind Hiebe mit einer Peitsche aus Metall.

Ich will ihn packen, schütteln, seinen Mund dazu zwingen, mit der Wahrheit rauszurücken, aber ich weiß nicht, wo ich ihn anfassen soll. Wo er noch nicht kaputt ist.

»Alex, was ist passiert?«

»Lass mich!« Seine Arme schlagen unkoordiniert um sich, treffen mich an Schulter und Wange, aber hinterlassen keinen Schmerz. Seinem verzerrten Gesicht nach behält er alles selbst, Unmengen davon. »Verpiss dich endlich!«

Ich lasse ihn los, weiche einen Schritt zurück, bis meine Ferse gegen das Motorrad stößt. Der Besitzer ist auf der Durchreise, wollte doppelt zahlen, wenn er es heute Abend wieder mitnehmen kann. So wie es aussieht, ist eine fette Schramme dazwischengekommen.

Als wir heute Nachmittag um die nigelnagelneue Ducati getigert sind und sie im Sonnenlicht bewundert haben, war jedenfalls nur eine Auspuffdichtung defekt. Ich wollte sie machen, immerhin sind Motorräder meine Spezialität, aber ich hatte noch eine Suzuki in zwei Teilen in der Garage.
Kurz bevor das geldhungrige Lächeln des Chefs mit dem Kunden im Büro verschwand, drehte er sich noch mal um und sah uns nacheinander an, seine Augen wie zwei Steine, die man ihm ins Gesicht geworfen hat. »Alexander übernimmt das. Dichtungen wird er ja noch wechseln können.«
Damit war die Entscheidung gefällt.
Jetzt gleitet mein Blick über die Werkbank, auf der Suche nach dem Ende dieser Geschichte. Ein Schleifer mit Polieraufsatz hängt halb vom Tisch, zurückgehalten nur von seinem straff gespannten Stromkabel, durch das noch immer Saft läuft. Ich ziehe sicherheitshalber den Stecker heraus.
»Wolltest du sie polieren?«
Er antwortet nicht.
Meine Finger gleiten über den Aufsatz. Er klebt vor Politurpaste. Viel zu viel davon.
»Bin abgerutscht«, keucht er schließlich.
»Du musst ins Krankenhaus.« Ich sehe ihn nicht an. Das ist die einzige Möglichkeit, um ruhig zu bleiben, um dieser Situation mit einem klaren Kopf zu begegnen.
Natürlich wusste ich es. Oder ich ahnte es zumindest. Aber es schien nie so schlimm, dass ich etwas dagegen hätte unternehmen müssen. Es waren nur ein paar blaue Flecken hin und wieder. Die hätte Alex von überall haben können.
»Einen Scheiß muss ich.« Den Geräuschen nach, versucht er, hinter mir auf die Beine zu kommen. Meine Finger zucken, aber ich halte mich zurück. »Eine Dusche und Desinfektions-

spray reichen. Ich muss das bis morgen Mittag in Ordnung bringen.«

Ich drehe mich zu ihm. Er schwankt auf seinen Beinen, als würde er sie zum ersten Mal in seinem Leben benutzen. Sein Blick streift die Jacke, die an der Wand hängt, aber wir beide wissen, dass er sie nicht anziehen kann. Hier kommt er nicht raus, ohne dass jemand seine Wunden sieht. Und dann wird es Fragen geben.

Ich biete ihm keine Hilfe an. Ich will, dass es Fragen gibt.

»Wie ist das gelaufen?«, höre ich mich sagen. »Du machst versehentlich einen Kratzer in den Lack, und der Alte prügelt dich mit einer Motorradkette windelweich?«

»Sprich nicht so von meinem Vater!«

»Was willst du jetzt machen?« Meine Stimme fordert ihn heraus. »Die Wunden desinfizieren und dann unter einem dreckigen T-Shirt verstecken, damit keiner sie sieht? Willst du so eine Stunde lang vor der Schleifbank hocken? Und danach das Blech neu lackieren?«

Er will mich schlagen, das sehe ich in seinem Blick. Ich halte ihm auffordernd mein Gesicht hin. Soll er es tun. Wenn er seine Arme noch so weit hochkriegt.

Ein schmerzerfüllter Laut dringt aus seinem Hals. Er dreht sich zur Seite, zumindest sieht es im ersten Moment so aus. Erst dann kapiere ich, dass er kurz davor ist, in Ohnmacht zu fallen.

Ich packe ihn an den Armen, auch wenn ihm das weh tut, und verhindere zumindest, dass er mit dem Kopf irgendwo aufschlagen kann. Seine Knie haben sich in Gummi verwandelt. Gemeinsam stolpern wir am Motorrad vorbei.

Ich öffne die Hintertür des Autos und helfe ihm auf die Rückbank, mit der Brust nach unten, damit sein Rücken mit nichts in Berührung kommt. In der schwachen Deckenbeleuchtung erhält das Gemetzel frische Farbe. Mir dreht sich fast der Magen um.

»Hör mir jetzt zu, du kleiner Scheißer.« Er ist bloß elf Monate jünger als ich, aber dieser Altersunterschied bedeutet, dass von uns beiden nur ich Auto fahren darf. »Ich bringe dich jetzt in die Notaufnahme. Erzähl da meinetwegen, was du willst, aber lass dich ordentlich zusammenflicken.«

»Ich kann nicht«, murmelt er halb besinnungslos in das Polster der Rückbank. »Er bringt mich um …«

Meine Finger ballen sich zu Fäusten. Auch wenn mein rasender Herzschlag mir sagt, dass das hier keine Lappalie ist, dass jede meiner Taten ein Nachspiel auf der Ebene eines Weltunterganges nach sich ziehen könnte, werde ich das nicht einfach ignorieren. Elf Monate, verdammt nochmal! Er ist fast mein kleiner Bruder.

»Wenn du morgen hier aufkreuzt, ist die Ducati wieder heil«, verspreche ich ihm. Heute Nacht krieg ich sowieso kein Auge zu, da kann ich genauso gut etwas Sinnvolles tun.

Die Büromädels sind längst weg, als ich die Garage verlasse, aber hinten im Aktenraum brennt noch Licht, wo mein Onkel auf mich wartet. Auf die Papiere, die ich ihm aus der Eins holen sollte, bevor ich nach Hause fahre. Ich frage mich, ob er mich insgeheim zurückgeschickt hat, um Alex zu finden. Oder ob er ihn längst vergessen hat, blutend, sich vor Schmerzen krümmend. Dieser verdammte Bastard.

Geräuschlos stehle ich den Autoschlüssel vom Haken an der Wand und verschwinde wieder. Der Wagen rollt vom Parkplatz, ohne die Straße vor mir zu erleuchten. Erst einen Block weiter schalte ich das Licht ein. Alex stöhnt von hinten. Manchmal hört es sich wie Heulen an. Manchmal ist er

so furchterregend still, dass ich anhalte und seine Atmung kontrolliere.
Es war ein Unfall in der Werkstatt, sage ich dem Arzt, aber meine Augen fügen die ganze Geschichte hinzu, halten sie ihm auffordernd hin, wie ein aufgeschlagenes Buch mitten vor seine Nase. Er will nicht hinsehen. Oder konzentriert sich erst mal auf das Wichtigste. Als Alex auf der Liege weggerollt wird, fühle ich mich ausgehöhlt.
Ich fahre zur Werkstatt und repariere die Ducati, wie ich es versprochen habe. Danach glänzt sie mehr als je zuvor. Mein Blick gleitet ein letztes Mal zurück zu ihr, bevor ich das Garagentor schließe. Der Hauch eines Versprechens bildet sich in meinem Hinterkopf, der Wunsch, sie noch einmal wiederzusehen, nur wir beide allein, wenn ich nicht so verdammt müde bin.
Es ist mitten in der Nacht, als ich mich endlich in meine Wohnung schleppe. Ich mache kein Licht, werde vom Inneren des Kühlschranks geblendet und falle ohne Abendessen in mein Bett. Das Universum leuchtet von der Zimmerdecke auf mich herab, zumindest meine aufgemalte Version, die noch immer nach frischer Farbe riecht. Ich betrachte Hunderte von winzigen Sternen, bis der Morgen über den Balkon kriecht und sie mit seinem Tageslicht auspustet.
Meine Eltern sind überrascht, als ich oben vor ihrer Tür stehe. »Du hast keinen Krümel mehr zu essen, stimmt's?« Mama hört sich zufrieden an. Meine Anwesenheit so früh auf ihrer Türschwelle bestätigt ihr, dass ich sie noch immer brauche. Sie hielt eine eigene Wohnung für Geldverschwendung. Hat mich ein Dutzend Mal damit genervt, endlich mein Zimmer auszuräumen, und dann selbst den Termin immer wieder verschoben.

Papa lädt mir einen Teller voll Zuckergebäck, bevor ich überhaupt den Küchentisch erreiche. Aber die Lust auf Süßes ist mir vergangen. Der gedeckte Tisch sagt mir, dass sie noch genauso sitzen wie immer. Er auf der Bank mit dem Rücken zum Fenster, sie ihm gegenüber auf dem Stuhl, ich an ihrer Seite. Nur, dass mein Platz seit einigen Wochen leer ist. Die Marmeladengläser ziehen noch immer einen Orbit darum, als wäre die Sonne in ihrer Mitte verschwunden, aber ihre Gravitation noch da. Ich setze mich in meine Vergangenheit.

»Er hat Alex verprügelt.«

Die muntere Geschäftigkeit meiner Eltern versiegt, ihre Blicke fallen. Da ist kein Ausruf der Überraschung, keine Bekundung ihres Entsetzens. Sie wissen, wen ich meine. So wie ich es auch immer wusste. Irgendwie.

»Diesmal war es schlimm«, füge ich heiser hinzu.

»Er hätte die Schnauze halten sollen!«, zischt der Anführer und reißt mich schlagartig zurück in die Gegenwart. In seinen Augen kochen wilde Emotionen. Er steht jetzt mit dem Rücken zum Tor, als hätte ihn etwas in die Enge getrieben. Zu meiner Überraschung finde ich mich selbst nur wenige Schritte von ihm entfernt. »Weißt du, was Eltern wie seine tun, wenn sie mit so etwas konfrontiert werden? Sie wollen *reden.* Und sie haben mit dem *Falschen* geredet!«

Eltern wie seine.

Woher weiß er das? Habe ich das alles etwa laut gesagt?

Noch immer schwingt diese Stimme in meinem Kopf nach, so viel tiefer als meine eigene. Mein Blick schweift durch die Garage und stellt fest, dass alles ein klein wenig anders aussieht. Nicht etwa, weil Werkzeuge ihren Platz gewechselt haben. Sondern weil sich meine Perspektive geändert hat. Ich bin dreißig Zentimeter zu klein für diese Erinnerungen.

»Kick ist dein Cousin«, höre ich mich wie aus weiter Ferne sagen.

»Hast du das jetzt erst geschnallt?!« Das Auflachen des Anführers klingt wie ein Schrei. »Wann hat er dir das erzählt? Wart ihr beide in jener Nacht noch hier? Habt ihr es auf dem blutigen Rücksitz des Autos getrieben?! Es muss so gewesen sein. Danach war keine Zeit mehr.«

»Ich habe Kick zum ersten Mal vor ein paar Wochen getroffen.«

Er klatscht sich beide Hände aufs Gesicht und lacht humorlos an die Garagendecke. »Fast hättest du mich dran gekriegt! Als du mich hinter dem Haus wie ein Bulldozer von dir geschleudert hast, bekam ich für ein paar Minuten eine Scheißangst. Es war fast so, als wäre er da gewesen. Aber so etwas gibt es nicht. Ich hab es getestet. Später in der Garage war nichts mehr von ihm zu spüren. Da war nur noch ein kleines Mädchen übrig, das einen Benzinschlauch im Maul hatte und sich fast in die Hosen gepisst hat vor Schiss.«

Es war fast so, als wäre er da gewesen.

»Wovon zum Teufel sprichst du eigentlich?!«

Ich habe genug von der Scharade, genug von den merkwürdigen Andeutungen. Da sind all diese lebhaften Bilder in mir, die nur von Kick stammen können. Obwohl ich mich nicht erinnere, dass er mir jemals davon erzählt hat. Ich muss es wieder vergessen haben, mit all den anderen Dingen, die in letzter Zeit spurlos aus meinem Kopf verschwunden sind. Das ist die einzige Erklärung, die Sinn ergibt.

Es sei denn …

Mit einem Mal laufen Tränen über meine Wangen, für die ich keinen Auslöser finde. Mein Körper scheint zu einer Schlussfolgerung gelangt zu sein, die mein Geist noch nicht zulässt. Verwirrt wische ich sie ab und betrachte die glänzenden Tupfer auf meinen Fingern. »Was hast du Kick angetan?«

»Nichts.« Seine Hände scharren hinter ihm über die Garagenwand, als hätte er vergessen, dass sich nur einen Meter neben ihm eine unverschlossene Tür befindet. »Es war seine eigene Schuld. Ich *wollte* ihm nichts tun.«

»*Wolltest?*«

Plötzlich sind da auch Tränen in seinen Augen, widerwillige, zähe Tropfen, die das falsche Lachen von seinem Gesicht spülen. »Niemand droht meinem Vater, verstehst du? Er ist nicht der Typ, der *redet*, weder mit seinem verdammten Bruder noch mit den Bullen. Er wollte nach der Arbeit mit mir zum Zementwerk rausfahren, um mir klarzumachen, was ich über meine Verletzung auszusagen hätte. Ich hätte alles getan, um da nie wieder hin zu müssen. *Alles.*«

Mit jeder Silbe, die aus seinem Mund kommt, schnürt sich mein Hals enger zu. Sein Geständnis knüpft mich Wort für Wort an einem Galgen auf. Und schlagartig weiß ich, dass der Moment kommen wird, an dem ich hinunterfallen werde. An dem mir die Wahrheit das Genick bricht.

»Als mein Vater mich an jenem Morgen in die Werkstatt kriechen sah, war ihm sofort klar, dass nicht ich die Ducati repariert hatte. Er sagte, dass sie jetzt besser aussähe als vorher und dass ein Versager wie ich das nie hingekriegt hätte.« Er schnaubt, als würde ihn das auf eine abartige Weise amüsieren. »Mein heldenhafter Cousin hatte wieder mal ganze Arbeit geleistet. Nur einmal sollte er in meiner Haut stecken, nur einziges verfluchtes Mal. Er sollte zu spüren kriegen, wie es sich anfühlt, wenn man den falschen Vater abbekommen hat …«

Der Anführer rutscht an der Garagenwand zu Boden, als würde dieses Geständnis seine Beine wegschmelzen. Innerlich zucke ich zusammen, erwarte beinahe eine Blutspur auf den Lamellen hinter ihm, bis mir klar wird, dass sein Rücken längst verheilt ist. All diese Dinge, von denen er spricht, liegen schon lange zurück. Und mit jeder Silbe, die er meinen Füßen beichtet, wird mir unweigerlich bewusst, wie lange genau.

»Der Kunde wollte die Ducati am Nachmittag abholen. Mehr als genug Zeit, um meinem Vater zu beweisen, dass mein Cousin nicht ganz so perfekt ist, wie er immer denkt.« Er hängt den Kopf zwischen die Beine. Die Sohlen seiner Springerstiefel klopfen den schnellen Takt einer Melodie auf den Boden, die nur er zu hören scheint. »Ich zog an den Bremskabeln. Nicht genug, um sie völlig loszureißen, das wäre zu schnell aufgefallen. Es sollte bloß nach Schlamperei aussehen. Nach etwas, das einem schon mal passieren kann, wenn man seine Nase in fremden Scheiß steckt.«

Der Knoten des Galgens wird dicht an meinen Hals gedrückt. Im Boden ringsum meiner Füße zeichnen sich die Ränder einer Klappe ab, die sich jede Sekunde öffnen wird. Ich spüre die lauernde Dunkelheit darunter.

»Gleich nach dem Mittagessen hätte ich den Fehler vor den Augen meines Vaters aufgedeckt. Ich hätte ihm bewiesen, dass ich manchmal der Bessere von uns beiden bin. Niemand hätte in der Zwischenzeit damit fahren dürfen. Aber mein Cousin musste sich wiedermal über alle Regeln hinwegsetzen und hat sie einfach genommen.« Er schnaubt spöttisch, doch die Geste wird von einem Tropfen Rotz ruiniert, der ihm aus der Nase schießt. »Wo seine unerlaubte Spritztour geendet hat, dürftest du ja mitbekommen haben. Immerhin warst du in der ersten Reihe.«

Die Luke öffnet sich.

Ich rase in meine Vergangenheit

Die Abendsonne hat die Wolkendecke aufgerissen und gießt ihr oranges Licht in meine Augen. Ich stehe vor der Werkstatt und starre hinauf in den Himmel, ohne wirklich etwas zu sehen. Die Tür in meinem Rücken hat nicht nur die Garage verschlossen, sondern auch alles, was darin passiert ist. Das Geständnis des Anführers ist bei ihm geblieben, wie eine dunkle Krebszelle, die ihn allmählich von innen auffrisst. Noch weiß ich nicht, was ich mit seiner Geschichte anstellen werde. Ich halte mein Gesicht in den Herbstwind und schließe die Augen, um dem tiefen Vibrieren in meinem Körper nachzuspüren.

Ein Windspiel klimpert von irgendwoher.

Ich finde es an der Ecke des Gebäudes, wo ein halb verdorrter Zierstrauch seine nackten Äste über den Parkplatz reckt. Wie auch die Windspiele in Kicks Zimmer ist es aus Sachen gebastelt, die einfach so herumliegen. Diesmal hat er alte Unterlegscheiben an einem dünnen Draht aufgehängt. Die silbergrauen Ringe reflektieren das Sonnenlicht und werfen es in funkelnden Kreisen auf das rote Motorrad davor.

Der Schlüssel steckt noch.

Langsam strecke ich meine Hände nach der Maschine aus und lege sie auf den Benzintank. Ich spüre die Wärme des Metalls unter meinen Fingern und erlaube mir die Phantasie, dass sie nicht von der Sonne, sondern von Kicks Körper stammt. Sein Motorrad mag ein erbärmlicher Ersatz für ihn sein, aber in diesem Moment ist es alles, was ich von ihm habe. Vorsichtig rutsche ich über den Sitz und drücke meine Wange an den warmen Tank.

In den Ritzen des Motors fällt mir der alte Dreck wieder auf, den ich schon heute Morgen bemerkt habe. Schlagartig weiß ich, dass

Kick seine heiß geliebte KTM nie so hätte verstauben lassen. Nach all den Dingen, die mir heute gesagt wurden, ist es ausgerechnet ein Motorrad, dem ich am meisten glaube.

»Bitte sag mir, dass es nicht wahr ist.« Ich schlinge meine Arme um den Hals der Maschine und presse meine Stirn dagegen. Doch sie ist kein lebendiger Mensch, der mich festhalten und trösten kann, unter ihrer Hülle aus Metall schlägt kein Herz für mich. »Es *kann* einfach nicht wahr sein.«

All die Dinge, die ich mit Kick erlebt habe, kann ich mir nicht bloß eingebildet haben. Da waren auch andere Menschen, mit denen er geredet, andere Gegenstände, die er berührt hat. Es ist einfach unmöglich. Aber vielleicht ... Vielleicht ist es nicht unmöglicher, als meinen Deutschlehrer komplett aus dem Gedächtnis zu verlieren.

Hat sich in meinem Kopf alles verdreht? Habe ich Kick tatsächlich schon früher getroffen, wie der Anführer es vermutet hat, vor dem Tag des Unfalls? Fühlt es sich nur in meinem zerrütteten Verstand so an, als wäre er bis gestern noch bei mir gewesen?

Ich hatte eine Kopfverletzung. Etwas in mir könnte kaputt gegangen sein, etwas, das die Ärzte nicht entdeckt haben, weil sie keinen Vergleich mit der alten Rena hatten. Aber meine Mutter hat es bemerkt, nicht wahr? In der Art, wie sie mich ansah, wie sie mir Testfragen stellte, wie sie immer öfter vor mir zurückschreckte, als wäre ich plötzlich ein Fremder.

Es ist unmöglich und irrsinnig und absolut verrückt, aber wenn ich Kick aus der Gleichung streiche, ergibt so manches plötzlich Sinn. Damals in der Küche, als ich ihn meiner Mutter vorstellen wollte, und sie von einer Sekunde auf die andere vollkommen durchdrehte, was sah sie da? Ihre Tochter, die stur von ihr verlangte, dass sie einen Unsichtbaren willkommen heißt? Einen Unsichtbaren, der ausgerechnet den Namen des Kerls trägt, der sie überfahren hat?

Kein Wunder, dass sie am nächsten Tag ins Krankenhaus stürmte, auf einer Nachuntersuchung für mich beharrte und in ihrer Verzweiflung sogar meinen Lehrer in die Sache hineinzog. Wenn das alles tatsächlich stimmt, war es nicht mein Unfall, der ihre Ängste verschlimmert hat. Sondern mein Verhalten danach.

Meine Mutter wusste die ganze Zeit,

dass Kick nicht mehr lebt.

Mit diesem Gedanken passiert es schließlich.

Die Panzerschalung um meine Gefühle bricht auf und legt mein Herz frei. Tausend feine Papierseiten schneiden in den pulsierenden Muskel, eine messerscharfe Kante für jeden Moment mit Kick, der niemals geschehen sein kann. Er ist nie von meinem Balkon gefallen, hat mich nie auf einer Leiter geküsst, nie unter klimpernden Flaschen geliebt.

Ohne Vergangenheit haben wir auch keine Zukunft.

Von einem Moment zum nächsten verschwindet die Luft um mich herum, als hätte man sie mit einem gigantischen Atemzug eingesaugt. Mein Mund klappt auf, wie bei einem Astronauten, der in die Weiten des Weltalls hinausgezogen wird, aber kein einziges Sauerstoffatom schafft es mehr durch die Enge in meinem Hals. Ich kralle meine Fingernägel in den Sitz und ersticke fast an der Leere in meinem Inneren.

»Du schon wieder!«, brüllt eine tiefe Stimme aus der hintersten Garage. Mein Kopf schnellt hoch, gerade als der Chef der Werkstatt eine Tür zuknallt und quer über den Parkplatz stapft. Seine unordentlichen Haare schimmern im Sonnenlicht genauso schokoladenbraun wie die seines Neffen. »Du hattest doch gestern schon deine Dreckpfoten an unseren Sachen!«

Du, sagt er.

Nicht, *du und Kick.*

Einige Sekunden lang starre ihm entgegen, ohne etwas zu tun.

Das ist er also. Der Mann, der seinen eigenen Sohn mit einer Motorradkette geschlagen hat. Der Mann, der ihm noch etwas Schlimmeres angedroht hat, falls er je die Wahrheit darüber sagen sollte.

Ohne ihn wäre der Unfall nie passiert.

Ohne ihn würde Kick noch …

»Steig sofort von meinem Motorrad ab!«, brüllt Kicks Onkel. »Oder ich hetzte dir die verdammten Bullen auf den Hals!«

Wie von selbst tasten meine Finger über den Tankdeckel hinweg und drehen den Schlüssel im Schloss. Mein Fuß klappt den Ständer nach hinten, und meine Zehen balancieren das Gleichgewicht automatisch aus, als wäre dieser Ablauf bereits hundertmal durch meine Synapsen gerauscht.

»Es ist nicht *dein* Motorrad«, zische ich.

Er hat keine Chance, mich einzuholen. Mit einer Hand drücke ich den Starterknopf, und mit der anderen drehe ich den Gasgriff bis zum Anschlag. Der Motor brüllt angriffslustig auf, und ich muss mich an den Lenker krallen, um nicht vom Sitz geworfen zu werden.

Wie ein wildes Tier schießt das Motorrad nach vorne und zwingt Kicks Onkel dazu, sich gegen das Garagentor zu werfen, um nicht von den Geländereifen aufgefressen zu werden. Mir bleibt keine Zeit, um nach ihm zu sehen, in Sekundenschnelle tragen mich die Reifen hinaus auf die offene Straße. Hinter mir vermischen sich das Scheppern eines Metallblechs und das Klirren des Windspiels mit dem tiefen Gebrüll dieses furchtbaren Menschen.

Kick konnte seine Klappe nicht halten.

Und ich werde es auch nicht können.

Mistkerle, die ihre Kinder prügeln, verdienen eine Strafe.

Natürlich kann ich nicht sofort zur Polizei fahren, nicht auf einem Motorrad, das ich so gut wie gestohlen habe, und schon gar nicht ohne Führerschein. Irgendwo in meinem Hinterkopf ist mir durchaus bewusst, dass ich nicht einfach so Motorradfahren können sollte, immerhin hatte ich keine einzige Fahrstunde. Aber aus irgendeinem Grund kann ich es, genauso wie ich vor ein paar Wochen einfach so einen Kleinbus einparken konnte. Mein Körper legt sich wie von selbst in den Fahrtwind und lenkt die Maschine nur mit der Verlagerung meines Gewichts. Wenn Kick tatsächlich nie bei mir war, wenn sein Onkel gestern Abend nur mich gesehen hat, muss ich dann nicht auch alleine hinunter zum Fluss gefahren sein?

Am Straßenrand tauchen immer mehr Inseln aus meiner Erinnerung auf. Völlig fremde Geschäfte, die sich gleichzeitig so anfühlen, als hätte ich mein halbes Leben in ihnen verbracht. Ich sehe mich selbst auf dem Bürgersteig hocken und lauthals lachen, damit ein paar hübsche Mädchen mich bemerken. Die anderen Jungs rollen Bierdosen vor die fahrenden Autos und springen johlend auf, als eine tatsächlich plattgewalzt wird. Ich streiche meine schokoladenbraunen Haare aus dem Gesicht und spüle den Geschmack eines zu langen Arbeitstages von meiner Zunge.

Aber das bin nicht *ich*.

Meine Hände, meine *wirklichen* Hände, krampfen sich fester um die Griffe.

Ich war nie in dieser Straße, habe diese Situation niemals erlebt. Die fremden Menschen in meiner Vorstellung verwischen bereits, wie unscharfe Details in einem Traum, der sich auf eine neue Szene konzentriert. Ein Traum, der von jemand anderem geträumt wird.

»Was stimmt nicht mit mir?!«, brülle ich in den Gegenwind.

Ich werde so schnell, dass die Autos vor mir ausweichen. Der Asialaden saust in meinem Augenwinkel vorüber und winkt mir höhnisch mit seiner abgerissenen Markise hinterher, als hätte er mein Ziel längst durchschaut. Ohne mich bewusst dazu entschieden zu haben, bin ich genau die Strecke gefahren, die Kick im Frühjahr genommen haben muss. Die Strecke, die mich direkt zu meinem Unfallort führt.

Vor mir baut sich der Hügel auf.

Der Motor frisst das Benzin in der Steigung, und für einen Moment bin ich versucht, diesen Wahnsinn hier und jetzt zu beenden. Das Motorrad abzubremsen, in den Straßengraben zu werfen und schnurstracks ins Krankenhaus zu marschieren, um meinen kaputten Verstand zusammenkleben zu lassen. Doch der Gedanke an das Café lässt mich nicht los, an die mächtige Linde am Straßenrand, an das Kreuz darunter …

Das Kreuz!

Plötzlich werde ich von einer so bittersüßen Hoffnung überflutet, dass mir Tränen in die Augen schießen. Es gibt eine Möglichkeit alles zu überprüfen, was der Anführer mir erzählt hat. Als ich damals mit Kick dort war – oder zumindest dachte, mit ihm dort zu sein –, wollte ich mir das Kreuz nicht näher ansehen. Ich habe die Inschrift darauf nie gelesen. Was, wenn nicht Kicks Name darauf steht? Wenn es doch ein anderer war?

Ich muss da hin. Mit einem Mal kann es mir nicht schnell genug gehen.

Das Motorrad schießt über den Hügel hinweg. Für ein paar Sekunden, die sich in meiner Qual zu endlosen Achtern drehen, fliegen die Reifen durch die Luft. Aber die Unendlichkeit ist etwas, das wir Menschen uns nur ausgedacht haben. Die Geländereifen landen wieder auf dem Asphalt, und die Stoßdämpfer, die für gröberes Gelände ausgelegt sind, federn den Aufprall mühelos ab. Dumpf in meinem Hinterkopf weiß ich, dass meine Hüfte weh tun müsste, aber der Schmerz schafft es nicht mehr durch die vollgestopfte Autobahn in meinem Gehirn.

Vor mir fällt der Hügel in einer schnurgeraden Straße ab.

Das Café hat noch die Tische draußen, ein paar Leute sitzen im letzten Tageslicht und trinken Bier, das in der untergehenden Sonne wie Tupfer von goldenem Honig glänzt. Die Linde streut ihre Blätter in einem gelben Teppich auf den Asphalt, als würde sie meinen Unfall endgültig darunter begraben wollen. Obwohl ich auf sie zurase, glaube ich, die Flecken auf ihrem Stamm zu erkennen, von denen die Rinde heruntergerissen wurde. Für einen Baum dieser Größe sind es nur Kratzer. Für einen Menschen, der mit dem Schädel dagegen kracht, bedeutet es den sicheren Tod.

Der Wind reißt alle Tränen von meinem Gesicht.

Ich lenke nicht bewusst zum Baum hin, die schiefe Nase des Motorrads stellt sich von ganz allein darauf ein. Die Köpfe einiger Gäste drehen sich in meine Richtung, ein Mann springt sogar von seinem Tisch auf und ruft etwas, das ich im Sturzflug nicht hören kann. In Windeseile fressen die Reifen den Rest des Abhangs.

Aus heiterem Himmel wetzt plötzlich ein kleines Mädchen zwischen den Stühlen hervor. Ihre Kükenhaare zu strohblonden Zöpfen geflochten, die über ihren Ohren wie Antennen abstehen. Sie stolpert über die Bordsteinkante, verliert das Gleichgewicht und landet direkt vor der Linde auf den Knien. Hinter ihr ragt das Kreuz wie ein ominöser Schatten auf.

Für Millisekunden gefriert alles zu vollkommener Stille. Der Mann, der so plötzlich aufgesprungen ist, reckt sich über den letzten Tisch hinweg, seine gespreizten Finger zu weit weg, um das Mädchen noch zu erreichen. Die Kleine starrt auf ihre schmutzigen Knie, wahrscheinlich um nachzusehen, ob es blutet. Meine Hände verkrampfen sich um den Lenker, der genau auf sie zuhält.

Du musst bremsen! Verdammt nochmal, Rena!

BREMS ENDLICH!

Der scharfe Fahrtwind, der unaufhörlich gegen mein Gesicht gepeitscht hat, wechselt schlagartig die Richtung. Ich kann fühlen, wie er stattdessen auf das Mädchen zurast, kann sehen, wie er ihr Hemdchen aufbläht und ihr einen Schubser verpasst, der sie zurück auf den Gehsteig wirft.

Zeitgleich verspüre ich einen Rückstoß, als wäre ich selbst es gewesen, als hätte ich meine unsichtbaren Hände meterweit nach vorne geworfen, um das Kind in allerletzter Sekunde von der Straße wegzudrücken. Bevor ich darauf reagieren kann, wird die Maschine herumgeschleudert, die Bremsen quietschen, ein dunkler Gummistreifen wirbelt wie ein Kreisel hinter mir her. Das Motorrad stürzt zur Seite, und die Straße scheuert meine Jeans in Sekundenschnelle auf.

Alles wird schwarz.

Ein letztes Mal träume ich von dir

Alles um mich herum ist dunkel.
Das Letzte, woran ich mich erinnere, ist diese lange Straße. Ihr fliegendes weißblondes Haar, als die junge Frau sich nach dem Kaffeedeckel bückt. Mein eigener Schrei, der noch immer in mir nachhallt.
Ich glaube, ich bin tot.
Damit käme ich klar, ich meine, letzten Endes bleibt uns allen nichts anderes übrig, als es zu akzeptieren. Trotzdem nagt da dieses Unbehagen in mir. Als hätte man bei meinem Dahinscheiden einen Fehler gemacht. Als hätte man, wie auch bei meiner Entstehung, etwas Entscheidendes übersehen.
Wo auch immer ich jetzt bin, ich werde das Gefühl nicht los, vergessen worden zu sein.

Eine kleine Unendlichkeit vergeht.
Eines Tages zerbröselt die Dunkelheit, wie dünne Papierfetzen, die vom Wind zerrissen werden. Von überall strömt Licht auf mich herab, so unfassbar grell, dass ich meine Hände vor Augen schlage.
Eine leuchtend weiße Zimmerdecke kommt über mir zum Vorschein, Ärzte in ebenso weißen Kitteln blicken auf mich herab. Ich wurde neu geboren, denke ich verzweifelt, ohne dass mein altes Ich richtig ausgelöscht wurde.
Aber die Menschen sprechen mich nicht wie ein Baby an. Da ist keine Mutter, die mich in ihren Armen hält und küsst. Mein Körper fühlt sich zu groß an, zu schmerzhaft, als hätte ihn jemand in der Mitte auseinandergebrochen.

Die Person, die ich geworden bin, bewegt sich ohne meinen Willen. Sie hat dünne, bleiche Hände. Die Stimme einer Frau, die überall um mich herum widerhallt. Als sie es zum ersten Mal ins Badezimmer des Krankenhauses schafft und in den Spiegel blickt, gefriert mir das Blut in den Adern.
Fassungslos starre ich auf ihr weißblondes Haar, verliere mich in ihren wasserblauen Augen. Die letzten Details, die ich von ihr wahrgenommen habe, bevor alles zu spät war.
Sie ist es. Meine Sünde.
Die junge Frau, die ich überfahren habe.

Es dauert Tage, um den Schock zu verdauen.
Inzwischen schäme ich mich für den esoterischen Firlefanz, den ich beinahe geschluckt hätte. Das hier ist kein Leben nach dem Tod, kein Fegefeuer oder irgendein anderes fiktives Instrument, mit dem sich Menschen zähmen lassen. Was auch immer normalerweise für einen Sterbenden vorgesehen ist, hat bei mir einfach nicht richtig funktioniert.
Ich erinnere mich wieder an den Unfall. Oder besser gesagt an das, was kurz danach geschehen ist.
Sie lag neben mir auf der Straße, in ihrem eigenen Blut, das so grell wie Mohnblumen auf ihrer weißen Haut leuchtete. Mir war vage bewusst, dass ich selbst verletzt sein musste, dass niemand einen solchen Aufprall unbeschadet überstehen kann. Trotzdem musste ich zu ihr, musste einfach nachsehen, ob sie noch lebt. Aber so sehr ich es auch wollte – mein Körper rührte sich nicht mehr.
Also konnte nur der Teil von mir zu ihr gehen, den ich manchmal unsichtbar hinaus in die Welt schicke. Der Teil, der noch nie richtig mit dem Rest verbunden war.
Mit aller Kraft drückte ich mich gegen die Schranken in mei-

nem Inneren, zwang immer mehr von mir über eine Grenze hinweg, die ich noch nie zuvor überschritten hatte. Ohne auch nur einen einzigen Muskel zu rühren, schleppte ich mich über die Straße zu ihr. Doch kaum erreichte ich sie, geschah etwas Unerwartetes.

Mein Körper, den ich irgendwo hinter mir zurückgelassen hatte, hörte auf zu leben. Statt mich mit sich in den Abgrund zu reißen, kappte er einfach alle Seile.

Was danach geschah, kann ich nur mutmaßen.

Vielleicht hat ihr verletztes Gehirn, auf der Suche nach ihrem Bewusstsein, mich versehentlich eingesaugt. Vielleicht hat aber auch mein eigener Geist – wie ein Ertrinkender, der seine Arme wild um sich schlägt – sich instinktiv an einen Körper gekrallt, in dem er überleben kann. Als wir beide Monate später aus dem Koma aufgewacht sind, war ich darin jedenfalls genauso gefangen wie sie.

Tage vergehen. Wochen. Monate.

Wenn ich meinen Körper verlassen konnte, muss es dann nicht wieder funktionieren?

Immer wieder werfe ich mich gegen die unsichtbaren Schranken in ihrem Inneren, und obwohl es mir für ein paar Sekunden tatsächlich gelingt, von außerhalb auf ihr blasses Gesicht hinabzublicken, schafft es nur die Spitze des Eisberges nach draußen. Der Rest meines Ichs, der gewaltige Block aus Eis unterhalb der Meeresoberfläche, kann sie keinen Millimeter weit verlassen. Sie hält mich auf eine Weise fest, wie es mein alter Körper nie getan hat.

Ich kann mit niemandem sprechen.

Niemanden um Hilfe bitten.

Manchmal wünsche ich mir ihren Tod.

Nicht weil ich sie hasse, sondern weil es kein anderes Entkommen für mich gibt. Sie trägt mich den ganzen Tag mit sich herum, ohne es zu wissen. Kämpft sich mit unerschütterlichem Ehrgeiz durch ihre Reha, um sich ihr altes Leben zurückzuerobern, ohne auch nur den blassesten Schimmer zu haben, dass es für immer vergiftet wurde.
Meistens fühle ich mich von den Infusionen zu betäubt, doch hin und wieder lässt der Nebel in mir nach, und ich sehe meine Umgebung so klar und deutlich, als würde ich tatsächlich in ihr stehen. In solchen Augenblicken gelingt es mir immer öfter, die Kontrolle an mich zu reißen.
Es sind nur geborgte Sekunden, aber ich werde süchtig nach dem Gefühl, endlich wieder etwas tun zu können. Ihre Finger umklammern plötzlich ein Frühstücksmesser, ihre Lunge hält von selbst den Atem an, ihre Füße finden sich auf der untersten Sprosse des Krankenhausbalkons wieder, ohne dass sie sich daran erinnern kann.
Aber ich komme nie weiter als das. Nicht, weil sie sich zurück an die Oberfläche kämpft, sondern weil ich sie wieder loslasse. Weil sie sich so sehr um ihre Mutter sorgt. Weil sie von ihren Freunden im Stich gelassen wird. Weil ich gegen einen Baum gefahren bin, nur um sie zu retten.

Ich kann es kaum fassen, als sie eines Tages die Anzeige meiner eigenen Wohnung in den Händen hält. Auch wenn ich sie damit erschrecke, muss ich einfach bei meinem Onkel anrufen, muss sicherstellen, dass ich diese einmalige Chance nicht verpasse. Nach all der Zeit im Krankenhaus, kehre ich endlich in mein altes Leben zurück.
Zumindest fast.

Natürlich ist sie es, die einige Tage später wirklich umzieht. Die ihre Kartons mit zusammengebissenen Zähnen über die Außentreppe hochschleppt, obwohl ihre künstliche Hüfte noch immer an ihren Muskeln scheuert.

Drinnen halte ich es nicht länger aus. Nach Monaten in diesem verdammten weißen Zimmer, muss ich hinaus auf den Balkon gehen und die frische Luft einatmen.

Ihre Lungen blähen sich schwächer, als sie es in meinem alten Körper getan haben, trotzdem wird der Gestank des Krankenhauses mit jedem Atemzug ein Stückchen mehr aus uns herausgepumpt. Ich will sie noch nicht hergeben, würde ihr am liebsten alles auf einmal zeigen, aber dieser Arsch von Onkel lässt sie sonst nicht in Ruhe.

Später ist sie zu erschöpft.

Ich wispere in ihr Ohr, dass sie den Schlaf verdient hat, obwohl ich längst weiß, dass sie mich nicht hören kann.

Ihr Körper ist für das Hinaufklettern über den Balkon nicht mehr geeignet, aber ich hatte sowieso nicht vor, mit ihrem fremden Gesicht meine Eltern zu erschrecken. Seit ich weiß, dass ich eine Gelegenheit habe, mich bei ihnen zu verabschieden, habe ich in jeder klaren Minute dafür geübt.

Die Dinge, die ich früher mit meinen Gedanken anstellen konnte, sind nichts im Vergleich zu dem, was ich jetzt vorhabe. Es ist die Uraufführung eines völlig neuen Zaubertricks, und mir würden die Beine schlottern, wenn ich tatsächlich noch welche hätte.

In Hollywoodfilmen schweben Geister mühelos umher. In Wirklichkeit zerre ich mein Bewusstsein unter größter Anstrengung aus ihr heraus, während der Rest meines Ichs wie der riesenhafte Anker eines Ozeankreuzers in ihr zurückbleibt.

Ich laufe zum Balkongeländer und will mich gerade daran hochziehen, als mich der Anblick meiner eigenen Hände auf dem Holz erstarren lässt.

Mein alter Körper ist weg, aber es scheint so, als hätte meine Vorstellungskraft einen neuen erschaffen, der ihm bis aufs Haar gleicht. Ich habe so etwas wie Beine, auf denen ich stehe, so etwas wie Arme, mit denen ich mich festhalten kann. Es fühlt sich fast so an, als wäre ich wieder ein vollständiger Mensch.

Trotzdem hängt ihre Anziehungskraft den ganzen Weg nach oben wie Eisenkugeln an mir. Ich klettere über den Balkon meiner Eltern und pralle hart auf den Boden, weil sie jetzt genau unter mir liegt und ihre Gravitation mich zurückhaben will. Doch offensichtlich kann das, was ich jetzt bin, nicht einfach durch Stahlbeton fallen. Oder mein Wille besteht aus etwas noch Undurchdringlicherem.

Meine Mutter sitzt auf der Couch. Sitzt einfach nur da und zieht an einem losen Faden eines meiner alten Pullover, den sie sich übergestreift hat. Ihr Anblick klammert sich um meine Kehle. Nach so vielen Monaten trägt sie noch immer Schwarz.

»Ich bin nicht tot«, stelle ich klar. Aber ich habe keine richtigen Lippen, keine Zunge, keine Stimmbänder mehr, die sie hören kann.

Stattdessen springt das Radio an.

Sie zuckt auf eine Weise zusammen, die beinahe komisch ist. Ihre Hände fliegen in die Luft, ihr Kopf wird herumgeschleudert, ihr ganzer Körper reagiert, als hätte man eine Autobatterie an jedes ihrer Ohren geklemmt und den Saft aufgedreht.

Ich setze mich an ihre Seite. »Ich bin hier.«

Das Radio wechselt den Sender. Nicht etwa auf meine mystische Stimme, die aus einer anderen Realität zu ihr dringt, sondern auf einen fürchterlichen Popsong. Die Frequenz wechselt weiter, gerät außer Kontrolle, rast mit meiner wachsenden Panik immer schneller durch die Radiostationen.

Meine Mutter schreit.

»Ich will ja aufhören!«, rufe ich. »Mama, sieh nicht zum Radio! Ich bin neben dir! Ich lebe noch!«

Ich möchte sie umarmen, ein letztes Mal festhalten, aber meine Arme gleiten einfach durch sie hindurch.

Sie springt auf und schüttelt das Radio, als versuchte sie, es wieder zur Besinnung zubringen. »Hör auf! Sei endlich still!«

Als ich über den Balkon hinabklettere, bin ich in meinen Gedanken verloren, so tief, dass ich zuerst nicht merke, wie sich zwei wasserblaue Augen auf mich richten. Erst als ein Zeigefinger in meinen Bauch pikst, hebe ich den Kopf und starre in genau jenes Gesicht, das ich wochenlang im Spiegel angesehen habe.

Sie sieht mich an.

Nicht durch mich hindurch, sondern direkt in meine Augen, als würde sie mich tatsächlich wahrnehmen. Da ist kein Wunder in ihrem Ausdruck, kein ehrfürchtiges Staunen, nicht mal Angst. Sie wirkt eher … angriffslustig?

Ihr Zeigefinger berührt mich kaum, aber ihre Gedanken stoßen mich weit von sich. So schwer es mir vorhin gefallen ist, über den Balkon hinaufzuklettern, so einfach stürze ich jetzt von diesem hier herunter. Ich bin beinahe überrascht, dass ich tatsächlich auf dem Boden aufschlage und nicht einfach durch die Erde hindurchfalle und am anderen Ende hinaus in

die Unendlichkeit schieße. Der Aufprall schlägt sogar die Luft aus mir heraus, zumindest fühlt es sich so an.
Sie ruft etwas, aber ich weiß natürlich, dass sie mich nicht hören kann und spare mir eine Antwort. Ich mag in ihrem Kopf feststecken, doch unsere Gedanken und inneren Stimmen sind strikt voneinander getrennt. Also genieße ich das Daliegen im Gebüsch, freue mich über die harten Wurzeln in meinem Rücken und das dumpfe Pochen in meinem Hinterkopf, weil es sich endlich wieder nach echtem Leben anfühlt.
Sie klettert herunter.
Ich spüre den Schmerz in ihrer Hüfte, wie ein weit entferntes Echo. Darunter liegt noch etwas anderes, ein stetiges Drängen, zu ihr zurückzukommen. Der gigantische Anker meines Unterbewusstseins, der nach wie vor in ihr steckt, will mich um jeden Preis wieder einholen.
Wahrscheinlich kann ich außerhalb ihres Körpers nicht lange überleben. Aber selbst ein paar letzte Sekunden in Freiheit bedeuten mir mehr als eine Ewigkeit in Gefangenschaft. Vielleicht bin ich letzten Endes nur nach Hause gekommen, um für mich alleine zu sterben.
Doch dann berührt sie mich.
Und diese Berührung ist wie nichts, das ich je zuvor erlebt habe. Sie lädt mich mit einer Energie auf, die mich hochschnellen lässt, einer gewaltigen Ladung, die wie flüssige, pure Lebendigkeit durch mich hindurchströmt. Ich würde mich am liebsten auf sie stürzen, nur um es noch einmal zu spüren.
Sie spricht mich erneut an, so als würde sie mich wirklich vor sich sehen, und diesmal entscheide ich mich für eine Antwort.
Das Unfassbare geschieht.

Ich finde das Kreuz

»Deshalb kanntest du meinen Namen«, flüstere ich halb benommen.

Der Asphalt taucht unter mir auf, zuerst verschwommen und dann so extrem klar, als wären meine Augen frisch gelasert. Blut tropft von meinem Ellbogen auf die Straße, in einem intensiven Mohnblumenrot, das in der Abendsonne brennt. Von überallher rufen Stimmen durcheinander, aber ich bin zu sehr vom Nachklang dieser Erinnerungen gefangen, um darauf zu reagieren.

Auf eine verrückte Weise macht alles Sinn. Die Vorstellung von Kicks Mutter, die in seinem alten Pullover auf der Couch sitzt und um ihn trauert, geht mir nicht mehr aus dem Kopf. Sie muss geglaubt haben, dass ich sie absichtlich quäle, als ich in ihr Haus einzog und sie immer wieder nach ihrem toten Sohn gefragt habe. Kein Wunder, dass sie ihre Zigarettenasche auf mich geschnippt hat.

Doch was ist mit dem Rest?

Zwei völlig unterschiedliche Menschen in nur einem Kopf?

Wäre so etwas möglich, dann müssten alle Zeitungen damit vollgeschrieben sein. Aber in unseren Medizinbüchern steht nichts von einer Möglichkeit, den eigenen Körper zu verlassen und in einen anderen zu schlüpfen. In unseren Medizinbüchern stehen nur Dinge wie Hirnblutungen und Persönlichkeitsstörungen.

Vorsichtig hebe ich meinen Arm und taste über meine kurzen Haare hinweg. Keine Platzwunde, nicht mal Kratzer sind unter meinen Fingern zu spüren, und dennoch stimmt etwas ganz und gar nicht mit mir.

»Gleich kommt Hilfe«, tröstet mich ein Fremder.

Jemand hebt das Motorrad von mir weg. Immer mehr Menschen umzingeln mich, unbekannte Gesichter überall, ihre Mienen zu festen Knoten zusammengezogen.

»Sie sollte liegen bleiben.«

»Aber nicht mitten auf der Straße.«

»Habt ihr diese irrsinnige Windböe gesehen?«

»Zum Glück ist dem kleinen Kind nichts passiert!«

Von weitem ertönen die Sirenen eines Krankenwagens.

Sie werden mich wieder ins Krankenhaus bringen, schießt es mir durch den Kopf, ein Röntgenbild machen, wahrscheinlich auch ein MRT, nur um sicherzugehen. Sie werden in meine Akte schauen und dort vielleicht schon den Vermerk meiner Ärztin vorfinden: *Wenn ihr sie habt, lasst sie nicht mehr gehen!*

Zwei Leute greifen mich unter den Armen. Mein linkes Bein löst sich ruckartig aus einer klebrigen Pfütze und schrammt durch den Blätterhaufen vor der Linde. Ein kleiner Bilderrahmen, der vom Laub bedeckt war, klappert auf die Straße. Durch seine Glasscheibe zieht sich ein feiner Riss.

Ich rutsche hin und hebe das Bild auf. Betrachte das Portraitfoto, das vom Licht und Regen der letzten Monate ausgebleicht wurde. Spüre, wie ein völlig anderer Schmerz in mir aufwallt, in einer Vollkommenheit, die selbst eine Plastikhüfte in den Schatten stellt.

Der Anblick seiner verblassenden Augen tut überall weh, in jeder einzelnen Zelle. Ich sterbe an Millionen von Orten zugleich.

Jemand will mich trösten, verwechselt meine innere Qual mit den Kratzern auf meinem Bein. Aber noch gebe ich die Hoffnung nicht auf, noch habe ich nicht getan, weshalb ich hergefahren bin. Der Schatten des Holzkreuzes prickelt auffordernd in meinem Nacken.

Mit angehaltenem Atem drehe ich mich danach um.

Mein Blick gleitet über das aufgewühlte Laub hinweg, wandert am Kreuz empor und stößt auf zwei eingravierte Daten, die einen viel zu kurzen Zeitraum begrenzen. Sein Geburtstag war am 28. Dezember, ein paar wenige Monate vor unserem Unfall. Er wurde nur achtzehn Jahre alt.

Über dem Datum stehen Buchstaben.

Tränen schießen in meine Augen, und gleichzeitig zuckt mein Mundwinkel nach oben, als ich seinen altmodischen Vornamen zum ersten Mal lese. Kein Wunder, dass er ihn um jeden Preis vor mir geheim halten wollte. Noch immer kann ich nicht rational erklären, woher ich all diese Dinge über ihn weiß, trotzdem fühlt es sich an, als hätte er mir von Anfang an die Wahrheit gesagt. Auf seine Weise.

Das merkwürdige Ableben seines Vormieters kommt mir in den Sinn, der gute alte Parzi, der sich für eine Katze geopfert hat und sich dabei das Genick brach. Nicht irgendwelche Augenzeugen haben diese Geschichte ausgeschmückt, sondern er selbst. Die ganze Zeit über war Kick mein Vormieter, der alle Möbel auf meinem Balkon besorgt und die vertrockneten Pflanzen nach seinen Großtanten benannt hat. Er muss sich köstlich über mich amüsiert haben.

Ein halb erstickter Laut bricht aus meiner Kehle. »Ist das dein Ernst? *Parzival?*«

Von hinten dringt eine tiefe Stimme zu mir herüber.

»Keine Ahnung, was sich meine Eltern dabei gedacht haben«, seufzt er.

Wir rauben uns den Verstand

Beinahe widerstrebend tastet sich mein Blick zurück über den Asphalt.

Zwei Knie, die in so zerrissenen Jeans stecken, dass sie praktisch nackt sind. Ein winterblasser Hals, als hätte er den Sommer eingesperrt in einem Zimmer verbracht. Schokoladenbraune Haare, die über seine Nasenspitze wehen. Und diese unglaublichen Augen, grüngesprenkelt und milchblau.

Ein schiefes Lächeln zieht an seinem Mund. »Ich mein's ernst, Rena. Wenn du mich noch mal so nennst, benenne ich einen Kaktus nach dir.«

Ich will es nicht glauben.

Ich *kann* es nicht glauben.

Eine ungeheure Angst wallt in mir auf. Angst davor, dass es jede Sekunde wieder vorbei sein könnte, dass nur die geringste Bewegung meines Körpers den Zauber durchbricht und Kick für immer spurlos verschwindet. Ich wage es nicht mal zu blinzeln. »Nach allem, was heute war«, stoße ich erstickt hervor, »denkst du wirklich, dein Vorname würde mich noch umhauen?«

Er lächelt mich an, aber ich sehe, wie sich seine Augen mit einem Wasserfilm überziehen. Wir sitzen nur wenige Meter auseinander, doch zwischen uns türmt sich ein Berg aus unausgesprochenen Worten auf. Keiner von uns wagt es, die Wahrheit anzusprechen, aus Panik davor, dass wir eine Lawine auslösen, unter der wir begraben werden.

»Alles wird gut«, tröstet mich ein Fremder und schiebt seinen Arm auf meinen Rücken. »Soll ich dich rüber zum Café bringen?«

Ich rühre mich nicht von der Stelle.

Kick sitzt mitten auf der Straße und kaut an seinem Daumennagel, als würde ihn meine Reaktion nervös machen. Neben ihm verblutet seine heißgeliebte KTM, ein Schlauch, der gerissen sein muss und den Geruch von Benzin verströmt. Doch er sieht nicht mal hin. Er sieht nur mich an.

»Können Sie ihn sehen?«, wispere ich dem Fremden zu. Ich hebe meinen Arm und deute auf Kicks Brust. Mein Zeigefinger zittert in der Luft, als hätte ich eine Packung Kaffeebohnen verschluckt.

Der Fremde beugt sich näher zu mir. »Wen meinst du?«

»Den Kerl mit den komischen Augen. Er sitzt gleich da, neben dem Motorrad.«

Der Fremde betrachtet die Maschine, ohne etwas zu sagen, dann entdeckt er den angeknacksten Bilderrahmen in meinem Schoß. Kicks Foto ist zwar ausgebleicht, aber die unterschiedlichen Farben seiner Augen schimmern noch immer durch. Für ein paar Sekunden trifft mich der besorgte Blick des Fremden, dann weicht er zum Café zurück und fragt mit gedämpfter Stimme: »Hat einer den Notarzt gerufen?«

Mein Herz pocht schneller.

Ich lecke mir über die Lippen, als würden die Worte so leichter aus meinem Mund rutschen. »Kann dich niemand außer mir sehen?«

Kick schüttelt sachte den Kopf.

Blaues Blitzlichtgewitter taucht über dem Hügel auf und mischt sich in das Rot des Sonnenuntergangs. Eine Sirene schallt über uns hinweg, bevor ein paar Leute auf die Straße laufen und den Krankenwagen mit hoch erhobenen Armen zu uns herunterwinken.

Ich lege den Bilderrahmen zurück vor das Kreuz und betrachte meine leeren Hände, als würde ich darauf warten, etwas zu fassen zu kriegen. Etwas, das wieder einen Sinn ergibt.

Hinter uns knallen die Türen des Krankenwagens.

Nur noch wenige Minuten trennen mich von einer Einlieferung

ins Krankenhaus, dem sterilen Geruch nach Desinfektionsmittel, den unendlich weißen Wänden, die mit jedem Tag ein Stückchen näher zusammenrücken. Salz brennt hinter meinen Augen, aber keine einzige Träne fällt von meinem Gesicht.

»Eines muss ich dir lassen«, presse ich hervor. »Du bist der beste Fall von Schizophrenie, den ich mir vorstellen kann.«

»Du bist nicht schizophren.«

»Dann bist du eben der beste Fall eines völlig kaputten Gehirns.«

Ich lächle ihn warm an.

Und dann winke ich die Sanitäter zu mir herüber.

Mit einer Sache lag ich falsch.

Ich werde nicht sofort in den Krankenwagen verladen und mit Blaulicht ins Krankenhaus befördert. Stattdessen helfen mir die Sanitäter auf eine Trage und lassen mich von einer Notärztin untersuchen, die nur wenige Augenblicke später eintrifft.

Mir bleibt nichts anderes übrig, als still dazuliegen und in eine gelbe Baumkrone zu starren. Obwohl die Ärztin hartnäckig versucht, Blickkontakt herzustellen, gleitet meine Aufmerksamkeit immer wieder zurück hinauf in die Lindenblätter. Sie haben die Form von Herzen. Aufgeblähten Herzen, die beinahe platzen.

Kicks tiefe Stimme dringt von irgendwoher an mein Ohr.

»Schau genau hin«, wispert er.

Die Lindenblätter hängen reglos über mir, als wären sie ein stilles Orchester, das auf den Einsatz seines Dirigenten wartet. Doch plötzlich kommt Wind auf und zupft ein einzelnes Blatt von einem Ast. In der einen Sekunde flattert es direkt auf mein Gesicht zu – in der nächsten bleibt es einfach stehen.

Mitten in der Luft.

»Eines Tages lag ich in meinem Zimmer und habe minutenlang ein Windspiel beobachtet, das über mir im Wind schaukelte. Erst als ich mich zur Seite drehte, fiel mir auf, dass mein Fenster die ganze Zeit über geschlossen war. Zuerst hielt ich es für Zufall, aber dann habe ich immer mehr Windspiele gebastelt, um zu üben. Die Flaschen hängen schon seit letztem Sommer unten am Fluss. Gestern Abend wollte ich dir zeigen, was ich mit ihnen anstellen kann. Ich wollte dir endlich alles sagen …«

Immer mehr Blätter trennen sich vom Baum und fallen zur Erde hin, nur, dass sie dort niemals ankommen. Drei Meter über dem Boden, über der Aufmerksamkeit der Schaulustigen, die nur Augen für mich haben, halten sie einfach an.

Ein Blatt nach dem anderen wirbelt um die eigene Achse und scheint das nächste anzustoßen, obwohl sie sich nicht mal berühren. Es sieht aus, als hätte der Wind einen unsichtbaren Finger nach oben gestreckt, der über die Tasten eines riesigen Klaviers streicht. Ich kann den sich verändernden Luftdruck sogar auf meinem Gesicht spüren.

»Am Tag unseres Unfalls konnte ich nicht mehr bremsen. Also habe ich versucht, dich zur Seite zu stoßen«, haucht Kick in meine Haare. »Mit der Kraft meiner Gedanken.«

Gänsehaut frisst sich über meinen Nacken empor.

Die Blätter beenden ihren bizarren Tanz und stürzen alle zeitgleich auf uns herab.

Ein gelbes Herz streift meine Wange, kurz bevor Kick es auffängt und vor seinem Gesicht dreht. »Noch nie zuvor habe ich versucht, etwas so Großes wie dich zu bewegen. Ich war auf deinen Widerstand nicht vorbereitet.«

»Widerstand?«

Zum ersten Mal seit Minuten treffen sich unsere Blicke.

Halb erwarte ich, dass sein Körper wie ein Geist durchsichtig schimmert, dass ein Ast durch seine Haare blitzt oder die Sonne in seinen Armen glitzert. Aber er sieht so aus wie immer. Sein Gesicht in Millionen Details abgebildet, die ich mir unmöglich alle zugleich einbilden kann. Wenn ich ihn mit dem Hintergrund vergleiche, wirkt er sogar einen Hauch schärfer als alles andere. Als wäre da nicht mal der dünne Filter der Luft zwischen uns.

Seine Augen scheinen tiefer in mich hineinzusehen, als es normale Augen je könnten. Es liegt nicht nur an ihren ungewöhnlichen Farben, wird mir klar, sondern weil es tatsächlich so ist. Auf eine Weise, die ich noch nicht begreife, sieht er mehr von mir als jeder andere Mensch.

Er tippt das Lindenblatt nachdenklich an seine Lippen. »Es war so ähnlich, als wäre ich mit Anlauf gegen eine Wand gerannt. Meine Gedanken haben sich gegen dich geworfen und sind mit voller Wucht wieder abgeprallt. Deshalb habe ich das Gleichgewicht auf dem Motorrad verloren.«

»Du wolltest mich retten«, quetsche ich aus meinem Hals. »Und hast dich dabei selbst von der Straße gedrängt?«

»Es passierte wahnsinnig schnell.«

»Das glaube ich dir«, antwortet die Notärztin mitfühlend.

Mein Kopf schnellt zu ihr. »Sie … Sie haben ihn gehört?!«

Die Frau lächelt mich ermutigend an. »Mach dir keine Sorgen. Die Blutung an deinem Bein ist gestillt. Wir werden dich im Krankenhaus zur Sicherheit noch durchchecken, aber ich denke, am schlimmsten hat dich der Schock erwischt.«

»Muss ich über Nacht dort bleiben?«, fragt Kick.

Die Ärztin wendet sich an den Sanitäter hinter ihr und nimmt etwas von ihm entgegen. »Vermutlich schon. Aber wenn es keine Komplikationen gibt, kannst du morgen wieder gehen.«

Ich starre Kick fassungslos an.

Ein Lächeln zieht an seiner Wange. Er nimmt meine Hand und legt meinen eigenen Zeigefinger sachte auf meinen Mund. »Spürst du das?«

Meine Lippen bewegen sich mit seinen Worten!

In meinem Gesicht merke ich nichts davon, aber unter meinem Finger ist es deutlich zu fühlen. Bedeutet das etwa, dass er durch mich spricht? Hört er sich für andere Menschen nach mir an? Das Telefonat mit Denise schießt mir durch den Kopf. Als Kick mit ihr sprach, meinte sie, ich würde bloß meine Stimme verstellen.

Er grinst mich verschwörerisch an. »Deine Plastiknazis haben ziemlich blöd aus der Wäsche gekuckt, als du ihnen all diese Unverschämtheiten an den Kopf geworfen hast, nicht wahr?«

»Scheiße«, stöhne ich. »Dachten die etwa, *ich* sage das alles?!«

Die Ärztin tätschelt meinen Arm auf eine etwas grobe Art, als würde sie versuchen, die Haut wachzuklopfen. »Ganz ruhig. Du bist in besten Händen.«

Rasch drehe ich den Kopf weg und presse meinen Mund in die Trage, bevor sie mir ein Ersteklasseticket für die Klapse ausstellen kann. Jeder Moment mit Kick hat schlagartig eine neue Bedeutung. War er derjenige, der das Türschloss geöffnet hat, bevor ich nach meiner Mutter klingeln konnte? Hat er den Anführer im Garten von mir weggeschleudert? Es gibt so viele Einzelheiten, die ich ihn fragen möchte, doch obwohl uns das allgemeine Gemurmel der Schaulustigen etwas abschirmt, muss es für alle so aussehen, als würde ich irre Selbstgespräche führen.

Ich starre Kick an. *Kannst du meine Gedanken lesen?*

Er runzelt die Stirn. »Hast du einen Krampf?«

»Nein«, zische ich so leise wie möglich. »Ich versuche herauszufinden, ob wir auch im Kopf miteinander sprechen können. Es gibt Leute, die mich möglicherweise für verrückt halten, wenn ich mit der Luft quatsche.«

Eine Weile sieht er mich bloß an. Sein Mundwinkel zuckt verräterisch.

»Was tust du?«, frage ich irritiert.

»Ich habe daran gedacht, dass du dich in Zukunft nur noch in Frauen verliebst. Damit wir beide was davon haben.«

»*Was?!*«

Er hustet in seine Faust. Ein erbärmlicher Versuch, sein schmutziges Grinsen vor mir zu verbergen. »Ich schätze, das mit dem Gedankenlesen können wir vergessen.«

Du blöder Arsch!, denke ich mit aller Kraft.

Er lächelt mich an.

So wie es aussieht, bleiben unsere Gedanken tatsächlich privat.

»War nur ein Scherz«, flüstert er versöhnlich. »Wenn ich mir irgendeine Frau auf der Welt aussuchen könnte, in deren Kopf ich feststecken muss, würde ich auf jeden Fall wieder dich nehmen.«

Seine Fingerspitzen streicheln federleicht über meine Wange.

Alles in mir kommt zum Stillstand, selbst mein Herz scheint zu überlegen, ob es für immer anhalten soll. Einzig die Nervenbahnen, die er berührt, feuern wie ein glühender Lavastrom in mein Gehirn.

Zögernd taste ich nach seinem Arm und stoße auf wirkliches, festes Fleisch. Ich spüre den harten Kochen seiner Schulter, die Linie seines Schlüsselbeins, selbst die seidenglatte Haut an seinem Hals. Er rührt sich keinen Millimeter, doch sein Herzschlag trommelt ein heftiges Schlagzeugsolo in seiner Kehle.

»Wie ist das möglich?«, wispere ich. »Wie kannst du dich so echt anfühlen?«

Er zuckt mit den Schultern. »Keine Ahnung. Ich weiß nur, dass du mich so wahrnimmst, wie ich selbst mich sehe. Vielleicht kannst du keinen Unterschied zwischen mir und dem Rest der Welt machen, weil ich genau an dem Ort bin, an dem deine Realität entsteht.«

Befindet er sich tatsächlich in meinem Kopf?

Meine Augen kribbeln, als ich mich an nie absolvierte Fahrstunden erinnere, an den Unterschied zwischen Bremsscheiben, selbst an einen zuckersüßen Schokoladekuchen mit brennenden Kerzchen drauf. Ist es möglich, dass nicht Denise oder meine Mutter eine falsche Erinnerung an meinen Geburtstag haben – *sondern ich?*

»Weiß ich deshalb Dinge, die ich nicht wissen kann?«

Kicks Lächeln wird traurig. »Und deshalb vergisst du Dinge, die du wissen solltest.«

»Du meinst meine Gedächtnislücken?«

»Es wurde mir erst gestern Abend am Fluss klar. Als du dich nicht mehr an den Vorfall in der Garage erinnern konntest, während ich jedes noch so kleine Detail kannte. In deinem Kopf ist einfach kein Platz für zwei Menschen, wir treten uns sozusagen gegenseitig auf die Füße. Was du scheinbar vergisst, weiß ich auf einmal. Und umgekehrt ist es genauso. Wir rauben uns gegenseitig den Verstand.«

All diese merkwürdigen Träume kommen mir in den Sinn. Teile seiner Vergangenheit, die ich ihm genauso unbewusst gestohlen haben muss, wie er meine Vorliebe für Bananenkuchen oder bitteren Kaffee. Keiner von uns beiden hat es absichtlich getan. Wenn ich mich recht an diesen letzten Traum erinnere, hat Kick im Krankenhaus sogar verzweifelt versucht, meinen Körper auf jede noch so erdenkliche Art wieder zu verlassen.

Ich war es, zuckt es messerscharf durch mein Herz. *Ich war der zweite Mensch, dessen Tod er sich gewünscht hat. Nicht weil er mich hasste, sondern weil es kein anderes Entkommen für ihn gab.*

»Du … Du kannst nicht gehen?«, würge ich hervor.

Er schüttelt den Kopf so schwach, dass es kaum sichtbar ist. »Ich habe alles Mögliche ausprobiert. Zumindest … bis auf eine Sache.«

Mein Puls hämmert bis in die Kehle. »Was?«

»Dich«, wispert er. »Du hast noch nicht probiert, mich loszuwerden.«

Ich kann nicht mehr sprechen.

Er senkt den Blick. »Dieser Unfall war meine Schuld. Ich würde es verstehen, wenn du es versuchst. Wirklich, es wäre okay. Ich habe kein Recht, dein Leben zu stehlen.«

Tut er das? Stiehlt er mein Leben?

Die vergangenen Wochen mit ihm fühlen sich nicht so an. Im Gegenteil, seit ich ihn getroffen habe, kommt mir mein altes Leben plötzlich unvollständig vor. Als hätte ein wichtiger Teil darin gefehlt. Selbst die Erinnerungen, die wir uns genommen haben, sind nicht wirklich verloren. Nicht so lange wir sie uns gegenseitig zurück ins Gedächtnis rufen können.

Man kann nichts stehlen, will ich ihm antworten, *das freiwillig geteilt wird.*

Doch der Moment wird mir geraubt.

Von einer anderen Stimme, die sich durch seine mischt und erst Sekunden später in meinem Verstand zu einer Bedeutung kristallisiert. Sekunden, die mich daran hindern, noch etwas dagegen zu unternehmen.

»Ich gebe dir etwas gegen die Schmerzen«, sagt die Notärztin.

Mein Kopf schnellt herum, und mein Mund schießt einen Einspruch heraus, der nicht von mir stammt. In den letzten Minuten war ich zu abgelenkt, um darauf zu achten, was die Ärztin tut. Vielleicht ist die Haut in meiner Armbeuge auch schon zu abgestumpft, was Nadeln anbelangt, jedenfalls habe ich nicht gemerkt, wie ich gestochen wurde. Bevor ich es verhindern kann, drückt sie die Spritze in mich hinein.

Ein seltsam lebendiges Gefühl schießt unter meine Haut, das ich erst begreife, als Kick auf die Beine springt und Abstand zwischen uns bringt. Langsam fließt die Kontrolle, von der ich nicht mal gemerkt habe, wie sie mir entrissen wurde, zurück in meine Glieder. Nicht *ich* habe versucht, meinen Arm vor der Spritze wegzureißen, sondern *er.*

»Shit«, zischt Kick.

»Was ist los?!«

Die Notärztin fühlt sich von meiner Frage angesprochen und erklärt, dass ich abfahrbereit fürs Krankenhaus bin. Sie übergibt mich der Obhut der Sanitäter, die sofort meine Trage hochstellen, um sie zum Krankenwagen zu bringen. Ich strecke meine Hand nach Kick aus, bevor ich zu weit weggerollt werde, doch ich erwische ihn nicht mehr. Meine Finger gleiten einfach durch ihn hindurch.

All die Furcht um ihn, die sich in den vergangenen Minuten langsam gelockert hat, zieht sich in einem blitzschnellen Knoten zusammen. *Ich kann ihn nicht mehr berühren!*

Kick läuft mir nach, aber etwas an ihm verändert sich. Seine Haut verfärbt sich, verfault scheinbar vor meinen Augen, bis ich begreife, dass es überhaupt nicht sein Gesicht ist, das die Farbe verändert. Es sind vielmehr die Schatten hinter ihm, die langsam durch ihn hindurchscheinen. Er löst sich vor mir in Luft auf.

»Ist es dir noch nicht aufgefallen?«, ruft er. »All die Momente, in denen ich weg war, haben eine Gemeinsamkeit!«

Meine Gedanken rasen. Zum Abend meines Geburtstages, als ich halb betäubt von meinen Tabletten auf dem Sofa saß und vergeblich auf ihn gewartet habe. Und dann weiter zum Flussufer, wo er heute Morgen einfach verschwunden war, obwohl er mir doch so etwas Wichtiges hatte sagen wollen. Was haben diese Tage gemeinsam?

Es fällt mir wie Schuppen von den Augen.

»Schmerzmittel lassen dich verschwinden«, realisiere ich.

Der Sanitäter schiebt meine Trage in den Krankenwagen und murmelt mir beruhigende Worte zu, aber ich achte nicht weiter auf ihn. Jetzt ist es mir egal, ob er mich für verrückt hält, wenn ich mit der Luft rede. Obwohl ich Kick nicht mehr berühren kann, strecke ich beide Arme nach ihm aus.

Kick steht vor der Tür und schimmert so durchsichtig wie Seidenpapier im Abendlicht. Seine Hände greifen nach der Kante der

Trage, als bräuchten sie noch immer etwas, um sich abzustützen, doch sie finden nirgendwo mehr Halt. Er gleitet vergeblich durch das Material, bis nichts mehr von ihm übrig bleibt, das noch etwas anfassen könnte.

Sein ungleicher Blick trifft mich. »Weißt du, was das Verrückteste an unserer Geschichte ist?«

Ich schüttle den Kopf.

»Trotz allem hab ich mich in dich verliebt.«

Ein ungläubiger Laut stößt aus meiner Kehle.

»Was denn?« Er schmunzelt sein schiefes Lächeln, obwohl kaum mehr davon übrig ist als ein Hauch in der Luft. »Du nimmst meine übernatürlichen Kräfte widerspruchslos hin, aber wenn ich dir sage, dass ich dich liebe, hältst du das für unmöglich?«

In meinen Augen wallen Tränen auf, egal wie sehr ich sie zurückdränge, egal wie sehr ich keine einzige Sekunde verschwenden will, in der er noch da ist. Die Welt zerfließt unter einer dünnen Membran und wischt seine Konturen aus der Luft.

Als Letztes verblassen seine Augen. Die Farben verschmelzen mit den Gelbtönen der Linde hinter ihm, als würden sie wie eine Tablette in Wasser aufgelöst. Ich verliere mich in zwei hellen Tupfern aus Blau und Grün.

»Warte!« Ich schnelle hoch, aber die Hand des Sanitäters drückt sich gegen meine Brust und hält mich zurück. Tausend ungesagter Worte brennen auf meiner Zunge, doch mir bleibt keine Zeit mehr, ihm auch nur eines davon zu nennen.

Die Luft vor dem Krankenwagen ist leer.

»Und sie lebten glücklich bis an ihr Lebensende.« Aber was, wenn es da nicht endet?

Eine blaue Linie an der Wand zieht uns immer tiefer in das Gebäude hinein. Sie führt zu einem Fahrstuhl, der seine Türen wie ein riesiges Maul öffnet, und uns verschlingt.

»Alles okay?«, flüstert Rena.

Ihre Mutter wirft mir einen flüchtigen Blick zu. Für einen Moment verkrampfen sich meine Innereien, bis ich kapiere, dass sie überhaupt nicht mich ansieht. Sie schaut in die Spiegelwände hinter meinem Rücken. Ein leiser Schauer durchläuft ihren Körper, als würde sie jede Sekunde damit rechnen, von den Wänden verdaut zu werden.

Zum Glück schmecken wir dem Fahrstuhl nicht.

Er spuckt uns in der Neurologie wieder aus.

Obwohl Renas Verband sie noch immer etwas behindert, hinkt sie mit geballten Fäusten voraus. Wie ein Schneepflug, der den Weg für ihre Mutter bahnt. So gerne würde ich sie berühren. In ihr Ohr flüstern, dass ich für sie da bin, auch wenn sie mich nicht sieht.

Aber ich kann es nicht riskieren.

Nicht an diesem Ort.

»Rena!«, ruft ihre Ärztin wie aufs Stichwort. Sie lässt die Verpackung eines Nikotinkaummis in ihrem Kittel verschwinden, doch der Geruch nach Zigaretten umhüllt sie wie ein Parfum. »Die Testergebnisse sind da. Es gibt gute Neuigkeiten!«

Gute Neuigkeiten sind, wie sich herausstellt, Ansichtssache.

Wir werden in ein Büro gebeten, wo es keinen Sessel für mich gibt und niemandem, dem das auffällt. Während die anderen sich um einen Schreibtisch setzen, lehne ich mich so an die Wand, dass ich auf den Computer der Ärztin spähen kann.

Die Aufnahme eines Gehirns läuft in Endlosschleife darauf ab. Ein schädelförmiger Kreis auf dunklem Hintergrund, der schichtweise von einer Computertomographie durchleuchtet wurde. Ich erinnere mich daran, wie kalt sich Renas Hände in der Röhre angefühlt haben. Wie ich meine Arme um sie geschlungen habe, als könnte das, was von mir übrig ist, sie noch immer wärmen. Renas Aufnahme leuchtet und blinkt wie ein Neonschild in Las Vegas.

»Dein Stoffwechsel ist unglaublich.« Die Ärztin reißt sich nur mit Mühen vom Bildschirm los und wirft Rena ein aufmunterndes Lächeln zu. »Seit fünfundzwanzig Jahren arbeite ich nun schon hier, aber so etwas ist mir noch nicht untergekommen. Es sieht fast so aus, als wären da zwei Menschen in deinem Kopf, die aufgeregt miteinander sprechen.«

Rena betrachtet die Hände in ihrem Schoß.

Mein Herz pocht bis in den Hals.

»Wir gehen davon aus, dass diese Überaktivität für deine Erinnerungsprobleme verantwortlich ist. Zum Glück können wir so etwas behandeln.« Die Ärztin erhebt sich von ihrem Stuhl, schreitet zu einem Medizinschränkchen und holt eine kleine Schachtel hervor. Mit einem Kuli kritzelt sie auf der Verpackung herum, vermutlich eine Dosierungsangabe, bevor sie die Tabletten vor Rena auf den Tisch legt. »Wenn du die täglich nimmst, kannst du wieder ein normales Leben führen.«

Ein normales Leben.

Die Tabletten starren mich vorwurfsvoll an.

Rena räuspert sich. Rosa Flecken kriechen an ihrem milchweißen Hals empor. »Heißt das, ich bringe damit einen der zwei Menschen in meinem Kopf zum Schweigen?«

Die Ärztin lacht auf, als hätte Rena einen Scherz gemacht.

Mir hingegen dreht sich fast der Magen um.

Rena springt so plötzlich von ihrem Platz auf, dass ich für eine Schrecksekunde fürchte, ich hätte das gemacht. Aber es scheint nicht mein Wunsch zu sein, aus diesem Büro zu fliehen, der sie zur Tür hinaustreibt. Mit halb erstickter Stimme stößt sie hervor: »Ich … ich muss an die frische Luft.«

Ich folge ihr nach draußen, strecke bereits meine Hand nach ihr aus, doch bevor ich sie erreiche, öffnet sich die Tür hinter uns erneut. Renas Mutter läuft mit wehendem Haar aus dem Büro und hält etwas mit beiden Händen fest umklammert. »Rena! Warte bitte!«

Rena wirbelt herum.

Ihre Mutter bleibt vor ihr stehen. Ein schüchternes Lächeln spielt um ihren Mund. »Du hast es schon lange verdient. Ein normales Leben.«

Ohne ihre wässrigen Augen von ihrer Tochter abzuwenden, ohne erschrocken zusammenzuzucken und sich auf die kleinste Größe zusammenzufalten, die ihr Körper zulässt, greift sie nach Renas Hand und presst die Tabletten mit Nachdruck hinein.

Fassungslos starrt Rena auf ihre verschränkten Hände.

Kein Kind sollte so überrascht sein, dass seine Mutter es berührt.

Ich wende mich ab.

Stoße die Tür zum Krankenhausbalkon auf und schleppe mein Bewusstsein so weit von Rena weg, wie es mir möglich ist. Verbiete mir, diesen intimen Moment zwischen Mutter und Tochter zu beobachten. Klammere meine Hände um das eiskalte Metallgeländer und erinnere mich an jenen Tag vor ein paar Wochen, an dem ich genau an dieser Stelle sehnsüchtig hinunter in die Tiefe gestarrt habe. Zum ersten Mal in diesem Jahr trägt der Wind das Versprechen von Frost mit sich.

Vielleicht ist es nur Zufall, dass Rena mich hier draußen findet.

Vielleicht hat sie auch keine andere Wahl.

Als sich die Balkontür hinter mir öffnet, ist sie alleine. Ihre Füße steuern zielsicher auf mich zu, obwohl ihr Kopf gesenkt ist. Sie betrachtet die kleine Schachtel in ihren Händen und dreht sie hin und her, als könnte sie sich nicht für eine Seite entschließen.

Ich wende mich wieder dem Abgrund zu.

Bisher war ich es, der entschieden hat, wann ich für sie sichtbar werde. Aber jetzt kann sie es auch. Ich spüre ihren plötzlichen Blick in meinem Nacken, als würde die Sonne hinter mir aufgehen. Ihre Wärme durchflutet mich überall. Sie schlingt ihre Arme um meine Taille und drückt ihre Stirn zwischen meine Schulterblätter. Die Tablettenschachtel zerknittert über meinem Bauch.

»Weißt du, woran ich die ganze Zeit denken muss?«, flüstert sie in mein Shirt.

Ich schüttle den Kopf.

»Was passiert wäre, wenn dieser Unfall nie geschehen wäre. Wenn du an jenem Tag das Motorrad einfach stehen gelassen und mit den anderen im Café zu Mittag gegessen hättest.«

Die Vorstellung lässt mich lächeln. »Ich hätte Alex eine auf den Hinterkopf verpasst, weil er der neuen Bedienung ständig hinterhergeglotzt. Wir alle hätten über ihn gelacht. Und dann, wenn jeder mit Kauen beschäftigt gewesen wäre, hätte ich dich über meine Gabel hinweg heimlich angesehen.«

Ich drehe mich um und umfasse ihr zartes Gesicht.

Ihre wasserblauen Augen leuchten mir entgegen.

»Ich hätte gesehen«, wispere ich in die kalte Luft zwischen uns, »wie du mit rot leuchtenden Wangen und vollem Ehrgeiz versuchst, einen unterbezahlten Sommerjob in einer heruntergekommenen Wohngegend zu ergattern. Und nachdem du mit deinem Kaffeebecher hinaus zur Bushaltestelle gelaufen wärst, hätte ich mich an den Tresen gestellt und der Barkeeperin gesagt, dass sie dich auf jeden Fall nehmen muss.«

»Wahrscheinlich hätte sie dir auch eine auf den Hinterkopf verpasst.«

Ich schnaube amüsiert. »Wahrscheinlich.«

Etwas fällt zwischen uns auf den Boden.

Rena löst sich von mir und bückt sich nach der Tablettenschachtel. Als sie sich wieder aufrichtet, ist das Lächeln auf ihrem Gesicht verschwunden. Sorgen schimmern in ihren Augen, während ihr Daumen abwesend über die Brailleschrift auf der Verpackung gleitet. Was auch immer diese kleinen Punkte ihr sagen, zieht tiefe Schatten über ihr Gesicht.

Seit Tagen fürchte ich mich vor diesem Moment.

Aber er muss kommen.

»Wir könnten es schaffen«, spreche ich endlich das an, was jedes Mal, wenn Rena erneut von einer Nadel gestochen, von einer Maschine durchleuchtet oder von Ärzten begutachtet wurde, wie ein tonnenschweres Gewicht auf meine Brust gesunken ist. »Wenn wir beide es zur gleichen Zeit versuchen.«

Noch immer betrachtet sie die Schachtel. »Wovon redest du?«

Ich greife nach der Brüstung, hebe meinen Hintern auf das schmale Geländer und balanciere fünf Meter über dem Abgrund.

Sofort schnellt Renas Kopf nach oben, und ihre Hände krallen sich wie Widerhaken in mein Shirt. »Was machst du da?!«

»Du hast es schon einmal gemacht, erinnerst du dich? Du hast mich bloß angestupst, und ich bin von deinem Balkon gefallen. Wenn du es wirklich drauf anlegst, wenn du mich mit aller Kraft von dir wegstößt, kann ich deinen Körper vielleicht komplett verlassen.«

Ihr Blick schießt in meinem Gesicht hin und her. »Aber … Aber dann stirbst du?!«

»Das hätte ich schon im Frühjahr tun sollen.«

Die Tablettenschachtel zerplatzt unter ihren Fingern.

Zwei Blisterstreifen quellen wie Innereien daraus hervor.

Ich streiche über ihre Wange. »Monatelang war ich von deinen Infusionen so benommen, dass ich kaum einen klaren Gedanken fassen konnte. Es hat sich angefühlt, als wäre ich lebendig in deinem Körper begraben. Ich will mich nie wieder so fühlen, verstehst du?«

Sie öffnet den Mund zum Einspruch, aber bevor sich Worte darin bilden können, hält sie etwas davon ab. Ihr Ausdruck färbt sich eine Spur dunkler, als sie wirklich begreift, was ich gerade gesagt habe.

»Du willst nie wieder von irgendwelchen Tabletten betäubt werden«, bringt sie heiser heraus.

Ich schüttle sachte den Kopf.

»Und das bedeutet, dass du immer da sein wirst. In jeder einzelnen Sekunde meines Lebens. Wir beide werden nie mehr allein sein. Nicht mal, wenn wir es wollen.«

Ich lehne meine Stirn an ihre.

Unsere Augen schließen sich, gleichzeitig schärfen sich alle anderen Sinne. Ich spüre ihren warmen Atem an meinen Lippen und widerstehe nur mühsam dem Verlangen, meine eigenen darauf zu drücken, sie noch einmal zu kosten, ein allerletztes Mal.

»Du hast es mir versprochen«, dringt ihre Stimme durch die Finsternis zwischen uns. »Damals auf dem Sofa. Du hast gesagt, wenn ich es will, dann bleibst du bei mir. Für immer.«

»Immer ist ein verdammt langes Wort«, zitiere ich sie leise.

Sie schlingt ihre Arme um meinen Hals und presst sich so fest an mich, dass sie mir die Luft abschnüren würde, hätte ich wirklich noch Lungen, die ich zum Atmen brauche. Die Tablettenpackung knistert wie der Abzug einer Pistole in meinem Nacken.

»Du musst loslassen«, wispere ich.

Sie löst ihr Gesicht von mir.

Ihre Arme rutschen langsam von meinem Hals.

Ich rede mir ein, dass ich bereit dafür bin. Dass ich ihre Nähe nicht bereits vermisse. Dass ich diese außergewöhnliche Zukunft, die uns bleiben würde, tatsächlich aufgeben möchte. Aber es ist eine Lüge. Ich will nicht sterben. Und ich will nicht, dass das Letzte, was ich jemals spüren werde, ihre Hände sind, die mich von ihr wegstoßen.

Sagen kann ich ihr das allerdings nicht.

Es wäre nicht fair.

Ihre Atmung beschleunigt sich. Kleine Schluchzer lassen ihre Stimme hüpfen, während sie mühsam nach Fassung ringt. »Weißt du, warum ich keine Freunde habe? Warum ich nie jemanden zu nah an mich heranlasse?«, quetscht sie hervor. »Es liegt nicht an meiner Mutter. Und auch nicht an meinem beschissenen Onkel. In meinem ganzen Leben habe ich einfach nie einen anderen Menschen wirklich gebraucht.«

Ich öffne die Augen und sehe sie an.

»Aber ich bin nicht mehr die alte Rena«, fügt sie heiser hinzu. »Sie wurde von einem Motorrad überfahren.«

Ohne Vorwarnung stößt ihr Arm nach vorne.

Weit über die Brüstung hinaus. Weit an mir vorbei.

Und die Tabletten fallen in die Tiefe.

Danke an alle Leser, die mit Herzklopfen durch die letzten Kapitel gerauscht sind. Danke an Mama, Bernd, Carolin, Anna, Mailin und Andrea für euer Feedback und eure Unterstützung. Danke an Christiane für alles. Danke an Antje und das Team vom S. Fischer Verlag. Danke an alle, die diese Geschichte in die Welt hinaustragen.